法藏知津

六 編

杜潔祥 主編

第13冊

漢譯南傳大藏經《本生經》故事研究

陳曉貞 著

花木蘭文化事業有限公司

國家圖書館出版品預行編目資料

漢譯南傳大藏經《本生經》故事研究／陳曉貞　著－初版－新

北市：花木蘭文化事業有限公司，2019〔民108〕

目 4+286 面；19×26 公分

（法藏知津六編　第 13 冊）

ISBN 978-986-485-343-4（精裝）

1. 本生經　2. 民間故事　3. 文學評論

820.8　　　　　　　　　　　　　　　107001713

ISBN-978-986-485-343-4

9 789864 853434

法藏知津六編

第十三冊　　　　　　　　　　ISBN：978-986-485-343-4

漢譯南傳大藏經《本生經》故事研究

作　　者　陳曉貞

主　　編　杜潔祥

副總編輯　楊嘉樂

編　　輯　許郁翎

出　　版　花木蘭文化事業有限公司

社　　長　高小娟

聯絡地址　235 新北市中和區中安街七二號十三樓

　　　　　電話：02-2923-1455／傳真：02-2923-1452

網　　址　http://www.huamulan.tw 信箱 hml810518@gmail.com

印　　刷　普羅文化出版廣告事業

初　　版　2019 年 3 月

定　　價　六編 17 冊（精裝）新台幣 36,000 元　　　版權所有・請勿翻印

漢譯南傳大藏經《本生經》故事研究

陳曉貞　著

作者簡介

陳曉貞，私立中國文化大學中文系學士，私立中國文化大學中文研究所碩士，現爲國中教師。

提　要

　　本論文研究範圍是以吳老擇編譯的《漢譯南傳大藏經‧本生經》爲主，以黃寶生、郭良鋆編譯的《佛本生故事精選》和夏丏尊據日譯本重譯的《小部經典 — 本生經》爲輔。

　　《本生經》不僅是一部宗教典籍，也是一部時間古老、規模龐大、流傳極廣的民間故事集。由於學界尚未見到以南傳《本生經》全經爲研究對象者，也未見運用民間故事中「故事類型」與「情節單元」的觀念做這部經的故事研究。因此希望透過這個角度探討其故事特性、淵源與流傳，並延伸至與各國同類型故事的比較，顯示出其文化和學術價值。

　　本篇論文首先第一章緒論，將有關本生故事的前賢研究論文作簡要敘述。第二章，先介紹本生經的集成與各國翻譯本之流傳，將漢譯三種版本的目錄列表比較，再列舉幾則翻譯內容之異同比較，最後介紹本篇論文所使用版本的目錄、篇章結構，以釐清成書年代及各版本篇章情形，確定所論述的對象及範圍。

　　第三章到第六章，運用民間故事中「情節單元」與「故事類型」的觀念，對《本生經》內容進行探討，運用故事類型的歸類原則與方法，將《本生經》中的成型故事一一加以歸類編號，並且針對每一個類型故事，多方蒐集相關資料，整理每一個故事類型的情節單元排序比較其故事細節差異，進一步探討各地方故事所產生的變化及文化意涵，試著對故事進行探源工作。第七章結論，整理《本生經》成型故事中所蘊含的意義以及民間故事流傳所產生的改變。期望藉由本篇論文對類型故事流傳及探源能有所成果。

誌　謝

　　這本碩士論文的完成，首先必須感謝我的指導教授陳妙如老師。老師博學多聞，待人謙和，撰寫論文期間多次承蒙老師的指導，使我得以兢兢業業的完成論文。尤其老師更加關心學生的日常生活情況，使我在學期間能夠安心無慮完成論文。「一日爲師，終身爲父」與老師的師生緣分使我難忘。

　　更要感謝口試委員金榮華老師與劉秀美老師不遺餘力的審閱論文，而且提出很多寶貴的建議。口試當天風塵僕僕的趕到學校來幫我口試，撥冗指正我不足之處，給予我更正確的修改方向。從兩位老師身上學習到嚴謹求證的學習態度，也是我未來更要努力的方向。眞的很感謝老師們的指導。

　　要特別感謝倩儀同學，在我口試當天，義不容辭的來幫我整理會場及各項事宜。同時要感謝雅惠、喬蓓、婉羚、又寧、筱嵐、晏妮、昕霓、嘉琳、元懷等各位同學，還有玫香學姊，伯如學妹的加油打氣。在我休學期間，幫我借閱學校圖書館的書籍資料，使我得以順利完成本論文，感謝你們。

　　最後必須感謝長期在背後默默支持我的家人，尤其是我的父母親，栽培我支持我走完這漫長的學生生涯，這本論文能夠順利完成完全必須歸功於我的父母親，謝謝你們的包容與支持。

　　完成這本論文要感謝的人實在太多了，總之謝謝大家對我在修業撰寫論文期間的包容、幫助、關心、鼓勵與支持。雖然我的學生生涯又要再度劃下一個終點，但是終點卻是另一個新起點的開始，在前面等待的是新的挑戰！謝謝你們！

陳曉貞　100.7.28

目次

第一章　緒　論

　　「本生」是巴利語「Jātaka」一詞的義譯，音譯爲「闍陀伽」、「闍陀」等。早在佛教創立之前，印度人便相信生死輪迴和因果報應。人們引述世間流傳的故事，敘述爲某人前生往世的經歷，以證實善惡有報，業力難違，便形成了「本生」這一文類。〔註1〕

　　佛本生經亦稱佛本生故事，是佛經中最具文學性的作品之一。佛本生經有廣義和狹義。廣義是指佛經中的一個部類，包括所有講述釋迦牟尼佛前生事蹟的作品；狹義是指南傳巴利文佛經小部中的一部佛經，將一些講述佛陀前生事蹟的故事編輯在一起，共有 547 則本生故事。不僅是一部宗教典籍，也是一部時間古老、規模龐大、流傳極廣的民間故事集。

第一節　研究動機與目的

　　佛經文學的屬性表現爲民間文學，主要是從佛經故事的淵源和原始型態而言，從淵源上考察，佛陀說法的故事大多數源自古代印度民間傳說與神話。〔註2〕季羨林於《五卷書》序言中提到：

　　　　在最初，這些寓言和童話大概都是口頭創作，長期流傳於民間。人們喜愛這些，輾轉講述，難免有一些增減，因而產生了分化。

　　　　每一個宗教，每一個學派，都想利用老百姓所喜愛的這些故事，來

〔註1〕鄧殿臣：〈南傳大藏經——佛本生初探〉，香港：《佛學研究》第一期（1992 年），頁 54。

〔註2〕孫鴻亮：《佛經敘事文學與唐代小說研究》（北京：人民出版社，2008 年 9 月），頁 5。

達到宣傳自己教義的目的。因此同一個故事可以見於佛教的經典，
也可以見於耆那教的經典，還可以見於其他書籍。〔註3〕

　　故事是人類的集體口頭創作，蘊含著人類的思想和智慧，記錄著人類的
生活和追求。不管故事裡面的主人翁是人，是神，還是鳥獸，都是當時人們
的思想感情。因為大部分都是民間的原創作，所以思想感情都比較純樸。有
的故事反映當時社會情況，教導做人處世的道理，有的故事諷刺當時的統治
者，也有嘲笑神仙和婆羅門的故事。〔註4〕

　　因為《本生經》都是宣說佛陀前生中的故事，所以又稱做「本生譚（談）」
或「本生故事」。本生故事的主要目的，在透過種種的故事、譬喻來教化弟
子。因此《本生經》中，處處表現出道德的教訓，醒世的箴言，寓言，格言，
機智等。〔註5〕但實際上，這些故事大部分是古印度人創造的，長期流傳在
民間。這些故事生動活潑、寓意深遠、家喻戶曉、深入人心。古印度國王們
看準了這一點，於是就利用它們，加以改造，來教育自己的子女。各教派也
看準了這一點，都想利用它們來宣傳自己的教義。婆羅門教、耆那教都是這
樣，佛教自不例外。〔註6〕

　　在《佛本生故事精選》的序言中提到，西方學者開創了東西方文學的比
較研究，將《本生經》故事與西方最著名的《伊索寓言》作比較，發現兩者
有一些在主題、情節或細節上相似的寓言故事。另外，在拉封丹的《寓言詩》、
喬叟的《坎特伯雷故事集》、格林兄弟的《格林童話》、薄伽丘的《十日談》
等等作品中，也能找到印度故事的影子。〔註7〕

　　《本生經》不僅是一部宗教典籍，也是一部時間古老、規模龐大、流傳
極廣的民間故事集。由於學界尚無見到以南傳《本生經》全經為研究對象者，
也未見運用民間故事中「故事類型」與「情節單元」的觀念做這部經的故事
研究。因此希望透過這個角度探討其故事特性、淵源與流傳，並延伸至與各
國同類型故事的比較，顯示出其文化和學術價值。

〔註3〕季羨林譯：《五卷書》（台北：丹青圖書公司，1983 年 3 月），序言頁 1。
〔註4〕黃寶生、郭良鋆選譯：《佛本生故事精選》（台北：漢欣文化事業有限公司，
　　　　2000 年 6 月），頁 6。
〔註5〕釋依淳：《本生經的起源及其開展》（台北：佛光文化事業有限公司，1997 年
　　　　9 月），頁 12～13。
〔註6〕同註4，《佛本生故事精選》，頁 3。
〔註7〕同註4，《佛本生故事精選》，頁 8。

第二節　研究範圍與方法

一、研究範圍

　　本論文研究範圍是以吳老擇編譯的《漢譯南傳大藏經・本生經》為主，以黃寶生、郭良鋆編譯的《佛本生故事精選》和夏丏尊據日譯本重譯的《小部經典——本生經》為輔。

　　南傳《本生經》除了收集 547 則本生譚之外，前面尚有本生因緣的總序。本生因緣也是佛傳的一種，分成三階段來敘述。（一）遠因緣：從大士伏在燃燈佛足下發「將來必當成佛」的誓願起，至現一切度身轉生兜率天的事蹟。（二）不遠因緣：從兜率天預告降生，在兜率天死去後，再轉生於善處，一直到在菩提道場得一切智的事蹟。（三）近因緣：是指佛在各處說法的事蹟。〔註8〕

　　南傳《本生經》是依偈的數目而編輯的，次序由少而多全部分成二十二篇。547 則本生譚長短詳略懸殊甚大。第一篇中的 150 個本生，每個本生只有 1 偈。而第二十二篇中的最後一個本生卻有 794 偈頌之多。這些偈頌多為「醒世嘉言」之類的語句，未能展示故事情節，主要的本生故事是指本生譚的「主分」，也就是本生經傳的部分。〔註9〕

　　南傳《本生經》全部 547 則本生譚，除了重複或簡說之外，每一則都包括五個部分：（一）現在事：是本生譚的「序分」。往往是說，眾比丘在祇園精舍或竹林精舍的法堂中共同談論某人某事或某個問題，佛陀得知，來到比丘們面前，講述一件與比丘們談論的人、事有關的過去的事情或一個故事。（二）過去事：這部分是本生譚的「主分」，佛說過去前生之事，多為佛陀本人在無數次生死輪迴中的某一段親身經歷，往往是一個完整的故事。（三）偈頌：為「巴利本生」中相應偈頌的引用。（四）釋義：對偈頌含義的解釋。（五）結分：說明過去事中的某某菩薩就是佛陀本人，對其他次要人物，也一一說明其對應關係。〔註10〕

　　本篇論文首先第一章緒論，將有關本生故事的前賢研究論文作簡要敘

〔註8〕吳老擇主編：《漢譯南傳大藏經・小部經典・本生經》第 31 冊（高雄：元亨寺妙林出版社，民國 84 年 7 月），目次 1。

〔註9〕同註1，〈南傳大藏經——佛本生初探〉，頁 60。

〔註10〕同註1，〈南傳大藏經——佛本生初探〉，頁 61。

述。第二章，先介紹本生經的集成與各國翻譯本之流傳，將漢譯三種版本的目錄列表比較，再列舉幾則翻譯內容之異同比較，最後介紹本篇論文所使用版本的目錄、篇章結構，以釐清成書年代及各版本篇章情形，確定所論述的對象及範圍。

第三章到第六章，運用民間故事中「情節單元」與「故事類型」的觀念，對《本生經》內容進行探討，運用故事類型的歸類原則與方法，將《本生經》中的成型故事一一加以歸類編號，並且針對每一個類型故事，多方蒐集相關資料，整理每一個故事類型的情節單元排序，比較其故事細節差異，進一步探討各地方故事所產生的變化及文化意涵，試著對故事進行探源工作。第七章結論，整理《本生經》成型故事中所蘊含的寓意以及民間故事流傳所產生的改變。期望藉由本篇論文對類型故事流傳及探源能有所成果。

二、研究方法

本篇論文主要運用民間故事中「故事類型」與「情節單元」的觀念，對內容進行分析與探討，並且選取其中流傳較廣的故事，作類型分析。

（一）情節單元概說

西方稱之為「motif」，舊譯作「母題」，以下是金榮華對「情節單元」一詞所提出的釋義：

> 在故事情節的分析方面，是把故事裡每一個敘事完整而不能再細分的情節作為一個單元，名之為「情節單元」。這裡所謂的「情節」是指在生活中罕見的人、物或事。所謂「單元」，就是對這不常見的人、物或事所做的扼要而完整的敘述。……在民間文學裡，每一則可以稱作故事的敘事，至少有一個情節單元，也可以有一個以上的情節單元。〔註11〕

從「每一則可以稱作故事的敘事，至少有一個情節單元」可知情節單元是構成故事的最基本單位，具有獨立完整的意義，無法再加以分析。而這個不能再加以分析的基本單位，指的是出現在故事中不尋常、有趣的、值得一提的、意想不到的事、物或人，在一則故事中，構成的情節單元「至少有一

〔註11〕 金榮華：《中國民間故事與故事分類》（台北：中國口傳文學學會，2003 年 3月），頁 3～4。

個」但「也可以有一個以上」。情節單元可分爲靜態的跟動態的，〔註12〕然而靜態的情節單元是無法構成故事的，因爲若只有情節單元，沒有配件，不一定會構成一個故事；動態情節單元才可構成故事，情節單元以行爲動作爲核心，具體而明確的行爲動作才可構成故事。因此透過情節單元的分析，有助於了解故事的組織與性質。

（二）故事類型概說

在眾多的故事分類中，較爲人所重視的是芬蘭阿爾奈（Antti Aarne, 1867～1925）在西元 1910 年所發表的《民間故事類型索引》，他將所有故事分爲三類：（一）動物故事，（二）一般民間故事，（三）笑話，再依故事主角和性質區分列出 540 個類型。之後，美國的湯普遜（Stith Thompson），將阿爾奈著作譯成英文，並且增設「程式故事」和「難以分類的故事」兩大類，在1928 年出版。由於阿爾奈原書材料侷限於北歐，即使湯普遜後來增加許多新材料，仍對南歐、東南歐和亞洲的故事觸及不多，但是經過多年動員大量人力物力蒐集增訂，於 1961 年重新出版《民間故事類型》（*The Types of the Folktale*）。於是，學界以此分類架構，就取阿爾奈和湯普遜兩人英文名字的第一個字母，合稱爲 AT 分類法。〔註13〕

近代在中國研究民間故事分類的學者有兩位，分別是指丁乃通跟金榮華，簡稱爲「ATT」與「ATK」。「ATT」是指丁乃通的著作《中國民間故事類型索引》Nai-Tung Ting, *A Type Index of Chinese Folktales*（Helsinki 1978），前面的 AT 是採用 AT 分類法系統，後面的「T」是指姓氏，因丁乃通早年留學美國，姓氏採用英文的華語拼音系統爲 Ting，故簡稱「ATT」。〔註14〕

「ATK」是指金榮華的著作。前面「AT」是指採用 AT 分類法系統，後面的「K」是指姓氏，因爲金榮華早年留學法國，姓氏採用法文的華語拼音系統爲 king，故簡稱「ATK」。〔註15〕

丁乃通根據阿爾奈和湯普遜的分類方式，整理了中國的民間故事以及與中國相鄰國家的民間故事，編纂了《中國民間故事類型索引》一書。他以統

〔註12〕同註 11，《中國民間故事與故事分類》，頁 4。
〔註13〕同註 11，《中國民間故事與故事分類》，頁 9～10。
〔註14〕陳麗娜：《中國民間故事類型研究》（國立東華大學民間文學研究所博士論文，民國 98 年），頁 80。
〔註15〕同註 14，《中國民間故事類型研究》，頁 181。

計方式，共列入 843 個類型和次類型，其中有 268 個是中國特有的，其他 575 個均爲國際型的故事。〔註 16〕

金榮華曾言：「故事的主體是情節，是情節決定了一則故事會不會使人感到有趣或有意義而一再轉述。在轉述過程中，正是故事裡人、時、地的概念化和含糊性，才能使故事彈性地適應不同時代、不同地區、甚至不同文化背景的講述者和聽眾，因而廣泛流傳，生生不息。」〔註 17〕

一般而言，如果一個故事擁有多種說法，將這些不同說法集合起來，就能成立一個故事類型：

> 就整個故事的內容和結構作分析，把基本內容和主要結構相同而細節卻或有異的故事歸集在一起，取同捨異，就成爲一個故事類型。〔註 18〕

構成故事的要件有以下幾點：

1. 至少要有一個情節單元。
2. 至少要有兩個角色，這兩個角色可以是人跟人、動物跟動物，也可以是人跟動物。
3. 角色跟角色之間要有實際行爲的互動，若只是雙方對話上的交流或一方行動、一方傾聽則不成立。
4. 角色的行爲要跟故事中的情節單元有關係，也就是說在「情節單元」出現之後，要有進一步的行爲互動。
5. 角色之間的互動具有「對比」、「趣味」、「意義」。

一則敘事具有上述故事要件者，「故事」就成立了，但不一定是成型的故事。以一個說故事者的立場來看，說故事爲的是自娛娛人。故事的「趣味性」決定了一則故事能不能達到娛樂的效果。民間文學的本質是「娛樂」，與作家文學藉「言志」跟他人產生共鳴的特點不同，也與通俗文學「迎合大眾」以創造暢銷商品的出發點不同。總的來說，「民間故事」包含兩個層面，一個是「趣味」、另一個是「意義」，因爲一則有趣的事或有意義的事，才有可能被轉述。

每一個故事都有一個「核心情節」，在進入核心情節之前，會利用前導敘

〔註 16〕丁乃通：《中國民間故事類型索引》（武漢：華中師範大學出版社，2008 年 4 月），序二頁 2～3。
〔註 17〕同註 11，《中國民間故事與故事分類》，頁 2。
〔註 18〕同註 11，《中國民間故事與故事分類》，頁 9。

事將情節牽引過去，即所謂的「前置情節」，這些前置情節也爲核心情節預留了伏筆。如下圖所示：

每個故事都有「基本架構」跟「核心情節」，在核心情節之前有「前置情節」，之後有「後置情節」，如同「引橋」一般，將故事串聯緊密。爲了達到故事的目的，必須藉由「引橋」，依序將情節引到故事的核心，這個過程叫做「架構」。

但並不是每一則故事都成類型，可以成型的故事至少要有兩個或兩個以上不同的說法，那表示這個故事有著令人喜愛而又容易記憶和傳述的條件，有不同的說法是經人一再轉述後才有的現象。〔註19〕

本論文主要以《本生經》類型故事爲研究重點，經過分析整理的約有 34 個成型故事，其中包含動物類型故事、生活類型故事、笑話類型故事及其他。擬運用民間故事中「情節單元」與「故事類型」的觀念，對內容進行分析，再將整理出的 15 則或可成型的故事，以供參考。

本篇論文運用故事類型的歸類原則與方法，將《本生經》裡的成型故事一一加以歸類編號，並且針對每一個類型故事，整理每一個故事類型的情節單元排序比較其故事細節差異，多方搜集相關論述，進一步探討各地方故事所產生的變化及文化意涵，且試著對故事進行探源工作。

第三節　近人研究成果概述

目前學術界研究佛經故事以北傳大藏經爲主，而南傳大藏經本生經中的故事研究，僅限於石窟本生故事研究。近代對於《本生經》的相關論述有：

〔註19〕同註11，《中國民間故事與故事分類》，頁69。

日人干潟龍祥的《本生經類の思想史研究》〔註20〕，此書以思想方面的探討爲主，提出本生經中內容呈現菩薩思想的演進。〔註21〕

印順法師的《原始佛教聖典之集成》〔註22〕，釋依淳的《本生經的起源及其開展》〔註23〕，鄧殿臣的〈南傳大藏經——佛本生初探〉〔註24〕。以上三者論述是對《本生經》的內容結構作一概述，介紹其意義與起源。

運用故事類型的研究論述以及與《本生經》相關的佛經故事，有以下的專論和期刊：

一、專書、論文

（一）梁麗玲：《雜寶藏經及其故事研究》〔註25〕

依故事主旨分類，並說明其思想及特色所在；依本生、因緣、譬喻故事分類及探討結構、形式；再將雜寶藏經與其他經典的相關故事做比較，並做分析歸納及探討結果，最後比較與印度、中國和日本文學以及佛教藝術的關係。

（二）梁麗玲：《賢愚經及其相關問題研究》〔註26〕

依故事主旨分類，並析論其主題特色和思想內涵。另從十二分教的佛經分類方式，將賢愚經的故事內容依本生、因緣、譬喻等不同的類型加以區分，並探討其不同的故事結構形式。分別從佛教文學和故事學等不同角度進行分析，一方面探討經典中譬喻文學的特色，一方面從敦煌變文、小說、戲劇和民間故事等文學作品中，論證賢愚經的故事內容，於不同時期對中國文學的影響。

〔註20〕日・干潟龍祥：《本生經類の思想史研究》（東京：山喜房佛書林，1978 年 6 月）。

〔註21〕林彥如：《六度集經故事研究》（中國文化大學中文研究所碩士論文，民國 93 年），頁 2～3。

〔註22〕釋印順：《原始佛教聖典之集成》（台北：正聞出版社，1986 年 2 月 4 版），頁 493。

〔註23〕同註 5，《本生經的起源及其開展》。

〔註24〕同註 1，〈南傳大藏經——佛本生初探〉，頁 54。

〔註25〕梁麗玲：《雜寶藏經及其故事研究》（中國文化大學中文研究所碩士論文，民國 83 年）。

〔註26〕梁麗玲：《賢愚經及其相關問題研究》（中正大學中文研究所博士論文，民國 89 年）。

（三）梁麗玲：《漢譯佛典中的動物故事研究》〔註27〕

以《大正新修大藏經》的相關文獻為主，敘述漢譯佛典動物故事的內容、特色與運用；另一方面，從故事類型的角度，觀察佛典動物故事透過口頭、文獻和藝術等傳播方式，在不同時空中產生的變化，其中包含作者四篇單篇論文：〈佛典「野干兩舌」故事的傳播與發展〉、〈佛典「老貓坐禪」故事的傳播與發展〉、〈佛典「鴈銜龜」故事的傳播與發展〉、〈佛典「尊年長」故事的傳播與發展〉。

（四）李昀瑾：《撰集百緣經及其故事研究》〔註28〕

敘事模式分為三大類：授記故事、佛本生故事、果報故事。內容分為主題與思想兩方面，所呈現出的主題有：授記、佛本生、餓鬼事、諸天生天因緣、佛弟子本事，以及無法歸入的其餘諸緣。在故事中反映的主要思想是授記思想、捨身成道以及因果業報的思想，其餘的思想內涵尚有：五道輪迴、廣發誓願、稱念佛名、小乘思想、大乘根苗等。

（五）林彥如：《六度集經故事研究》〔註29〕

以「情節單元」之觀念與要件，提取所收故事的情節單元，藉以探討《六度集經》故事取材的特色。包括有：對佛教相關題材之偏重，「六度」取材的比較，故事中人物及動物取材的特色等。此外並將故事的情節單元編列成索引，最後運用「故事類型」的歸類原則與方法，提出故事已成類型的篇章，並搜羅相同類型的故事，加以比較討論。

（六）陳仁和：《大唐西域記本生故事之研究》〔註30〕

界定本生的意義，並說明本生與因緣、本事、譬喻的關係，並探討本生所涵蓋的菩薩思想。統計本生故事的數量並分析結構，其次依示現身分來區別類型，然後與其他有相關類型故事的經典作比對分析。略述佛陀的一生，再針對六波羅蜜的修行內涵與本生故事作連結分析。

〔註27〕梁麗玲：《漢譯佛典中的動物故事研究》（台北：文津出版社，2010年）。
〔註28〕李昀瑾：《撰集百緣經及其故事研究》（國立中正大學中國文學研究所碩士論文，民國91年）。
〔註29〕同註21，《六度集經故事研究》。
〔註30〕陳仁和：《大唐西域記本生故事之研究》（玄奘大學宗教研究所碩士論文，民國97年）。

（七）楊雅蘭：《阿姜塔石窟中佛傳與本生壁畫之研究──以第 1、2、16、17 號石窟為主》〔註31〕

研究範圍是以阿姜塔第 1、2、16、17 號石窟中的佛傳與本生壁畫為主，透過國內外有關阿姜塔論文的資料整理與壁畫的圖版分析，配合《漢譯南傳大藏經》第三十一冊到四十二冊的本生經，來了解四窟壁畫中有關佛傳與本生的風格特色以及壁畫的故事主題。

（八）林玉龍：《敦煌本生故事與其石窟藝術述論》〔註32〕

針對敦煌本生故事的涵義、淵源、產生背景與佛傳故事、因緣故事的關係做一探討，並分析本生故事之思想內涵。它大量選擇古印度的先賢故事、民間傳說，故事性極強，呈現敦煌本生故事在文學中的特色與地位。

（九）謝慧暹：《敦煌莫高窟佛畫故事研究》〔註33〕

分類敘述敦煌莫高窟的壁畫，先論述其中的「本生故事」，區分為：捨身求法、捨己濟眾、報恩孝親、汎愛博施、行善救難、巧判訴訟、戒淫與其他。再論述「佛傳故事」，釋迦牟尼的故事──拋棄名位，不慕富貴，割捨情愛的成佛之路。最後論述「因緣故事」，釋迦牟尼成佛後，說因果報應、輪迴轉世以渡化眾生的故事，包括：口業類、貪慾類、惡行類、佈施供養類與其他等五類。

（十）李寶珠：《印度巴胡特大塔佛本生浮雕之研究》〔註34〕

主要探討巴胡特大塔中現存可辨識的 32 則佛本生故事，探討浮雕中圖像的意義、藝術風格與表現形式，再將佛本生浮雕內容之佛教思想加以分類論述，與其他地區相同題材之佛本生故事作一比較。

〔註31〕楊雅蘭：《阿姜塔石窟中佛傳與本生壁畫之研究──以第 1、2、16、17 號石窟為主》（華梵大學東方人文思想研究所碩士論文，民國 89 年）。

〔註32〕林玉龍：《敦煌本生故事與其石窟藝術述論》（花蓮師範學院民間文學研究所碩士論文，民國 92 年）。

〔註33〕謝慧暹：《敦煌莫高窟佛畫故事研究》（中國文化大學中文研究所博士論文，民國 97 年）。

〔註34〕李寶珠：《印度巴胡特大塔佛本生浮雕之研究》（華梵大學東方人文思想研究所佛學組碩士在職專班，民國 97 年）。

（十一）王立：《佛經文學與古代小說母題比較研究》〔註 35〕

以漢譯佛經文獻、印度民間故事、巴利文佛本生故事作爲探討主軸，在中國古代小說、史傳、野史筆記中尋究出 21 個母題、類型與佛經文學相對應。從人類學、民俗學和比較文學理論的角度，論述宗教文獻與古代小說作品展現不同的民族共通心理和敘事方式，以及所表現的民族文化差異。

二、期刊論文、學報

（一）以佛經動物故事為探討對象者

例如：雷式理‧葛雷（Leslie Grey）的〈佛教《本生經》中的動物故事〉〔註 36〕，此篇作者以南傳《本生經》爲對象，將福斯保爾（Fausboll）和考威爾（Cowell）從本生、譬喻經典中收集的 262 則動物故事，根據動物性格特徵和善惡角色進行分類並標記索引，提供研究者檢索之便，但是並未就故事內容進一步論析。〔註 37〕

梁麗玲的〈《出曜經》動物譬喻研究〉〔註 38〕，〈佛經「蒼鷺運魚」對中國民間故事的影響〉〔註 39〕。劉守華的〈從佛經中脫胎而來的故事——「感恩的動物忘恩的人」解析〉〔註 40〕，王立的〈古代動物昆蟲鬥智描寫與佛經故事〉〔註 41〕等。

〔註 35〕王立：《佛經文學與古代小說母題比較研究》（北京：昆侖出版社，2006 年 3 月）。

〔註 36〕Leslie Grey, "*Animal Stories in Buddhist jātakas*", His Lai Journal of Humanistic Buddhism（《西來人間佛教學報》），Vol.32001.1 P.159～194。

〔註 37〕同註 27，《漢譯佛典中的動物故事研究》，頁 9。

〔註 38〕梁麗玲：〈《出曜經》動物譬喻研究〉，《文學新鑰》第 4 期（民國 95 年 7 月），頁 59～84。

〔註 39〕梁麗玲：〈佛經「蒼鷺運魚」對中國民間故事的影響〉，《民間文學年刊》第 2 期（2008 年 7 月），頁 77～96。

〔註 40〕劉守華：〈從佛經中脫胎而來的故事——「感恩的動物忘恩的人」解析〉，《民間文化》（2000 年第 z2 期），頁 9～12。

〔註 41〕王立：〈古代動物昆蟲鬥智描寫與佛經故事〉，《文史雜誌》第 3 期（2001 年第 6 期），頁 48～50。

（二）以佛經故事與中國民間故事的關係為探討對象者

例如：劉守華的〈《雜寶藏經》與中國民間故事〉〔註42〕，華唐的〈從孫悟空形象看小說家如何化用佛經故事〉〔註43〕，道元的〈柳宗元的寓言與佛經〉〔註44〕，劉金柱的〈柳宗元動物寓言與佛經故事關係初探〉〔註45〕，謝后芳的〈佛經故事在藏族文學作品中的演變〉〔註46〕等。

（三）運用故事類型角度探討者

1. 機智人物類型

王青的〈漢譯佛經中的印度民間故事及其本土化途徑──以愚人故事、智慧故事為中心〉〔註47〕，祁連休的〈試論中國機智人物故事中的類型故事〉〔註48〕，楊雪、李寄萍的〈東北民間「機智人物」型故事類型分析〉〔註49〕、馬曉琴的〈回族民間機智人物故事的類型探析〉〔註50〕等。

2. 巧媳婦類型

金榮華的〈佛經《毘奈耶雜事》中之智童巧女故事及其流傳〉〔註51〕，林宛瑜的〈巧媳婦故事類型研究〉〔註52〕，康麗的〈中國巧女故事中的角色

〔註42〕 劉守華：〈《雜寶藏經》與中國民間故事〉，《西北民族研究》（2007年第2期），頁41～54。

〔註43〕 華唐：〈從孫悟空形象看小說家如何化用佛經故事〉，《明道文藝》第258期（1997年9月），頁137～147。

〔註44〕 道元：〈柳宗元的寓言與佛經〉，《內明》第191期（民國77年2月），頁35～37。

〔註45〕 劉金柱：〈柳宗元動物寓言與佛經故事關係初探〉，《內蒙古社會科學》（漢文版）（2004年第2期），頁96～98。

〔註46〕 謝后芳：〈佛經故事在藏族文學作品中的演變〉，《中央民族大學學報》（哲學社會科學版）（2007年第4期），頁108～117。

〔註47〕 王青：〈漢譯佛經中的印度民間故事及其本土化途徑──以愚人故事、智慧故事為中心〉，《成大宗教與文化學報》第3期（2004年6月），頁89～110。

〔註48〕 祁連休：〈試論中國機智人物故事中的類型故事〉，《民俗曲藝》第111期（民國87年1月），頁45～60。

〔註49〕 楊雪、李寄萍：〈東北民間「機智人物」型故事類型分析〉，《吉林師範大學學報》（人文社會科學版）第5期（2008年10月），頁25～27。

〔註50〕 馬曉琴：〈回族民間機智人物故事的類型探析〉，《北方民族大學學報》（哲學社會科學版）總第89期（2009年第9期），頁68～72。

〔註51〕 金榮華：〈佛經《毘奈耶雜事》中之智童巧女故事及其流傳〉，《中國文化大學中文學報》第15期（2007年10月），頁1～14。

〔註52〕 林宛瑜：〈巧媳婦故事類型研究〉，《人文及社會學科教學通訊》第15期（2004

類型〉〔註53〕，〈中國巧女故事研究〉（上）〔註54〕（下）〔註55〕，鐘文伶的〈臺灣「巧媳婦」故事類型析論〉〔註56〕，江寶釵的〈論中國文學中「考驗貞潔」之故事類型及其意涵〉〔註57〕等。

年10月），頁36～57。

〔註53〕康麗：〈中國巧女故事中的角色類型〉，《民族文學研究》2005年第2期，頁49～56。

〔註54〕康麗：〈中國巧女故事研究〉（上），《民族藝術》2005年第3期，頁76～88。

〔註55〕康麗：〈中國巧女故事研究〉（下），《民族藝術》2005年第4期，頁72～82。

〔註56〕鐘文伶：〈臺灣「巧媳婦」故事類型析論〉，《屏東教育大學學報》第32期，（民國98年3月），頁55～81。

〔註57〕江寶釵：〈論中國文學中「考驗貞潔」之故事類型及其意涵〉，《中國學術年刊》第14期（民國82年3月），頁211～235。

第二章　南傳大藏經《本生經》
　　版本概述

第一節　《本生經》的集成與翻譯

一、「本生」的意義與起源

（一）「本生」的意義

　　本生，梵語作 Jātaka，巴利語亦同。音譯為「闍多伽」、「闍陀」等，意譯作「本生」、「本起」、「本緣」、「本生談（譚）」、「本生話」、「本生經」或略稱作「生經」。〔註1〕早在佛教創立之前，印度人便相信生死輪迴和因果報應。人們引述世間流傳的故事，敘述為某人前生往世的經歷，以證實善惡有報，業力難違，因此形成了「本生」這一文類。〔註2〕

　　依結集傳持者的不同，可分為經師所傳以及律師所傳的兩類。經師所傳的「本生」，是佛化的印度民族古聖先賢故事，這些古聖先賢的偉大行誼，一部分被解釋為佛陀的本生；〔註3〕律師所傳的「本生」是印度民間故事的佛化，

〔註1〕 釋印順：《原始佛教聖典之集成》（台中：明光堂印書局，1971 年 2 月），頁559。

〔註2〕 鄧殿臣：〈南傳大藏經──佛本生初探〉（香港：《佛學研究》第一期，1992 年），頁 54。

〔註3〕 釋依淳：《本生經的起源及其開展》（台北：佛光書局，1997 年 9 月），頁 22～25。

本生中的主角不限於古聖先賢，而擴及各類有情眾生。律師所傳的本生，大致爲三段式的文章結構：1. 當前的事緣，2. 廣說過去事，3. 結合過去與當前的人事。〔註4〕南傳的《本生經》中，內容包含了這兩類，結構上也承襲了律師所傳的三段式。

在佛經中就有對「本生」的具體解釋，如：

《大般涅槃經》卷十五：「何等名爲闍陀伽經？如佛世尊本爲菩薩修諸苦行。所謂比丘當知：我於過去作鹿、作羆、作麞、作兔，作粟散王、轉輪聖王、龍、金翅鳥，諸如是等行菩薩道時所可受身，是名闍陀伽。」〔註5〕

《大智度論》卷三十三：「本生經者，昔者菩薩曾爲師子在林中住，與一獼猴共爲親友。獼猴以二子寄於師子。時有鷲鳥飢行求食，值師子睡故，取猴子而去，住於樹上。師子覺已，求猴子不得，見鷲持在樹上而告鷲言：『我受獼猴寄託二子，護之不謹，令汝得去，辜負言信，請從汝索。我爲獸中之王，汝爲鳥中之主，貴勢同等，宜以相還。』鷲言：『汝不知時！吾今飢乏，何論異同？』師子知其巨得，自以利爪摑其脇肉以貿猴子。又過去世時，人民多病，黃白瘻熱。菩薩爾時身爲赤魚，自以其肉施諸病人以救其疾。又昔菩薩作一鳥身在林中住，見有一人入於深水非人行處，爲水神所羂，水神所羂法者不可解。鳥知解法，至香山中取一藥草著其羂上，繩即爛壞，人即脫去。如是等無量本生多有所濟，是名本生經。」〔註6〕

《阿毘達磨大毘婆沙論》卷一二六：「本生云何？謂諸經中宣說過去所經生事，如熊、鹿等諸本生經。如佛因提婆達多說五百本生事等。」〔註7〕

《瑜伽師地論》卷二十五：「云何本生？謂於中宣說世尊在過去世彼彼方分，若死若生行菩薩，行難行行，是名本生。」〔註8〕

《成實論》卷一：「闍陀伽者，因現在事說過去事。」〔註9〕

綜合地說，「本生」是指佛陀在成正覺以前，於前世或爲人，或爲動物，以種種不同的身份，修行輪迴的過程，以說故事的方式表現出來，深具教育

〔註4〕同註3，《本生經的起源及其開展》，頁25～26。
〔註5〕《大正新修大藏經》第12冊（台北：新文豐出版公司，1983年1月），頁452上。
〔註6〕同註5，《大正新修大藏經》第25冊，頁307下～308上。
〔註7〕同註5，《大正新修大藏經》第27冊，頁660上。
〔註8〕同註5，《大正新修大藏經》第30冊，頁418下。
〔註9〕同註5，《大正新修大藏經》第32冊，頁245上。

意義。

（二）「本生譚」的起源

「本生譚」被編纂出來的年代相當早，在九分教的時代即有。九分教是教法的分類，在次第集成中，以形式或內容之不同而形成不同的部類，全部分成九類，稱為九分教或九部經，這是教法的最原始分類。〔註10〕

從三藏的內容中，可以推測九分教或十二分教最早見於四阿含：《雜阿含》、《中阿含》、《長阿含》、《增一阿含》，以《雜阿含》為最先。四阿含原型，於佛經第一次結集完成，大約於西元前三～四世紀。〔註11〕

有關本生譚興起的年代，除了從經、律二藏中尋找之外，在印度的建築藝術中也可略知其年代，特別是從一些塔堂建築的浮雕、壁畫、藻井等，往往可以發現有本生的題材被刻雕或繪畫在其中。〔註12〕

以下整理出印度各地的壁畫、浮雕，其中有標示南傳本生譚的編號，由此來看推測其流傳的年代：〔註13〕

地點	帕魯護（Bharhut）	桑其（sanchi）	amaravati	摩偷羅（mathura）	阿姜塔（ajanta）
年代	西元前二世紀	西元前一世紀～西元一世紀	未註明年代	西元一世紀～西元三世紀	西元前二世紀～西元七世紀
標註編號 南傳本生 Jā.no.	9	206	159	196	12
	12	407	260		75
	32	514	358		278
	62	523	489		313
	174	540	491		407
	267	547	499		432
	345		505		455
	352		514		482
	357		545		502
	383		547		514
	400				524
	481				533

〔註10〕 同註3，《本生經的起源及其開展》，頁49～50。

〔註11〕 同註3，《本生經的起源及其開展》，頁50。

〔註12〕 同註3，《本生經的起源及其開展》，頁50。

〔註13〕 同註3，《本生經的起源及其開展》，整理頁51～60。

地點	帕魯護 （Bharhut）	桑其 （sanchi）	amaravati	摩偷羅 （mathura）	阿姜塔 （ajanta）
年代	西元前二世紀	西元前一世紀～西元一世紀	未註明年代	西元一世紀～西元三世紀	西元前二世紀～西元七世紀
標註編號 南傳本生 Jā.no.	482				534
	488				537
	514				539
	523				540
	538				545
	545				546
	546				547

1. 帕魯護（Bharhut）古塔的石壁和欄楯：位於中印度，以古塔遺跡中的壁上浮雕和欄楯雕刻聞名於世，建築於西元前二世紀中。

2. 桑其（Sanchi）大塔四門浮雕：建築於西元前一世紀中至西元一世紀左右，大塔西、北、南三面計有五幅本生圖。

3. Amaravati：位於南印度 Kistna 河中流域南岸所遺留的玉垣及塔基殘存佛本生圖。

4. 摩偷羅（Mathura）的雕刻：位於中印度之北，建築於西元一世紀至三世紀左右的遺跡。

5. 阿姜塔（Ajanta）石窟的壁畫：位於西印度，共有 29 個石窟，其中第 1、2、4、16、17 窟有本生圖，最早開鑿約在西元前二世紀左右，最晚開鑿於七世紀初。

在印度現存的古跡中，中印度的帕魯護古塔的石垣及欄楯中的浮雕上，發現有非常明確的本生譚 19 則。帕魯護古塔建築於西元前二世紀中。故事經由流傳到被應用在雕刻藝術上，必須經過相當長的歲月。據此以推，本生的流傳和結集至少不會晚於西元前三世紀。〔註 14〕

二、巴利本生與本生經傳的集成

（一）巴利本生的集成

「巴利本生」是指聖典中「偈頌」的部份，是「巴利三藏」中「經藏‧小部」中的一部經。「巴利三藏」就是指經、律、論三藏的原始聖典，此說法

是南傳佛教認爲佛陀當時所用語言爲古巴利語，因此稱此三藏爲「巴利三藏」。〔註15〕佛經第三次結集定型之後，由摩哂陀等憑記憶帶往斯里蘭卡。斯里蘭卡，舊稱錫蘭（1972 年之前），位於亞洲南部印度次大陸東南方外海的島國。中國古代曾經稱呼它爲師子國、僧伽羅。〔註16〕

　　佛陀住世時，說法四十五年，以悟證所得，啓示弟子。因爲印度當時還沒有書寫的工具，所以並沒有留下文字記錄。結集一事，由大迦葉發起。此事得到摩揭陀國阿闍世王的認可與支持，選了五百位上座高僧，從事佛陀遺教的整理工作，在當時稱爲「結集」。〔註17〕

　　結集，梵文 Samgiti，是合誦或讚誦的意思。佛陀說法，依聽者的程度，以說理、譬喻、寓言、故事等方式說出來。因爲無書面資料可閱讀，所以說法爲了便於聽者記憶，除了散文之外，還會再加上韻文式的讚、偈，揚聲唱出來。像這樣口耳相傳，難免走樣。因此，集合大眾，由一人將他記得佛說的法當眾誦出，再由眾人校正有無謬誤。〔註18〕

　　<u>第一次結集</u>，在佛滅度後九十天，大約在西元前 485 年，前後歷時七個月，結出毗奈耶、達摩二集——就是經、律二藏。「經藏方面」結出的是今日所傳的「四阿含經」，「阿含」譯爲「無比法」。意思是沒有可以與此類比的妙法。「四阿含」的名稱爲《長阿含經》、《中阿含經》、《增一阿含經》、《雜阿含經》，是佛教最根本的原始經典。〔註19〕

　　內容概要：《長阿含》是破斥當時婆羅門教邪見的經典；《增一阿含》是說善惡因果——眾生在世修造善因，來生可獲轉生天道、人道的善果；《中阿含》是說眾生在世能修出世的善因，可獲超脫生死大海，進入涅槃的妙果；《雜阿含》是說世間禪定之修持。「律藏方面」，當時結出的是《八十誦律》。因爲優波離誦律時，每日升座誦出戒條，前後八十次誦讀完畢，故名《八十誦律》，這是日後一切戒律的根本，以後律部學者自此根本律推演開展爲《四分律》、《五分律》，《八十誦律》就不存在了。〔註20〕

　　<u>第二次結集</u>，大約在佛入滅滿百年時，由於毗舍離城和跋耆城僧侶違背

〔註15〕同註 1，《原始佛教聖典之集成》，頁 46～48。

〔註16〕釋淨海：《南傳佛教史》（台北：正聞出版社，1987 年 3 月），頁 1～2。

〔註17〕于凌波：《簡明佛學概論》（台北：東大圖書股份有限公司，民國 80 年 3 月初版），頁 71。

〔註18〕同註 17，《簡明佛學概論》，頁 71～72。

〔註19〕同註 17，《簡明佛學概論》，頁 72。

〔註20〕同註 17，《簡明佛學概論》，頁 72～73。

戒律的「十事非法諍」，而導致第二次結集。這一次結集，只是結集律藏，與會者七百人，後世稱此爲七百結集或第二次結集。〔註21〕

　　第三次結集，大約在佛滅度後二百三十餘年時舉行的。這時是印度孔雀王朝時代——西元前 268 年，阿育王即位之初，凶逆無道，後來皈依佛法，施行仁政並獎勵佛教，他曾親赴各地朝拜佛住世時的聖蹟。因爲在此時的佛教非常興盛，王對僧伽的供養十分豐厚，以致於一般外道窮於衣食者，便改換僧服，混入僧伽團體中，一方面獲得衣食供養，另一方面把外道的教義混入佛教經義中，作破壞佛教的工作，而佛教徒被誘入邪見者甚眾，遂使佛教陷入混亂狀態，導致紛爭不已，也波及到其他各地。〔註22〕

　　在佛教內部紛爭期間，使僧伽團體中最重要的說戒儀式——布薩，也中斷了七年之久不能舉行，阿育王有鑒於此，想辨別邪正，淘汰外道，故有第三次結集之舉。在波叱利弗城舉行，與會比丘千人，均精通三藏，得三神通，見知純正，能破外道邪見，歷時九個月，整理經、律、論，三藏經典至此始完備。〔註23〕

　　在第一次結集的時候，結的只是經與律；第二次結集，只是重誦律藏，既沒有經，也沒有論。論藏是第三次結集時才有的，佛住世時代，雖然沒有論，但已有了對「法」的說明或解釋，佛滅度後，長老們把佛的教法，加以說明分析，整理與註解，「論」因此產生。〔註24〕

　　第三次結集後二年，阿育王爲使佛法廣爲弘傳，先後派遣出傳道師九人，各率屬從人員，分赴國內外各地傳教，即佛教史上所稱的「九師傳道」。其中，由王子摩呬陀和王女僧伽蜜多率領，至南下師子國傳教的這一批影響最大。因爲孔雀王朝國力強盛，師子國又是印度屬國，所以不到一年時間，即成爲佛化國家。〔註25〕

　　佛經結集的說法，眾說紛紜，目前尚未有定論。在此處以多數人普遍認定的說法爲主。參閱資料有：印順法師《原始佛教聖典之集成》〔註26〕，蔣維喬《佛學概論》〔註27〕，《佛光大辭典》〔註28〕以及于凌波《簡明佛學概論》，

〔註21〕同註 17，《簡明佛學概論》，頁 74。
〔註22〕同註 17，《簡明佛學概論》，頁 76～77。
〔註23〕同註 17，《簡明佛學概論》，頁 77。
〔註24〕同註 17，《簡明佛學概論》，頁 78。
〔註25〕同註 17，《簡明佛學概論》，頁 78。
〔註26〕同註 1，《原始佛教聖典之集成》，頁 14～42。
〔註27〕蔣維喬：《佛學概論》（高雄：佛光出版社，2004 年 4 月），頁 10。

都以此三次結集說法爲主，于凌波整理較爲詳細，故以此爲引用資料。

（二）本生經傳的集成

佛陀住世時，已有專習「本生」的「本生持誦師」。在「中部經傳」、「增支部經傳」和「分別論經傳」中，都記載有「本生持誦師」的情況。他們廣採民間流傳的各類故事、傳說，按照弘揚佛教的需要，把這些故事和傳說編爲佛陀的前生經歷，再將過去和現在聯繫起來的對應部分，就完成了一則「本生經傳」。舉行三藏結集時，故事的綱要編爲偈頌，集入「巴利三藏」的本集，而將對故事的詳細講述部分作爲「本生經傳」，歸入到「經傳」系列之中。〔註 29〕比丘們在講經說法時，所引用的「本生」應該是具有完整故事的「本生經傳」，而不可能是「巴利本生」的偈頌，因爲只有這樣才能使聽法的信眾受到感動，虔誠皈依。由此看來，「本生經傳」與「巴利本生」是同時集成。〔註 30〕

西元前三世紀以前，「巴利本生」和「本生經傳」使用的都是古巴利語。摩哂陀將「巴利三藏」和「三藏經傳」帶入斯里蘭卡之後，「巴利三藏」保持原有的巴利語型態，而包括「本生經傳」的「三藏經傳」經過近二百年的努力，全部翻譯爲僧伽羅語。

僧伽羅語，是斯里蘭卡的官方語言之一，是占大多數人使用的語言。從 1956 年開始，僧伽羅語及泰米爾語同時都是斯里蘭卡憲法上承認的官方語言。〔註 31〕在西元前一世紀舉行第四次結集時記錄在貝葉上，完成了譯「巴」爲「僧」的過程。〔註 32〕

西元二～三世紀，印度大乘佛教開始興盛，因此梵語也隨之繁盛起來，〔註 33〕此時梵語爲印度當時使用的雅語，而巴利語爲印度的古方言，阿育王時代也是用巴利語，大乘時期，印度流行梵語，其他地方仍用巴利方言。原有的巴利語佛教典籍文獻佚失殆盡，〔註 34〕原巴利三藏被帶到錫蘭經過數百年，期間經過國難和部派分裂，保存的典籍難免沒有毀損。在這種情況下，

〔註 28〕《佛光大辭典》（六）（高雄：佛光出版社，1988 年 10 月），頁 5187。
〔註 29〕同註 2，〈南傳大藏經——佛本生初探〉，頁 55～56。
〔註 30〕同註 2，〈南傳大藏經——佛本生初探〉，頁 55～56。
〔註 31〕王蘭：《斯里蘭卡的民族與文化》（北京：昆侖出版社，2005 年 8 月），頁 74 ～75。
〔註 32〕同註 2，〈南傳大藏經——佛本生初探〉，頁 56～57。
〔註 33〕同註 1，《原始佛教聖典之集成》，頁 48。
〔註 34〕同註 16，《南傳佛教史》，頁 33。

印度佛學大師佛音〔註 35〕（Buddhaghosa）於斯里蘭卡大名王摩訶那摩
（Mahanama, 409～431）在位期間，到此研習上座部佛教和巴利經典。

　　上座部佛教（巴利語：therav da，梵語：sthavirav da）又稱作南傳佛教、
巴利語佛教，與大乘佛教並列現存佛教最基本的兩大派別。「上座部」就是
根本分裂出現與大眾部相對抗的一個部派，在北傳佛教典籍裡，又稱「雪山
部」。佛教往印度以北傳入中國、朝鮮、日本、越南等國，稱為北傳佛教。
北傳以大乘為主，經典屬於梵文系統，現存以漢譯本為主。佛教往印度以南
傳入斯里蘭卡、緬甸、泰國、老撾、柬埔寨等國，稱為南傳佛教，經典屬於
巴利語系統。〔註 36〕

　　佛音（Buddhaghosa）在大寺先學習了僧伽羅語，將大部份僧伽羅語「三
藏經傳」又譯回到巴利語，完成了三藏聖典的註釋，使其能在斯里蘭卡以外
的國家傳佈。佛音據僧伽羅語「本生經傳」所譯著的巴利語經傳稱為巴利語
「本生經傳」，為區別西元前三世紀以前的巴利語，後人將佛音使用的巴利語
稱為「新巴利語」。〔註 37〕

　　從西元前三、四世紀開始彙集的上座部佛本生，經歷了古巴利語、僧伽
羅語和新巴利語這樣三個階段，最後於西元五世紀正式集成了這部巴利語「本
生經傳」。流傳至今，已是舉世公認的上座部本生類經典中，佔有很重要的地
位。〔註 38〕

　　巴利文獻發展的階段，依現在學者的意見，可大概分為下列三期：〔註 39〕

1. 聖典中的偈頌（韻文）：西元前三～四世紀。
2. 聖典中的故事（散文）：西元前一世紀。
3. 聖典中的注釋：西元五～六世紀。

三、翻譯本之流傳

　　隨著上座部佛教的傳佈，「巴利本生」也從斯里蘭卡和印度傳到緬甸、泰
國、柬埔寨、老撾和中國的傣族地區，在這些國家和地區出現了各種民族語

〔註35〕佛音，又稱覺音，傳說他聲音清澈優雅如佛音，所說法義契合智慧法義故稱。
　　　　參見《南傳佛教史》，頁32～33。
〔註36〕韓廷傑：《南傳上座部佛教概論》（台北：文津出版社，2001年），頁17～18。
〔註37〕同註16，《南傳佛教史》，頁32～34。
〔註38〕同註2，〈南傳大藏經──佛本生初探〉，頁57。
〔註39〕同註16，《南傳佛教史》，頁385。

言的譯本：

（一）僧伽羅本

「僧伽羅」是現有各種「巴利三藏」翻譯本中，最為古老的一種。西元前一世紀，斯里蘭卡大寺五百高僧舉行結集，把一向口耳相傳的「巴利三藏」記錄在貝葉上的，使用的就是這種文字。這部僧伽羅「巴利三藏」流傳至今，基本上沒有變動。到了現代，為紀念佛陀涅槃 2500 週年，斯里蘭卡組織一批飽學長老，以斯里蘭卡大寺傳本為依據，參考緬甸、泰國等的傳本，從 1954 年開始對「巴利三藏」進行校訂及翻譯工作。歷時三十餘年，始完成此項事業，印出了新版的僧伽羅巴利三藏和譯文的對照本，共五十二冊。〔註40〕

（二）緬甸本

緬甸是一個南傳佛教大國，佛本生故事同樣很早就流傳下來，有印或抄的巴利文原本、緬甸文的譯本，也有用緬甸文改寫的本子。佛教僧侶也用這些故事向大眾宣傳教義。在幾百年的時間內，這些故事也深入人心，家喻戶曉。〔註41〕在古都蒲甘的許多古塔裡面，牆上的浮雕全取材於本生故事。1442 年，緬甸高僧阿梨雅溫達達馬德那勃蒂長老用緬甸文為「巴利本生」作了注疏。1819 年，第二良甘長老和吳奧巴達等人共同完成了「巴利本生」的翻譯，著成了緬甸文的「五百五十本生故事」。〔註42〕

1871 年，緬王敏東（1853～1878）禮請 2400 位高僧，在都城曼德勒舉行第五次結集，將以「律」為主的「巴利三藏」用緬字鐫刻在 729 塊方形大理石上，歷時五年完成緬甸的一部「石經」。1954 年，為迎接佛滅 2500 週年，緬甸發起第六次三藏結集，以曼德勒石經為依據，參考斯里蘭卡、泰國、柬埔寨及巴利聖典會等各種版本，對「巴利三藏」詳加校訂，新出版了緬甸文的「巴利三藏」。〔註43〕

（三）泰國本

泰國的情況同緬甸相似，既有巴利文原本，也有譯本和改寫本。多年來，許多佛教僧侶、文人學士，在創作文學作品的時候，都從這個故事裡取材。

〔註40〕鄧殿臣：〈「巴利三藏」略說〉（北京：《佛教文化》第三期，1991 年），頁 52。
〔註41〕同註 40，〈「巴利三藏」略說〉，頁 53。
〔註42〕同註 2，〈南傳大藏經——佛本生初探〉，頁 59。
〔註43〕同註 40，〈「巴利三藏」略說〉，頁 53。

十四世紀建成的素可泰的大廟裡，浮雕上大多是佛本生故事。〔註 44〕泰國一向對「巴利三藏」特別重視，最初抄寫「巴利三藏」使用的是柬埔寨文，1888年，拉瑪五世朱拉隆功（1868～1910）禮請王弟金剛智組織高僧，參考斯里蘭卡、緬甸諸本，對「巴利三藏」進行了修編，譯「柬」為「泰」，歷時五年而成，編三十九冊，印行十部。〔註 45〕

拉瑪七世（1925～1934）時，僧王斯里瓦德那在國王護持下，組織長老修訂拉瑪五世時的「巴利三藏」，於 1926 年完成，分四十五冊（象徵佛陀說法 45 年），泰國目前使用的，仍是此本。1940 年，僧王帝須提婆在政府贊助下，組織「巴利三藏全譯委員會」，禮請幾十位高僧，將「巴利三藏」全部譯為泰文，歷時 12 年，於 1952 年完成。這部泰文譯本有律藏十三冊，經藏四十二冊，論藏二十五冊，合計八十冊（象徵佛陀世壽 80 歲），印出兩千五百部（象徵佛滅 2500 週年）。1989 年底，泰國議長將一部泰文三藏贈送中國佛牙塔，被中國視為一套珍貴的佛教文獻。〔註 46〕

（四）老撾、傣族與柬埔寨本

老撾（寮國）民族文學中，有一部《加達甘》的佛話集，裡面包括五百五十個故事。在民間傳誦很廣，頗為大眾所喜愛，而且還影響了以後的文學發展。所謂《加達甘》，實際上就是巴利文 Jātaka 的音譯，裡面的故事也就是巴利文《佛本生故事》中的內容。〔註 47〕

傣族地區所依的「巴利三藏」以傣語字母拼成。三藏中的「相應部」和「增支部」中的大部分經文尚無傣譯，其它諸經已譯為傣文。傣地經書皆為手抄本，細分為貝葉本和紙寫本兩種。〔註 48〕

柬埔寨於本世紀三十年代初成立「三藏委員會」，組織著名學者校勘「巴利三藏」，同時開始譯為柬語的工作，於 1938 年完成。柬譯三藏合計十冊，在柬埔寨各地流通。〔註 49〕

〔註44〕黃寶生、郭良鋆選譯：《佛本生故事精選》（台北：漢欣文化事業有限公司，
　　　　2000 年 6 月），頁 5。
〔註45〕同註 40，〈「巴利三藏」略說〉，頁 52～53。
〔註46〕同註 40，〈「巴利三藏」略說〉，頁 53。
〔註47〕同註 44，《佛本生故事精選》，頁 6。
〔註48〕同註 40，〈「巴利三藏」略說〉，頁 53。
〔註49〕同註 40，〈「巴利三藏」略說〉，頁 53。

（五）歐洲國家譯本

近幾十年來，歐洲許多國家都從事於巴利文獻的研究。丹麥一個學者出版了巴利文《佛本生故事》的校勘本，引起了學者們的興趣，紛紛把本生故事譯成歐洲語言。〔註50〕英國佛學家李斯・戴維斯夫婦於 1881 年成立「巴利聖典會」，出版羅馬文「巴利三藏」。不久，又陸續全部譯為英語，收在《東方聖書》和《佛教聖書》內，其中一些重要的經文，則是一譯再譯，出版各種選譯本和節譯本。如律藏《大品》、《小品》就有三種不同的英譯，《法句》的英譯本多達三十多種。譯為法、德諸語的單品也有二十餘種。〔註51〕

（六）日譯本

日譯南傳大藏經，六十五卷，七十冊，高楠博士功績紀念會主編。昭和十年至十六年（1935～1941）刊行。從南傳佛教所傳巴利佛經中，翻譯其中三藏之外，還收入了藏外的《彌蘭陀問經》、《島史》、《大史》、《清淨道論》、《攝阿毗達摩義論》、《阿育王銘文》等，為研究原始及部派佛教的重要文獻。翻譯以泰國皇室刊本及英國巴利聖典協會（Pali Text Society）刊本為根據，由高楠順次郎監修，翻譯者有宇井伯壽、長井眞琴、福島直四郎、水野弘元等數十位日本學者。〔註52〕

（七）漢譯本

在漢譯本方面，巴利語系的本生，早在齊武帝時（483～493）外國沙門大乘就曾在廣州譯出「五百本生經」。〔註53〕印順法師認為這應是上座部所傳的本生，由於當時與佛音譯出的巴利本生時隔不久，「五百五十本生經」的巴利語譯本，未必能這麼快就從斯里蘭卡傳入廣州，即便能傳入，也未必能把「五百本生」全部譯出。然而此漢譯本早已佚失，實際情況已難稽考。〔註54〕

1943 年成立的「上海普慧大藏經刊印會」原本計劃出版北傳、南傳全部經典，但未能實現，南傳「巴利三藏」只從日譯本轉譯六冊：江鍊百譯《長部》二冊，二十三經。沙門藝鋒譯《中部》一冊，前五十經。夏丏尊譯《小

〔註50〕同註 44，《佛本生故事精選》，頁 6。
〔註51〕同註 40，〈「巴利三藏」略說〉，頁 53。
〔註52〕藍吉富主編：《中華佛教百科全書》第六冊（臺南縣永康市：中華佛教百科文獻基金會，1994 年），頁 3258～3259。
〔註53〕同註 5，《大正新修大藏經》第 55 冊（見「出三藏記集」卷二），頁 13。
〔註54〕同註 2，〈南傳大藏經——佛本生初探〉，頁 71。

部》二冊，是「本生」中的「因緣總序」和前 150 個本生故事。范寄東譯《發趣論》一冊。1981 年，葉均譯《清淨道論》。1985 年譯《攝阿毗達摩義論》，並重譯《法句》。1985 年，黃寶生、郭良鋆合譯《佛本生故事選》，選譯本生故事 154 個。1990 年，郭良鋆譯《經集》。1988 年開始，台灣高雄元亨寺成立「南傳大藏經編譯委員會」，進行有系統地漢譯。在吳老擇主持下，依律，相應，小部，長部，增支部，小部，論部，史部的次第陸續出版流通，仍採用自日譯本轉譯爲漢的辦法。〔註 55〕

第二節 《漢譯南傳大藏經・小部經典・本生經》

一、譯 者

　　吳老擇，1930 年出生於雲林縣北港鎮。1943 年入佛門爲齋友，1946 年剃度出家。1951 年北上，就讀於佛教講習會，師事印順法師、演培法師等。1953 年臺灣佛學講習會畢業，1954 年於福嚴精舍爲研究生，1956 年任新竹女眾佛學院講師，1958 年任靈隱佛學院監學。1961 年赴日就讀駒澤大學佛學部，1964 年於國立大阪大學院攻讀碩士學位。1965 年還俗結婚，1966 年於東京大正大學攻讀博士學分，1971～1978 年於日本大正大學擔任講師。1966～1985 年經營藥房，1986～1996 年回臺翻譯南傳大藏經，兼巴利佛教研究所負責人。1997 年元亨佛學研究所所長，2006 年辭去元亨寺文教事業所有職務。〔註 56〕

二、篇章編排

　　南傳《本生經》除了收集有 547 則本生譚之外，前面尚有本生因緣的總序。本生因緣也是佛傳的一種，分成三階段來敘述。（一）遠因緣：從大士伏在燃燈佛足下發「將來必當成佛」的誓願起，至現一切度身轉生兜率天的事蹟。（二）不遠因緣：從兜率天預告降生，在兜率天死去後，再轉生於善處，一直到在菩提道場得一切智的事蹟。（三）近因緣：是指佛在各處說法的事蹟。〔註 57〕

〔註 55〕同註 40，〈「巴利三藏」略說〉，頁 53～54。
〔註 56〕吳老擇口述、侯昆宏主訪：《臺灣佛教一甲子：吳老擇先生訪談錄》（台北：國史館，民國 95 年），作者簡介。
〔註 57〕吳老擇編譯：《漢譯南傳大藏經・小部經典・本生經》第 31 冊，（高雄：元亨

篇　序	則數序號	故　事　名　稱	
1－1 無戲論品	1～10	1.無戲論本生譚 2.砂道本生譚 3.貪慾商人本生譚 4.周羅財官本生譚 5.稻稈本生譚	6.天法本生譚 7.採薪女本生譚 8.首領王本生譚 9.摩迦王本生譚 10.樂住本生譚
1－2 戒行品	11～20	11.瑞相鹿本生譚 12.榕樹鹿本生譚 13.結節本生譚 14.風鹿本生譚 15.訶羅第雅鹿本生譚	16.三臥鹿本生譚 17.風本生譚 18.死者供物本生譚 19.祈願供養本生譚 20.蘆飲本生譚
1－3 羚羊品	21～30	21.羚羊本生譚 22.犬本生譚 23.駿馬本生譚 24.良馬本生譚 25.沐浴場本生譚	26.女顏象本生譚 27.常習本生譚 28.觀喜滿牛本生譚 29.黑牛本生譚 30.姆尼迦豚本生譚
1－4 雛鳥品	31～40	31.雛鳥本生譚 32.舞踊本生譚 33.和合本生譚 34.魚本生譚 35.鶉本生譚	36.鳥本生譚 37.鷓鴣本生譚 38.青鷺本生譚 39.難陀本生譚 40.迦提羅樹炭火本生譚
1－5 利愛品	41～50	41.羅沙伽長老本生譚 42.鳩本生譚 43.竹蛇本生譚 44.蚊本生譚 45.赤牛女本生譚	46.毀園本生譚 47.酒本生譚 48.智雲咒文本生譚 49.星宿本生譚 50.無智本生譚
1－6 願望品	51～60	51.大具戒王本生譚 52.小伽那迦王本生譚 53.滿瓶本生譚 54.果實本生譚 55.五武器太子	56.金塊本生譚 57.猿王本生譚 58.三法本生譚 59.打鼓本生譚 60.吹螺本生譚
1－7 婦女品	61～70	61.嫌惡聖典本生譚 62.生卵本生譚 63.棗椰子本生譚 64.難知本生譚 65.懊惱本生譚	66.優相本生譚 67.膝本生譚 68.婆衹多城本生譚 69.吐毒本生譚 70.鋤賢人本生譚

寺妙林出版社，民國 84 年 7 月～民國 85 年 3 月），目錄～頁 1。

篇　序	則數序號	故　事　名　稱	
1－8 婆那樹品	71～80	71.婆那樹本生譚 72.有德象王本生譚 73.眞實語本生譚 74.樹法本生譚 75.魚族本生譚	76.無憂本生譚 77.大夢本生譚 78.伊利薩長者本生譚 79.騷音本生譚 80.畢摩塞那職人本生譚
1－9 飲酒品	81～90	81.飲酒本生譚 82.知友本生譚 83.不運者本生譚 84.利益門本生譚 85.有毒果本生譚	86.驗德本生譚 87.吉凶本生譚 88.薩蘭巴牛本生譚 89.詐欺本生譚 90.忘恩本生譚
1－10 塗毒品	91～100	91.塗毒本生譚 92.大精本生譚 93.信食本生譚 94.怖畏本生譚 95.大善見王本生譚	96.油缽本生譚 97.依名得運本生譚 98.邪商本生譚 99.超千本生譚 100.嫌惡色本生譚
1－11 超百品	101～110	101.超百本生譚 102.鮮菜果店本生譚 103.仇敵本生譚 104.知友比丘本生譚 105.弱樹本生譚	106.釣瓶女本生譚 107.投擲術本生譚 108.田舍女本生譚 109.粉菓子本生譚 110.全總括問
1－12 設問品	111～120	111.驢馬問 112.不死皇后問 113.豺本生譚 114.中思魚本生譚 115.警告者本生譚	116.背教者本生譚 117.鷓鴣本生譚 118.鶉本生譚 119.非時叫喚者本生譚 120.解縛本生譚
1－13 吉祥草品	121～130	121.吉祥草本生譚 122.愚者本生譚 123.鍬柄本生譚 124.菴羅果本生譚 125.伽他哈迦奴隸本生譚	126.劍相師本生譚 127.伽藍杜迦奴隸本生譚 128.貓本生譚 129.火種本生譚 130.拘舍女本生譚
1－14 不與品	131～140	131.不與本生譚 132.五師本生譚 133.火焰本生譚 134.禪定清淨本生譚 135.月光本生譚	136.金色鵝鳥本生譚 137.貓本生譚 138.蜥蜴本生譚 139.二重失敗本生譚 140.烏本生譚

篇 序	則數序號	故 事 名 稱	
1－15 變色蜥蜴品	141～150	141.蜥蜴本生譚 142.豺本生譚 143.威光本生譚 144.象尾本生譚 145.拉達鸚鵡本生譚	146.烏本生譚 147.花祭本生譚 148.豺本生譚 149.一葉本生譚 150.等活本生譚
2－1 剛強品	151～160	151.王訓本生譚 152.豺本生譚 153.野豬本生譚 154.龍本生譚 155.伽伽婆羅門本生譚	156.無私心本生譚 157.有德本生譚 158.善頰本生譚 159.孔雀本生譚 160.紺青鴉本生譚
2－2 親交品	161～170	161.因陀羅同姓本生譚 162.親交本生譚 163.須師摩王本生譚 164.鷲本生譚 165.鼬本生譚	166.烏婆沙魯哈婆羅門本生譚 167.完美本生譚 168.鷹本生譚 169.阿邏迦仙本生譚 170.伽美雷翁本生譚
2－3 善法品	171～180	171.善法本生譚 172.達陀羅山本生譚 173.猿猴本生譚 174.叛逆猿猴本生譚 175.日輪供養本生譚	176.一握豌豆本生譚 177.鎮頭迦樹本生譚 178.龜本生譚 179.正法婆羅門本生譚 180.難施本生譚
2－4 無雙品	181～190	181.無雙王子本生譚 182.戰場住居本生譚 183.濾水本生譚 184.山牙本生譚 185.不喜本生譚	186.凝乳運搬王本生譚 187.四美本生譚 188.獅子豺本生譚 189.獅子皮本生譚 190.戒德利益本生譚
2－5 魯哈迦品	191～200	191.魯哈迦婆羅門本生譚 192.吉祥黑耳本生譚 193.小蓮華王本生譚 194.寶珠竊盜本生譚 195.山麓本生譚	196.雲馬本生譚 197.怨親本生譚 198.羅陀鸚鵡本生譚 199.家長本生譚 200.善戒本生譚
2－6 那塔木達魯哈品	201～210	201.獄舍本生譚 202.耽戲本生譚 203.犍度本生譚 204.維拉迦鳥本生譚 205.恒伽魚本生譚	206.羚羊本生譚 207.阿薩迦王本生譚 208.鱷本生譚 209.鷦鴣本生譚 210.堪達伽羅迦啄木鳥本生譚

篇　序	則數序號	故　事　名　稱	
2－7 香草叢品	211～220	211.蘇摩達陀婆羅門子本生譚 212.殘食本生譚 213.巴魯王本生譚 214.河水滿本生譚 215.龜本生譚	216.魚本生譚 217.塞句女本生譚 218.詐騙商人本生譚 219.誹謗本生譚 220.法幢本生譚
2－8 袈裟品	221～230	221.袈裟本生譚 222.小難提耶猿本生譚 223.囊食本生譚 224.鰐本生譚 225.堪忍禮讚者本生譚	226.梟本生譚 227.糞食蟲本生譚 228.迦瑪尼他婆羅門本生譚 229.逃亡本生譚 230.第二逃亡本生譚
2－9 革履品	231～240	231.革履本生譚 232.琵琶竿本生譚 233.鐵箭本生譚 234.阿西達布妃本生譚 235.越闍那迦遊行者本生譚	236.青鷺本生譚 237.婆祇多婆羅門本生譚 238.一句本生譚 239.綠母本生譚 240.大黃王本生譚
2－10 豺品	241～250	241.一切牙豺本生譚 242.犬本生譚 243.古提拉音樂本生譚 244.離欲本生譚 245.根本方便本生譚	246.油教訓本生譚 247.帕丹迦利王子本生譚 248.緊祝迦喻本生譚 249.薩羅迦猿本生譚 250.猿本生譚
3－1 思惟品	251～260	251.思惟本生譚 252.一握胡麻本生譚 253.寶珠頸龍王本生譚 254.糠腹辛頭馬本生譚 255.鸚鵡本生譚	256.古井本生譚 257.哥瑪尼闍陀農夫本生譚 258.曼陀多王本生譚 259.提利達瓦奢仙本生譚 260.使者本生譚
3－2 梟品	261～270	261.蓮華本生譚 262.柔軟手本生譚 263.小誘惑本生譚 264.摩訶波羅那王本生譚 265.箭本生譚	266.疾風辛頭馬本生譚 267.蟹本生譚 268.毀園本生譚 269.善生女本生譚 270.梟本生譚
3－3 森林品	271～280	271.泉井污濁本生譚 272.虎本生譚 273.龜本生譚 274.貪欲本生譚 275.美麗本生譚	276.拘樓國法本生譚 277.羽毛本生譚 278.水牛本生譚 279.鶴本生譚 280.毀籠本生譚

篇　　序	則數序號	故　事　名　稱	
3－4 正中品	281～290	281.正中本生譚 282.善人本生譚 283.工匠養豬本生譚 284.吉祥本生譚 285.寶珠野豬本生譚	286.睡蓮根豚本生譚 287.利得輕侮本生譚 288.魚臺本生譚 289.諸種願望本生譚 290.驗德本生譚
3－5 瓶品	291～300	291.寶瓶本生譚 292.美翼鳥王本生譚 293.身體厭離本生譚 294.閻浮果實本生譚 295.下賤者本生譚	296.海本生譚 297.愛慾悲嘆本生譚 298.優曇婆羅本生譚 299.寇瑪耶普陀婆羅門本生譚 300.狼本生譚
4－1 開門品	301～310	301.小迦陵訛王女本生譚 302.大騎手本生譚 303.一王本生譚 304.達陀羅龍本生譚 305.驗德本生譚	306.善生妃本生譚 307.簇葉樹本生譚 308.速疾鳥本生譚 309.屍漢本生譚 310.薩維哈大臣本生譚
4－2 紝婆樹品	311～320	311.紝婆樹本生譚 312.迦葉愚鈍本生譚 313.堪忍宗本生譚 314.鐵鼎本生譚 315.肉本生譚	316.兔本生譚 317.死者哀悼本生譚 318.夾竹桃華本生譚 319.鷓鴣本生譚 320.喜捨本生譚
4－3 毀屋品	321～330	321.毀屋本生譚 322.墮落音本生譚 323.梵與王本生譚 324.皮衣普行者本生譚 325.蜥蜴本生譚	326.天華樹華本生譚 327.伽伽蒂妃本生譚 328.不可悲本生譚 329.黑腕猿本生譚 330.驗德本生譚
4－4 時鳥品	331～340	331.拘迦利比丘本生譚 332.車鞭本生譚 333.蜥蜴本生譚 334.王訓本生譚 335.豺本生譚	336.大傘蓋王子本生譚 337.座席本生譚 338.稃本生譚 339.巴威路國本生譚 340.維薩易哈長者本生譚
4－5 小鵞公品	341～350	341.健達利王本生譚 342.猿本生譚 343.穀祿鳥本生譚 344.菴羅果盜本生譚 345.龜本生譚	346.啓娑瓦行者本生譚 347.鐵槌本生譚 348.森林本生譚 349.破和睦本生譚 350.天神所問本生譚

篇　序	則數序號	故　事　名　稱	
5－1 摩尼耳環品	351～360	351.摩尼耳環本生譚 352.善生居士子本生譚 353.張枝本生譚 354.蛇本生譚 355.蘇油王子本生譚	356.伽藍第雅青年本生譚 357.鵪本生譚 358.小護法王子本生譚 359.金鹿本生譚 360.須遜第妃本生譚
5－2 色高品	361～370	361.色高本生譚 362.驗德本生譚 363.慚本生譚 364.螢本生譚 365.蛇使本生譚	366.棍比耶夜叉本生譚 367.九官鳥本生譚 368.竹錛本生譚 369.知友本生譚 370.蘇芳樹本生譚
5－3 半品	371～375	371.長災拘薩羅王本生譚 372.鹿兒本生譚 373.鼠本生譚 374.小弓術師本生譚 375.鳩本生譚	
6－1 阿瓦利耶品	376～385	376.渡守本生譚 377.白旗婆羅門本生譚 378.達利穆迦辟支佛本生譚 379.呢魯黃金山本生譚 380.疑姬本生譚	381.米伽羅巴兀鷹本生譚 382.吉祥黑耳本生譚 383.鷄本生譚 384.法幢本生譚 385.難提鹿王本生譚
6－2 賽那迦品	386～395	386.驢馬子本生譚 387.縫針本生譚 388.鼻豚本生譚 389.金色蟹本生譚 390.我有鳥本生譚	391.害魔法本生譚 392.蓮花本生譚 393.殘滓本生譚 394.鵪本生譚 395.烏本生譚
7－1 尺度品	396～405	396.尺度本生譚 397.意生獅子本生譚 398.須達那青年本生譚 399.兀鷹本生譚 400.沓婆草花本生譚	401.達桑那國製劍本生譚 402.菓子袋本生譚 403.阿提閣那婆羅門本生譚 404.猿本生譚 405.婆迦梵王本生譚
7－2 健陀羅品	406～416	406.健陀羅王本生譚 407.大猿本生譚 408.陶師本生譚 409.堅法本生譚 410.蘇摩達多象本生譚	411.須尸摩王本生譚 412.綿樹頂本生譚 413.都瑪伽利牧羊者本生譚 414.不眠班本生譚 415.酢味粥食本生譚 416.巴藍塔婆從僕本生譚

篇　序	則數序號	故　事　名　稱	
8－1 迦旃延品	417～426	417.迦旃延本生譚 418.八聲本生譚 419.美女蘇拉薩本生譚 420.善吉祥本生譚 421.理髮師甘伽瑪拉本生譚	422.支提本生譚 423.根本生譚 424.燃燒本生譚 425.非處本生譚 426.豹本生譚
9	427～438	427.鷹本生譚 428.憍賞彌本生譚 429.大鸚鵡本生譚 430.小鸚鵡本生譚 431.哈利達仙本生譚 432.足跡善知童子本生譚	433.多毛迦葉本生譚 434.鴛鴦本生譚 435.散辭本生譚 436.箱本生譚 437.腐肉豺本生譚 438.鷦鴣本生譚
10	439～454	439.四門本生譚 440.黑賢者本生譚 441.四布薩誓願本生譚 442.桑伽婆羅門本生譚 443.小菩提童子本生譚 444.康哈提帕耶那道士本生譚 445.尼拘律童子本生譚 446.球莖本生譚	447.大護法本生譚 448.雄雞本生譚 449.輝煌耳環本生譚 450.布施比丘本生譚 451.鴛鴦本生譚 452.布利般哈本生譚 453.大吉兆本生譚 454.迦達賢者本生譚
11	455～463	455.養母象本生譚 456.月光王本生譚 457.法天子本生譚 458.優陀耶王子本生譚 459.水本生譚	460.優萬伽王子本生譚 461.十車王本生譚 462.防護童子本生譚 463.蘇婆羅迦賢者本生譚
12	464～473	464.小郭公本生譚 465.跋陀娑羅樹神本生譚 466.海商本生譚 467.欲愛本生譚 468.闍那散陀王本生譚	469.大黑犬本生譚 470.拘私夜長者本生譚 471.牡羊本生譚 472.大蓮華王子本生譚 473.真友非友本生譚
13	474～483	474.菴羅果本生譚 475.攀達納樹本生譚 476.敏捷鵞本生譚 477.小那羅陀苦行者本生譚 478.使者本生譚	479.迦陵誐王菩提樹供養本生譚 480.阿吉提婆羅門本生譚 481.陀伽利耶青年本生譚 482.盧盧鹿本生譚 483.舍羅婆鹿本生譚

篇　序	則數序號	故　事　名　稱	
14	484～496	484.稻田本生譚 485.月緊那羅本生譚 486.大鵝本生譚 487.鬱陀羅迦苦行者本生譚 488.蓮根本生譚 489.善喜王本生譚 490.五者布薩會本生譚	491.大孔雀王本生譚 492.木工養豬本生譚 493.大商人本生譚 494.娑提那王本生譚 495.十婆羅門本生譚 496.次第供養本生譚
15	497～510	497.摩登伽本生譚 498.質多、三浮陀本生譚 499.尸毘王本生譚 500.榮者之愚本生譚 501.魯般鹿本生譚 502.白鳥本生譚 503.薩提坤巴（槍群）妥鸚鵡本生譚	504.巴拉提雅本生譚 505.蘇馬拿薩王子本生譚 506.羌培耶本生譚 507.大誘惑本生譚 508.五賢人本生譚 509.護象本生譚 510.鐵屋本生譚
16	511～520	511.何欲本生譚 512.瓶本生譚 513.伏敵本生譚 514.六色牙象本生譚 515.三婆婆本生譚	516.大猿本生譚 517.水羅剎本生譚 518.槃達羅龍王本生譚 519.山布拉妃本生譚 520.結節鎮頭迦樹神本生譚
17	521～525	521.三鳥本生譚 522.娑羅槃迦仙本生譚 523.阿蘭布薩天女本生譚	524.護螺龍王本生譚 525.小須陀蘇摩王本生譚
18	526～528	526.那利妮伽王女本生譚 527.溫瑪丹提女本生譚 528.大菩提普行沙門本生譚	
19	529～530	529.須那迦辟支佛本生譚 530.珊乞闍仙本生譚	
20	531～532	531.姑尸王本生譚 532.數那難陀仙本生譚	
21	533～537	533.小鵝本生譚 534.大鵝本生譚 535.天食本生譚	536.鳩那羅本生譚 537.大須陀須摩本生譚
22	538～547	538.瘂躄本生譚 539.摩訶伽那迦本生譚 540.睒摩賢者本生譚 541.尼彌王本生譚 542.康達哈羅司祭官本生譚	543.槃達龍本生譚 544.大那羅陀迦葉梵天本生譚 545.比豆梨賢者本生譚 546.大隧道本生譚 547.毘輸安呾囉王子本生譚

　　《本生經》共二十二篇，前八篇有細分篇章品名，且「品名」通常以第一則故事的開頭來命名。巴利三藏是一套有系統且經、律、論三藏齊全的早期佛教經典。南傳《本生經》就是依偈的數目有系統的編輯，次序由少而多。「巴利本生」中這 547 個本生長短懸殊甚大。「一偈集」中的 150 個本生，每個本生只有一偈頌。而「大集」中的最後一個本生，卻有 794 偈頌之多。這些偈頌多為「醒世嘉言」之類的語句，未能展示故事情節。要想瞭解本生故事的因緣原委，必須閱讀「本生經傳」。〔註58〕

　　由佛音（Buddhaghosa）等經傳大師據僧伽羅語「本生經傳」譯出的巴利語「本生經傳」，雖然也是「巴利本生」中那些偈頌的廣說詳述，但其結構較為嚴謹，當中的長篇，類似於近代的章回小說，往往一個本生中又包含了幾個乃至幾十個小故事。這樣一個龐大的故事總集，又非出自一人之手，所以前後也是有重複之處。〔註59〕

三、結構組織

　　《本生經》的每個故事結構都由五個部分組成：〔註60〕

　　1、現在事：是本生譚的「序分」。往往是說，眾比丘在祇園精舍或竹林精舍的法堂中共同談論某人某事或某個問題，佛陀得知，來到比丘們面前，講述一件與比丘們所談論有關的過去事或一個故事。

　　2、過去事：這部分是本生譚的「主分」，佛說前生之事，佛陀敘述在無數次生死輪迴中的某一段親身經歷，往往是一個完整的故事，大部分是採用現成的民間故事或傳說。

　　3、偈頌：為「巴利本生」中相應偈頌的引用。

　　4、釋義：對偈頌含義的解釋。

　　5、呼應：這部分是本生譚的「結分」，說明過去事中的某某菩薩就是現在世的「我」，也就是佛陀本人；那時與菩薩對應的反面人物通常是提婆達多。對其他次要人物，也一一說明其對應關係。

〔註58〕同註2，〈南傳大藏經——佛本生初探〉，頁59～60。

〔註59〕同註2，〈南傳大藏經——佛本生初探〉，頁60

〔註60〕同註2，〈南傳大藏經——佛本生初探〉，頁60～61

第三節　《小部經典——本生經》

一、譯　者

　　夏丏尊（1886～1946），1886 年 6 月 15 日出生，浙江上虞人，名鑄，字勉旃，1912 年改字丏尊，號悶庵。他是一位文學家、語文學家、教育家及翻譯家。自幼從塾師讀經書，清光緒二十七年（1901）考中秀才。次年到上海中西書院讀書，後改入紹興府學堂學習，都因爲家貧未能讀到畢業。光緒三十一年（1905），借款東渡日本留學，先在東京弘文學院補習日語，畢業前考進東京高等工業學校，但因申請不到官費，於光緒三十三年（1907）輟學回國。〔註61〕

　　光緒三十四年（1908）任浙江省兩級師範學堂通譯助教，後任國文教員。該校之後改爲浙江省立第一師範學校，是五四運動南方新思潮的重要發源地，魯迅、許壽裳，當時都在該校任教，曾共同發起一場學潮。夏丏尊與李叔同兩人是在杭州任教期間認識的。夏丏尊在杭州任教多年後，又在上虞白馬湖春暉中學任教，後來擔任開明書店總編輯，與弘一法師一直保持親近的關係。〔註62〕

　　民國二年（1913），在語文教學上，提倡白話文，是中國最早提倡語文教學革新的人。離開杭州到長沙，在湖南第一師範任國文教員。民國十四年（1925），到上海期間，翻譯了日本山田花袋的《綿被》，是中國最早介紹日本文學的翻譯家之一。民國二十六年（1939）創辦《月報》雜誌，擔任社長以及上海文化界救亡協會機關報《救亡日報》的編委。抗戰爆發，因體弱多病留守上海，參加抗日後援會，堅守氣節，不爲日本人做事。上海淪陷期間，出版《閱讀與寫作》、《文章講話》等書，還兼任上海南屏女中國文教員，成立中國語文經驗學會，翻譯《南傳大藏經》等書。〔註63〕

　　民國三十二年（1943）十二月被日本憲兵拘捕，後經日本友人內山完造營救出獄。但肺病復發，精神和身體都受到嚴重摧殘。民國三十五年（1946）四月二十三日，在上海病逝，墓葬上虞白馬湖畔。〔註64〕

〔註61〕范銘如、張堂錡：《夏丏尊》（台北：三民書局有限公司，2006 年），頁 2～3。
〔註62〕陳星：《平凡‧文心：夏丏尊》（台北：文史哲出版社，2003 年），頁 56。
〔註63〕同註 61，《夏丏尊》，頁 3～4。
〔註64〕同註 61，《夏丏尊》，頁 269。

二、篇章編排

篇　　序	則數序號	故　事　名　稱	
1－1 無戲論品	1～10	1.無戲論本生因緣 2.沙道本生因緣 3.貪欲商人本生因緣 4.周羅財官本生因緣 5.稻稈本生因緣	6.天法本生因緣 7.採薪女本生因緣 8.首領王本生因緣 9.摩迦王本生因緣 10.樂住本生因緣
1－2 戒行品	11～20	11.瑞相鹿本生因緣 12.榕樹鹿本生因緣 13.結節本生因緣 14.風鹿本生因緣 15.迦羅提耶鹿本生因緣	16.三臥鹿本生因緣 17.風本生因緣 18.死者供物本生因緣 19.祈願供養本生因緣 20.蘆飲本生因緣
1－3 羚羊品	21～30	21.羚羊本生因緣 22.犬本生因緣 23.駿馬本生因緣 24.良馬本生因緣 25.浴場本生因緣	26.女顏象本生因緣 27.常習本生因緣 28.歡喜滿牛本生因緣 29.黑牛本生因緣 30.謨尼迦豚本生因緣
1－4 雛鳥品	31～40	31.雛鳥本生因緣 32.舞踊本生因緣 33.和合本生因緣 34.魚本生因緣 35.鶉本生因緣	36.鳥本生因緣 37.鷓鴣本生因緣 38.青鷺本生因緣 39.難陀本生因緣 40.迦台羅樹炭火本生因緣
1－5 利愛品	41～50	41.婁沙迦長老本生因緣 42.鳩本生因緣 43.竹蛇本生因緣 44.蚊本生因緣 45.赤牛女本生因緣	46.毀園本生因緣 47.酒本生因緣 48.智雲咒文本生因緣 49.星宿本生因緣 50.無智本生因緣
1－6 願望品	51～60	51.大具戒王本生因緣 52.小伽那迦王本生因緣 53.滿瓶本生因緣 54.果子本生因緣 55.五武器太子本生因緣	56.金塊本生因緣 57.猴王本生因緣 58.三法本生因緣 59.打鼓本生因緣 60.吹螺本生因緣
1－7 婦女品	61～70	61.厭惡聖典本生因緣 62.產卵本生因緣 63.裹椰子本生因緣 64.難知本生因緣 65.懊惱本生因緣	66.優相本生因緣 67.膝本生因緣 68.婆祇多城本生因緣 69.吐毒本生因緣 70.賢人本生因緣

篇　序	則數序號	故　事　名　稱	
1－8 婆那樹品	71～80	71.婆那樹本生因緣 72.有德象王本生因緣 73.眞實語本生因緣 74.樹法本生因緣 75.魚族本生因緣	76.無憂本生因緣 77.大夢本生因緣 78.依里沙長者本生因緣 79.嘈音本生因緣 80.殘忍軍本生因緣
1－9 飲酒品	81～90	81.飲酒本生因緣 82.知友本生因緣 83.不幸者本生因緣 84.利益門本生因緣 85.有毒果本生因緣	86.驗德本生因緣 87.吉凶本生因緣 88.沙蘭巴牛本生因緣 89.詐欺本生因緣 90.忘恩本生因緣
1－10 塗毒品	91～100	91.塗毒本生因緣 92.大精本生因緣 93.信食本生因緣 94.畏怖本生因緣 95.大善見王本生因緣	96.油缽本生因緣 97.因名得福本生因緣 98.邪商本生因緣 99.超千本土因緣 100.嫌惡色本生因緣
1－11 超百品	101～110	101.超百本生因緣 102.蔬菜商本生因緣 103.仇敵本生因緣 104.知友比丘本生因緣 105.弱樹本生因緣	106.汲桶女本生因緣 107.投擲術本生因緣 108.村女本生因緣 109.粉糕本生因緣 110.全總括問
1－12 設問品	111～120	111.驢馬問 112.不死皇后問 113.豺本生因緣 114.中思魚本生因緣 115.警告者本生因緣	116.背教者本生因 117.鷓鴣本生因緣 118.鶉本生因緣 119.非時叫喚者本生因緣 120.解縛本生因緣
1－13 吉祥草品	121～130	121.吉祥草本生因緣 122.愚者本生因緣 123.鍬柄本生因緣 124.庵羅果本生因緣 125.迦多訶迦奴隸本生因緣	126.劍相師本生因緣 127.迦藍都迦奴隸本生因緣 128.貓本生因緣 129.火種本生因緣 130.拘悉耶女本生因緣
1－14 不與品	131～140	131.不與本生因緣 132.五師本生因緣 133.火燄本生因緣 134.禪定清淨本生因緣 135.月光本生因緣	136.金色鵝本生因緣 137.貓本生因緣 138.蜥蜴本生因緣 139.二重失敗本生因緣 140.烏本生因緣

篇　序	則數序號	故　事　名　稱	
1－15 避役品	141～150	141.蜥蜴本生因緣 142.豺本生因緣 143.威光本生因緣 144.象尾本生因緣 145.羅陀鸚鵡本生因緣	146.烏本生因緣 147.花祭本生因緣 148.豺本生因緣 149.一葉本生因緣 150.等活本生因緣

其中篇序的「1－15避役品」的命名是以此篇第一則故事的開頭「蜥蜴」為名，蜥蜴是指界門綱目科屬中的避役屬（學名：Chamaeleo）是一屬變色龍，主要分佈在非洲、南歐及南亞，東至印度及斯里蘭卡。他們行動緩慢，棲於樹上，雙眼可以獨立轉動，可以改變皮膚的顏色，有長的舌頭，尾巴可抓住東西，四肢適合抓住植物。另外，古人也發現蜥蜴有變色的行為，而有用「十二時蟲」及「避役」來稱呼某些會變色蜥蜴，其中「十二時蟲」是因為這種蜥蜴能隨一天十二時辰持續地改變自己的體色；至於「避役」之名是由「變異」之諧音而來，就是指體色之變化，但古人所指「避役」乃是中國境內會變色的舊大陸鬣蜥科蜥蜴，而非現今產於西亞及非洲的變色龍科蜥蜴。〔註65〕

夏丏尊據日譯本翻譯的《小部經典——本生經》與吳老擇編譯的《漢譯南傳大藏經·本生經》在目錄的標題上差異並不大，因為吳老擇在編譯時，曾經表示所用的主要版本為日譯本，方法也是由日轉譯為漢。〔註66〕

除了「本生譚」譯為「本生因緣」之外，其他翻譯用字不同的差異整理如下：

夏丏尊譯：《小部經典——本生經》		吳老擇主編：《漢譯南傳大藏經本生經》	
則數序號	故事名稱	則數序號	故事名稱
15	迦羅提耶鹿本生因緣	15	訶羅第雅鹿本生譚
30	謨尼迦豚本生因緣	30	姆尼迦豚本生譚
40	迦台羅樹炭火本生因緣	40	迦提羅樹炭火本生譚
41	婁沙迦長老本生因緣	41	羅沙伽長老本生譚
54	果子本生因緣	54	果實本生譚
62	產卵本生因緣	62	生卵本生譚

〔註65〕向高世：《台灣蜥蜴自然誌》（台北：天下遠見出版股份有限公司，2008年10月），頁14。
〔註66〕同註56，《臺灣佛教一甲子：吳老擇先生訪談錄》，頁305～306。

夏丏尊譯：《小部經典──本生經》		吳老擇主編：《漢譯南傳大藏經本生經》	
則數序號	故事名稱	則數序號	故事名稱
70	賢人本生因緣	70	鋤賢人本生譚
78	依里沙長者本生因緣	78	伊利薩長者本生譚
79	嘈音本生因緣	79	騷音本生譚
83	不幸者本生因緣	83	不運者本生譚
88	沙蘭巴牛本生因緣	88	薩蘭巴牛本生譚
94	畏怖本生因緣	94	怖畏本生譚
97	因名得福本生因緣	97	依名得運本生譚
102	蔬菜商本生因緣	102	鮮菜果店本生譚
106	汲桶女本生因緣	106	釣瓶女本生譚
108	村女本生因緣	108	田舍女本生譚
109	粉糕本生因緣	109	粉菓子本生譚
125	迦多訶迦奴隸本生因緣	125	伽他哈迦奴隸本生譚
130	拘悉耶女本生因緣	130	拘舍女本生譚
145	羅陀鸚鵡本生因緣	145	拉達鸚鵡本生譚

對照之後，可發現幾則有日文用字的出現，再與黃寶生、郭良鋆譯：《佛本生故事精選》比較就更加明顯。由於翻譯者敘述用語的不同，因此筆者整理出兩點來進行比較：

1. 翻譯不同用字

（1）音譯不同用字

第15則、第30則、第40則、第41則、第78則、第88則、第125則、第130則、第145則。

（2）意譯不同用字

第30則、第54則、第62則、第70則、第79則、第83則、第94則、第97則、第102則、第106則、第108則、第109則。

2. 日文用字

例如：第30則〈謨尼迦豚本生因緣〉與〈姆尼迦豚本生譚〉、吳老擇編譯的《漢譯南傳大藏經‧本生經》第286則〈睡蓮根豚本生譚〉和第388則〈鼻豚本生譚〉中的「豚」字，故事內容都是指「豬」，在日語稱「豬」為「豚」。〔註67〕第42則〈鳩本生因緣〉與〈鳩本生譚〉的「鳩」字，「鳩」

〔註67〕曲廣田、王芯：《日語漢字辭典》（台北：五南圖書出版股份有限公司，民國

的日文發音是 Hato，跟中文的「鴿」是同一發音和同一意義。〔註68〕第 92
則〈大精本生因緣〉與〈大精本生譚〉的「大精」二字，在日語為「樹心」
的意思。〔註69〕

三、結構組織

　　夏丏尊據日本大藏出版株式會社發行之《日譯南傳大藏經》重譯《小部
經典——本生經》，日譯本所用之原本為浮斯培奧爾氏（V.FauSboll）之校訂
本。在人名及地名方面，沿用舊譯經典所用之名詞，其中沒有舊譯可參考的
原名，除了用日譯者所加的意譯外，就直用音譯。在偈頌方面，則用新詩歌
體翻譯，不拘詩歌句式。〔註70〕

　　夏丏尊翻譯《小部經典——本生經》第一篇的 150 個故事，在結構組織
和吳老擇編譯的《漢譯南傳大藏經・本生經》沒有差異。150 個故事前面尚有
本生因緣的總序：遠因緣、不遠因緣、近因緣。每則本生譚也是包含五個部
分：現在事、過去事、偈頌、釋義、結分。〔註71〕

第四節　《佛本生故事精選》

一、譯　者

　　黃寶生，1942 年 7 月生於上海。1960～1965 年就讀北京大學東方語言文
學系，學習梵文、巴利文，在季羨林和金克木兩位教授的親自執教下學習五
年。1965 年 9 月，分配到中國科學院外國文學研究所工作，先後擔任研究實
習員、助理研究員、副研究員、研究員。1985～1998 年，任外文所副所長。
1998～2004 年，擔任外文所所長。現任中國外國文學學會會長和印度文學研
究會會長。〔註72〕

---

　　　　95 年 1 月），二版一刷，頁 320。

〔註68〕同註 67，《日語漢字辭典》，頁 607。

〔註69〕夏丏尊據日譯本重譯：《小部經典——本生經》（台北：新文豐出版，1987 年
　　　　6 月），頁 339。

〔註70〕同註 69，《小部經典——本生經》，凡例頁 1。

〔註71〕同註 2，〈南傳大藏經——佛本生初探〉，頁 61。

〔註72〕外國文學研究：〈黃寶生研究員〉（發布日期：2008.6.30）上網日期：2010.5.30
　　　　網址：http://fls.ccnu.edu.cn/show.asp?id=219。

　　1997 年被評爲國家級有突出貢獻的中青年專家。主要成果有專著：《印度古代文學》、《印度古典詩學》（獲中國社會科學院優秀成果獎）等。論文：《印度古代神話發達的原因》、《佛經翻譯文質論》、《印度古典詩學和西方現代文論》、《禪和韻——中印詩學比較之一》和《書寫材料和中印文學傳統》等。譯作：《印度哲學》、《佛本生故事選》（合譯）、《故事海選》（合譯）、《驚夢記》和《摩訶婆羅多——毗濕摩篇》等。自 1996 年起，主持中國科學院重點專案《印度史詩〈摩訶婆羅多〉翻譯和研究》。〔註 73〕

　　郭良鋆，1943 年 5 月出生。1960～1965 年，就讀北京大學東方語言文學系，學習梵文、巴利文，在季羨林和金克木兩位教授的親自執教下學習五年。現任中國社科院太平洋研究所研究員，專注於梵語、巴利語文獻研究和佛教研究。譯作：《印度哲學》、《經集》、《佛教本生故事精選》（合譯）。專著：《佛陀和原始佛教》及發表論文有《入正理論梵漢對照》、《印度教三大主神的形成》、《梵網經中的「六十二見」》、《佛陀形象的演變》。〔註 74〕

二、篇章對照

《佛本生故事精選》		《南傳大藏經・本生經》	
原本序號	故事名稱	則數序號	故事名稱
1	眞理本生	1	無戲論本生譚
2	小商主本生	4	周羅財官本生譚
3	撿柴女本生	7	採薪女本生譚
4	榕鹿本生	12	榕樹鹿本生譚
5	祭羊本生	18	死者供物本生譚
6	蘆葦飲本生	20	蘆飲本生譚
7	羚羊鹿本生	21	羚羊本生譚
8	狗本生	22	犬本生譚
9	女顏象本生	26	女顏象本生譚
10	摩尼克豬本生	30	姆尼迦豚本生譚
11	跳舞本生	32	舞踊本生譚

〔註73〕同註 72，〈黃寶生研究員〉。
〔註74〕中國社會科學院亞洲太平洋研究所：〈金色園地專家介紹〉上網日期：2010.5.30
　　　　網址：http://www.iapscass.cn/jinseyd/showcontent1.asp?id=97。

《佛本生故事精選》		《南傳大藏經・本生經》	
原本序號	故事名稱	則數序號	故事名稱
12	齊心協力本生	33	和合本生譚
13	魚本生	34	魚本生譚
14	鳥本生	36	鳥本生譚
15	鷦鴣本生	37	鷦鴣本生譚
16	蒼鷺本生	38	青鷺本生譚
17	難陀本生	39	難陀本生譚
18	鴿子本生	42	鳩本生譚
19	竹蛇本生	43	竹蛇本生譚
20	蚊子本生	44	蚊本生譚
21	毀園本生	46	毀園本生譚
22	吠陀婆本生	48	智雲咒文本生譚
23	星宿本生	49	星宿本生譚
24	果子本生	54	果實本生譚
25	猴王本生	57	猿王本生譚
26	三法本生	58	三法本生譚
27	鼓聲本生	59	打鼓本生譚
28	臙包本生	62	生卵本生譚
29	棗椰本生	63	棗椰子本生譚
30	膝下本生	67	膝本生譚
31	有德象本生	72	有德象王本生譚
32	箴言本生	73	眞實語本生譚
33	樹法本生	74	樹法本生譚
34	伊黎薩本生	78	伊利薩長者本生譚
35	騙子本生	89	詐欺本生譚
36	貴重本生	92	大精本生譚
37	名字本生	97	依名得運本生譚
38	奸商本生	98	邪商本生譚
39	擲石本生	107	投擲術本生譚
40	豺本生	113	豺本生譚
41	中思魚本生	114	中思魚本生譚
42	非時啼本生	119	非時叫喚者本生譚
43	犁柄本生	123	鍬柄本生譚

《佛本生故事精選》		《南傳大藏經・本生經》	
原本序號	故事名稱	則數序號	故事名稱
44	劍相本生	126	劍相師本生譚
45	貓本生	128	貓本生譚
46	金天鵝本生	136	金色鵝鳥本生譚
47	雙重失敗本生	139	二重失敗本生譚
48	烏鴉本生	140	烏本生譚
49	蜥蜴本生	141	蜥蜴本生譚
50	顯威本生	143	威光本生譚
51	牛尾本生	144	象尾本生譚
52	烏鴉本生	146	烏本生譚
53	豺本生	148	豺本生譚
54	一葉本生	149	一葉本生譚
55	桑耆沃本生	150	等活本生譚
56	寬心本生	156	無私心本生譚
57	德行本生	157	有德本生譚
58	兀鷹本生	164	鷲本生譚
59	鷹本生	168	鷹本生譚
60	一把豌豆本生	176	一握豌豆本生譚
61	鎮頭迦樹本生	177	鎮頭迦樹本生譚
62	山牙本生	184	山牙本生譚
63	不喜本生	185	不喜本生譚
64	獅子皮本生	189	獅子皮本生譚
65	小蓮花本生	193	小蓮華王本生譚
66	寶珠竊盜本生	194	寶珠竊盜本生譚
67	雲馬本生	196	雲馬本生譚
68	羅達本生	198	羅陀鸚鵡本生譚
69	長者本生	199	家長本生譚
70	戲弄本生	202	耽戲本生譚
71	勇健本生	204	維拉迦烏本生譚
72	鹿本生	206	羚羊本生譚
73	鱷魚本生	208	鱷本生譚
74	剩飯本生	212	殘食本生譚
75	烏龜本生	215	龜本生譚

《佛本生故事精選》		《南傳大藏經・本生經》	
原本序號	故事名稱	則數序號	故事名稱
76	奸商本生	218	詐騙商人本生譚
77	法幢本生	220	法幢本生譚
78	乾糧本生	223	囊食本生譚
79	食糞蟲本生	227	糞食蟲本生譚
80	蒼鷺本生	236	青鷺本生譚
81	大褐王本生	240	大黃王本生譚
82	全牙豺本生	241	一切牙豺本生譚
83	波旦闍利本生	247	帕丹迦利王子本生譚
84	甄叔迦樹本生	248	緊祝迦喻本生譚
85	思想本生	251	思惟本生譚
86	一把芝麻本生	252	一握胡麻本生譚
87	迦默尼詹特本生	257	哥瑪尼闡陀農夫本生譚
88	蓮花本生	261	蓮華本生譚
89	柔手本生	262	柔軟手本生譚
90	蟹本生	267	蟹本生譚
91	妙生本生	269	善生女本生譚
92	貓頭鷹本生	270	梟本生譚
93	虎本生	272	虎本生譚
94	本匠豬本生	283	工匠養豬本生譚
95	寶瓶本生	291	寶瓶本生譚
96	閻浮果本生	294	閻浮果實本生譚
97	狼本生	300	狼本生譚
98	小羯陵伽王本生	301	小迦陵訛王女本生譚
99	驗德本生	305	驗德本生譚
100	速疾鳥本生	308	速疾鳥本生譚
101	忍辱法本生	313	堪忍宗本生譚
102	肉本生	315	肉本生譚
103	兔子本生	316	兔本生譚
104	夾竹桃本生	318	夾竹桃華本生譚
105	噠噠本生	322	墮落音本生譚
106	獸皮苦行者本生	324	皮衣普行者本生譚
107	葛夾汝花本生	326	天華樹華本生譚

《佛本生故事精選》		《南傳大藏經・本生經》	
原本序號	故事名稱	則數序號	故事名稱
108	秕糠本生	338	秷本生譚
109	波毗嚕本生	339	巴威路國本生譚
110	蓋薩婆本生	346	啓娑瓦行者本生譚
111	挑撥本生	349	破和睦本生譚
112	妙生本生	352	善生居士子本生譚
113	鷓鶉本生	357	鶉本生譚
114	小法護本生	358	小護法王子本生譚
115	蘇松蒂本生	360	須遜第妃本生譚
116	相貌身材本生	361	色高本生譚
117	波羅奢樹本生	370	蘇芳樹本生譚
118	小弓術師本生	374	小弓術師本生譚
119	白幢本生	377	白旗婆羅門本生譚
120	懷疑本生	380	疑姬本生譚
121	公雞本生	383	雞本生譚
122	法幢本生	384	法幢本生譚
123	驢兒子本生	386	驢馬子本生譚
124	蓮花本生	392	蓮花本生譚
125	鷓鶉本生	394	鶉本生譚
126	腕本生	396	尺度本生譚
127	摩洛伽本生	397	意生獅子本生譚
128	達薄花本生	400	沓婆草花本生譚
129	達霜那劍本生	401	達桑那國製劍本生譚
130	猴王本生	407	大猿本生譚
131	堅法王本生	409	堅法本生譚
132	波倫特波本生	416	巴藍塔婆從僕本生譚
133	蘇勒莎本生	419	美女蘇拉薩本生譚
134	不可能本生	425	非處本生譚
135	豹本生	426	豹本生譚
136	大鸚鵡本生	429	大鸚鵡本生譚
137	精通腳印青年本生	432	足跡善知童子本生譚
138	塊莖本生	446	球莖本生譚
139	十車王本生	461	十車王本生譚

《佛本生故事精選》		《南傳大藏經·本生經》	
原本序號	故事名稱	則數序號	故事名稱
140	欲望本生	467	欲愛本生譚
141	芒果本生	474	菴羅果本生譚
142	快天鵝本生	476	敏捷鵞本生譚
143	德迦利耶本生	481	陀伽利耶青年本生譚
144	露露鹿本生	482	盧盧鹿本生譚
145	稻田本生	484	稻田本生譚
146	月亮緊那羅本生	485	月緊那羅本生譚
147	大鶚本生	486	大鶚本生譚
148	摩登伽本生	497	摩登伽本生譚
149	尸毗王本生	499	尸毘王本生譚
150	六牙本生	514	六色牙象本生譚
151	商波拉本生	519	山布拉妃本生譚
152	結節鎮頭迦樹本生	520	結節鎮頭迦樹神本生譚
153	拘舍本生	531	姑尸王本生譚
154	大隧道本生	546	大隧道本生譚

黃寶生、郭良鋆譯《佛本生故事精選》並未加入則數編號，筆者為了對照兩種版本之差異，自行按照譯者編排的故事順序給予編號。《佛本生故事精選》與《漢譯南傳大藏經·本生經》的對照比較，以下列出在目錄名稱上，意思差異較大者：

《佛本生故事精選》		《南傳大藏經·本生經》	
原本序號	故事名稱	則數序號	故事名稱
1	眞理本生	1	無戲論本生譚
2	小商主本生	4	周羅財官本生譚
5	祭羊本生	18	死者供物本生譚
10	摩尼克豬本生	30	姆尼迦豚本生譚
11	跳舞本生	32	舞踊本生譚
16	蒼鷺本生	38	青鷺本生譚
18	鴿子本生	42	鳩本生譚
22	吠陀婆本生	48	智雲咒文本生譚
27	鼓聲本生	59	打鼓本生譚

《佛本生故事精選》		《南傳大藏經・本生經》	
原本序號	故事名稱	則數序號	故事名稱
28	臟包本生	62	生卵本生譚
36	貴重本生	92	大精本生譚
37	名字本生	97	依名得運本生譚
51	牛尾本生	144	象尾本生譚
55	桑耆沃本生	150	等活本生譚
56	寬心本生	156	無私心本生譚
71	勇健本生	204	維拉迦烏本生譚
72	鹿本生	206	羚羊本生譚
80	蒼鷺本生	236	青鷺本生譚
91	妙生本生	269	善生女本生譚
92	貓頭鷹本生	270	梟本生譚
107	葛夾汝花本生	326	天華樹華本生譚
112	妙生本生	352	善生居士子本生譚
116	相貌身材本生	361	色高本生譚
117	波羅奢樹本生	370	蘇芳樹本生譚
123	驢兒子本生	386	驢馬子本生譚
126	腕本生	396	尺度本生譚
127	摩洛伽本生	397	意生獅子本生譚
128	達薄花本生	400	沓婆草花本生譚
134	不可能本生	425	非處本生譚
141	芒果本生	474	菴羅果本生譚

　　依此對照來看，可發現黃寶生、郭良鋆譯《佛本生故事精選》與漢譯《南傳大藏經・本生經》有較大的差別。黃寶生與郭良鋆對巴利文有深入研究，因此在《佛本生故事精選》中可看到許多註解印度習俗、神話傳說、俗諺等，更能接近原典意思。

　　由於翻譯者敘述用語的不同，大多名稱的差別在意譯不同用字，筆者整理出三點來進行比較：

1. 翻譯不同用字

　　意譯不同用字：例如：《佛本生故事精選》中的第 1 則、第 2 則、第 5 則、第 10 則、第 11 則、第 16 則、第 18 則、第 27 則、第 28 則、第 37 則、第 56

則、第 71 則、第 80 則、第 91 則、第 92 則、第 107 則、第 112 則、第 116 則、第 117 則、第 123 則、第 127 則、第 128 則、第 134 則、第 141 則。

　　其中〈第 1 則　眞理本生〉，《本生經》譯爲〈無戲論本生譚〉，其中的「戲論」是指戲談，佛教是不准許戲談的嚴正之道，故名無戲論。佛教以外，皆世俗的思辯論者，是有戲論道者。〔註75〕〈第 51 則牛尾本生〉，黃寶生與郭良鋆依照內容翻譯，角色爲「牛」，另外兩本的翻譯，角色也是「牛」，但是日譯本標題譯爲「象」，吳老擇與夏丏尊都未更改標題，夏作註解，未見原典而沿用。〔註76〕

　　〈第 71 則　勇健本生〉〔註77〕及〈第 127 則　摩洛伽本生〉〔註78〕，都是指主角的名字。〈第 72 則　鹿本生〉，故事中只見「鹿」，未見羚羊，而《本生經》翻譯爲羚羊，標題旁標註佛前生爲「鹿」。〔註79〕〈第 123 則　驢兒子本生〉，驢兒子是印度信度馬的譯名。〔註80〕〈第 126 則　腕本生〉，是指尺度的大小約一腕半厚。〔註81〕〈第 128 則　達薄花本生〉，達薄花是豺的綽號。〔註82〕〈第 141 則　芒果本生〉，芒果的古名爲菴羅果。

　　2. 以內容主題爲標題：

　　例如：黃寶生、郭良鋆譯《佛本生故事精選》中的〈第 36 則　貴重本生〉，故事大要：國王的寶珠不見，連累很多宮女，當時大臣想出找到寶珠的方式，發現園中猿猴數多，因此懷疑是猿猴所拿，用球製作一些首飾，給很多母猿，逼母猿自己出現炫耀而捕捉。〔註83〕此則依內容主題，大臣協助尋找貴重珠寶，以「貴重」爲標題；而另外兩本翻譯〈大精本生譚〉註解「大精」爲「樹心」，內容相關處是猿猴在樹枝旁等王妃卸下珠寶，在將寶珠藏於樹洞當中。

　　黃寶生、郭良鋆譯《佛本生故事精選》的〈第 22 則　吠陀婆本生〉與〈第 55 則　桑耆沃本生〉是以主角名字爲標題，而《本生經》的〈第 48 則

〔註75〕同註 57，《漢譯南傳大藏經・本生經》第 31 冊，頁 159。
〔註76〕同註 69，《小部經典——本生經》，頁 449。
〔註77〕同註 44，《佛本生故事精選》，頁 146。
〔註78〕同註 44，《佛本生故事精選》，頁 269。
〔註79〕同註 57，《漢譯南傳大藏經・本生經》第 33 冊，頁 151。
〔註80〕同註 44，《佛本生故事精選》，頁 260。
〔註81〕同註 44，《佛本生故事精選》，頁 268。
〔註82〕同註 44，《佛本生故事精選》，頁 272。
〔註83〕同註 44，《佛本生故事精選》，頁 90。

智雲咒文本生譚〉與〈第150則　等活本生譚〉是以內容主題為標題。

〈第48則　智雲咒文本生譚〉故事大要如下：

> 婆羅門會一種咒語，看天象唸出會使天降下七寶之雨，此時，
> 婆羅門跟弟子被盜賊捕捉，弟子被放回去籌贖金，弟子跟師父說千
> 萬不要念咒語，這樣會害了自己也害了盜賊，但是婆羅門師父不聽
> 信弟子的話，念咒語後被釋放，又被另一批盜賊捕抓，第二批盜賊
> 殺了婆羅門後，又去追殺第一批盜賊，最後剩下兩人，一人想用劍
> 砍死對方，另一人下毒毒死對方，因此兩人也喪命。〔註84〕

〈第150則　等活本生譚〉故事大要如下：

> 阿闍梨有一個青年弟子桑吉瓦，會唸一種起死回生的咒語，
> 但是不會解咒，有一天在森林看到死老虎，他就唸咒，等老虎活過
> 來之後，老虎向他奔馳而來，咬住咽喉，這個桑吉瓦就倒地而死。

〔註85〕

3. 日文用字

除了上述的「豚」、「鳩」、「大精」之外，在黃寶生、郭良鋆譯《佛本生
故事精選》的〈第92則　貓頭鷹本生〉與《本生經》〈第270則　梟本生譚〉，
其中的「梟」，在日文有貓頭鷹、夜間活動的東西、夜貓子的意思，〔註86〕
在中國「梟」也是貓頭鷹一類的鳥，但「梟」字通常有強悍之意，因此在內
容主角上比較容易混淆。

三、結構組織

《佛本生故事精選》的翻譯，是根據丹麥學者 V. 浮士博爾（V. FauSboll）
校勘出版的巴利原文，也參考了英國學者 E.B.考埃爾的英譯本。此書選譯的
154 個本生故事，未譯出本生因緣的總序。在結構組織，每則本生譚只選譯
其中的兩個部分，即前生故事與偈頌。因為譯者認為這兩部分是最古老，文
學性最強之處。〔註87〕

〔註84〕同註57，《漢譯南傳大藏經・本生經》第31冊，頁329～333。
〔註85〕同註57，《漢譯南傳大藏經・本生經》第32冊，頁309～314。
〔註86〕同註67，《日語漢字辭典》，頁759。
〔註87〕同註44，《佛本生故事精選》，頁9。

此書中有七篇是引用季羨林的譯文，分別是〈跳舞本生〉〔註 88〕、〈蒼鷺本生〉〔註 89〕、〈吠陀婆本生〉〔註 90〕、〈猴王本生〉〔註 91〕、〈鹿本生〉〔註 92〕、〈獸皮苦行者本生〉〔註 93〕、〈波毗嚕本生〉〔註 94〕。然而最後一篇〈大隧道本生〉未完全譯出，譯者說明因為此篇故事全文十萬字，所以只選譯其中的一部份。〔註 95〕

第五節　三種漢譯版本——譯文比較

《漢譯南傳大藏經·本生經》的譯文，偈頌的翻譯承襲了漢譯《雜阿含經》的文體，採取五言為主的整齊格式；散文部份則為「文白結合」的混合語體。文白結合是自古以來行之已久的一種翻譯佛經的模式，可說是漢譯佛經在語言風格上的語體特點之一。〔註 96〕

三種漢譯本在故事內容上並無太大的差異，只有敘述用語的差別，若以文言白話程度來比較，以黃寶生與郭良鋆的譯本，最為白話，容易理解；其次是夏丏尊譯本；而《漢譯南傳大藏經·本生經》以文白結合的語體，較難理解。然而偈頌詩句往往為了符合詩的體例格式，省略了主詞，或部分意思變形。〔註 97〕舉例如下：

一、散文體比較

【吳】　〈第 18 則　死者供物本生譚〉〔註 98〕

昔日，於波羅奈之都梵與王治國時，有一通曉三吠陀於世名高

〔註 88〕同註 44，《佛本生故事精選》，頁 38。
〔註 89〕同註 44，《佛本生故事精選》，頁 44。
〔註 90〕同註 44，《佛本生故事精選》，頁 54。
〔註 91〕同註 44，《佛本生故事精選》，頁 61。
〔註 92〕同註 44，《佛本生故事精選》，頁 148。
〔註 93〕同註 44，《佛本生故事精選》，頁 224。
〔註 94〕同註 44，《佛本生故事精選》，頁 230。
〔註 95〕同註 44，《佛本生故事精選》，頁 431。
〔註 96〕蔡奇林：〈《漢譯南傳大藏經》譯文問題舉示·評析——兼為巴利三藏的新譯催生〉，《成大宗教與文化學報》第 3 期（民國 93 年 6 月），頁 30。
〔註 97〕同註 96，〈《漢譯南傳大藏經》譯文問題舉示·評析——兼為巴利三藏的新譯催生〉，頁 35。
〔註 98〕同註 57，《漢譯南傳大藏經·本生經》第 31 冊，頁 222。

之婆羅門阿闍梨，欲供死者之供物，使捕一羊，向弟子等曰：「牽此羊往河中沐浴，頸捲華鬘，與五分量之食，飾後牽還。」

【夏】 〈第18則 死者供物本生因緣〉 [註99]

從前，梵與王在波羅奈治國時，有一個精通三吠陀舉世聞名的婆羅門的阿闍梨，要供「死者的供物」，捕了一隻羊，吩咐弟子們道：「把這隻羊帶到河裡去沐浴，頸上套了華鬘，與以五指量的食物，打扮好了帶回來。」

【黃】 〈祭羊本生〉 [註100]

古時候，當梵授王在波羅奈治理國家的時候，有個舉世聞名的精通三吠陀的婆羅門老師，想給祖宗上供，讓來人逮來一頭山羊，吩咐學生們說：「孩子們！把牠帶到河裡洗洗，然後給他脖子上戴個花環，按上五指印，裝飾一番，再帶回來。」

三者都提到的「三吠陀」，是指婆羅門教經典「黎俱吠陀」、「娑摩吠陀」、「夜柔吠陀」。「婆羅門」是古印度種性階級制度之一，主要有四種種姓的階級——婆羅門（掌管祭祀和文化）、剎帝利（掌管王政和軍事）、吠舍（從事商業活動）、首陀羅（從事苦力工作），[註101] 此制度實際上更為複雜，還有所謂的不可接觸者的低下階層。

〈祭羊本生〉中譯的「五指印」與〈死者供物本生譚〉及〈死者供物本生因緣〉所譯的「五指量」與「五分量」，是指裝食物的容量大小。「五指印」在古印度是一種巫術標誌，[註102] 應該是類似密宗的手印，[註103] 因此在意思上有些差異。

阿闍黎〈梵文 Acharya，巴利文 Acariya〉，為佛教術語，又譯為闍梨、阿闍梨、阿舍梨、阿祇利、阿遮梨夜、阿遮梨耶，意譯為教授、軌範師、正行、悅眾、應可行、應供養、教授、智賢、傳授。意思是教授弟子，使之行為端正合宜，而自身為弟子楷模之師，又稱導師。因此〈祭羊本生〉將阿闍梨翻譯為「老師」。[註104]

[註99] 同註69，《小部經典——本生經》，頁145。
[註100] 同註44，《佛本生故事精選》，頁27～28。
[註101] 同註44，《佛本生故事精選》，頁28。
[註102] 同註44，《佛本生故事精選》，頁28。
[註103] 手印是指行者修法時，手指所結的印契。參見全佛：《密宗的重要名詞解說》（台北：全佛文化事業有限公司，2007年3月），頁67。
[註104] 同註28，《佛光大辭典》（四），頁3688。

【吳】　〈第 36 則　鳥本生譚〉〔註 105〕

與習菩薩（鳥）言行之鳥，立即隨菩薩飛往他處。然不學之愚者云：「此如滴水之中見鱷魚！」彼等不從菩薩之言，仍居其處。此後不久，果如菩薩之思慮燃燒起火，燒盡其樹。當焰煙升起之時，煙薰鳥多盲目，不能飛往他處，逐一落入火中，均被燒死。

【夏】　〈第 36 則　鳥本生因緣〉〔註 106〕

凡是遵從菩薩吩咐的鳥都跟隨著菩薩飛到別處去了。那些不知學習的愚笨的鳥還以爲「這等於在滴水裡見鱷魚哩。」對於菩薩的話不相信，仍留在原處不避。不多幾時，果然不出菩薩所料，森林被火延燒，把樹木都燒盡。當煙焰直冒的時候，群鳥的眼睛被煙蒙蔽成盲，不能飛逃，一一落入火中燒斃了。

【黃】　〈鳥本生〉〔註 107〕

一些聰明的鳥聽從菩薩的告誡，立即隨同菩薩飛往別處去了。而另一些愚蠢的鳥不聽菩薩的告誡，仍然住在那裡，並且說道：「他總是這樣，一滴水裡見鱷魚！」不久，正如菩薩所料，大樹起火，濃煙滾滾，烈焰騰騰，眾鳥的眼睛被煙火燻瞎，無法逃往別處，紛紛墜入火中喪命。

三者都提到一句「此如滴水之中見鱷魚！」、「這等於在滴水裡見鱷魚哩。」、「他總是這樣，一滴水裡見鱷魚！」這句話是印度的諺語，眞正的意思是「形容過分謹愼小心」。〔註 108〕參照三種漢譯本，不同的註解都是提供筆者很好的參考資料。

二、偈頌詩比較

（一）第 7 則

【吳】　大王！我爲汝子，人主！汝應養我，

　　　　王養他物，況己之子。〈採薪女本生譚〉〔註 109〕

〔註 105〕同註 57，《漢譯南傳大藏經‧本生經》第 31 冊，頁 279～280。
〔註 106〕同註 69，《小部經典——本生經》，頁 185
〔註 107〕同註 44，《佛本生故事精選》，頁 42。
〔註 108〕同註 44，《佛本生故事精選》，頁 42。
〔註 109〕同註 57，《漢譯南傳大藏經‧本生經》第 31 冊，頁 188。

【夏】　大王啊！我是你的兒子，人主啊！你應養育我，

王對他人尚養育，何況親生的兒子。〈採薪女本生本生因緣〉

〔註110〕

【黃】　王啊！請你收下我，王啊！我是你兒子，

國王養育眾生物，何況自己親生子。〈撿材女本生〉〔註111〕

（二）第30則

【吳】　莫羨姆尼迦，彼食死之食：

離欲食穀皮，此爲長命源。〈姆尼迦豚本生譚〉〔註112〕

【夏】　不要羨慕謨尼迦，他正喫著死亡的食物。

去了貪慾，喫糠麩吧，那是長命的根源。〈謨尼迦豚本生因緣〉

〔註113〕

【黃】　勿羨摩尼克，牠吃斷頭食：

嚼你粗草料，此乃長命食。〈摩尼克豬本生〉〔註114〕

（三）第32則

【吳】　鳴聲使心樂，背尾皆美麗，

頸現瑠璃色，展翼及一尋。

惟因亂舞故，予女不與汝。〈舞踊本生譚〉〔註115〕

【夏】　你鳴聲悅耳，身軀美麗。

頭頸作瑠璃色，翼翅長及一尋，

可是行動亂暴，不能將女兒給你。〈舞踊本生因緣〉〔註116〕

【黃】　你的鳴聲悅耳，脊背美麗，

脖子簡直就像碧綠的琉璃

尾巴展開足足有六英尺長，

一跳舞，我卻就不把女兒給你。〈跳舞本生〉〔註117〕

〔註110〕同註69，《小部經典——本生經》，頁121。
〔註111〕同註44，《佛本生故事精選》，頁24。
〔註112〕同註57，《漢譯南傳大藏經・本生經》第31冊，頁255。
〔註113〕同註69，《小部經典——本生經》，頁169。
〔註114〕同註44，《佛本生故事精選》，頁37～38。
〔註115〕同註57，《漢譯南傳大藏經・本生經》第31冊，頁268～269。
〔註116〕同註69，《小部經典——本生經》，頁178。
〔註117〕同註44，《佛本生故事精選》，頁39。

（四）第 143 則

【吳】　汝之頭蓋碎，汝之肋骨碎，

粉碎如微塵，示汝威光時。〈姆尼迦豚本生譚〉〔註118〕

【夏】　你的頭蓋碎了，頭破裂了。你的胸骨都已成粉了，

現在正是顯你威靈之時了。〈威光本生因緣〉〔註119〕

【黃】　腦漿四濺，腦殼粉碎，

肋骨全斷，你已顯威。〈顯威本生〉〔註120〕

（五）第 144 則

【吳】　汝無威力聖火神，幾多供物此處有。

不過牛尾等祭贄，所食之肉今不在，

牛尾等物請疾食。〈象尾本生譚〉〔註121〕

【夏】　沒有威力的聖火之神啊！這裡雖有幾多供物，

那不過是牛尾之類罷了。肉被喫去，

而今已空無所有，快將牛尾等喫了吧。〈象尾本生因緣〉

〔註122〕

【黃】　火神窩囊廢，你能保護誰？

今日無牛肉，請用這牛尾。〈牛尾本生〉〔註123〕

從這五則當中，可發現吳老擇和黃寶生，翻譯偈頌時，為了符合詩體格
式，以五言為主的整齊句式，也有使用四言、六言、或七言等，有少部分是
新詩體的句式，而夏丏尊則使用新詩體的句式。吳老擇在人稱方面，常看到
使用古文的人稱用法，如：「彼」、「汝」、「予」，且在多處運用較多文言語法
及文字，而夏丏尊與黃寶生則用「你」、「我」、「他」的人稱用法。

這樣的「文白結合」格式相當程度保留了原典當中頌文的文體特點。但
是這樣簡短、整齊的五言格式，卻也多少給予譯文一些限制，或省略主詞，

〔註118〕同註57，《漢譯南傳大藏經·本生經》第32冊，頁288。
〔註119〕同註69，《小部經典——本生經》，頁431。
〔註120〕同註44，《佛本生故事精選》，頁114。
〔註121〕同註57，《漢譯南傳大藏經·本生經》第32冊，頁290～291。
〔註122〕同註69，《小部經典——本生經》，頁432。
〔註123〕同註44，《佛本生故事精選》，頁115。

或部分意思變形，比較無法精準，明白的傳達原文意旨。〔註 124〕

　　由於現今《漢譯南傳大藏經・本生經》的完整版本只有一種，故以此本為研究的主體材料。然而三種漢譯本各有優缺點，因此以另外黃寶生、郭良鋆編譯的《佛本生故事精選》和夏丏尊據日譯本重譯的《小部經典──本生經》兩種版本為輔助參考資料。

〔註 124〕同註 96，〈《漢譯南傳大藏經》譯文問題舉示・評析──兼為巴利三藏的新譯催生〉，頁 30。

第三章 《本生經》動物類型故事（一）

第一節 《本生經》故事類型之訂定與分類

　　《本生經》[註1]的故事類型，依照 AT 分類架構[註2]，可分爲動物類型故事、生活類型故事、笑話類型故事及其他，對照表如下：

一、動物類型故事（AT　1～299）

AT　1～99　野獸

序號	AT 型號	故事類型	則數序號	《本生經》故事名稱
1	20C	「反應過度，群獸自擾」	第 322 則	墮落音本生譚
2	33	「動物裝死，逃出陷阱」	第 16 則	三臥鹿本生譚
3	37	「僞善的保姆」	第 384 則	法幢本生譚
4	47D	「不自量力狐學虎」	第 143 則	威光本生譚
			第 335 則	豺本生譚
5	51C	「水獺爭魚請狼分」	第 400 則	沓婆草花本生譚
6	59A	「狐狸挑撥生是非」	第 349 則	破和睦本生譚
			第 361 則	色高本生譚
7	76	「狼與鶴」	第 308 則	速疾鳥本生譚
8	91	「肝在家裡沒有帶」	第 208 則	鱷本生譚
			第 342 則	猿本生譚

〔註1〕　《漢譯南傳大藏經・小部經典・本生經》，以下簡稱《本生經》。
〔註2〕　金榮華：《民間故事類型索引》下冊（台北：中國口傳文學學會，2007 年），頁 667～724。

AT　100～149　野獸和家畜

序號	AT 型號	故　事　類　型	則數序號	《本生經》故事名稱
9	111A	「狼誣責小羊而吃了牠」	第 426 則	豹本生譚
10	113B	「貓裝聖人」	第 128 則	貓本生譚
			第 129 則	火種本生譚

AT　150～199　人和野獸

序號	AT 型號	故　事　類　型	則數序號	《本生經》故事名稱
11	160	「報恩的動物和忘恩的人」	第 73 則	真實語本生譚

AT　200～219　家畜

序號	AT 型號	故　事　類　型	則數序號	《本生經》故事名稱
12	214B	「驢披獅皮難仿聲」	第 189 則	獅子皮本生譚

AT　220～249　禽鳥類

序號	AT 型號	故　事　類　型	則數序號	《本生經》故事名稱
13	225A	「飛鳥把烏龜帶上高空」	第 215 則	龜本生譚
14	231	「鷺鷥運魚」	第 38 則	青鷺本生譚
15	233B	「鳥兒帶著網飛走」	第 33 則	和合本生譚
16	248A	「烏鴉替雲雀報仇」	第 357 則	鶉本生譚

二、生活類型故事（AT　850～999）

AT　850～869　選女婿和嫁女兒的故事

序號	AT 型號	故　事　類　型	則數序號	《本生經》故事名稱
17	851A.1	「對求婚者的考試」	第 546 則	大隧道本生譚

AT　920～929　聰明的言行

序號	AT 型號	故　事　類　型	則數序號	《本生經》故事名稱
18	920	「小百姓妙解兩難之題」	第 546 則	大隧道本生譚
19	920A	「男童巧喻熟蛋孵雞」	第 546 則	大隧道本生譚
20	920A.1	「小男童以難治難」	第 546 則	大隧道本生譚

AT　920～929　聰明的言行

序號	AT 型號	故　事　類　型	則數序號	《本生經》故事名稱
21	920A.4	「男童巧智解難題」	第 546 則	大隧道本生譚
22	926	「孩子到底是誰的」	第 546 則	大隧道本生譚
23	926D.4	「誰偷了藏在屋外的錢」	第 402 則	果子袋本生譚
24	926G.1	「誰偷了雞或蛋」	第 22 則	犬本生譚

AT　950～969　盜賊和謀殺的故事

序號	AT 型號	故　事　類　型	則數序號	《本生經》故事名稱
25	969	「得寶互謀俱喪命」	第 48 則	智雲咒文本生譚

AT　970～999　其他生活故事

序號	AT 型號	故　事　類　型	則數序號	《本生經》故事名稱
26	980	「兒子一言驚父親，從此孝養老祖父」	第 446 則	球莖本生譚
27	985	「少婦在父親兄弟和丈夫兒子間的選擇」	第 67 則	膝本生譚
28	989	「善用小錢成鉅富」	第 4 則	周羅財官本生譚

三、笑話類型故事及其他（AT　1200～1999）

AT　1200～1349　傻瓜的故事

序號	AT 型號	故　事　類　型	則數序號	《本生經》故事名稱
29	1252	「射蠅出人命」	第 44 則	蚊本生譚
			第 45 則	赤牛女本生譚
30	1306A	「貪心人殺雞取卵」	第 136 則	金色鵝鳥本生壇

AT　1525～1639　聰明人

序號	AT 型號	故　事　類　型	則數序號	《本生經》故事名稱
31	1526D	「偽裝老實竊鉅款」	第 89 則	詐欺本生譚
32	1534	「似是而非連環判」	第 257 則	哥瑪尼闍陀農夫本生譚
33	1592A	「金子變銅人變猴」	第 218 則	詐騙商人本生譚

AT　1875～1999　說大話的故事

序號	AT 型號	故　事　類　型	則數序號	《本生經》故事名稱
34	1920J	「漫天撒謊，比誰最老」	第 37 則	鷓鴣本生譚

　　《本生經》中 233B 型，見於丁乃通分類編號中。〔註 3〕其中由金榮華補編的型號有：51C、59A、851A.1、875B.5、875B.6、920A.1、920A.4、926D.4、926G.1、969、989、1252、1306A、1526D、1920J 共 15 個。本論文第三章到第六章，運用民間故事中「情節單元」與「故事類型」的觀念，整理每一個故事類型的情節單元排序，比較其故事細節差異，多方搜集相關論述，進一步探討各地方故事所產生的變化及文化意涵，試著對故事進行分析討論。

　　由於故事資料數量龐大，筆者依目前所搜尋到的民間故事資料，將其分為中國與外國地區之故事作一簡述分類整理或分析，在此所指的「中國與外國各地之流傳及文本大要」，皆是指目前所見從古至今的故事。

第二節　野獸（一）

一、第 322 則〈墮落音本生譚〉大意

（一）故事概要

《本生經》中第 322 則〈墮落音本生譚〉「主分」中故事概要：〔註 4〕

　　　　從前，波羅奈國梵與王治國時，菩薩出生為獅子之身。當時有一隻兔子，牠在想如果大地毀滅，牠將要住哪裡。沒多久有一個成熟的橡實掉落在多羅葉上，產生巨大的墜落聲響，兔子非常怕死，以為世界將要毀壞而驚慌的逃跑，之後有兔子跟著跑，聽牠說是大地毀壞了，於是又有十萬隻兔子，後面又緊跟著鹿、豬、牛、水牛、伽瓦雅牛、犀牛、虎、獅子、大象等等動物。菩薩獅子見到多數動物逃竄，詢問原因後出力制止，就用三聲獅子吼阻止群獸，再行追問，最後問到兔子，問明原因後，帶著兔子去查明真相，結果只是

〔註 3〕　丁乃通：《中國民間故事類型索引》（武漢：華中師範大學出版社，2008 年），頁 32。
〔註 4〕　吳老擇編譯：《漢譯南傳大藏經・小部經典・本生經》第 34 冊（高雄：元亨寺妙林出版社，民國 84 年 9 月～民國 85 年 3 月），頁 75～78。

果實掉落在葉子上的聲音，群獸得知後都慶幸未因此跳入海中而死。

在此則「序分」中，比丘對佛陀提問關於外道苦行的本領，佛陀解說外道不正確的苦行，猶如兔子聽聞落葉聲所產生之恐慌，而說此故事。「結分」中佛述此法語後，作本生今昔之結語：「爾時之獅子即是我。」指出獅子就是佛陀前生。

（二）故事分析

1. 第 322 則〈墮落音本生譚〉情節分析：

①果實掉落樹葉產生巨響，兔子誤解以為世界末日。

②經由多數誤傳而造成恐慌奔逃。

③智者獅子查明真相解除危機。

2. 故事類型名稱

第 322 則〈墮落音本生譚〉故事的類型編號是 20C，本則採用 AT 編號，依據金榮華《民間故事類型索引》之分類法，名之為「反應過度，群獸自擾」，類型概要：

> 由於一片樹葉掉入海中，或是一顆果實從樹上掉下來打在公雞的頭上，群獸誤以為有戰事發生或誤以為世界末日到了，拼命奔逃。

〔註5〕

（三）中國各地之流傳及文本大要

此類型故事在中國古代尚未查得，但在戰國策中的「曾參殺人」與「三人成虎」，兩則故事國際編號為「AT 978B 眾人說的假話有人信」，都在比喻謠言可以掩蓋真相，經由三人以上傳播，就會讓人信以為真，與〈墮落音本生譚〉中的故事主旨相同，結構中的「經由多數誤傳而造成恐慌」也一樣。

但有些差異，就是刻意與無知的誤傳。「AT 978B 眾人說的假話有人信」比較強調的是刻意的散撥謠言，且 AT 978B 的故事流傳於印度的民間故事就有三種：《五卷書》、《故事海》、《印度民間故事（乙）》。〔註6〕這是情節單元相同之處，也可說有異曲同工之妙。

依目前所見資料，在中國流傳的地區有：雲南、甘肅、西藏。〔註7〕雲南：

〔註5〕 同註2，《民間故事類型索引》上冊，頁9。
〔註6〕 同註2，《民間故事類型索引》中冊，頁418。
〔註7〕 同註2，《民間故事類型索引》上冊，頁9。

〈老虎怕「漏」〉〔註8〕，雲南〈兔驚眾獸逃〉〔註9〕；甘肅：〈兔子逃「喳兒」〉；西藏：〈兔子逃「喳兒」〉、西藏〈兔子逃「喳兒」〉。〔註10〕其中雲南的〈兔驚眾獸逃〉與甘肅、西藏所傳的故事一樣，解難者角色不同，其他故事結構也大致相同。列舉的五則故事，可分為兩種說法：

1. 雲南〈老虎怕「漏」〉

> 從前有兩兄弟上山打柴遇到大雨，進山神廟躲雨，雨越下越大，弟弟說：「萬一進來一隻老虎，那就糟了。」哥哥說：「老虎倒不用怕，唯獨怕漏」這時，恰好有一隻老虎聽到他們談話，心想：「這『漏』可能比我的本事大吧？」沒多久，山神廟開始漏雨。弟弟大叫：「不好了，漏了！」老虎誤認為是「漏」來了，驚慌失措地拔腿就跑。跑到山坡上，遇到狗熊，老虎說：「漏來了！」狗熊也跟在老虎後面一起逃，之後跟著馬鹿、麂子、大象、岩羊、獐子也都跟著跑。此時有兩隻兔子見狀，問明原因，一探究竟，發現山神廟走出來的是頭上戴兩個斗笠的人，身上穿的是蓑衣，才知道是虛驚一場。

此則是結合「AT177 不怕老虎祇怕漏」的故事，這個類型流傳地區甚廣，金榮華曾運用語音學的角度，推測出故事源頭是中國華南地區。〔註11〕類型概要：

> 一隻老虎在雨夜裡去農舍偷牛或羊，聽見農人夫婦說：不怕老虎祇怕漏。虎以為「漏」是比牠更厲害的東西。這時有一偷牛賊來偷牛，誤以虎為牛，騎在牠背上，驅之使去。老虎以為騎在他身上的即是漏，慌忙奔逃。偷牛賊發覺自己騎的竟是一隻老虎，也嚇的趕緊躲上一株大樹躲避。〔註12〕

〔註8〕 《中國民間故事集成》雲南卷（北京：中國 ISBN 中心出版，新華經銷，1992年 11 月～2008 年 10 月），頁 1022～1023。

〔註9〕 《西雙版納傣族民間故事集成》（雲南：雲南人民出版社，1993 年 6 月），頁732～733。

〔註10〕 同註8，《中國民間故事集成》甘肅卷，頁 369。也見於《中華民族故事大系·第 2 冊》，頁 322～324。《40·西藏民間故事集》，頁 501～503。《中國南方少數民族故事選》，頁 48～50。《中國動物故事集》，頁 84～86。《中國民間故事選》·第一集，頁 274～275。《中國民間寓言選》，頁 187～188。

〔註11〕 金榮華：《禪宗公案與民間故事》（台北：中國口傳文學學會，2005 年），頁77～84。

〔註12〕 同註2，《民間故事類型索引》上冊，頁65。

　　〈老虎怕「漏」〉這個故事，前面敘述「不怕老虎祇怕漏」的故事，說明老虎因害怕「漏」而逃，後面接著「反應過度，群獸自擾」的故事，有一群動物不知原因的跟在後面，最後經由兔子來解危，銜接點爲「逃跑」。這樣的結合，是因爲兩個類型同樣都有恐懼的事物存在，由於未知而造成恐慌。

　　此則符合「反應過度，群獸自擾」的故事結構以及情節排序，在細節方面有些變動，且角色互調，本來由溫馴的兔子角色擔任發起者，這裡換成兇猛的老虎，是爲了營造「老虎都害怕的東西，一定更可怕」的情節，促成群獸相信而跟隨，原本是由智者獅子來發現眞相，〈老虎怕「漏」〉故事中獅子並未出現，而是由兔子來揭曉。

　　可能有兩個原因，第一個原因，獅子的原產地不在中國，獅子的故鄉在非洲、中亞、西亞和美洲，我國工匠藝人雕琢獅子自然要在西方獅子傳入中國以後。西方獅子的傳入在歷代文獻中，最早出現獅子的記載是《漢書·西域傳贊》，文中記述了獅子是漢武帝派張騫通西域之後作爲「殊方異物」傳入中國的。〔註13〕

　　張騫是陝西城固人，奉漢武帝之命二次出使西域，前後歷時十三年，是我國第一個官方出使西域，爲中西文化作出卓越貢獻的先驅者。他死後葬在故里，墓前留下一對石刻護墓獸，可惜頭和四肢已毀，僅留存身軀，肩部腿有雙翅，輪廓起伏很大，據現存的形體推測，可能是一對似獅似虎的怪獸。〔註14〕

　　張騫通西域後，「明珠、文甲、通犀、翠羽之珍盈於後宮，蒲梢、龍文、魚目、汗血之馬充於黃門，巨象、獅子、猛犬、大雀之群食於外囿。殊方異物。四面之至」。（《漢書·西域傳贊》）從這段文字中，雖然看不出獅子入漢的具體年月，但可以看出，獅子是在漢武帝時張騫通西域之路之後傳入的。〔註15〕

　　此後，西域人獻獅子的記錄便不斷出現。在《後漢書》中便屢有記載：「章和元年（西元87年）……月氏國（今克什米爾及阿富汗一帶）遣使獻扶拔師（獅）子。」、「章和二年初，月氏……是歲貢奉珍寶扶拔師（獅）子。」「章和二年，冬十月乙亥，安息國（古波斯國名）遣使獻師（獅）子扶拔。」

〔註13〕徐華鐺、楊古城編：《中國獅子藝術》（北京：輕工業出版社，1991年6月），頁5。
〔註14〕同註13，《中國獅子藝術》，頁5。
〔註15〕同註13，《中國獅子藝術》，頁5。

〔註 16〕

　　東漢順帝時，疏勒國王派使者到洛陽，向東漢朝廷贈送禮品，其中就有獅子。順帝見到這巨大而又兇猛的野獸，頗感新奇，即命把獅子安置在御苑內，加固鐵籠，並傳旨大臣們一起觀賞。根據各種文獻資料推測，獅子傳入中國的準確年限當在張騫第二次出使西域之後（西元前 115 年），至《漢書》所記的終止期（西元 23 年）之間。因西域諸國向漢朝獻物是在張騫第二次出使西域之後，而第一次出現獅子記載的是《漢書》。〔註 17〕由此可知張騫通西域以後，才知道有獅子的存在。

　　過去歐洲南部、西亞、印度和非洲都有獅子，一般認為歐洲的獅子在西元一世紀由於人類的活動而滅絕。今天絕大多數獅子生活在非洲撒哈拉沙漠以南，二十世紀時，在亞洲的獅子幾乎全部被消滅，只有在印度的一個自然公園還有少數倖存。過去除森林外，獅子在所有的生態環境中都有，今天它們的生存環境縮小了。它們比較喜歡草原，也在旱林和半沙漠中出現，但不生存在沙漠和雨林中。〔註 18〕

　　第二個原因，兔子除了溫馴的形象之外，在中國還有一種「狡猾」的形象，成語「狡兔三窟」，是說明它躲藏的技巧。在漢民族文化裡，兔子是跑得快的象徵，因此古代有「靜若處子，動若脫兔」的說法，說的是他跑的很快速。他們的機智都在於求生，而他們求生的全部技巧，僅僅是逃跑和躲藏。

2. 西藏、甘肅〈兔子逃「喳兒」〉（藏族）

　　　　從前有一口湖，湖邊有一片木瓜林，樹林裡住著六隻兔子。有一次，一個木瓜熟了，從樹上落進湖水裡，「喳兒」一聲。兔子聽見了，不知道是什麼，嚇得連忙就跑。一隻狐狸看見它們跑，聽到兔子說：「『喳兒』來了！」狐狸聽見連忙就跑。之後這樣一個傳一個：猴子、鹿、豬、水牛、犀牛、大象、狗熊、馬熊、豹、老虎、獅子，大家悶著頭拚命跑，越跑越害怕。山腳下有一隻長毛獅子，看見獅子們這樣跑，就追根究底地追問，問明原因後，兔子帶長毛獅子到了木瓜林旁邊，查明真相是木瓜落進湖水裡，「喳兒」的一聲。大家這才鬆了一口氣，虛驚一場。

〔註16〕同註 13，《中國獅子藝術》，頁 6。
〔註17〕同註 13，《中國獅子藝術》，頁 6。
〔註18〕楊安峰、程紅譯：《世界動物百科》（台北：眾文圖書股份有限公司，民國 85 年 4 月），頁 302。

此則故事在情節結構上與《本生經》的故事核心情節及基本結構都相同。發起者與智者角色也相同，由於年代也較晚，故推測為佛教經典傳入中國少數民族的可能性較高。此則故事被收入在很多故事集當中，由本章的「註10」中可見，所以可知此則故事在少數民族區域流傳很廣。

（四）外國各地之流傳及文本大要

在外國流傳的地區有：芬蘭、愛沙尼亞、立陶宛、拉脫維亞、瑞典、挪威、丹麥、蘇格蘭、加泰羅尼亞、德國、匈牙利、俄國、希臘、土耳其。〔註19〕在印度〔註20〕、巴西〔註21〕與意大利〔註22〕也有流傳。

依目前所見資料，外國部份的意大利與巴西應該是屬於「異文」的部分，因為兩則說法較為不同，意大利的故事〈怪獸〉是簡述故事並無詳述逃難過程，而巴西〈淘氣的貓〉主角已經改變，情節內容也稍有改變，列舉兩則故事概要：

1. 意大利〈怪獸〉〔註23〕

> 很久以前，森林中的動物不知道古樹下藏著什麼可怕的動物，都說是世界末日要到了，請狐狸去探聽一下，狐狸派牠的好友喜鵲去看，喜鵲發現樹葉中有兩顆閃閃發光的亮點，還聽到拍動翅膀的聲音，喜鵲慌張的回來，大喊：「森林要毀滅啦！」狐狸聽到後夾起尾巴逃命，其他動物也一窩蜂的跟著逃命。最後說故事者結語：其實只是一隻大眼睛貓頭鷹在森林中，說明這則寓言告訴我們，疑心和傳聞常常能製造出可怕的怪獸。

〈怪獸〉核心情節與《本生經》相同，只是解危者未出現，是由作者說明原由，兩個互動的角色兔子跟獅子也沒有出現，角色雖然都不同，卻有相同的情節單元：（1）誤以為世界末日到了。（2）誤傳謠言，引起群獸奔逃。雖然不是果實掉落所發生的巨響，也利用貓頭鷹的翅膀拍擊聲來詮釋奇怪的聲音，還故佈疑陣的暗夜亮光，也引起讀者的好奇。這也是民間故事有趣之

〔註19〕 Antti Aarne and Stith Thompson, *The Type of Folktale*（Helsinki, Academia Scientiarum Fennica, 1964）,P.25～26。

〔註20〕 同註2，《民間故事類型索引》上冊，頁9。

〔註21〕 《巴西童話》（台中：義士出版社，民國56年），頁109～118。

〔註22〕 黃瑞雲等選譯：《外國古代寓言選》（武漢：湖北教育出版社，2003年1月），頁135～136。

〔註23〕 同註22，《外國古代寓言選》，頁135～136。

處，因為不同地方的流傳，產生不同情節的趣味性。

2. 巴西〈淘氣的貓〉〔註24〕

　　　　從前有對老夫婦，養了一隻貓，老婦過世後，老頭兒就將貓丟
　　棄在樹林中。貓兒因為肚子餓，兔子遇到牠，貓就說要吃掉樹林裡
　　所有的動物，兔子害怕的逃走，遇到狐狸跟狼，聽到消息也嚇的狂
　　奔，最後遇到熊，熊說要煮肉邀請貓來吃，也許可以免難，可是大
　　家還是很怕貓，兔子昏倒了，狐狸的尾巴不慎被木材夾斷，貓被聲
　　響嚇到亂抓，抓傷了狼的眼睛跟頭，熊嚇到從樹上摔下斷了肋骨，
　　之後大家討論的結果，都以為是貓所做的，還慶幸沒被貓吃了。

　　此則巴西〈淘氣的貓〉情節差異性較大，但也有著「誤傳謠言，引起群
獸奔逃」的情節單元，仍是由兔子為發起者，故事結尾是大家仍然不知道自
己出意外的原因為何。目前筆者所見資料有限，是否傳到美洲地區的故事更
改較多，就無從比較，因此提出此則，以供後人參研。

（五）小　結

　　此則強調「守戒有智慧，樂靜心安定。〔註25〕」在《本生經》中「遠
因緣譚」提到一位菩薩修行必須完成十乘行，就是十波羅蜜：布施、護戒、
出離、智慧、精進、堪忍、真實、決定、慈、捨波羅蜜。其中的「決定」就
是六度波羅蜜中所說的「禪定能對治散亂」以及偈文中所提到的智慧，也是
故事中所包含的佛教教義「智慧能對治愚癡」。巴利文《本生經》中所謂的
十波羅蜜，為：檀（施）、尸（戒）、般若、毘梨耶（精進）、羼提（忍）、捨
世（否認世間及自己）、真實（不說為害真實之妄語）、決意（不動搖自己之
決意）、慈（不顧己利，為一切有情住於慈心）、捨（不為苦樂喜怒等所動）。
〔註26〕

　　禪，又為靜慮之意，靜指心體寂靜，將心專注於一境，心達到寂靜不動，
即能正審思慮。故修習禪那，則能度脫凡夫散亂顛倒之心，進而生得智慧。
〔註27〕智慧波羅蜜，又作慧波羅蜜、般若波羅蜜、明度無極。能對治愚癡，
開真實之智慧，即可把握生命之真諦。〔註28〕對一切事物之道理能夠斷定

〔註24〕同註21，《巴西童話》，頁109～118。
〔註25〕同註4，《漢譯南傳大藏經・本生經》第34冊，頁78。
〔註26〕《佛光大辭典》（一）（高雄：佛光出版社，1988年10月），頁449。
〔註27〕同註26，《佛光大辭典》（七），頁6451。
〔註28〕同註26，《佛光大辭典》（二），頁1273。

是非、正邪，而有所取捨者稱爲智。〔註29〕智與慧爲相對之通名，達於有
爲之智相稱爲「智」，達於無爲之空理稱爲「慧」。〔註30〕聞思修三慧：（1）
聞慧，依見聞而生智慧，或聽聞佛法而生智慧，此爲聲聞所成就。（2）思慧，
是依思惟所聞所見之道理而生智慧，爲緣覺所成就。（3）修慧，乃依修持禪
定則有斷惑正理之功而生智慧。〔註31〕

　　故事主旨在說明，知識的誤用、濫用，對個人來說，輕者可能帶來困擾，
傷及身心，重者可能鬧出人命；對社會而言，可能造成人際摩擦，帶來氣氛
的緊張，也有可能帶來社會的內鬥耗損，無法進展。對於未知的事情，會產
生好奇或害怕。免除害怕最好的方法就是去了解它，知道眞相之後，恐懼自
然就會消失。

　　若將故事流傳線索分爲東西方兩線探討，東方流傳線索以亞洲及東南亞
來看，印度應該是最早的起源地，雖然其他佛經故事中未見此類型，卻在印
度民間故事中可見。且依年代推測，《本生經》爲西元前三世紀，中國傳播也
大多在少數民族地區。

　　〈兔子逃「喳兒」〉在 1182～1251 年就已經流傳，是一則古老的寓言故
事，被紀錄在「薩迦格言註解」故事集中。〔註32〕相傳佛教約於西元五世紀，
二十八代藏王拉托托日年贊時傳入西藏的。但正史記載是在西元七世紀，即
三十二代藏王松贊干布時傳入。松贊干布迎娶唐朝的文成公主和尼泊爾公
主，兩位公主都是虔誠的佛教徒，都將釋迦牟尼佛像帶入西藏，因此隨著兩
位公主的下嫁，佛教分別從漢地和印度傳入西藏。爲了翻譯佛經，松贊干布
又派吞彌桑布札等十餘人到印度學習梵文，吞彌回藏後，仿梵文造藏文，並
翻譯一些佛經。松贊干布大力提倡佛教，並以佛教十善法治國。〔註 33〕由此
可知是由印度佛教經典所傳。

　　西方流傳線索可依照湯普遜所蒐集的故事推測，多數故事集中在歐洲國
家，芬蘭就有 32 種之多〔註34〕，而歐洲國家以外的流傳較爲少見，且筆者所

〔註29〕同註26，《佛光大辭典》（五），頁 5009。

〔註30〕同註26，《佛光大辭典》（七），頁 6019。

〔註31〕釋慧森：《佛學基礎知識》（台北：長春藤書坊，民國76年7月），頁 44。

〔註32〕《中華民族故事大系》·第2冊（上海：上海文藝出版社，1995年12月）頁
　　　　323。

〔註33〕周明甫、金星華：《中國少數民族文化簡論》（北京：民族文化出版社，2006
　　　　年4月）頁 169。

〔註34〕同註 19, "The Type of Folktale", P.25～26。

見資料的故事基本結構也不完全相同，可能在流傳過程中經過一再改變而成。由於西方故事蒐集資料不足，因此難以探知故事的源頭為何。

二、第16則〈三臥鹿本生譚〉大意

（一）故事概要

《本生經》中第16則〈三臥鹿本生譚〉「主分」中故事概要：〔註35〕

> 從前，王舍城摩揭陀國王治國時，菩薩生於鹿胎，住森林中。其妹攜子請菩薩教授「鹿之幻術」。學成之後，菩薩說不用擔憂幼鹿被人捕獲。有一天幼鹿誤入圈套，牠用裝死的技巧：「不屈膝，橫臥地上，伸足坦腹，放大小便，垂頭出舌，體濡唾液，膨腹瞪眼，鼻孔斷氣，行內呼吸，全身僵硬，蒼蠅群集，鳥停在牠身上。」獵人前來誤以為死亡而鬆綁，幼鹿乘機跳起，逃離獵人之手，迅速回到母鹿的地方。

此則「序分」中，述說羅睺羅喜好戒學之事例。佛陀制定學處（戒），規定未受戒之優婆塞不得與受戒之比丘同住一室，因為優婆塞夜間聽法，晚入寢室，將臥床時會挪動他人的位子，或占用到他人床位，發出太多雜音干擾比丘安寧。此戒訂立後，比丘們不敢讓未受戒的羅睺羅進入寢室，羅睺羅到晚上找不到住所，就住在佛陀用的廁所裡，之後佛陀發現，也覺得不妥，又再重新規定，可以住一二日，再讓優婆塞去找尋住所。

佛陀於是制定學處（戒）。《四分律》：「若比丘尼知比丘尼先住處，後來於中間，強敷臥具止宿。念言，彼若嫌迮者，自當避我去，作如是因緣非餘非威儀，波逸提。（十六）」〔註36〕此戒在說明比丘及比丘尼的「擠進戒」，也就是規定不可強行占用寢具，擾亂安寧，是屬於小戒，猶如學校的班規，是為了僧團和合而定的。

在「結分」中，佛陀讚嘆羅睺羅喜好戒學，前世就已經如此，再述說故事，連結作本生今昔之結語：「爾時之甥幼鹿是羅睺羅，母是蓮華色，伯父之鹿即是我。」

〔註35〕同註4，《漢譯南傳大藏經・本生經》，第31冊，頁216～220。
〔註36〕《大正新修大藏經》第22冊（台北：新文豐出版公司，1983年1月），頁735上。

（二）故事分析

1. 第 16 則〈三臥鹿本生譚〉情節分析：

①大鹿教小鹿逃生之術。

②小鹿遇陷阱裝死。

③獵人誤以為小鹿死亡解開圈套，小鹿趕緊跳起逃出。

2. 故事類型名稱

第 16 則〈三臥鹿本生譚〉故事的類型編號是 33，本則採用 AT 編號，依據金榮華《民間故事類型索引》之分類法，名之為「動物裝死，逃出陷阱」，此故事型號與 239 及 239A 的故事情節結構類似，名之為「AT 239 小鳥助鹿出陷阱」、「AT 239A 禽鳥裝死脫牢籠」三個類型概要：

AT 33　動物裝死，逃出陷阱

鹿或是狐狸落入了獵人的陷阱，獵人來檢視時立刻裝死、被獵人提出陷阱後便乘機逃脫。（參見型號 239、239A）〔註 37〕

AT 239　小鳥助鹿出陷阱

鹿從陷阱中救出狼，自己卻落入了陷阱，但狼不去救，自顧自地跑開了。小鳥便教鹿在獵人來時裝死，當獵人把牠提出陷阱時立刻逃走。有些故事的結尾是，獵人失去了鹿就追射小鳥，小鳥飛到狼那裡，讓獵人射死了狼。〔註 38〕

AT 239A　禽鳥裝死脫牢籠

鳥被捕後裝死，獵人以為已死，毫無戒心地解開捕鳥的扣繩，鳥即乘機飛走。〔註 39〕

（三）中國各地之流傳及文本大要

依目前所見資料，中國流傳的地區有：河南、廣西、蒙古、遼寧、西藏、雲南、寧夏、貴州。〔註 40〕河南〈達摩一葦渡江〉〔註 41〕、廣西〈密洛陀〉〔註 42〕、遼寧〈鹿和狼〉〔註 43〕、西藏〈狼與鹿〉〔註 44〕、蒙古〈烏鴉和刺

〔註 37〕同註 2，《民間故事類型索引》上冊，頁 11。
〔註 38〕同註 2，《民間故事類型索引》上冊，頁 81。
〔註 39〕同註 2，《民間故事類型索引》上冊，頁 82。
〔註 40〕同註 2，《民間故事類型索引》上冊，頁 11。
〔註 41〕同註 8，《中國民間故事集成》河南卷，頁 176～177。
〔註 42〕同註 8，《中國民間故事集成》廣西卷，頁 11～22。

蝟〉〔註45〕、雲南〈馬鹿與烏鴉〉〔註46〕、寧夏〈梅花鹿〉〔註47〕、貴州〈聰明的叫天子〉〔註48〕。列舉以上八則故事，大約可分爲三種說法：

1. 經由其他動物教導裝死：

（1）狼假意與鹿成爲好朋友，狼掉落陷阱，鹿解救他之後，當鹿掉落陷阱時，狼卻忘恩負義不解救，由烏鴉或小鳥來教導裝死技巧而得救，最後狼也得到報應被獵人射死。例如：遼寧〈鹿和狼〉、西藏〈狼與鹿〉、雲南〈馬鹿與烏鴉〉、寧夏〈梅花鹿〉。

（2）烏鴉、刺蝟與狐狸成爲好朋友，當狐狸掉落陷阱，刺蝟想吃狐狸肉而不解救他，由烏鴉來教導裝死技巧而得救，最後刺蝟也得到報應被獵人射死。例如：蒙古〈烏鴉和刺蝟〉。

以上五則都敘述到，三種動物扮演著三種角色，害人者、被害者與解危者，形成故事的張力，尤其是在敘述獵人即將來到時，也達到眾人的期望，得到解救。最後害人者有著悲慘的下場，也發揮寓言故事啓發的功效。

故事中獵人發現獵物已死，就不再帶回，因爲動物死亡未經放血過程，會帶著許多病菌以及肉類無法長久保存。正常動物肉質的顏色爲接近粉紅色，不正常的肉因爲未放血，肉品顏色趨近鮮紅色，未經放血處理，其血液仍部分存留於肌肉組織中，此類肉質較易腐敗，殘留細菌，誤食易造成下痢症狀，危害健康。〔註49〕因此故事中描寫到獵人以爲動物已經死亡，就不會再帶回去食用。

2. 經由人類教導裝死：

結合達摩來中國傳教故事，解救鸚鵡出籠計。例如：河南〈達摩一葦渡

〔註43〕同註8，《中國民間故事集成》遼寧卷，頁375～376。

〔註44〕同註8，《中國民間故事集成》西藏卷，頁283～284。

〔註45〕陳慶浩、王秋桂主編：《中國民間故事全集36‧蒙古民間故事集》（台北：遠流出版社，1989年6月），頁516～517。也見於《中華民族故事大系》第1冊，頁711～712。

〔註46〕同註45，《8‧雲南民間故事集》，頁237～240。也見於《中華民族故事大系》第10冊，頁390～392。

〔註47〕同註45，《35‧寧夏民間故事集》，頁516～521。也見於《中華民族故事大系》第1冊，頁994～997。《回族民間故事選》，頁387～390。

〔註48〕同註32，《中華民族故事大系》第2冊，頁969～973。

〔註49〕周薰修：《死後屠宰豬肉鑑別方法之探討》（行政院衛生署藥物食品檢驗局84年度研究計畫，民國84年6月），頁1。

江〉故事概要如下：

> 達摩來到中國，遇到一户人家的一隻鸚鵡説：「西來意，西來
> 意，請你告訴我出籠計。」達摩説：「出籠計，出籠計，兩腿舒直眼
> 緊閉。」鸚鵡照做，就被老翁誤認爲已死而丟棄。鸚鵡也帶達摩北
> 行，達摩遇到一位老奶奶給他一根蘆葦，他就用蘆葦渡江到少林寺，
> 開始傳禪宗。

達摩祖師在中國傳說很多，神化成分很高，包括：達摩大師年歲問題、
一葦渡江、隻履西歸等等。菩提達摩，簡稱達摩，生於南印度，屬婆羅門種
族，爲南印度香至王的第三子。初學佛陀跋陀小乘禪觀，後遇西天二十七祖
般若多羅，不久即從般若多羅出家，侍從般若多羅近四十年。般若多羅滅度
後，達摩繼爲西天二十八祖，遵從其師父的遺教，先在南印度遊化。〔註50〕

達摩見中國有「大乘氣象」，先遣弟子佛陀、耶舍兩人來到中國。不料，
佛陀、耶舍兩人卻遭到北方僧眾的擯逐，後在廬山滅度。達摩得知弟子的消
息後，爲弘揚大乘心法，隻身一人三載苦渡，於梁武帝普通元年（西元 520
年）抵達廣州，又由廣州來到建康，與梁武帝會見。但因兩人話語不契合，
達摩渡江北上，進入北魏。來到洛陽，他見永寧寺華麗壯觀，歎爲「神功」，
又在永寧寺盤坐數日，並自言年已一百五十歲（見《洛陽伽藍記》卷一）。
〔註51〕

接著，他來到嵩山少林寺，面壁而坐，終日默然，時人稱爲「壁觀婆羅
門」。這一坐就是九年，在這九年中，被毒害五次（《歷代法寶記》指明爲菩
提流支三藏及「光統律師」慧光所爲）。後來，神光「立雪斷臂」，精誠至極。
達摩認定神光堪當大任，改其名爲慧可，傳以正法眼藏。〔註52〕

在梁大通二年，即魏孝明武泰三年（西元 528 年），達摩大師因化緣已
畢，傳法得人，遂於第六次被毒害時從容滅度。不料，在一年以後，魏使宋
雲又從蔥嶺帶回了達摩「隻履西歸」的意外消息。〔註53〕

以上是依據《洛陽伽藍記》與曇林〈序〉以及《景德傳燈錄》、《楞伽師
資記》、《歷代法寶記》、《傳法正宗記》、《五燈會元》等諸種禪門文獻而作出

〔註50〕 程世和：《達摩大師傳》（台北：佛光出版社，2006 年 3 月出版三刷），卷首語
頁 6～7。
〔註51〕 同註 50，《達摩大師傳》，卷首語頁 7。
〔註52〕 同註 50，《達摩大師傳》，卷首語頁 7～8。
〔註53〕 同註 50，《達摩大師傳》，卷首語頁 8。

的大致描述。〔註54〕

由於達摩大師的神祕性，因此造就人們穿鑿附會的許多故事，這也是民間故事特點之一，故事的主要情節結構不變，其中的角色可任意替代，因此可以常見到名人傳說故事中，有相同的事蹟出現。

3. 自己本能反應裝死：

（1）結合天地創造神話，其實只是這一則故事中的一個情節單元。例如：廣西〈密洛陀〉故事概要如下：

前面一大段敘述天地由來的神話：密洛陀是萬物之母，創造萬物，最後才造人類，密洛陀派了很多動物去打聽，哪個地方是造人的好地方。結果很多動物都因為貪吃誤事，懲罰的結果就成為動物日後的特徵，最後派鷯鷹去找，<u>鷯鷹找到卡亨神在造山墾地，卡亨看鷯鷹休息以為是輕鬆領功勞，將鷯鷹關在山洞三年，鷯鷹心生一計，裝死，卡亨以為鷯鷹已死，打開山洞，鷯鷹一飛衝天，回到密洛陀處告狀。</u>密洛陀給鷯鷹大翅膀，尖喙鋼爪讓鷯鷹去捉拿卡亨，將卡亨關進牢籠，處理之後就開始用柚子造人頭，冬瓜造人身，捏出四肢五官，用蜂蜜黏牢，孕育 270 日成人，生成不同人類成為不同民族，密洛陀辛苦的照顧著孩子，孩子生病也找了 100 味藥幫他們治病。太陽月亮變成 12 個，也找昌郎也射太陽，之後密洛陀老了，交代孩子們大家都是同母兄弟要好好生活，5 月 29 日為密洛陀生日，大家為他祝壽後，世世代代傳承下去。

此則長篇故事，結合很多神話與傳說故事，天地的由來，人類的起源，不同動物特徵的傳說，也加入了「后羿射太陽」的相同情節故事。呈現出瑤族的神話信仰、風俗習慣，文中最後提到「祝著節」。

「祝著節」為瑤族布努瑤支系的盛大民族節日，又稱「瑤年」、「達努節」（「永遠紀念」之意）、「祖娘節」。節日期間，瑤族師公唱誦〈密洛陀〉古歌。這是密洛陀神話的韻語傳承與民俗文化傳承。〔註55〕

故事的主要核心情節，只有短短三行，並非成為此故事的主軸，而是添加的情節元素，動物裝死，可在很多故事中加入，因為它是一種動物本能反應，因此人們發現不同動物的特殊表現情況，運用於故事之中，除了讓人增

〔註54〕同註50，《達摩大師傳》，卷首語頁8。
〔註55〕同註8，《中國民間故事集成》廣西卷，頁22。

加知識之外，也增添故事的新鮮感。

（2）結合「AT 1A 狐狸裝死為偷魚」，動物裝死也是這一則故事中的一個情節單元。例如：貴州〈聰明的叫天子〉

> 狐狸騙吃喜鵲的三隻幼子，喜鵲不服去向「叫天子」告狀，「叫天子」設計讓狐狸去吃土司婆籃中的食物，狐狸躲在路旁，逗引得土司婆放下竹籃、吊鍋，趁機把竹籃裡的飯和吊鍋裡的肉吃了個精光。被發現後，土司家的狗追趕，狐狸趕緊裝死，人看到狐狸已經死了就離開，狐狸趁人不注意也逃走，「叫天子」又騙狐狸去吃天火，狐狸最後掉入火海而死。

「AT 1A 狐狸裝死為偷魚」類型概要：〔註56〕

> 狐狸躺在路旁裝死，一人駕了一輛載魚的貨車經過，見了死狐，就把它撿起來放在身後的車上載走。狐狸乘機把車上的魚往車下丟，然後跳下車去把那些魚都拿走。

此則故事的關鍵結合點就在「裝死」，「AT 33 動物裝死，逃出陷阱」與「AT 1A 狐狸裝死為偷魚」，兩則故事類型的「裝死」情節，成為故事的一個銜接點。

（四）外國各地之流傳及文本大要

在外國流傳的地區有：芬蘭、愛沙尼亞、立陶宛、拉脫維亞、愛爾蘭、德國、塞爾維亞、俄國、希臘、土耳其，印尼、非洲。〔註57〕在印度〔註58〕、波斯〔註59〕、馬來西亞〔註60〕也有流傳。

依目前所見資料，列舉四則外國部份的故事，印度、波斯、馬來西亞與俄國，各地內容皆不同，情節也稍有改變，以下敘述故事概要：

1. 波斯〈鸚鵡和商人〉〔註61〕

> 一個富有的波斯商人對一隻鸚鵡非常的珍愛，有一天商人要去

〔註56〕同註2，《民間故事類型索引》上冊，頁1。

〔註57〕同註19, “The Type of Folktale”, P.27。

〔註58〕季羨林譯：《五卷書》（台北：丹青圖書公司，1983年3月），頁156～158。

〔註59〕譚寶璇譯：《隱藏的人生寶藏：43則波斯狡黠的智慧寓言》（台北：圓神出版社有限公司，2003年11月），頁28～32。

〔註60〕王娟、筱林、臨淵編譯：《南洋民間故事・百靈鹿》《國立北京大學中國民俗學會民俗叢書第一輯》（台北：東方文化出版社，民國76年），頁16～18。

〔註61〕同註59，《隱藏的人生寶藏：43則波斯狡黠的智慧寓言》，頁28～32。

印度做生意，一如往常問家人要什麼樣的禮物，當問到鸚鵡時，鸚
鵡說，請傳達給印度的鸚鵡知道，牠生活在籠中迫切期待印度同伴，
請教他們生活籠中與在樹林中的狀況公平嗎？商人如實傳達後，印
度的其中一隻鸚鵡，掉落地上死去。當商人回波斯告訴他珍愛的鸚
鵡狀況後，鸚鵡也從架上落下，一動也不動，商人很傷心以為鸚鵡
死去，打開牢籠，鸚鵡飛出後說，這就是同伴對我說的：「要自由就
要像我們一樣，死去。」鸚鵡就飛往印度了。

　　這則故事顯示出波斯與印度的交通，在很古老以前兩國就已經開始來
往。釋迦在菩提樹下悟道以後不久，波斯王大流士跨過雪的長城的缺口，侵
略印度新頭河北的地方，自西元前 518 年起，被波斯人佔有，直到二百年以
後，亞歷山大東征，才進入希臘人的掌握。〔註 62〕

　　故事結構是由鸚鵡同伴教導裝死，便可獲得自由，獵人角色變為主人，
蓄養鸚鵡，但鸚鵡是渴望自由的，故事情節讓人覺得有趣的是，印度鸚鵡深
怕波斯商人知道他所表達的真實涵義，於是直接用行動表達，讓波斯商人失
去警覺心，回去傳達時，鸚鵡才能順利脫困獲得自由。

2. 印度〈悔不聽老天鵝的話〉〔註 63〕

　　　　樹林中有一隻老天鵝，他發現一棵樹的蔓藤交錯，於是跟其他
天鵝說這棵蔓藤會害死大家，但是他的話不被理會。有一天，一個
獵人發現，放了一個絆索陷阱，晚上大家回到窩裡的時候都被蔓藤
困住，才後悔沒有聽老天鵝的話，老天鵝又教大家，當獵人來時就
裝死，被丟出地上後，大家再一起飛走，結果獵人真以為天鵝都死
了，把所有天鵝丟到地上，要再爬下去撿時，天鵝們一起飛走了。

　　印度的故事寓言成份較為濃厚，且大多說教為主，尤其《五卷書》，按照
印度傳統說法，《五卷書》是統治論的一種。它的目的是通過一些故事，把統
治的本領傳授給皇太子們，好讓他們能夠繼承衣缽，把百姓統治得更好。為
了達到這個目的，皇帝們就讓人把民間創造出來的寓言和童話加以改造，編
纂起來，交給太子們讀。〔註 64〕因此故事之後的說教道理非常多，多以偈頌

〔註62〕糜文開：《印度歷史故事》（台北：商務印書館股份有限公司，2004 年 4 月），
　　　　頁 16～17。
〔註63〕同註 58，《五卷書》，頁 156～158。
〔註64〕同註 58，《五卷書》，頁 2。

來表現，往往內容超過故事主體。

故事結構是由老天鵝來教導晚輩裝死，便可獲得自由，由此處角色的安排，可知教導意味濃厚。獵人角色不變，裝死讓人失去警覺心，天鵝們才能順利脫困獲得自由。

3. 俄羅斯〈主意〉〔註65〕

有一個農夫在森林裡挖一個坑，作爲陷阱，一隻狐狸掉進去之後，一隻仙鶴也跟著掉進去。狐狸說：我有一千個主意，仙鶴說我只有一個主意，狐狸一直跑，仙鶴一直啄，農民到坑洞查看，仙鶴安靜倒在地上，兩腳朝天，停止呼吸，農民看到狐狸一直跑，以爲是狐狸咬死仙鶴，先將仙鶴攔在坑口，要去對付狐狸時，仙鶴就展翅飛了，狐狸最後被剝皮做成皮大衣。

俄羅斯境內森林密佈，河流縱橫。打獵和釣魚是俄羅斯人從老祖宗那裡繼承下來的兩大嗜好。〔註66〕俄羅斯靠近北冰洋，大半年爲冰雪封裹，對於他們來說，頭上的屋頂、身上的皮襖自然是生活中最爲重要東西。〔註67〕故事中的農夫也會打獵，因爲那是他們的嗜好，「狐狸最後被剝皮做成皮大衣」，也是他們生活中的必需品。

這個故事說明了，主意太多反而拿不定主意。遇到危難時，如果能冷靜思考，善用智慧，有可能逃過危險，如果像狐狸一樣，心中紛亂，無法定下心來，反而壞事。故事結構，是仙鶴自己本能的裝死，並沒有任何同伴或其他動物教導。跟狐狸的互動產生強烈的對比，鎮定與紛亂，即可預知後續結果。

4. 馬來西亞〈做了女婿〉〔註68〕

百靈鹿偷吃菜，觸動菜園的機關，被繩子拴住了，動彈不得。菜園主人走近前來。百靈鹿計上心來，躺臥在地上，四腳挺直，眼睛閉著，毫無生氣，像是一段木頭。菜園主人以爲鹿已經死去了，不可以吃！便解開繩子，順便把百靈鹿翻轉過來，百靈鹿還是不動。他索性拉起百靈鹿的腳，一手拋出籬笆。

〔註65〕陳馥編譯：《俄羅斯民間故事選》（瀋陽：遼寧教育出版社，2001年2月），頁13～14。

〔註66〕同註65，《俄羅斯民間故事選》，頁3。

〔註67〕同註65，《俄羅斯民間故事選》，頁4。

〔註68〕同註60，《南洋民間故事・百靈鹿》，頁16～18。

百靈鹿給拋到籬笆外，又因爲貪吃被假人陷阱黏住，菜園主人把百靈鹿從樹膠人身上撕出，把他帶回家，準備烹煮來吃。一隻小狗走過來，問百靈鹿爲什麼被關。百靈鹿騙說，菜園主人要招他做女婿，小狗聽了，連聲大罵。百靈鹿便和小狗交換位置，自己溜回大森林裡去。菜園主人把香料準備妥當，看見百靈鹿變成小狗，氣得話都說不出來，把小狗砍死，他自己失望進屋子裡發呆。

百靈鹿的故事在馬來西亞非常盛行，「百靈鹿」就是當地的「鼠鹿」。鼠鹿屬於哺乳綱偶蹄目鼷鹿科，中文學名是鼷鹿，拉丁學名 Tragulus javanicus，英文名 Lesser Malay Chevrotain。鼠鹿是偶蹄類中最小的動物，大小似兔，體長 47 公分左右，體重僅二千克左右。兩性均無角，雄性有發達的獠牙。四肢細長，主蹄尖窄。喉部有白色縱行條紋，腹部爲白色。背、腿側及體側等陽光能直射到的部位，毛色黃褐，叫聲爲「咩咩」。生活在熱帶次森林、灌叢、草坡，常在河谷灌叢和深草叢中活動，有時也進入農田。性情孤獨，在灌叢中十分靈敏，善於隱蔽，一般不遠離棲息地。主要在晨昏活動，以植物嫩葉、莖和漿果爲食。鼠鹿是保留著許多原始特徵的鹿類動物，在進化生物學研究中很有價值，在馬來西亞，鼠鹿於叢林之中偶爾可見，然而並非普遍尋常如牛馬之動物。〔註 69〕

鼠鹿故事是馬來族的民間故事，主要在印尼和馬來西亞一帶流傳，尤其以爪哇島和馬來半島流傳最廣。印尼諸島與馬來半島在歷史上，無論在商業、政治、文化方面均有極密切的交往。由於文化背景非常相像，相同的民間故事互相流傳、交融、互補、衍生，形成一個繁密的交流圈。鼠鹿故事就是在這樣的交流圈下源源不斷地產生。〔註 70〕

在爪哇的佛廟，可以發現有西元五世紀時的動物故事印石；溫士德考察，早在 1736 年，馬來西亞就有了第一本《五卷書》的譯本，因此他推斷，馬來人很早就受到印度民間文學的影響，例如鼠鹿故事有一則是鼠鹿與蝸牛王賽跑，蝸牛王吩咐他的屬下們沿路隱藏，每當鼠鹿來到，就跑出來讓他誤以爲蝸牛王一直超前，是出自《五卷書》的故事。除此之外，鼠鹿故事的〈老虎與他的影子〉也出自於《五卷書》的〈兔殺獅〉。溫士德推斷鼠鹿故事源出於

〔註 69〕梁偉賢：《馬來西亞鼠鹿故事研究》（中興大學中文研究所碩士論文，民國 95年），頁 19。

〔註 70〕同註 69，《馬來西亞鼠鹿故事研究》，頁 15。

印度，雖然缺乏確鑿的證據，但從多篇鼠鹿故事皆與印度民間故事情節雷同來看，印度民間文學對於鼠鹿故事的影響確實是重大的。〔註71〕

（五）小　結

此則本生故事強調僧侶戒律之學。佛言：「若比丘與未受戒人同宿犯波逸提罪！」波提逸戒：為比丘、比丘尼所受持之具足戒之一。意譯墮、令墮、能燒熱、應對治、應懺悔。乃輕罪之一種，謂所犯若經懺悔則能得滅罪，若不懺悔則墮於惡趣之諸過。〔註72〕

佛教戒律的精神可分為「根本精神」與「實踐精神」二者來說。戒律的根本精神，就是佛教的總體精神：諸惡莫作，眾善奉行；自淨其意，是諸佛教根本精神的具體化就是實踐精神。表現在多方面，包括受戒的慎重、持戒的集體教化主義、犯戒的懺悔、捨戒的簡易等均屬之。戒律的目的，則可分為四個方向：（1）為個人解脫，（2）為僧團和合，（3）為號召生信，（4）為佛法久住。事實上，精神與目標本是密切相關的，甚至不可分的。〔註73〕

故事主旨在說明，每種動物都有牠求生的本能，也是一種智慧的表現，遇到危險或受到攻擊，會裝死避開危險，藉由這樣的技能，降低人類的戒心而逃脫陷阱保住一命。故事之所以會和佛教戒律相結合，是由於人也有求生的本能，遇到外來非自然力的攻擊時，如果能以柔克剛，善用智慧，虛心卑下，自然能避開種種危難。因此，佛教教人懺悔，就是讓人能夠內省，知道自己的過失，更能夠軟化自己，人與人之間的衝突自然能夠減少。

世界各國有很多的動物也會裝死，例如：叩頭蟲是在樹林間活動的甲蟲，咀嚼式的口器用來啃食植物的葉片，偶爾也會嚐嚐小昆蟲的滋味，幼蟲居住於枯木或土中，以植物纖維為食。叩頭蟲的胸前擁有彈器，逃命時利用胸部的彈器產生瞬間的的爆發力，將身體迅速的彈起，張翅飛行而去。〔註74〕

渡鴉是一種非常狡猾的鳥類，為了讓愛偷東西吃的同伴找不到自己的食物，它們會假裝先把食物藏在某個地方，然後再偷偷轉移掉。不僅如此，渡鴉在騙人時還非常有「創造性」。有報導稱，渡鴉會在動物屍體邊上裝死，來

〔註71〕同註69，《馬來西亞鼠鹿故事研究》，頁17。
〔註72〕同註26，《佛光大辭典》（四），頁3440。
〔註73〕勞政武：《佛教戒律學》（北京：宗教文化出版社，1999年9月）頁289。
〔註74〕動物星球頻道（Animal Planet）製作：《動物擂台：裝死大師》（第四季2007年discovery播出）

製造食物中毒的假象。〔註75〕

　　美國東部有一種蛇叫「豬鼻蛇」，卵生，棲息於砂地，開闊林地，耕作地或牧草等區域。當牠受到外敵攻擊時，會將軀體膨大，並發出噴氣音，有時也會主動採取攻擊行動。若仍無法嚇退敵人時則會將嘴部張開，並把腹部朝上假死。〔註76〕

　　負鼠是一種外形似老鼠的小動物，生長在美洲地區的負鼠與澳大利亞的袋鼠有相同的生活習性，即母負鼠以其別致的育兒袋帶著小負鼠四處活動。偶爾，母負鼠也把小負鼠背在背上，小負鼠的尾巴則與負鼠媽媽的尾巴纏繞在一起，在小負鼠長大之前，它是不會離開母負鼠的。負鼠在遇到不測、突如其來的襲擊以至於無法逃生脫險時，就會裝死以求保全生命。為此，負鼠得了一個「騙子」的壞名聲。〔註77〕也有些會故意犧牲身體某一部位，像蜥蜴故意斷尾，蝦蟹類故意斷肢……等等。

　　動物裝死是求生本能，在世界各地皆可觀察得知，每種動物都可能有不同的表現方式，因此國內外的故事情節安排、角色都不相同，可能是各地衍生的故事。動物裝死這一個情節單元可以安插在任何故事情節中，可成為故事主軸，也可能成為一個點綴，讓故事充滿新鮮趣味。

三、第384則〈法幢本生譚〉大意

（一）故事概要

《本生經》中第384則〈法幢本生譚〉「主分」中故事概要：〔註78〕

> 從前在波羅奈之都梵與王治國時，菩薩生為一鳥，當時，迦尸國商人捕獲一隻能知方位的烏鴉，在一次船難後，烏鴉來到一孤島，發現有很多鳥，於是想騙取卵及雛鳥來吃，牠張口用一足站立，跟其他鳥說牠的正義之心，只吃風就能生存，兩足站立時，地面無法支撐牠，其他鳥群相信牠所說，讓牠幫忙看顧卵及幼雛，等鳥回來，卵及幼雛減少很多，但是大家都沒有懷疑烏鴉，只有鳥王覺得事有蹊蹺，暗中調查出烏鴉就是吃幼雛的惡賊，鳥群便將烏鴉打死。

〔註75〕同註74，《動物擂台：裝死大師》。
〔註76〕同註74，《動物擂台：裝死大師》。
〔註77〕同註74，《動物擂台：裝死大師》。
〔註78〕同註4，《漢譯南傳大藏經・本生經》第34冊，頁75～78。

在此則「序分」中，佛在祇園精舍時，對某一個常常欺瞞的比丘所作的談話。此處佛言：「汝等比丘！彼非自今始，前生彼即有欺人之事。」為此說過去之事。於「結分」中，佛述此法語後，為作本生今昔之結語：「此鴉是欺瞞比丘，鳥之王即是我。」指出鳥王就是佛陀前生。

（二）故事分析

1. 第384則〈法幢本生譚〉情節分析：

①烏鴉到一孤島發現很多鳥類，假裝自己是聖人取得眾鳥信任。

②烏鴉假意替其他鳥類照顧小孩，再吃掉幼鳥。

③鳥王發現烏鴉詭計，聯合群鳥將其打死。

2. 故事類型名稱

第384則〈三臥鹿本生譚〉故事的類型編號是37，本則採用 AT 編號，依據金榮華《民間故事類型索引》之分類法，名之為「偽善的保姆」，類型概要：〔註79〕

> 狐狸假意替其他禽獸照顧小孩，乘機把牠們都吃掉，但事發後，自己也被其他禽獸殺死。

（三）中國各地之流傳及文本大要

依目前所見資料，在中國流傳的地區有：陝西、吉林、新疆、雲南。〔註80〕陝西〈喜鵲和蛇攀親〉〔註81〕、陝西〈喜鵲和蛇〉〔註82〕；吉林〈懸羊、母狼、老狽和大象的故事〉〔註83〕；新疆〈山鷹和狐狸〉〔註84〕、新疆〈狐狸和大雁〉〔註85〕；雲南〈鷺鷥告狀〉〔註86〕。列舉以上六則，陝西的兩則故事內容相同，新疆的兩則故事相同，大約可分為四種說法：

〔註79〕同註2，《民間故事類型索引》上冊，頁13。

〔註80〕同註2，《民間故事類型索引》上冊，頁13。

〔註81〕上海文藝出版社編：《中國動物故事集》（上海：上海文藝出版社，1978年5月），頁9～10。

〔註82〕同註45，《28陝西民間故事集》，頁532～533。

〔註83〕同註45，《33吉林民間故事集》，頁379～381。

〔註84〕同註45，《38新疆民間故事集》，頁296～297。也見於《中華民族故事大系》第14冊，頁505～506。

〔註85〕同註45，《38新疆民間故事集》，頁437～439。也見於《中國民間寓言選》，頁255～256。

〔註86〕同註32，《中華民族故事大系》第12冊，頁250～252。

1. 陝西〈喜鵲和蛇攀親〉、〈喜鵲和蛇〉

　　從前，有一隻喜鵲救了一條蛇，蛇要求和牠做朋友。喜鵲領著蛇來巢舍，當喜鵲要去覓食時，就將兩個孩子托咐給蛇照管。蛇望著兩個小喜鵲直流口水，終於忍不住把兩隻小喜鵲吞進肚裡。喜鵲覓食回來，發現兩個孩子不見了，蛇假裝不知道。喜鵲媽媽找很久飛回來後，發現蛇的腹部有兩個雞蛋大的疙瘩。喜鵲知道了，一聲不吭地磨爪子和尖嘴。牠又飛回原處，瞄準蛇的傷口，狠狠啄了一下。牠忙用鋒利的尖爪，劃破蛇的肚皮，救出兩隻微微喘息的小喜鵲。

蛇取得信任，假意替喜鵲照顧小孩，再吃掉幼鳥，喜鵲發現蛇的詭計將其打死。其中前置情節是取得信任，後置情節是最終被打死的命運，核心情節在「假意替喜鵲照顧小孩，再吃掉幼鳥。」因此在情節結構都是相符合的，角色上做了一些改變。

2. 吉林〈懸羊、母狼、老狽和大象的故事〉

　　從前，懸羊和老狽是很要好的朋友。那時懸羊頭上沒有角，因為它性情溫和，所以叫慈羊。有一回，慈羊出去辦事，把孩子託給老狽照看。老狽抱著小羊羔，就把小羊羔吃了，把啃剩下來的骨頭，整齊地擺在那兒，就溜了。慈羊回來，傷心地跑到大象那裡去告狀，大象聽了慈羊的敘述，答應要制裁老狽。

　　大象送給慈羊一對象牙，當作武器。以後，大象嘴裡的牙，就變成了慈羊頭上的角，晚上它就把這對角掛在樹上懸著睡覺，慈羊就改叫懸羊了。大象叫小象去找老狽，老狽蠻不講理，拒不認錯。大象一怒之下，用鼻子把老狽捲起來使勁一甩，就把老狽前腿摔斷了，直到現在狽的前腿短、後腿長。老狽向狼說出自己的計謀，因此兩個相依為命，說好以後萬不可涉及「不堪」二字。

　　老狽正說得有板有眼、得意忘形的時候，那棵大樹卻忽然移動起來。原來狼和狽誤入大象的腿下，大象伸出長鼻，把狽和狼捲了起來，狠勁地拋上雲天，並憤怒地說：「狼狽為奸，可憎可惡。」狼和狽被這一摔，雖然未死，卻由熱帶被甩到了寒帶，以後，長白山地區才有了狼和狽這兩種動物。

狽取得慈羊的信任，假意替慈羊照顧小孩，再吃掉小羊。發現狽的詭計

後去向大象告狀。其中前置情節是取得信任，後置情節敘述「狼狽不堪」與「狼狽為奸」的由來，以及長白山為何有「狼」與「狽」兩種動物的傳說，可以看出民間故事流傳的變異。

核心情節在「假意替慈羊照顧小孩，再吃掉小羊。」因此在基本結構都是相符合的，角色上做了改變。

3. 新疆〈山鷹和狐狸〉

有一天，山鷹要出去找食物，托狐狸照看它的孩子。狐狸答應山鷹以後，就鑽進山鷹窩裡，把小山鷹吃掉，然後裝作沒事的樣子。山鷹回來後，到處找不到小鷹，狐狸也假裝痛哭起來。過了一年，山鷹又孵出一隻小鷹，又托狐狸幫助照看孩子，狐狸又把小鷹吃掉了。山鷹回來後，只見滿地羽毛，它想小鷹又遭毒手，立即飛下山去問狐狸。狐狸做賊心虛，慌忙爬起身就跑，身上還沾著小鷹的毛，山鷹張開兩隻利爪向狐狸衝去，狐狸一頭鑽進山洞不出來。山鷹每天都在山頂上盤旋飛翔，狐狸去求獅子保護，獅子答應狐狸躺在他身邊卻一起睡著了，山鷹瞬間下來叼起狐狸就飛了。

新疆〈狐狸和大雁〉

母雁要出去找食物，托狐狸照看它的孩子。狐狸答應母雁以後，就鑽進雁窩裡，把一隻小雁吃掉，然後裝作沒事的樣子。母雁回來後，到處找不到小雁，狐狸也假裝痛哭起來。隔天，又托狐狸幫助照看孩子，狐狸又把一隻小雁吃掉。母雁回來後，狐狸騙母雁說是青蛙吃了小雁。母雁出去報仇，狐狸又吃了一隻小雁，狐狸騙母雁說是失火了。母雁查看沒有失火痕跡，知道是狐狸做的事。母雁背起狐狸從高處重重的把他摔下。

兩則同時都是一開始取得信任，假意替母鳥照顧小孩，再吃掉幼鳥。母鳥發現狐狸的詭計將其打死。其中前置情節是取得信任，後置情節是最終被打死的命運，核心情節在「假意替母鳥照顧小孩，再吃掉幼鳥。」因此在情節結構都是相符合的，角色上做了一些改變。新疆〈狐狸和大雁〉的後置情節中，大雁的體型跟力量，在實際中比較無法背起狐狸這樣的動物，可是在流傳的過程中，山鷹角色變為大雁，可能是流傳過程中的變異。

4. 雲南〈鷺鷥告狀〉

一隻鷺鷥生了一窩蛋，小鷺鷥出蛋殼後沒幾天，向媽媽要東西

吃。鷺鷥媽媽本想到田裡去找些小魚小蝦來餵兒女，她怕老鷹趁她外出之時，飛來侵害窩裡的兒女。鷺鷥媽媽正煩惱時，大花貓假裝可以替他守護小兒。鷺鷥交給大花貓照看著，放心地飛到田裡尋找食物去了。大花貓用前爪撥弄著小鷺鷥玩耍，玩膩了、餓了，便用小鷺鷥來充飢。鷺鷥媽媽見兒女全丟了，一隻秧雞聽到鷺鷥的哭聲，聽說老貓吃了一窩鷺鷥兒，心中憤憤不平，決定陪伴鷺鷥去告狀。

它們見太陽又明又亮，便去找太陽申訴冤屈，太陽要鷺鷥去找霧；霧要鷺鷥去找大風；大風要鷺鷥去找稻穀堆；稻穀堆要鷺鷥去找水牛；水牛要鷺鷥去找繩子；繩子要鷺鷥去找老鼠；老鼠要鷺鷥去找大花貓，結果告來告去，什麼結果也沒有，鷺鷥只好自認倒楣。

貓取得信任，假意替鷺鷥照顧小孩，再吃掉幼鳥，發現貓的詭計去告狀。其中前置情節是取得信任，後置情節是改成一連串的告狀，是加了「2031 強中更有強中手（一物剋一物）」的故事，類型概要：老鼠想成為一個很強的東西，或嫁一個更強的動物，最初認為太陽最強，但太陽怕雲遮，雲怕風吹，風怕牆擋，而牆怕老鼠咬，繞了一圈，還是自己最強。〔註87〕此則最後，最強的不是老鼠而是大花貓。核心情節在「假意替鷺鷥照顧小孩，再吃掉幼鳥。」因此在基本結構都是相符合的，角色上做了一些改變，但是在結局上，貓沒有被殺死，鷺鷥只好自認倒楣。

（四）外國各地之流傳及文本大要

此一故事流傳的地區有：芬蘭、瑞典、愛沙尼亞、立陶宛、德國、波蘭、俄國、印度、印尼、非洲。〔註88〕在孟加拉〔註89〕也有流傳。依目前所見資料，在外國流傳的故事有孟加拉的〈胡狼與鱷魚〉〔註90〕。列舉此故事概要：

鱷魚媽媽找聰明的胡狼來教導自己的七個孩子，要讓牠們成為聰明又受人尊重的動物。第二天，來到了胡狼所住的洞穴前，鱷魚寶寶們搶著爬出洞穴，胡狼盯著落在最後的小鱷魚，眼明手快地把牠吞了下去。第三天，鱷魚媽媽來探望孩子，狡猾的胡狼請牠站在洞口，由胡狼一隻一隻地將孩子抱出來給牠看。牠悄悄地將其中一

〔註87〕同註2，《民間故事類型索引》中冊，頁649。
〔註88〕同註19, "The Type of Folktale" ,P.28。
〔註89〕禹田編：《世界民間故事》，台北：人類文化出版，2008年1月。頁131～139
〔註90〕同註89，《世界民間故事》，頁131～139

隻小鱷魚抱出來兩次。當胡狼吃掉最後一隻小鱷魚，再也瞞不住了，急忙趁著半夜搬了家，讓來探望孩子的鱷魚媽媽撲了空，終於知道自己的孩子已經遭遇不幸！

過了好幾個月，胡狼回到牠溫暖的老家，當胡狼追著一隻兔子來到河邊時，埋伏在水草下的鱷魚竄了出來，一口就咬住胡狼的小腿。胡狼臨危不亂，讓鱷魚以為真的咬到拐杖，但胡狼早就趁機遠遠地逃上岸去了。生氣的鱷魚夫婦並不放棄，牠們知道胡狼喜歡吃黑莓，就躲在黑莓叢裡，等著胡狼掉進陷阱。這一天，胡狼來吃黑莓，但是牠非常機警，一看到地上有鱷魚的腳印，馬上就說：「今天的風這麼大，怎麼黑莓叢連搖都不搖呢？」鱷魚怕被看出破綻，急忙搖了搖黑莓叢。趁著這個時候，胡狼已經哈哈大笑地跑遠了。

終於有一天，當胡狼大搖大擺地到河邊喝水時，等待已久的鱷魚狠狠地咬住牠的尾巴。胡狼以為鱷魚會再上當，但是出乎他意料之外，這次鱷魚說什麼也不鬆口，死命咬著牠的尾巴就往水底下拖。

狡猾的胡狼最終得到了報應，再也不能害人了。

胡狼，又名豺，常被用作貶義詞來形容奸詐狡猾之徒——它是一種孤僻的動物，對凡事都不怎麼關心。但事實上，亞洲胡狼（又名金豺）飽受負面報導的傷害。雖然臭名昭著，但亞洲胡狼其實表現出許多令人欽佩的特質。胡狼的體形比豺稍小，主要食物是一些比較容易尋找和捕捉的小動物，如蜘蛛、甲蟲、小鳥等，尤其是待別留神禿鷲的行動，因為禿鷲是當地最著名的食腐動物，當牠出現的地方肯定會有死屍。胡狼雖然也叫豺，但與分佈於亞洲東部的紅色的豺狗是不同的種類。〔註91〕

由以上對胡狼的簡介，可知故事中的胡狼和實際動物界的差異性，實際生活的胡狼不會吃小鱷魚，故事中將兩個動物角色排在一起，推測是跟後面銜接的故事有關。鱷魚是肉食性動物，會在靜止狀態等待獵物，來個迅雷不及掩耳的速度，將獵物死命咬住。因此推測「AT 37 偽善的保姆」是後來加上去的故事，但為了跟後面故事有相關性，因此添加彼此產生仇恨的情節，讓鱷魚無論如何都要報復吃了胡狼。

情節結構方面：信任胡狼，但胡狼卻假意替鱷魚照顧小孩，再吃掉小鱷魚。鱷魚發現胡狼的詭計將其咬死。其中前置情節是取得信任，後置情節是

〔註91〕同註18，《世界動物百科》，頁281～283。

最終被打死的命運，核心情節在「假意替鱷魚照顧小孩，再吃掉小鱷魚。」因此在情節結構都是相符合的，角色上做了一些改變。故事概要第二段接著「AT 5 謊稱腳爲棍」、「AT 66B 裝死或埋伏的動物自己拆裝了僞裝」故事類型，後置情節的部份才是讓情節轉折之處，增加了動物之間的鬥智，最後的結局，果然是大快人心，胡狼得到該有的下場，故事的寓意也發揮了教育功能。

（五）小　結

此則強調佛教教義中「十惡」中的「妄語」。妄語就是說虛假不眞實的話，又做虛妄語、虛誑語、妄舌、虛僞、欺。特指以欺人爲目的而作之虛妄語，妄語戒爲五戒、十戒之一。妄語戒分爲大妄語與小妄語。大妄語與小妄語之分別：（1）小妄語：就是一般的欺騙的話語；還有罵人吵架的粗話、挑撥離間、不三不四的話，既是騙話、惡口、兩舌和綺語，都稱爲小妄語。（2）大妄語：自己不是聖者，卻跟人說自己是阿羅漢或是初果聖人；或者說自己是觀音菩薩的化身，叫人來膜拜與供養，這都是大妄語。〔註92〕

故事主旨說明了動物世界的生存法則，在人類社會中也一樣適用。當一個人的實力不夠時，靠著聰明狡詐、花言巧語也許可以解決眼前的危機，但沒有眞材實料的話，終究無法長久生存下去，等到破綻百出時，很快地就會被其他人所唾棄。

此一故事類型，主要就是兩種角色在進行互動。但是雲南〈鷺鷥告狀〉及吉林〈懸羊、母狼、老狽和大象的故事〉，加入了一段「告狀」情節，這裡是轉折處，也是故事銜接點，從告狀可以將故事銜接的千變萬化，而且也很難看出故事銜接的破綻。

《本生經》故事與中國流傳的角色都不一樣，中國流傳的角色，在吉林與新疆地區的故事，僞善裱姆皆是狐狸或狼狽的動物。陝西的是蛇，雲南的是大花貓；外國所見的資料僅有孟加拉，而故事角色是胡狼。角色可能因各地不同所流傳就會有所改變，但是可以發現中國流傳的受害者，只有吉林是羊，其他五則都是鳥類，與《本生經》相同。目前所見資料不足，無法推測出故事來源爲何處，僅能就所搜尋到的故事作一簡單分析。

〔註92〕同註26，《佛光大辭典》（三），頁2343。

四、第 143 則〈威光本生譚〉、第 335 則〈豺本生譚〉大意

（一）故事概要

《本生經》中第 143 則〈威光本生譚〉及第 335 則〈豺本生譚〉「主分」中內容是相同的，故事概要：〔註93〕

> 獅子殺了一隻大水牛正在享受時，豺遇到獅子，無處可躲，跟獅子說願意服侍他，獅子就答應，讓豺先去找尋獵物再回黃金窟跟他報告，請他示威光去打獵，吃剩的肉再給豺。一段時間之後，豺在想，同樣都是四足，我應該也有能力可以獵殺大象，就跟獅子說，讓他去獵殺大象，獅子認為豺沒有能力獵殺大象，豺還是堅持前往，結果被大象踩死。

在此則「序分」中，佛在竹林精舍時，對提婆達多在伽耶斯舍（象頭山）佯裝佛陀而自恃之事所作之談話。提婆達多失去禪力，名聲墮地，因此模彷佛的威儀，假裝自己有神通之力，之後被其他比丘得知，於是剝奪他的衣服，用腳踹胸，因此他劇痛吐血苦悶而臥於地上。

此時佛向長老問曰：「舍利弗！汝等行時，提婆達多如何耶？」舍利弗答曰：「世尊！提婆達多見予等甚喜，示現自為佛之威相，自如如來之相好，然彼逐招致大禍！」佛聞此答，佛言：「舍利弗！提婆達多模倣予之相好而招禍，非自今始，於前生即已招禍！」佛應長老之請求，為說過去之事。佛述此法語後，作本生今昔之結語：「爾時之豺是提婆達多，獅子即是我。」

（二）故事分析

1. 第 143 則〈威光本生譚〉、第 335 則〈豺本生譚〉情節分析：
   ①豺狼遇到獅子，無路可逃，願意服侍獅子。
   ②獅子將吃剩的獵物跟豺狼分享。
   ③豺狼學獅子的動作去咬大象，被大象踩死。

2. 故事類型名稱

第 143 則〈威光本生譚〉、第 335 則〈豺本生譚〉故事的類型編號是 47D，本則採用 AT 編號，依據金榮華《民間故事類型索引》之分類法，名之為「不自量力狐學虎」，類型概要：

> 狐狸隨老虎出遊，見了老虎撲殺野牛的一些動作，以為已學會

〔註93〕同註 4，《漢譯南傳大藏經・本生經》第 34 冊，頁 75～78。

了老虎的一些本領。後來牠遇見了一頭野牛，便學老虎那樣撲咬野牛，結果被野牛踢下懸崖跌死了。〔註94〕

（三）中國各地之流傳及文本大要

依目前所見資料，在中國流傳的故事有四川、西藏、新疆、雲南。〔註95〕四川〈狐狸的死〉〔註96〕；西藏〈一隻不自量的狐狸〉〔註97〕、西藏〈狐狸學老虎〉〔註98〕；新疆〈狐狸學打獵〉〔註99〕；雲南〈獵狗和貓〉〔註100〕。其中四川與西藏的三則故事都是相同的故事結構與角色，而新疆地區的故事狐狸是學獅子與本生經相同。但是這五則故事其中都安插了兔子角色，作為嘲笑狐狸的對象。大約可分為三種說法：

1. 四川〈狐狸的死〉、西藏〈一隻不自量的狐狸〉、西藏〈狐狸學老虎〉：

一隻狐狸遇到一隻老虎。老虎覺得狐狸吃的食物不好，要狐狸跟著他，保證有油有肉可吃。狐狸很高興，就同老虎結成朋友。在路上，老虎咆哮了一聲，擺了三下尾巴，向狐狸顯示自己的威風。到了一個地方，老虎咬死一條牛來吃，也分些給狐狸。後來老虎和狐狸分手各走各的了。

老虎走後，狐狸也學老虎大模大樣地到處轉遊。在一個下坡地方，它碰見一隻小兔子。狐狸用老虎的口氣跟兔子說要跟著他，保證有油有肉。兔子看著狐狸學老虎的各種動作，最後被野牛踢傷或跌死。兔子邊說邊笑，就丟開狐狸，獨自走了。

2. 新疆〈狐狸學打獵〉

狐狸想學獅子捉獵物本領，願意服侍獅子。當時有一群母馬帶著馬駒（小馬）正在草原上吃草，獅子集中全身力量，準備向獵物

〔註94〕同註2，金榮華：《民間故事類型索引》上冊，頁13。
〔註95〕同註2，金榮華：《民間故事類型索引》上冊，頁15。
〔註96〕同註8，《中國民間故事集成》四川卷，頁1007～1009。
〔註97〕曹廷偉編：《中國民間寓言選》（瀋陽市：遼寧少年兒童出版社，1985年9月），頁263～264。
〔註98〕同註32，《中華民族故事大系》第2冊，頁301～302。
〔註99〕同註45，《38・新疆民間故事集》，頁289～292。也見於《中華民族故事大系》第14冊，頁502～504。
〔註100〕同註45，《7・雲南民間故事集》，頁417～418。

進攻了。當它擺好架式後，眼睛是血紅血紅的，身上的鬃毛都豎起來了，尾巴捲起來了，就一口咬死野馬。第二天，狐狸得到獅子的同意之後，就單獨出去打獵了。狐狸用獅子的口氣跟兔子說要跟著他，保管有油有肉。兔子看著狐狸學獅子的各種動作，最後被野馬踢死。兔子嘲諷說道：「現在你的眼睛可真是血紅的了。」狐狸垂死地掙扎著，脖子漲得老粗。野兔急忙高興地叫起來：「你脖子上的毛全豎起來啦！」狐狸掙扎了幾下，就斷了氣。

　　故事的敘述，在青少年心理學上，這可以說是一種「個人神話」的心理狀態。是指青少年會開始注意自己的想法，認為自己的想法具有獨特性；在思考上會忽略實際情況，企圖以理想的狀態來解決，彷彿英雄般認為自己有巨大無比的力量，什麼都可以做到。〔註101〕

　　四川與西藏都是「藏族」的故事，描述狐狸遇到老虎，向老虎學習捉獵物本領；而新疆地區的故事是狐狸遇到獅子，向獅子學習捉獵物本領。都是只看過猛獸老虎或獅子的動作一次而已，就自以為能夠去捕捉體型比他大的獵物，卻不知自己的能力有限，還向兔子施展威嚴，在四川故事的描述中，兔子是被嚇跑的，其他三則都是取笑狐狸。

　　在情節結構上都符合了以上三點分析，但在角色安排上，藏族的故事由老虎取代獅子；而四則故事都安插了兔子的角色。

3. 雲南〈獵狗和貓〉

　　　獵狗約貓去學攆山打獵。一路上，獵狗教貓見了獵物，要緊追不捨，瞄準了猛撲上去撕咬。貓卻認為一點都不難，獵狗將麂子從森林裡攆過來要貓趁機撲上去咬。貓高興地答應著，卻睡著做夢以為自己咬死了一隻大麂子。獵狗從山澗裡攆過來了，貓被驚醒，就被麂子一蹄子踩在身上，連翻了幾個滾，麂子的身影已經消失密林中了。當獵狗問明了情由，氣得把貓教訓了一頓，這隻盲目自足而又貪睡偷懶的貓，直到現在還沒有學會攆山，只有留在家裡逮耗子；而且它被麂子那一腳踩傷了肺，留下了殘疾，所以直到現在，喉嚨裡總是「呼嚕呼嚕」地響。

　　雲南的故事，描述貓跟獵狗，貓向獵狗學習捉獵物本領，自以為非常輕

〔註101〕王煥琛、柯華葳：《青少年心理學》（台北：心理出版社，1999年5月），頁91～92。

鬆就能夠去捕捉獵物，卻因為貪睡誤事，說到獵狗趕來大麋子，以貓的體型來說，也很難去制服大型動物，在故事最後，敘述到貓的特徵由來：「喉嚨裡總是呼嚕呼嚕地響」。

在情節結構上只符合了以上一點分析：學獵狗的動作去咬大麋子，卻被大麋踩傷。角色安排上，有很大的差別，由獵狗取代獅子，貓取代狐狸，其中情節結構，少了兩點，服侍強者以及與強者分享獵物，但都符合主旨所說「不自量力」。

（四）外國各地之流傳及文本大要

此一故事流傳的地區有：立陶宛、俄國、印度。〔註 102〕在法國〔註 103〕也有流傳。依目前所見資料，在外國流傳的故事，列舉法國的〈一隻模仿老鷹的烏鴉〉〔註 104〕，故事概要：

> 老鷹叼走了一隻綿羊，一隻烏鴉見到了立刻學樣。烏鴉儘管身單力薄，嘴卻特別饞。牠在羊群上空盤旋，盯上了羊群中最肥美的那隻羊。這是一隻可以用作祭祀的羊，天生是留給神享用的。烏鴉貪婪地注視著這隻羊，帶著風就撲向這咩咩叫喚的肥羊。綿羊可不是乳酪，烏鴉不僅沒把肥羊帶到天空，牠的爪子反而被羊鬈曲的長毛緊緊地纏住了，這隻倒楣的烏鴉脫身無術，只好等牧人趕過來逮住並且扔進了籠子，成為孩子玩耍的東西。

《拉封丹寓言》是拉封丹（1621～1695）窮其畢生精力完成的不朽名作，總數達十二卷二百四十二篇。寓言故事中的主要角色約可分為十二類，即男人、女人、神、鳥類、狐狸、狼、猴子、獅子、老鼠、驢以及水生動物等等，故事中各種動物的活動主要地點有森林、田野、道路、懸崖、河流、大海、城市街道、茅屋、宮殿等等。〔註 105〕

《拉封丹寓言》的內容簡介：寓言詩大多取材自古希臘、羅馬和印度的寓言故事以及中世紀（黑暗時代）和十七世紀的民間故事，在拉封丹的妙筆之下，成功地塑造了貴族、法官、醫生、商人和農民的典型，人物塑造涉及各個階層和行業，深刻描繪了人類的各種思想和情感，反映了十七世紀法國

〔註 102〕同註 19, *"The Type of Folktale"*, P.30
〔註 103〕拉封登：《寓言書》（台北：出色文化出版，2005 年 3 月），頁 126。
〔註 104〕同註 103，《寓言書》，頁 126。
〔註 105〕同註 103，《寓言書》，作者介紹。

各階層的社會生活實況。〔註106〕

此則在法國《拉封登寓言》中所見之角色已經不是狐跟虎，而是鳥類，老鷹與烏鴉，但是一樣的是，兩種角色的對比強烈：一為強者，一為弱者，而此故事的弱者一樣表現不自量力的態度，與其他故事中弱者的角色結果一樣，陷入失敗的命運。

（五）小 結

故事主旨說明了「不自量力」的後果，比喻在行家面前賣弄本事，要面子，搞排場，痴心妄想，不知其不能勝任。佛教教義內涵方面，比較傾向敘述提婆達多的惡行，藉此來警惕弟子，不該有此惡行。也是因為「妄語」而產生的後果。「妄語」的佛教教義在「AT 37 偽善的保姆」已提及，在此不多贅述。

依目前所見資料，中國在新疆及西藏所流傳的故事與《本生經》結構相符合，但是多了一個兔子的角色，是否為《伊索寓言》或俄國所傳就無法推測，但是兔子與狐狸常出現在《伊索寓言》當中。狐狸在《伊索寓言》中的形象，是聰明、狡猾、多疑、善妒、貪心以及善於說謊的代表，〔註107〕而兔子也不惶多讓。因此中國流傳故事，將狐狸和兔子放在一起，也有較勁的意味，兔子是聰明狡猾的形象，用來取笑狐狸也不為過。推測印度與《伊索寓言》可能為同時期故事，也有可能由印度至歐洲再傳回中國所產生的變異，因為在雲南地區的角色已經完全改變。

第三節 野獸（二）

一、第 400 則〈沓婆草花本生譚〉大意

（一）故事概要

《本生經》中第 400 則〈沓婆草花本生譚〉「主分」中的故事概要：〔註108〕

有一隻豺娶了一個貌美的母豺，母豺說牠想吃赤魚，於是豺遇

〔註106〕吳憶帆譯：《拉封登寓言故事》（台北：出色文化出版，2005 年 3 月），作者介紹。

〔註107〕夏慧珍：《伊索寓言的動物形象研究》（國立台南大學國文系碩士論文，民國96 年），頁 113。

〔註108〕同註4，《漢譯南傳大藏經·本生經》第 35 冊，頁 175～180。

到兩隻水獺在爭執一隻魚，牠想用分配的方式得到魚，豺將魚頭跟
魚尾分給水獺，自己得到中間部分，拿去給母豺吃。

在「序分」中，佛在祇園精舍時，對釋子優婆難陀所作之談話。優婆難
陀是一位大貪欲者，常用騙取手段得其他比丘之衣缽，有一次也是用欺騙的
手段，獲得兩個老比丘的衣缽食物等物品。佛說他不只是今生如此掠奪他人
財產，於前世就是如此之徒，佛因此說過去之事。在「結分」中，佛述此法
語後，說明聖諦之理，作本生今昔之結語：「爾時之豺是優婆難陀，獺是二人
之老人，此事目擊者之樹神即是我。」

（二）故事分析

1. 第 400 則〈沓婆草花本生譚〉情節分析：

①豺替兩隻水獺分魚。

②兩隻水獺分得魚頭跟魚尾，豺得到魚身。

2. 故事類型名稱與流傳

第 400 則〈沓婆草花本生譚〉故事的類型編號是 ATK 51C，本則採用 AT
編號，依據金榮華《民間故事類型索引》之分類法，名之為「水獺爭魚請狼
分」，類型概要：

> 兩隻水獺捉到了一條魚，都爭著要吃魚頭不願吃魚尾，於是請
> 狼裁決。狼說：去水深處的那隻吃魚頭，去水淺處的那隻又吃魚尾。
> 至於魚的中段，則作為我裁決的報酬。說完便銜著魚身溜了。〔註109〕

此一故事流傳的地區有：寮國、柬埔寨。〔註110〕

（三）小　結

佛教教義講到「貪」，就是指「三毒」之一、十不善之一、十大煩惱之
一。又稱「貪欲」，即貪欲之心。可令有情之身心受生死輪迴之大苦，能毒
害達於清境悟境之善心，故有「貪毒」之稱，乃通攝三界之一切煩惱。稱為
毒，係以其能毒害眾生，猶如毒蛇、毒龍。〔註111〕

三毒指貪欲、瞋恚、愚癡三種煩惱。又作三火、三垢。一切煩惱本通稱
為毒，然此三種煩惱通攝三界，係毒害眾生出世善心中之最甚者，能令有情

〔註109〕同註2，《民間故事類型索引》上冊，頁19。
〔註110〕同註2，《民間故事類型索引》上冊，頁19。
〔註111〕同註27，《佛光大辭典》（五），頁4793。

長劫受苦而不得出離，故特稱三毒。此三毒又爲身、口、意等三惡行之根源，故亦稱三不善根，爲根本煩惱之首。〔註112〕

　　故事主旨在敘述「貪心」的故事，過度求索的心念，也是在說明貪心會傷害到他人的利益，自己得到好處，卻讓他人痛苦萬分。

　　目前所見，只有《本生經》一則屬於印度的故事，金榮華書中所列寮國及柬埔寨的兩則故事，筆者尚未查得，因此在故事比較上無法推測故事來源，但是經由南傳佛教的路徑，東南亞的兩則故事，極有可能是源出於印度。

二、第349則〈破和睦本生譚〉、第361則〈色高本生譚〉大意

（一）故事概要

　　《本生經》中第349則〈破和睦本生譚〉〔註113〕、第361則〈色高本生譚〉〔註114〕「主分」中故事概要：

第349則〈破和睦本生譚〉：

　　　　波羅奈國有一個養牛的人，把一隻牛忘了放在森林裡，之後牛跟獅子成爲好朋友，也都各自產子，獵人看到此不可思議現象跟國王報告，國王說，如果看到第三隻動物出現再來報告，果然豺出現了，豺破壞牛跟獅子的友誼，於是國王知道彼此交惡必定殘殺，就前往森林，帶回獅子的毛皮爪牙，也告誡下屬，不要相信破壞和睦之言。

　　在此則「序分」中，佛在祇園精舍時，對離間語之誡所作之談話。佛聽聞比丘等散播離間語，吩咐弟子等人去詢問是否屬實，回應者告知佛是眞實之事。佛指責說：「汝等比丘！離間語者，如以銳利之刃刺人，雖有堅固之信賴，亦會因此遭受破壞。諸如此類，破壞自己朋友之間的友誼，猶如獅子與牛。」於是佛說過去之事。「結分」中佛述此法語後，作本生今昔之結語：「爾時之王即是我。」指出王就是佛陀前生。

　　第361則〈色高本生譚〉：

　　　　有一隻豺侍奉獅子和老虎，都吃著他們殘留下來的食物，有一天豺在想，他從沒吃過獅子、老虎的肉，於是他向獅子說老虎嫌棄

〔註112〕同註27，《佛光大辭典》（一），頁570。
〔註113〕同註4，《漢譯南傳大藏經・本生經》第34冊，頁342～344。
〔註114〕同註4，《漢譯南傳大藏經・本生經》第35冊，頁38～41。

牠，說獅子的壞話，同樣也跟老虎這樣說。獅子不相信，就去問老虎，他們倆才知道所說的話被扭曲，之後仍然和睦相處，豺就逃往他處。

在此則「序分」中，舍利弗與目犍連在雨季時外出托缽，遇一男子想要挑撥兩人的關係，一再的懷疑兩人關係是否融洽，想藉此分裂兩人關係，但是舍利弗與目犍連並未理會此一男子所說的話而離去，男子發現無法挑撥成功而去。佛言：「舍利弗！此人思欲分裂汝等，分裂未能成就而逃，非自今始，前生亦復如是。」佛應長老之請求，爲說過去之事。在「結分」中佛述法語後，作本生今昔之結語：「爾時之豺是食殘食之男，獅子是舍利弗，虎是目犍連，而對事件經過目觀者，森林中棲住之神即是我。」指出森林中棲住之神就是佛陀前生。

（二）故事分析

1. 第 349 則〈破和睦本生譚〉、第 361 則〈色高本生譚〉情節分析：

①老虎和獅子或牛等是好朋友。

②狐狸挑撥使牠們成爲仇敵。

③最後詭計被拆穿（第 361 則），或挑撥成功（第 349 則）。

2. 故事類型名稱

第 349 則〈破和睦本生譚〉、第 361 則〈色高本生譚〉故事的類型編號是 ATK 59A，本則採用 AT 編號，依據金榮華《民間故事類型索引》之分類法，名之爲「狐狸挑撥生是非」，類型概要：〔註115〕

> 老虎和獅子或牛等是好朋友，狐狸挑撥牠們兩個說，一個想要傷害另一個，使牠們成爲仇敵，或最後詭計被拆穿。

（三）中國各地之流傳及文本大要

在中國流傳的故事有：四川、陝西、吉林、雲南、河南、西藏。〔註116〕依目前所見資料：陝西〈爲啥狐狸身上白一塊黑一塊〉〔註117〕、陝西〈牛和驢爲啥結仇〉〔註118〕；河南〈龍虎鬥〉〔註119〕；江蘇〈龍虎鬥餃麵〉〔註120〕；

〔註115〕同註2，《民間故事類型索引》上冊，頁23。

〔註116〕同註2，《民間故事類型索引》上冊，頁23。

〔註117〕同註8，《中國民間故事集成》陝西卷，頁435～436。

〔註118〕同註8，《中國民間故事集成》陝西卷，頁440～441。

〔註119〕同註45，《24‧河南民間故事集》，頁453～455。

吉林〈牛虎兄弟和大灰狼〉（蒙古族）〔註121〕、蒙古〈老虎和紅花牤牛〉〔註122〕、蒙古〈雪豹和公牛〉〔註123〕；四川〈狐狸的悲劇〉（藏族）〔註124〕、四川〈獅子和犀牛〉（藏族）〔註125〕；雲南〈鄰居〉〔註126〕、雲南〈虎王、牛王爲什麼被狐狸吃掉〉〔註127〕；湖北〈熊、野豬和松樹精〉〔註128〕。列舉以上十二則故事，依照挑撥者的目的與方法，大約可分爲三種說法：

1. 被挑撥者各自爲王，挑撥者令其互相殘害，獲取利益：

（1）挑撥成功者

例如：江蘇〈龍虎鬥餃麵〉、雲南〈虎王、牛王爲什麼被狐狸吃掉〉。以上兩則，故事概要：

①江蘇〈龍虎鬥餃麵〉：此則故事包含著南京長興麵館特色名產的由來，傳說著龍虎大戰，狐狸想當大王，於是從中挑撥，跟雙方說對方都想稱大王，因此兩不相讓。最後由一個年輕人舉起弓箭射下牠們，有一個老人要當地人享用龍虎肉，之後，老人與年輕人離去，百姓認爲他倆是神仙下凡。之後玄武湖也變清澈了，麵館將餛飩麵稱爲「龍虎鬥」。

②雲南〈虎王、牛王爲什麼被狐狸吃掉〉：此則故事敘述狐狸想吃牛肉跟虎肉，於是從中挑撥，跟雙方說對方都想稱大王，因此牛虎大戰一場，兩敗俱傷，死了，狐狸開心的得到牛肉跟虎肉。

（2）挑撥失敗者

〔註120〕王崇輝編：《南京民間故事》（南京：江南古籍出版社，1990年3月），頁354～356。

〔註121〕同註8，《中國民間故事集成》吉林卷，頁378～380。

〔註122〕《蒙古族民間故事選》（上海：上海文藝出版社，1979年5月），頁240～249。

〔註123〕郝蘇民、薛守邦編譯：《布里亞特蒙古民間故事集》（北京：中國民間文藝出版社，1984年5月），頁92～95。

〔註124〕同註8，《中國民間故事集成》四川卷，頁1095～1096。也見於《中華民族故事大系》第2冊，頁307～308。《中國南方少數民族故事選》，頁41～42。《中國動物故事集》，頁94～95。

〔註125〕曹廷偉編：《中國民間寓言選》（瀋陽市：遼寧少年兒童出版社，1985年9月），頁218～219。

〔註126〕同註45，《8‧雲南民間故事集》，頁243～244。

〔註127〕同註45，《10‧雲南民間故事集》，頁463～464。也見於《中華民族故事大系》第6冊，頁928～929。《西雙版納傣族民間故事集成》，頁692～693。《傣族民間故事選》，頁383～384。《中國南方少數民族故事選》，頁151～153。

〔註128〕鄂西土家族苗族自治州民族事務委員會主編：《鄂西民間故事集》（北京：中國民間文藝出版社，1989年10月），頁754～755。

例如：陝西〈爲啥狐狸身上白一塊黑一塊〉，故事概要：

此則故事敘述狐狸想吃猴跟虎肉，於是從中挑撥，跟雙方說對方都想稱大王，因此猴虎群軍大戰一場，之後發現狐狸詭計，狐狸被一群猴子跟老虎追打的拚命逃竄，摔的鼻青臉腫。

2. 被挑撥者互爲好友或兄弟，挑撥者使其產生猜疑，獲取利益：

（1）挑撥成功者

例如：蒙古〈老虎和紅花牤牛〉、蒙古〈雪豹和公牛〉、藏族〈獅子和犀牛〉、河南〈龍虎鬥〉。以上四則，故事概要：

①蒙古〈老虎和紅花牤牛〉：此則故事敘述牛、虎、狐狸爲結拜三兄弟，老虎爲大哥，牛爲二弟、狐狸爲三弟。狡猾的狐狸想吃他們的肉，於是從中挑撥，跟虎、牛說彼此都想吃掉對方，因此牛虎互相猜忌，老虎咬死了牛，也發現了狐狸的詭計，並將狐狸撕成兩半祭祀好友牤牛。

②蒙古〈雪豹和公牛〉：此則故事敘述狐狸忌妒雪豹跟公牛是好朋友，想離間他們。狡猾的狐狸想吃他們的肉，於是從中挑撥，跟雪豹、公牛說彼此都想吃掉對方，因此雪豹跟公牛互相猜忌，彼此咬死對方，狐狸的詭計得逞，又有公牛肉吃，又有雪豹油吃。

③藏族〈獅子和犀牛〉：此則故事敘述犀牛跟獅子一起長大，狐狸想吃犀牛跟獅子肉，於是從中挑撥，跟雙方說彼此都想吃掉對方，因此犀牛跟獅子互相猜忌，大戰一場，兩敗俱傷死了，狐狸的詭計得逞，因此狐狸開心的得到犀牛肉跟獅子肉。

④河南〈龍虎鬥〉：此則故事敘述鱉、龍、虎爲結拜三兄弟，鱉爲大哥，龍爲二弟、虎爲三弟。因爲龍、虎常到池塘，所以鱉也因此避開被漁夫捕捉的危險，但是時間久了，鱉也不耐煩了，於是從中挑撥，跟龍、虎說彼此都不喜歡對方，因此龍、虎大戰一場，也決定不到池塘居住，鱉開心的以爲清靜了，不料卻難逃被漁夫捕捉的命運。

（2）挑撥失敗者

例如：吉林〈牛虎兄弟和大灰狼〉（蒙古族）。故事概要：

①吉林〈牛虎兄弟和大灰狼〉（蒙古族）：此則故事敘述大灰狼想當山中的萬獸之王，又打不過老虎，當他知道老虎跟野牛是好朋友之後，於是從中挑撥，各別跟牛與虎說雙方都想吃掉彼此，因此牛虎鬥了三天三夜，昏了過去。大灰狼當起大王訓話時，牛跟虎都醒了，生氣的把大灰狼趕跑。

3. 挑撥者忌妒的心態，令其互相厭惡：

（1）挑撥成功

例如：湖北〈熊、野豬和松樹精〉、雲南〈鄰居〉、陝西〈牛和驢為啥結仇〉。以上三則，故事概要：

①湖北〈熊、野豬和松樹精〉：此則故事敘述松樹精看見熊跟野豬是很要好的朋友，十分眼紅，於是從中挑撥，跟雙方說對方都討厭彼此，因此熊跟野豬就大打一架，兩敗俱傷，松樹精非常開心的看到熊跟豬結下仇恨。但是之後，松樹精也被鋸成好幾節當柴燒了。

②雲南〈鄰居〉：此則故事敘述老鷹住樹上，野貓住在樹中間，野豬住在下面，野貓起了壞心，於是從中挑撥，跟對方說雙方都想吃掉彼此的小孩，因此老鷹死守小鷹，野豬也是。之後老鷹支撐不住去找食物，野貓就吃掉小鷹，老鷹以為是野豬吃的，把小豬啄死，野貓就再去吃小豬，野豬看到後就死守其他小豬，野貓也死守小貓，最後終於都餓死。

③陝西〈牛和驢為啥結仇〉：此則故事敘述狐狸看見牛跟驢是很要好的朋友，十分眼紅，於是從中挑撥，跟對方說雙方都想偷彼此重要的東西，因此牛跟驢就大打一架，兩敗俱傷，狐狸非常開心的看到牛跟驢結下了仇恨。

（2）挑撥失敗

例如：四川〈狐狸的悲劇〉（藏族），故事概要：

此則故事敘述狐狸看見老虎跟獅子是很要好的朋友，狐狸十分眼紅，於是從中挑撥，跟雙方說對方都想吃掉彼此，獅子跟老虎彼此都很坦誠，於是都說出是狐狸所說，老虎就咬死了狐狸。

以上十二則故事中，有七則都是跟《本生經》的故事情節結構相同，兩種動物互相成為好朋友，或者從小一起長大感情非常好，因為忌妒而狡猾的開始挑撥離間，一樣也有挑撥成功跟失敗的兩種結局。另外五則，在細節上有些改變，但是「挑撥」的主要情節不變，雖然角色跟彼此關係不太一樣，有些各自為王，為爭大王之位而引起他人趁虛而入，有些是好朋友，引起他人眼紅。其中最不一樣的就是，雲南〈鄰居〉此則的關係跟角色完全不同，但是同樣是受到挑撥，而步入悲慘的後果。

（四）外國各地之流傳及文本大要

此一故事流傳的地區有：印度、菲律賓。〔註129〕目前所見為佛經故事，

〔註129〕同註2，《民間故事類型索引》上冊，頁23。

歸類於印度地區:〈十誦律・卷九──明九十波夜提法之一〉〔註130〕、〈四分律・卷十一──九十單提法之一〉〔註131〕、〈五分律・卷六──初分之五墮初(九十一墮法)〉〔註132〕、〈根本說一切有部毘奈耶・卷二十六〉〔註133〕。列舉以上四則,故事概要:

(1)挑撥成功者

〈根本說一切有部毘奈耶・卷二十六〉:小獅子與小牛一起長大,野干(狐狸)想吃他們的肉,於是從中挑撥,各別跟雙方說彼此都很怨恨對方,刻意誹謗讓獅子和牛互生怨懟,使牠們鬥毆至死,野干非常開心,因為詭計成功,吃到了牛肉跟獅子肉。

(2)挑撥失敗者

〈十誦律・卷九──明九十波夜提法之一〉、〈四分律・卷十一──九十單提法之一〉、〈五分律・卷六──初分之五墮初(九十一墮法)〉以上三則,所敘述故事雷同,此三則故事都是敘述野干看見老虎跟獅子是很要好的朋友,十分眼紅,於是從中挑撥搬弄是非,跟雙方說對方都想吃掉彼此,然而獅子跟老虎彼此都很坦誠,於是對質說出是狐狸所為,老虎跟獅子一起咬死了野干。

(五)小 結

佛教教義內涵方面是指「兩舌」,即於兩者間搬弄是非、挑撥離間,破壞彼此之和合。又作離間語、兩舌語,為十惡業之一。〔註134〕

因前世兩舌,向此說彼,向彼說此,鬪構是非,離間和合,致令乖分,故今生感此二種報。據《法苑珠林卷七十》載,二種兩舌報即:(1)得弊惡眷屬,指因前世兩舌,使人朋儔分離乖間,皆生怨惡,故感得今生得弊惡眷屬。(2)得不和眷屬,指因前世兩舌,離間人之親愛,使不和合,故感得今生得不和眷屬。〔註135〕

故事主旨說明了「挑撥離間」的後果,人性有慾望,就會想要得到,得不到時就容易有酸葡萄心理,產生此心理機制後,也會要求他人認同。因此

〔註130〕同註36,《大正新修大藏經》第23冊,頁66上～66下。
〔註131〕同註36,《大正新修大藏經》第22冊,頁636上～636下。
〔註132〕同註36,《大正新修大藏經》第22冊,頁38b。
〔註133〕同註36,《大正新修大藏經》第23冊,頁768上～768下。
〔註134〕同註26,《佛光大辭典》(四),頁3070。
〔註135〕同註26,《佛光大辭典》(一),頁227。

言語中會帶有激怒別人的意味，目的是希望對方也能討厭他所說的這個人，一般如果是故意挑撥的話語，通常會誇大事實，在對方面前把別人批評的一文不值，運用誇大不實譏諷嘲笑等等的言語破壞他人之間的感情。

在《本生經》中，就出現兩種形式的故事，一種是挑撥失敗，另一種是挑撥成功。而在佛經中也可找出四則此類型的故事，在中國方面的流傳故事大多在藏族、雲南、蒙古等少數民族地區，尤以雲南地區所收錄為最多，與南傳佛教的流傳路線相同。

再加上基本的核心情節不變，都是挑撥者，被挑撥者的互動，不論是互為好友、兄弟或各自為王，都不失其核心情節，挑撥者仍然搬弄是非，同樣也產生兩種結局，一個是被拆穿詭計，一個是計謀得逞；端看故事安排所告知的寓意有所不同，一則是智慧可破愚癡；一則是兩舌後果的警惕。因此依照兩種線索推測，筆者認為此故事來源為印度所傳。

三、第 308 則〈速疾鳥本生譚〉大意

（一）故事概要

《本生經》中第 308 則〈速疾鳥本生譚〉「主分」中故事概要：〔註136〕

> 從前，有一隻獅子，喉嚨卡了一根骨頭很痛苦，有一隻啄木鳥看到後想幫獅子，卻擔心獅子會吃了牠，獅子保證不會吃牠，於是啄木鳥用木片開啟獅子口，使獅子的口不能閉合，再將骨頭夾出，木片推開後就飛走了。之後啄木鳥想測試獅子，沒想到獅子不但沒有感恩的心，還說啄木鳥能夠從他口中逃走，沒被吃掉還活著就很不錯了，於是啄木鳥感嘆的飛走了。

在此則「序分」中，是佛在祇園精舍時，對提婆達多不知恩所作之談話。佛言：「汝等比丘！提婆達多不只於今日，前生亦不知恩。」於是佛為說過去之事。「結分」中佛述此法語後，作本生今昔之結語：「爾時之獅子是提婆達多，鳥即是我。」指出鳥就是佛陀前生。

（二）故事分析

1. 第 308 則〈速疾鳥本生譚〉情節分析：

①啄木鳥將哽獅子喉嚨裡的骨頭取出。

〔註136〕同註4，《漢譯南傳大藏經・本生經》第 34 冊，頁 215～216。

②獅子認爲沒有把啄木鳥咬死，就是給他最大的報酬。

③啄木鳥測試獅子的心，確定牠是忘恩負義。

2. 故事類型名稱

第 308 則〈速疾鳥本生譚〉故事的類型編號是 76，本則採用 AT 編號，依據金榮華《民間故事類型索引》之分類法，名之爲「狼與鶴（替狼清喉反被噬）」，類型概要：〔註137〕

> 鶴將哽在狼或獅虎喉嚨裡的骨頭取出後，狼對牠說，你把頭伸
> 進我的嘴裡時，我不把你咬死，就是給你的報酬；或是骨頭被取出
> 後，狼因久未能食，肚子很餓，就一口將鶴吃了。

（三）中國各地之流傳及文本大要

在中國流傳的地區有：雲南、西藏、蒙古。〔註138〕依目前所見資料：雲南〈老鴉與獅子〉〔註139〕、雲南傣族〈老虎和啄木鳥〉〔註140〕、雲南〈忘恩負義的老虎〉〔註141〕；西藏〈狼與天鵝〉〔註142〕；蒙古〈狼與鶴〉〔註143〕。列舉以上五則故事，依照結局，大約可分爲三種說法：

1. 忘恩負義

此種說法，是指被幫助者，仍然自以爲是，不知道報恩，有的受到報應，而有的仍然逍遙自在，不知解救者的善心。例如：雲南〈忘恩負義的老虎〉、西藏〈狼與天鵝〉、蒙古〈狼與鶴〉以上三則，故事概要：

雲南〈忘恩負義的老虎〉：敘述老虎吃獵物之後被骨頭哽住咽喉，請啄木鳥替他弄走，還一再保證會報答他。啄木鳥之後來測試獅子，獅子將啄木鳥趕走之後，獅子又再次被骨頭哽住，這次沒有任何人來解救他，因此只能絕望的等死。

西藏〈狼與天鵝〉：敘述狼吃小羊之後被骨頭哽住咽喉，請天鵝救他，

〔註137〕同註 2，《民間故事類型索引》上冊，頁 13。

〔註138〕蔡麗雲：《中國民間動物故事類型研究》（中國文化大學中文究所碩士論文，民國 86 年），頁 54。

〔註139〕曹廷瑋：《中國民間寓言選》（遼寧：遼寧少年兒童出版社，1985 年），頁 104。

〔註140〕同註 9，《西雙版納傣族民間故事集成》，頁 682。

〔註141〕同註 32，《中華民族故事大系》第 10 冊，頁 353～354。

〔註142〕同註 139，《中國民間寓言選》，頁 268。

〔註143〕胡爾查：《蒙古族動物故事》（北京：中國民間文藝出版社，1984 年 6 月），頁 90～91。

天鵝好心勸他吃東西要小心，狼還惡狠狠的恐嚇他。

蒙古〈狼與鶴〉：敘述狼吃東西之後被骨頭哽住咽喉，向鶴求救，鶴問他要怎麼報答恩情，狼認為沒有把鶴吃掉就是最大的報答，狼想要吃鶴，鶴就飛走了。

2. 恩將仇報

此種說法，是指被幫助者，不知道報恩，還將恩人一口吃下。例如：雲南〈老鴉與獅子〉，故事概要：

敘述一隻獅子，吃肉時塞了牙縫，請老鴉將它牙縫中塞著的肉絲弄掉，並答應弄完之後一定給老鴉很好的報酬。老鴉便跳進獅子口中，把它牙縫中的肉絲一一弄掉。剛想跳出來向獅子討報酬時，獅子就一口將它吞下肚去了。

3. 知恩圖報

例如：雲南〈老虎和啄木鳥〉，故事概要：

敘述老虎吃馬鹿之後被骨頭哽住喉嚨，請啄木鳥替他弄走，啄木鳥替老虎處理之後，老虎非常感恩，只要有任何食物都會跟啄木鳥分享，兩個成為好友。

以上故事，其中只有一則，雲南〈老鴉與獅子〉完全符合核心情節，都是鳥類幫猛獸類動物清理喉嚨異物反而被吃。其他四則故事的幫助者都不是被吃掉，而是發展出不同的結局。故事發展出三種不同結局，各自有著不同的涵義，得到報應的結局應該是大眾最期盼的。而讓猛獸得到幫助又恐嚇幫助他的人，是讓人厭惡的。由故事中的不同角色所發展的性格，也反映出人類生活的縮影。

（四）外國各地之流傳及文本大要

此一故事流傳的地區有芬蘭、愛沙尼亞、拉脫維亞、立陶宛、愛爾蘭、加泰羅尼亞、德國、俄國、印度、非洲、希臘、義大利。〔註144〕在法國（拉封丹）〔註145〕、阿拉伯也有流傳〔註146〕。依目前所見資料有：希臘〈狼和鷺鷥〉〔註147〕；法國〈鶴和狼〉〔註148〕；俄國〈狼和鶴〉〔註149〕；印度

〔註144〕同註19, "*The Type of Folktale*", P.39
〔註145〕同註22,《外國古代寓言選》，頁459。
〔註146〕同註2,《民間故事類型索引》上冊，頁29。
〔註147〕王煥生譯：《伊索寓言》（北京：華夏出版社，2007年10月），頁64。
〔註148〕同註22,《外國古代寓言選》，頁459。

〈根本說一切有部毘奈耶破僧事・卷十五〉〔註150〕、印度〈六度集經・卷五──第51則雀王經〉〔註151〕、印度〈菩薩瓔珞經・卷十一──譬喻品第32〉〔註152〕。

列舉以上六則，皆為相同種說法，敘述猛獸類動物（獅子、老虎或狼）吞下了一根骨頭，到處求醫。他遇見鳥類（啄木鳥、麻雀、鷺鷥或鶴），講定了報酬，鳥類把頭伸進狼的喉嚨；或是小型鳥（啄木鳥、麻雀）跳進他的咽喉中，取出了骨頭，再向猛獸動物索取原先講定的報酬。這時被幫助者認為沒有把幫助者吃掉，就是最大的報答，幫助者就飛走了。

（五）小　結

主旨在勸人要知恩圖報。敘述「忘恩負義」的故事，是指受人恩惠而不知報答，反而做出對不起恩人的事情或以仇恨相報。佛經方面是在敘述提婆達多的惡行，藉此警惕弟子引以為鑒。

中國地方的流傳大多是在少數民族地區，也是南傳佛教所傳之地，這一點可以推測是由佛經故事而來。若以實際面來說，西藏的故事與事實有些許差異。從國內外故事來看，可以發現故事角色中的鳥類，都是尖長的鳥喙，或者是小型的鳥類，之所以運用這樣的角色，就是因為尖長型的鳥喙有如手術鉗子，可將異物取出，或是小型鳥，可進入口中取出異物。但是天鵝不是嬌小的鳥，而且鳥嘴是扁長型，要從狼口中取出異物，難度較高。

此類型在佛經中與外國流傳的故事結構都相同，其中法國拉封登寓言，以及俄國克雷洛夫寓言故事皆是受到希臘伊索寓言故事所影響，希臘伊索寓言的成書年代大約在西元前六世紀左右，與「本生譚」的年代相同。而各家說法也不相同，有人認為伊索寓言是受印度故事影響，有人說印度故事受伊索寓言影響。因此，只能就情節結構來分析出，兩個地區故事結構是相同的，佛經故事有些是採用民間故事來述說教義，也許是互相影響。

但就整個故事情節敘述來分析，《本生經》以及其他佛經故事，在故事的敘述上較為詳細，且仔細描述事發經過，首先取出異物過程，先將獅子的口撐大，不讓他合起來，取出骨頭後，才將撐開的木片移開，有如外科手術一

〔註149〕何茂正譯：《克雷洛夫寓言》（台北：小知堂出版社，2002年5月），頁163。
〔註150〕同註36，《大正新修大藏經》第24冊，頁176～177。
〔註151〕同註36，《大正新修大藏經》第3冊，頁29中～29下。
〔註152〕同註36，《大正新修大藏經》第16冊，頁98上～98下。

般的詳述，也敘述事後要求報酬的經過，再加上說理。而外國故事部分都只有簡述，也沒有取出異物的過程。

　　印度在古代醫學上是很進步的，西元前五世紀，蘇斯布魯塔用梵文寫了一套《阿輸吠陀》描述醫學的診斷與治療方法，他詳述研討外科手術、婦產科、飲食、藥品、嬰兒餵食與保健，以及醫學教育，描述中就已經有 121 種外科手術用具。〔註153〕

　　若依此情節的詳細敘述層面，以及結構來推測都與佛經故事相同，因此筆者推測故事來源是印度所傳。

四、第208則〈鱷本生譚〉、第342則〈猿本生譚〉大意

（一）故事概要

　　《本生經》中第 208 則〈鱷本生譚〉〔註154〕與第 342 則〈猿本生譚〉〔註155〕，兩則「主分」中故事內容相同，大要如下：

> 　　從前有一對鱷魚夫妻，母鱷魚想吃猿猴的心臟，要丈夫去捕捉，猿猴要渡河時，公鱷魚假好心載他，之後想讓他淹死，猿猴很聰明，就問他緣故，知道要吃他的心臟，猿猴就說，他的心臟吊在樹上沒帶出來，愚笨的鱷魚就上當了。

　　在這兩則「序分」中，都是敘述佛在祇園精舍時，對提婆達多害佛之事，所作之談話。當時佛聽聞提婆達多想要殺害佛而說：「汝等比丘！提婆欲殺我，非自今日始，彼於前生，即已如是，然未能使我絲毫恐怖。」佛於是說過去之因緣。在「結分」中，佛述此法語後，即作本生今昔之結語：「爾時之鱷是提婆達多，猿即是我。」指出猿就是佛陀前生。

（二）故事分析

1. 第 208 則〈鱷本生譚〉、第 342 則〈猿本生譚〉情節分析：
　　①母鱷想吃猿猴的心臟，要丈夫去捕捉。
　　②公鱷假好心載猿猴，讓猿猴識破，知道要吃他的心臟。
　　③猿猴就說，他的心臟吊在樹上沒帶出來，於是脫險。

〔註153〕楊俊明、張齊政：《古印度文化》（廣東：廣東人民出版社，2007 年 5 月），頁 163。
〔註154〕同註 4，《漢譯南傳大藏經・本生經》第 33 冊，頁 157～160。
〔註155〕同註 4，《漢譯南傳大藏經・本生經》第 34 冊，頁 324～326。

2. 故事類型名稱

第 208 則〈鱷本生譚〉與第 342 則〈猿本生譚〉故事的類型編號是 91，本則採用 AT 編號，依據金榮華《民間故事類型索引》之分類法，名之爲「肝在家裡沒有帶」，類型概要：〔註 156〕

> 海龜要取用猴子的肝治病，將猴子騙去海中。猴子聞知後對海龜說：我的肝是靈藥，覬覦的人很多，因此鎖藏家中，並不隨身攜帶。你若早說，我就帶來了。海龜信以爲真，送猴子回去拿，猴子於是脫險。

（三）中國各地之流傳及文本大要

中國流傳的地區有：陝西、吉林、遼寧、甘肅、寧夏、浙江、蒙古、西藏。〔註 157〕依目前所見資料：陝西〈猴子和鱉打老庚〉〔註 158〕；吉林〈吳心和猴子〉〔註 159〕、吉林〈哪有猴心掛樹梢〉〔註 160〕；甘肅〈猴子與烏龜〉〔註 161〕；寧夏〈猴子和鱉〉〔註 162〕、寧夏〈無義之人不可交〉〔註 163〕；浙江〈海母隨潮飄〉〔註 164〕；廣東〈魷魚爲什麼沒有骨〉〔註 165〕；土家族〈猴子和團魚〉〔註 166〕、土家族〈猴子和鱉〉〔註 167〕；蒙古〈猴子和烏龜〉〔註 168〕；西藏〈龜與猴〉〔註 169〕、西藏〈烏龜和猴子〉〔註 170〕、西藏〈猴子和狐狸〉〔註 171〕、西藏〈猴子和青蛙〉〔註 172〕。蒙古〈烏龜和猴子〉

〔註 156〕同註 2，《民間故事類型索引》上冊，頁 31。
〔註 157〕同註 2，《民間故事類型索引》上冊，頁 32。
〔註 158〕同註 8，《中國民間故事集成》陝西卷，頁 438。
〔註 159〕同註 8，《中國民間故事集成》吉林卷，頁 385～386。
〔註 160〕同註 8，《中國民間故事集成》吉林卷，頁 386～387。
〔註 161〕同註 8，《中國民間故事集成》甘肅卷，頁 362～363。
〔註 162〕同註 8，《中國民間故事集成》寧夏卷，頁 238～239。
〔註 163〕同註 8，《中國民間故事集成》寧夏卷，頁 665。
〔註 164〕同註 45，《22·浙江民間故事集》，頁 422～425。
〔註 165〕岑桑改編：《石心姑娘——廣東民間故事》（廣東：新世紀出版社，1992 年 8 月），頁 228～230。
〔註 166〕同註 32，《中華民族故事大系》第 5 冊，頁 978～979。
〔註 167〕同註 32，《中華民族故事大系》第 10 冊，頁 897～899。也見於《土族撒拉族民間故事選》，頁 263～265。
〔註 168〕同註 32，《中華民族故事大系》第 14 冊，頁 978～980。
〔註 169〕同註 45，《40·西藏民間故事集》，頁 482～485。
〔註 170〕曹廷偉編：《中國民間寓言選》（瀋陽市：遼寧少年兒童出版社，1985 年 9 月），頁 183～184。
〔註 171〕田海燕、雛燕編著：《金玉鳳凰》（上海：少年兒童出版社，1992 年 6 月），

〔註173〕、遼寧〈交心〉〔註174〕。列舉以上十七則，分類可分為三種說法：

1. 龍女或龍王生病，需要猴肝（猴膽或兔肝）來治病

陝西〈猴子和鱉打老庚〉；吉林〈吳心和猴子〉、吉林〈哪有猴心掛樹梢〉；浙江〈海母隨潮飄〉；廣東〈魷魚為什麼沒有骨〉；甘肅〈猴子與烏龜〉；遼寧〈交心〉。

以上七則，通常是說龍王或是龍女生病，有的故事是龍王的妻子生病，龍王的臣子或宰相建議需要猴肝、猴膽或兔肝來治病，丞相或臣子的角色通常是烏龜，浙江的說法是水母，廣東的說法是魷魚。龍王的臣子帶來猴子與龍王見面，猴子才知道受騙上當。這時猴子或兔子聰明的想出方法，說牠把肝或膽放在家裡沒帶出來，或是說掛在樹梢上，希望龍王讓烏龜載牠回去取來。

故事最後的結局說到烏龜害怕被罰，所以也不敢回龍宮，因此烏龜在水中和岸上遊走，成了水陸兩棲的動物。浙江的〈海母隨潮飄〉故事中的角色是水母，說牠回到龍宮，結果受到抽掉骨頭的處罰，所以成了現在的模樣；廣東〈魷魚為什麼沒有骨〉故事中的角色是魷魚，結果也是受到抽掉骨頭的處罰，成了現在的模樣。另外，中國吉林的〈吳心和猴子〉故事是說猴子本來是吳心的恩人，但是這個人為了娶龍女為妻，而幫龍王騙猴子入龍宮。

其中有一則複合型故事：

91＋592A。遼寧〈交心〉＋「592A 樂人和龍王」〔註175〕類型概要：

> 悲傷的青年在海邊吹笛，樂曲感動了龍王，龍王請他去龍宮演奏，並送他一個百呼百應的寶貝，這青年因而有了華美的房屋或寶貝，但交換後的華美房屋消失了，或是寶貝在別人手裡就不靈了。
> 有的故事是男主角在龍宮娶了龍女，回到陸地過著快樂而富有的日子，但是三年後，命中注定的緣分期滿，龍女就回龍宮去了。

遼寧〈交心〉的故事是青年與獼猴成為好朋友之後，因為吹笛樂曲感動龍王，被龍王帶到龍宮，龍女非常喜歡這個青年，但是青年一直擔心獼猴朋

頁380～382。
〔註172〕同註81，《中國動物故事集》，頁114。
〔註173〕同註45，《36・蒙古民間故事集》，頁485～488。也見於《蒙古族動物故事》，頁42～44。
〔註174〕同註8，《中國民間故事集成》遼寧卷，頁546～551。
〔註175〕同註2，《民間故事類型索引》上冊，頁219。

友的掛念，想要上岸，龍女就裝病，要青年去取一副猴心，青年一直不肯答應，後來龍女表現出非常難過的模樣，青年不得已只好去跟獼猴要，獼猴看出青年的假仁假義，騙青年說，牠的心掛在樹梢上，又給他一片樹葉，寫一首警惕的詩句：「變心之人不可交，哪有猴心掛樹梢？你在東海當駙馬，我在青山吃鮮桃。」青年和龍女看完詩句，誰也說不出話來。

2. 人或龜、鱉的家人生病，需要猴肝或猴心治病

寧夏〈猴子和鱉〉、寧夏〈無義之人不可交〉；青海〈猴子和鱉〉；黑龍江〈猴子和烏龜〉；西藏〈龜與猴〉、西藏〈烏龜和猴子〉、西藏〈龜與猴〉、西藏〈猴子和青蛙〉；土家族〈猴子和鱉〉。

以上九則，故事中猴子和烏龜是好朋友，看到人類公告要猴心來治病，烏龜騙猴子要取得猴心，猴子發現烏龜陰謀，怨嘆自己交到損友。有的故事是說烏龜常常離家找猴子，引起烏龜妻子的疑心與嫉妒，所以假裝生病，一定要吃猴肝或猴心才會好。

有的故事是說烏龜的妻子無故想吃猴肝，因為吃不到而憂慮生病，所以烏龜要找猴肝來治病，有的不一定是妻子，可能是父親、母親等親屬生病要吃猴肝。因此烏龜騙猴子說要帶牠去找美食，或是邀請牠到家裡作客，進而載猴子入水。半路上烏龜就說出牠要猴肝的目的，猴子機警回應烏龜，說牠的肝是放在家裡，或是掛在樹上沒帶來。結果烏龜再載猴子回去取肝，最後牠和烏龜的友誼也就此終結。

3. 聽說吃猴肝或膽可變聰明，或可治百病

湖南〈猴子和團魚〉；西藏〈猴子和狐狸〉、西藏〈猴子和青蛙〉；蒙古〈烏龜和猴子〉。

鱷魚假裝要載猴子渡河，其實是想吃牠的內臟。故事中也有狡猾的狐狸故意先和猴子作朋友，騙牠去家裡作客。最後猴子都以肝或膽不在身上，要回去拿為理由，因而得以脫逃。

其中有一則複合型故事：91＋66A。

蒙古〈烏龜和猴子〉＋「66A 房子會說話，敵人中了計」〔註176〕類型概要：

> 狐狸發現敵人曾經來過洞穴，不知是否還在裡面。於是故意問

〔註176〕同註2，《民間故事類型索引》上冊，頁26。

洞穴：今天有人來過沒有？他走了沒有？並且說：這個洞穴很特別，
裡面如果有人，它就不敢回答。敵人聽了，急忙假裝洞穴說：今天
沒有人來過。狐狸一聽，便遠遠走開了。

　　這一種說法的情節發展，是說烏龜被猴子騙了，吃不到猴肝之後，又躲
在猴子住的山崖邊，想要趁猴子不注意時偷襲牠。猴子當然早有警覺，故意
對著山崖叫：「山崖！山崖！山崖！」然後說：「烏龜，是你躲在裡面等著害
我，不然我住的山崖會回應我的話。」第二天，猴子又去叫了三聲。藏在山
崖邊的烏龜為了表示自己不在山崖邊而應了聲，也就再次受騙。此種說法的
故事，是與「AT 66A 房子會說話，敵人中了計」的故事複合而成。

　　以上三種說法，主要的核心情節不變，水族動物（水母、魷魚、龜或鱉），
要騙猴子或兔的心、膽或肝，符合 AT 91，主角都是大部分是烏龜，有些是水
母或魷魚，大多是要取猴心或猴肝，只有少部分是要兔肝，因此與《本生經》
結構上大致相同，主要的核心情節相同，角色略有變動，情節細節差異性不
大。

（四）外國各地之流傳及文本大要

　　此一故事流傳的地區有：拉脫維亞、匈牙利、印度、印尼、日本、菲律
賓、波多黎各、非洲。〔註177〕在韓國〔註178〕、泰國〔註179〕、美國〔註180〕、
馬來西亞也有流傳。依目前所見資料，外國故事有：韓國〈兔子和烏龜〉
〔註181〕、韓國〈龜兔較量〉〔註182〕；日本〈海蜇無骨〉〔註183〕、日本〈生
猴肝〉〔註184〕、日本〈水母的旅行〉〔註185〕；菲律賓〈聰明的猴子〉
〔註186〕；泰國〈長在樹上的猴膽〉〔註187〕；美國〈狡兔和笨龜〉〔註188〕；

〔註177〕同註 19, *"The Type of Folktale"*, P.70。
〔註178〕柯錦峰譯：《世界民間故事全集 14——韓國民間故事》（台北：長鴻出版社，
　　　　民國 82 年 1 月），頁 151～171。
〔註179〕林怡君編譯：《世界民間物語 100》（台北：好讀出版社，2003 年），頁 13～
　　　　15。
〔註180〕《美國童話》（台中：義士出版社，民國 56 年），頁 75～94。
〔註181〕同註 45，《34·吉林民間故事集》，頁 441～451。
〔註182〕同註 92，《世界民間故事全集 14——韓國民間故事》，頁 151～171。
〔註183〕霞山會：《日本的民間故事》（東京：霞山會，民國 71 年），頁 7。
〔註184〕綠園出版社編譯：《日本民間故事》（台北：綠園出版社，1979 年 5 月），頁
　　　　107～109。
〔註185〕《北海道童話》（台中：義士出版社，民國 56 年），頁 57～66。
〔註186〕伊靜軒譯：《菲律賓民間故事》（香港：華僑語文出版社，1953 年），頁 50～51。

印度《故事海》〔註 189〕、印度《五卷書》〈已經得到的東西的喪失〉〔註 190〕、印度〈六度集經・卷四——第 36 則〉〔註 191〕、印度〈生經・卷一——佛說鱉獼猴經第十〉〔註 192〕、印度〈佛本行集經・卷三十一——昔與魔競品第三十四〉〔註 193〕、印度〈經律異相卷二十四——暴志前生爲鱉婦十三〉〔註 194〕。列舉以上十四則，可分爲兩種說法：

1. 龍女或龍王生病，需要猴肝（猴膽或兔肝）來治病

韓國〈兔子和烏龜〉、韓國〈龜兔較量〉；日本〈海蜇無骨〉、日本〈生猴肝〉、日本〈水母的旅行〉；菲律賓〈聰明的猴子〉；泰國〈長在樹上的猴膽〉；美國〈狡兔和笨龜〉。

以上八則，在韓國、美國流傳的這一類型故事，其中猴子的角色由兔子所取代，故事最後的結局是說烏龜害怕被罰，所以不敢回龍宮，因此烏龜在水中和岸上遊走，成了水陸兩棲。如果故事中的角色是水母或海蜇，通常說牠回到龍宮，結果受到抽掉骨頭的處罰，所以成了現在的模樣。

2. 龜、鱉的家人生病，需要猴肝或猴心治病

印度《故事海》、印度《五卷書》〈已經得到的東西的喪失〉、印度〈六度集經・卷四——第 36 則〉、印度〈生經・卷一——佛說鱉獼猴經第十〉、印度〈佛本行集經・卷三十一——昔與魔競品第三十四〉、印度〈經律異相卷二十四——暴志前生爲鱉婦十三〉。

印度《故事海》敘述故事，是海豚妻子要丈夫去取猴心治病，當中的角色已經不是烏龜。印度《五卷書》〈已經得到的東西的喪失〉，敘述故事也是相同，角色變換成海怪，要取猴心是希望有如甘露一般，可以長生不死。

印度〈六度集經・卷四——第 36 則〉的故事則是在敘述有一國家的國王，想將公主許配給兩兄弟中的弟弟，之後又看到哥哥容貌俊俏，想改變主意，但是哥哥非常嚴守戒律不淫亂，所以此則故事放於〈戒度〉的卷目之下。印

〔註 187〕同註 179，《世界民間物語 100》，頁 13～15。
〔註 188〕同註 180，《美國童話》，頁 75～94。
〔註 189〕同註 58，《故事海》，頁 334～335。
〔註 190〕同註 59，《五卷書》，頁 412～421。
〔註 191〕同註 36，《大正新修大藏經》第 3 冊，頁 19 中～19 下。
〔註 192〕同註 36，《大正新修大藏經》第 3 冊，頁 76 中～76 下。
〔註 193〕同註 36，《大正新修大藏經》第 3 冊，頁 798 中～798 下。
〔註 194〕同註 36，《大正新修大藏經》第 53 冊，頁 128 上～128 中。

度〈生經・卷一──佛說鱉獼猴經第十〉、印度〈佛本行集經・卷三十一──昔與魔競品第三十四〉、印度〈經律異相卷二十四──暴志前生為鱉婦十三〉，都是透過類似故事，以解釋佛陀今世受他人誹謗、陷害的因緣事蹟。

以上四則佛經故事的最後結語，都是說明自己是故事中的哥哥，為了消除前生罪過轉世為猴，而弟弟與公主則轉世為鱉及鱉婦，鱉即是提婆達多，鱉婦是提婆達多的妻子。

兩種說法，結構上沒有太大改變，都是角色被替換成別的動物。主要的核心情節不變，水族動物大部分是要騙猴子或兔的心或肝，符合 AT 91，與《本生經》結構上大致相同，主要的核心情節相同，角色略有變動，情節細節差異性不大。

（五）小　結

《本生經》的中第 208 則〈鱷本生譚〉與第 342 則〈猿本生譚〉兩則本生故事，情節結構都是敘述過去世想吃猿猴的是鱷魚夫婦，故事中只提到妻子想吃猴心，並未詳述動機是治病或為了長生不死，「結分」中說明在今世則是提婆達多夫婦，指出企圖殺害佛陀的計謀。

目前所見資料，只有《本生經》說到鱷魚，其他的故事都是說龜或鱉，所傳的故事情節結構相同，角色有更改，且印度的民間流傳的故事也不是說到鱷魚，而是說到海豚或海怪，因此推測故事來源可能不是《本生經》，也可能不是《五卷書》或《故事海》。極有可能是其他的漢譯佛經，因為在《六度集經》、《生經》、《佛本行集經》、《經律異相》這四部佛經都是說到鱉跟鱉婦。

中國所傳的三種說法，其中第二種說法有 9 則故事，都是提到龜妻想吃猴心或猴肝，在結構跟角色安排誤差不大，人物跟情節結構與結局也大致相同，可以推測出故事來源為漢譯佛經，因為《本生經》與印度民間故事中的角色都不相同，角色的變異可能因為地域性的差異而改變，但是同在印度，就有鱷魚、海豚跟海怪三種角色。然而漢譯佛經的角色，比較統一為「鱉」，故事情節安排也是鱉妻想吃猴心而促成龜與猴的鬥智情節。因此筆者推測故事來源仍有可能為印度。

第四章　《本生經》動物類型故事（二）

第一節　野獸和家畜

一、第 426 則〈豹本生譚〉大意

（一）故事概要

《本生經》中第 426 則〈豹本生譚〉「主分」中故事概要：〔註1〕

> 菩薩出家至雪山地方，見一隻豹想吃母山羊，因爲母山羊落後
> 被豹盯上，母山羊想用好聽的話讓豹放了他，但是求情巴結或勸言
> 都沒有用，豹還是死盯著母山羊，非常堅持要吃牠，最後豹抓住山
> 羊先咬死再吃掉。

在「序分」中，佛在祇園精舍時，目犍連長老在一個山窟的入口處聽到
牧者說到，此處爲山羊休息之處，將羊趕入山窟，讓它們任意遊樂。有一隻
母山羊，單獨落後，有一隻豹見到這隻母山羊，想要吃牠，就在入口處等，
母山羊環視四周，見到豹，急逃跳入於山羊群之中。長老見到此狀，隔天，
往告如來：「世尊！彼牝山羊如是之所爲，彼以自己之善巧方便，努力而免遭
災。」佛言：「目犍連！今只此次豹未能捉得山羊，然於前生，山羊泣叫而爲
豹所殺。」佛因此說過去之事。在「結分」中，佛述此法語後，作本生今昔
之結語：「爾時之牝山羊正是今之牝山羊，豹正是今之豹，修行者即是我。」

〔註1〕吳老擇編譯：《漢譯南傳大藏經・小部經典・本生經》第 34 冊（高雄：元亨
　　　寺妙林出版社，民國 84 年 8 月～民國 85 年 3 月），頁 75～78。

指出修行者就是佛陀前生。

（二）故事分析

1. 第426則〈豹本生譚〉情節分析：

①豹發現山羊，開始用千奇百怪的理由污衊山羊。

②山羊很緊張，卻假裝鎮定的不斷解釋。

③豹最後還是隨便找一個理由吃掉山羊。

2. 故事類型名稱

第426則〈豹本生譚〉故事的類型編號是111A，本則採用AT編號，依據金榮華《民間故事類型索引》之分類法，名之為「狼誣責小羊而吃了他」，類型概要：[註2]

> 狼責怪在河流下游的小羊弄濁了上游的河水。小羊說，牠沒有弄濁河水，何況下游的水也不可能影響上游的水。狼說：強者對弱者說什麼就是什麼。隨即吃掉小羊。

（三）中國各地之流傳及文本大要

在中國流傳的地區有：雲南、蒙古、台灣。[註3] 依目前所見資料有：雲南〈豹子與麂子〉[註4]、蒙古〈狼和羊羔〉[註5]、台灣〈狼和小羊〉[註6]。列舉以上三則，故事概要：

雲南〈豹子與麂子〉：

> 敘述豹子和小麂子同在一條小溪旁玩水。豹子想要吃掉小麂子，找個藉口說麂子把水弄髒了，又說麂子的媽媽欠了一筆帳。可憐的小麂子一再解釋，豹子完全不理會，就撲向小麂子，把他吃掉了。

[註2] 金榮華：《民間故事類型索引》上冊（台北：中國口傳文學學會，2007年），頁38。

[註3] 同註2，《民間故事類型索引》上冊，頁38。

[註4] 艾荻、詩恩編：《佤族民間故事》（雲南：雲南人民出版社，1990年7月），頁167。

[註5] 《中華民族故事大系》第1冊，頁709~710。也見於《蒙古族動物故事》，頁29~30。《蒙古族民間故事選》，頁197~198。《中國民間寓言選》，頁201~202。《中國動物故事集》，頁67~68。

[註6] 陳慶浩、王秋桂主編：《中國民間故事全集1‧台灣民間故事集》（台北：遠流出版社，1989年6月），頁303。

蒙古〈狼和羊羔〉：

　　敘述狼和小羊同在一條小溪旁喝水。狼想要吃掉小羊，找個藉口說小羊把水弄髒了，又說小羊去年在背後說他的壞話。可憐的小羊一再解釋，狼不理會，就撲向小羊，把小羊吃掉了。

台灣〈狼和小羊〉：

　　敘述狼和小羊同在一條小溪旁喝水。狼想要吃掉小羊，找個藉口說小羊去年在背後說他的壞話，又說小羊把水弄髒了。可憐的小羊一再解釋，狼不理會，就撲向小羊，把小羊吃掉了。

　　雲南的其中一種刁難是說欠了一筆帳，而台灣跟蒙古的故事相同，只是在刁難藉口的順序上顛倒，中國所流傳的故事與《本生經》情節細節皆不相同，因為《本生經》的故事沒有將水弄混的刁難，也沒有欠債跟說壞話。《本生經》只有提到，狼說羊踩了他的尾巴，以及之後羊不斷的解釋跟說道理，希望能不被吃掉，雖然核心情節跟結構上是相同的，以中國流傳的三則故事，跟《伊索寓言》故事比較，可以發現，在情節上更貼近《伊索寓言》。

（四）外國各地之流傳及文本大要

　　此一故事流傳的地區有拉脫維亞、俄國、印度、印尼、希臘、義大利。〔註7〕在非洲也有流傳。〔註8〕依目前所見的資料有：希臘伊索〈狼和小羊〉〔註9〕、希臘伊索〈貓和公雞〉〔註10〕、俄國克雷洛夫〈狼和小羊〉〔註11〕、非洲〈山羊殺死了豹〉〔註12〕。列舉以上四則，故事概要：

希臘伊索、俄國克雷洛夫〈狼和小羊〉：

　　敘述狼和小羊同在一條小溪旁喝水。狼想要吃掉小羊，找個藉口說小羊把水弄髒了，又說小羊去年在背後說他的壞話。可憐的小羊一再解釋，狼不理會，就撲向小羊，把小羊吃掉了。

〔註7〕 Antti Aarne and Stith Thompson, *The Type of Folktale*（Helsinki, Academia Scientiarum Fennica, 1964），P.45

〔註8〕 魯克編譯：《外國民間故事選》（北京：少年兒童出版，1985年8月），頁220～221。

〔註9〕 王煥生譯：《伊索寓言》（北京：華夏出版社，2007年10月），頁64。

〔註10〕 同註9，《伊索寓言》，頁8。

〔註11〕 何茂正譯：《克雷洛夫寓言》（台北：小知堂出版社，2002年5月），頁35～38。

〔註12〕 同註8，《外國民間故事選》，頁220～221。

希臘伊索〈貓和公雞〉：

　　敘述貓捉到公雞，想以冠冕堂皇的理由把公雞吃掉。於是，貓首先指責公雞夜裡打鳴，煩擾人們，使人們無法安睡。公雞說，他這樣做對人有好處，因為可以喚醒人們起來從事日常勞動。貓又說：「你還是個褻瀆者，違背自然地凌辱姐妹和母親。」公雞說，他這樣做對主人也有好處，可以使她們多下蛋。貓無言以對，便說道：「儘管你總是可以為自己的行為說出理由，難道我就不能吃掉你嗎？」

非洲〈山羊殺死了豹〉：

　　敘述一隻大象踩死一隻小豹，其他的豹去跟老豹說，大象踩死了小豹。老豹硬說是山羊殺了小豹，找到了一群在山上吃草的山羊，將他們幾乎全都殺了。

　　古希臘《伊索寓言》可推溯到最早的年代為西元前六世紀左右。這一時期被史學家稱之為「古風時期」，基本的特徵是古希臘各奴隸制度城邦的形成。在史集中的描述：「西元前八至六世紀期間，希臘人不僅在其本土上和小亞細亞西海岸先後建立起許多奴隸城邦，在希臘達到全盛時期，這一時期，希臘的經濟有了新的發展，也達到全盛時期，古希臘文化亦臻於極盛。」〔註13〕《伊索寓言》中〈狼和小羊〉等寫強者對弱者的蹂躪，正反映了希臘奴隸社會中貴族對平民的迫害，也深刻的揭露了奴隸社會階級壓迫的現實。〔註14〕

（五）小　結

　　此則佛教教義內涵強調「惡口」。為十惡之一。新譯粗惡語。即口出粗惡語毀訾他人。據《大乘義章卷七》載，言辭粗鄙，故視為惡；其惡從口而生，故稱之為惡口。法界次第初門卷上（大四六‧六六九下）：「惡言加彼，令他受惱，名為惡口。」另據法華經卷六常不輕菩薩品載，若惡口罵詈誹謗，其人將獲大罪報。〔註15〕

　　故事主旨在說明「強人所難」，強勢者的威脅，弱勢者只有順從。現實總

〔註13〕吳秋林：《中國寓言史》（福州市：福建教育出版社，1999 年 3 月），頁 18。

〔註14〕夏慧珍：《伊索寓言的動物形象研究》（國立台南大學國文系碩士論文，民國 96 年），頁 7。

〔註15〕《佛光大辭典》（五）（高雄：佛光出版社，1988 年 10 月），頁 4946。

是逼迫人低頭。適者生存，不適者淘汰的定律因此而生。

法國《拉封登寓言》，以及俄國《克雷洛夫寓言》故事，皆是受到希臘《伊索寓言》故事所影響，《伊索寓言》的成書年代大約在西元前六世紀左右，與本生故事產生的年代相近。就情節結構來分析，兩個地區故事結構是相同的，《本生經》與中國流傳的情節細節不同，然而中國流傳的故事與《伊索寓言》的情節細節及結構上是相同的，因此推測此故事來源極可能是希臘《伊索寓言》。

二、第128則〈貓本生譚〉、第129則〈火種本生譚〉大意

（一）故事概要

《本生經》中第128則〈貓本生譚〉、第129則〈火種本生譚〉，兩則「主分」中故事內容相同，故事概要：〔註16〕

> 鼠王住在森林中，體形有如豬一般大。有一隻豺，他發現鼠穴，決定想方法吃他們，他在鼠洞口站立，鼠王問他想做什麼，豺假裝聖人模樣，述說著大地無法支撐他的身體，必須一腳站立，又說自己只吃風就能飽。豺又說要保護老鼠，每次在洞口，數著一二三……，捕捉最後一隻吃掉，鼠群漸漸減少，鼠王中途折返，發現豺的陰謀，將豺咬死。

在這兩則「序分」中，都是敘述佛在祇園精舍時，對某欺瞞之比丘所作之談話。當時，佛針對欺瞞比丘之事而言：「汝等比丘！此非自今始，前生彼仍為一欺瞞著。」於是說過去之事。在「結分」中，佛述此法語後，為作本生今昔之結語：「爾時之豺是此比丘，鼠之王即是我。」指出鼠王就是佛陀前生。

第128則故事中沒有「貓」的角色出現，而在標題中卻用「貓本生譚」，在夏丏尊翻譯《小部經典——本生經》中為「猫本生譚」，原譯名（bilarajataka），而「猫」又非豺之誤字，因未見原典，無法考察。〔註17〕而黃寶生、郭良鋆的翻譯版本也未說明原因。但是在偈詩中有一句「使諸人信憑，汝得偽貓名」；黃寶生、郭良鋆的翻譯版本譯為「騙取鼠信任，與貓相類似」，所以筆

〔註16〕同註1，《漢譯南傳大藏經·本生經》第32冊，頁245～247。

〔註17〕夏丏尊據日譯本重譯：《小部經典——本生經》（台北：新文豐出版，1987年6月），頁405。「猫」為夏丏尊翻譯的用字。

者推測是因此而命名為「貓本生譚」。

第 129 則標題用「火種本生譚」，是因為在故事結尾提到「拜火婆羅」，鼠王稱豺為「火種」。「火種居士」是印度古代對拜火婆羅門之泛稱。如雜阿含經卷五，佛弟子稱毗舍離國之薩遮尼犍子為火種居士，即是其例。〔註18〕

（二）故事分析

1. 第128則〈貓本生譚〉、第129則〈火種本生譚〉情節分析：

①豺裝作聖人，說大地無法支撐他，吃風即可生存，更假裝要保護老鼠。

②登錄數著排隊落後的那一隻老鼠，偷偷吃掉。

③鼠王中途折回發現豺的陰謀，將牠咬死。

2. 故事類型名稱

第128則〈貓本生譚〉、第129則〈火種本生譚〉故事的類型編號是113B，本則採用 AT 編號，依據金榮華《民間故事類型索引》之分類法，名之為「貓裝聖人」，類型概要：〔註19〕

> 貓裝聖人，登錄群鼠為門人，然後每天在群鼠聽其講道後列隊
> 出門時，抓住最後一個吃掉。

（三）中國各地之流傳及文本大要

中國流傳的地區有：新疆、蒙古、西藏。〔註20〕依目前所見的資料古代有：清・笑得好初集〈吃人不吐骨〉〔註21〕。近代有：新疆〈朝聖回來的貓〉〔註22〕、新疆〈貓兒的懺悔〉〔註23〕；蒙古〈貓和老鼠〉〔註24〕；西藏〈貓與老鼠〉〔註25〕、西藏〈老鼠上當斃命〉〔註26〕、西藏〈老鼠上當斃命──

〔註18〕同註15，《佛光大辭典》（二），頁1500。

〔註19〕同註2，《民間故事類型索引》上冊，頁9。

〔註20〕同註2，《民間故事類型索引》上冊，頁9。

〔註21〕祁連休：《中國古代民間故事類型研究》下冊（河北：河北出版社，2007年5月），頁1127。

〔註22〕同註6，《37・新疆民間故事集》，頁430～432。也見於《維吾爾族民間故事選》，頁407～～409。

〔註23〕《中華民族故事大系》第10冊（上海：上海文藝出版社，1995年12月），頁618。

〔註24〕曹廷偉編：《中國民間寓言選》（瀋陽市：遼寧少年兒童出版社，1985年9月），頁155。也見於《蒙古族動物故事》，頁126。

〔註25〕上海文藝出版社編：《中國動物故事集》（上海：上海文藝出版社，1978年5

異文〉〔註27〕、西藏〈貓喇嘛講經〉〔註28〕。列舉以上八則，可分為兩種說法：

1. 貓年老無力捕食，裝聖人欺騙

此種說法，是指貓老了之後，體力衰弱，無法捕捉老鼠，因此假裝自己是聖人，讓老鼠上當，一一捕食，之後被發現。有的故事是老鼠各處逃竄，或是全部被捕捉，或是故事中的老鼠還不知發生什麼事。例如：新疆〈朝聖回來的貓〉、新疆〈貓兒的懺悔〉；西藏〈貓喇嘛講經〉。以上三則，故事概要如下：

（1）新疆〈朝聖回來的貓〉：

有一隻老貓，體力衰弱，無法捕食。想出了一個計策，頭上纏了賽萊（伊斯蘭教徒頭上纏的白頭巾。）手裡拿念珠，鋪上拜氈，面向天空，虔誠的朝拜。一隻老鼠們開始試探，貓閉著眼睛懺悔了從前的罪過。老鼠們半信半疑，又再試探。朝聖回來的貓，開始向老鼠們賠罪道歉，然後說它要沐浴作禮拜。老鼠們好奇地等著它作禮拜，貓提了沐浴用的水壺，先走到牆根，扯下頭上的賽萊，堵住了鼠洞，然後返回來：得意的抓一隻，咬一隻，把所有的老鼠全都咬死。

（2）新疆〈貓兒的懺悔〉：

有一隻老貓，體力衰弱，無法捕食。想出了一個計策，數著手中的念珠，表示虔誠模樣。老鼠們相信貓已經悔改，就出來溜躂。貓見了，也像沒看見似地不動聲色。從此，老鼠們成群結隊地從貓身邊走過，老貓瞅準機會，總是把最後一隻老鼠偷偷地抓去吃掉。就這樣，老鼠的數量越來越少，終究誰也不知道原因。

（3）西藏〈貓喇嘛講經〉：

有一隻老貓，體力衰弱，無法捕捉老鼠，因此假裝自己是聖人，在西藏的地方當了喇嘛，拿著念珠，穿著聖人的服飾，開始講經說

月），頁123～124。

〔註26〕《中國民間故事集成》西藏卷（北京：中國ISBN中心出版，2001年8月），頁287～288。

〔註27〕同註26，《中國民間故事集成》西藏卷，頁288。

〔註28〕同註6，《40・西藏民間故事集》，頁488～497。也見於同註23，《中華民族故事大系》第2冊，頁130～136。《西藏高原的傳說》，頁227～236。《西藏民間故事選》，頁433～438。

法，讓老鼠上當，老鼠以為貓轉性了，真的在修行了，就跟著貓修行，聽貓講經說法，每次結束，貓都將最後一隻吃掉。之後，一群老鼠討論著家人紛紛失蹤的事情。大家開始注意貓喇嘛的動作，貓依舊將最後一隻老鼠吃掉，老鼠們立刻轉回頭來，幾百隻眼睛看著貓喇嘛，紛紛要牠交出家人，鬧得很厲害，貓喇嘛也原形畢露了。

2. 貓為了掠食裝模做樣

此種說法，並非特別指老貓體弱無力，而是貓兒為了掠食老鼠肉，而裝模作樣，跳舞，打呼嚕或裝成聖人模樣來騙取老鼠信任而捕食。例如：清代〈吃人不吐骨〉；蒙古〈貓和老鼠〉、西藏〈貓與老鼠〉、西藏〈老鼠上當斃命〉、西藏〈老鼠上當斃命——異文〉，以上五則，故事概要：

（1）清代〈吃人不吐骨〉：

貓兒眼睛半閉，口中呼呀呼呀的坐著。有二鼠遠遠望見，私謂曰：「貓子今日改善念經，我們可以出去得了。」鼠才出洞，貓子趕上，咬住一個，連骨俱吃完。一鼠跑脫向眾曰：「我只說他閉著眼念經，一定是個良善好心，那知道行出來的事，竟是個吃人不吐骨頭的。」

（2）蒙古〈貓和老鼠〉：

貓的外貌長得很溫和，走起路來很輕巧，脖頸上掛著一串念珠，嘴裡總是不住地念經。老鼠們以為貓真的在修行，大家便決定拜貓為師。在講經時，貓定了一個規矩：要老鼠們都得閉上眼睛靜聽，一直到把經念完以後，才可以散去。老鼠們就這樣天天去聽經。後來，有一隻小老鼠發覺，每天都會少一隻老鼠。有一天晚上，那隻小老鼠偷偷地觀察，原來，貓師父正在拖住一隻老鼠在吃！於是，小老鼠就叫大家快跑！老鼠們就一哄而散了。

（3）西藏〈貓與老鼠〉：

貓向老鼠們說自己做了大喇嘛，從此不吃肉，開始講經，老鼠們都去聽他講經。貓穿上袈裟，莊嚴地在壇上講經。聽完經，老鼠們擁擠著往外走。貓就把落在最後的一隻老鼠捉來吃。有一天，老鼠們覺得同伴們漸漸少了，偷看到貓的大便裡夾了許多老鼠毛。到了第二天，老鼠們給貓的項頸上戴鈴鐺，跟牠說是表示敬意。貓聽了非常喜歡，立刻把鈴鐺戴上。講完經後，他又去吃那落在最後面

的老鼠。當他撲上去時，鈴鐺響了，貓露出了原形。從此老鼠們再也不來聽他講經了。

（4）西藏〈老鼠上當斃命〉：

貓看到牆縫裡有一隻老鼠，慢慢湊過去，貓跟老鼠說自己在唸長壽經，貓往前又走了幾步，又說自己在跳長壽舞，祈禱老鼠長壽。鼠聽後從洞中鑽了出來，坐在那裡，雙手合攏，感謝貓兄的祝福。貓往前一躍，抓住老鼠飽餐一頓。

（5）西藏〈老鼠上當斃命——異文〉：

有一隻老鼠，躲在牆縫裡，牠想出來，可是蹲在牆邊的一隻老貓總是不走開。一會兒，老鼠聽到老貓在打呼嚕、搖尾巴、跳舞。老鼠沒了戒心，從牆縫裡大搖大擺地走了出來。還沒等老鼠站穩，貓猛撲在老鼠身上，就一口把老鼠吃掉了。

在中國地區流傳的故事，主要的核心情節大致相同，情節結構也沒有太大的差異，只有在小細節方面有些許不同。分爲兩項來說明，主要都是貓兒爲了掠食的動機，想出不同方法來欺騙老鼠；再以貓兒體能狀態來比較，依人的想像力而言，老貓可能展現出的姿態是可以讓老鼠信服，因爲歲月的痕跡，也顯出德高望重的模樣，因此裝扮出喇嘛或和尚，講經說法較爲莊重，因此老鼠容易受騙。

而一般的貓，再如何裝扮，老鼠仍舊懷有極高的戒心，兩種故事中比較發現，老鼠發現老貓詭計的時候，都要經過再三確認，才能揭發；而一般的貓兒，卻很容易被識破，甚至在西藏〈貓與老鼠〉這則故事中，老鼠給貓鈴鐺，可以馬上識破貓的計謀。而在西藏〈老鼠上當斃命〉、西藏〈老鼠上當斃命異文〉兩則故事中，貓兒並沒有假裝聖人，而是裝模作樣假意討好老鼠，使老鼠失去戒心而被吃掉。

（四）外國各地之流傳及文本大要

此一故事流傳的地區有：西班牙、波蘭、希臘、印度。〔註29〕在韓國〔註30〕也有流傳。依目前所見資料，外國故事部份有：韓國〈貓首座〉〔註31〕、

〔註29〕 同註 7, "*The Type of Folktale*", P.46。

〔註30〕 黃瑞雲等選譯：《外國古代寓言選》（武漢：湖北教育出版社，2003 年 1 月），頁 176。

〔註31〕 同註 30，《外國古代寓言選》，頁 176。

印度〈根本說一切有部毗奈耶破僧事——老貓坐禪〉〔註32〕。列舉以上兩則，故事內容說法大致相同：

> 敘述一隻老貓體弱無力，裝作和尚模樣，讓老鼠相信貓成爲首座，貓首座帶領老鼠們舉行法會，按照年紀大小排隊，環繞佛像，邊走邊念經。走到佛像有遮欄的地方，貓首座便抓住隊伍最後的小老鼠吞食。老鼠一直減少，有的老鼠開始懷疑貓首座。後來，老鼠們仔細考察，發現貓首座的糞便中有老鼠毛，大家才知道已經中了老貓的圈套。

在韓國故事中提到「首座」，是指和尚的頭領。〔註33〕在佛經故事中提到的「坐禪」，這是一種宗教修煉的方法。故事中也提到「右繞禮」的印度風俗，是表示尊敬。「坐禪」，是指端身正坐而入禪定，意譯靜慮。結跏趺坐，不起思慮分別，繫心於某一對象，稱爲坐禪。坐禪原係印度宗教家自古以來所行之內省法，佛教亦採用之。釋尊成道時，於菩提樹下端坐靜思，其後又在阿踰波羅樹下七天、目眞鄰陀樹下七天、羅闍耶恒那樹下七天端坐思惟，是乃佛教坐禪之始。據三卷本大般涅槃經卷中載，出家法係以坐禪爲第一。〔註34〕

韓國〈貓首座〉是收錄於《中宗實錄》是記述李氏朝鮮王朝中宗時代（1506～1543）的史書，爲當時史臣所編。韓國故事與印度〈根本說一切有部毗奈耶破僧事——老貓坐禪〉內容及情節結構都相同，依佛教流傳來看，推測經由佛經傳入，且韓國與中國往來密切，韓國故事收入年代在最早在1506年，佛教傳入中國在漢代，因此可以推測此則故事是由印度傳入中國再傳至韓國。

（五）小 結

此則強調「綺語」，目的是用花言巧語來欺騙，使他人上當。綺語範圍很廣，凡是令人邪思這一類的言語都屬於綺語。人之所以不同於禽獸，就是人有辨別是非的能力，能夠斷惡向善，淨化自己。語言是由內心醞釀而生發，如果能保持正念，明白謹言慎行，綺語是從心中無明、貪嗔癡所生發，因此，

〔註32〕《大正新修大藏經》第24冊（台北：新文豐出版，1983年1月），頁201下～202上。
〔註33〕同註15，《佛光大辭典》（四），頁4003。
〔註34〕同註15，《佛光大辭典》（三），頁2837。

明辨審思之後，產生智慧自然成正語，能發揮語言的正面功能。

　　故事主旨在說明，欺騙人的後果。詐騙者通常會事先規劃與設計騙局，並利用人性的貪念、慾望、恐懼、急迫、名譽、親情與同情心等弱點，向特定或不特定對象進行詐騙。

　　以中國、韓國及印度故事來看，印度應該是最早的起源地，因為在其他佛經故事也有此類型，且依年代推測，《本生經》為西元前三世紀，中國傳播也大多在少數民族地區，尤其以西藏地區居多。

　　相傳佛教約於西元五世紀，二十八代藏王拉托托日年贊時傳入西藏的。但正史記載是在西元七世紀，即三十二代藏王松贊干布時傳入。松贊干布迎娶唐朝的文成公主和尼泊爾公主，兩位公主都是虔誠的佛教徒，都將釋迦牟尼佛像帶入西藏，因此隨著兩位公主的下嫁，佛教分別從漢地和印度傳入西藏。為了翻譯佛經，松贊干布又派吞彌桑布札等十餘人到印度學習梵文，吞彌回藏後，仿梵文造藏文，並翻譯一些佛經。松贊干布大力提倡佛教，並以佛教十善法治國。〔註35〕由此推測是由印度佛教經典所傳。

第二節　人和野獸、家畜

一、第 73 則〈眞實語本生譚〉大意

（一）故事概要

　　《本生經》中第 73 則〈眞實語本生譚〉〔註36〕，「主分」中故事概要：

　　　　波羅奈國有一個惡王子，他去沐浴時，因為風起雲湧，手下拋
　　棄他而離開，此時他抓住圓木漂流，河岸有蛇、鼠、鸚鵡也依附此
　　木漂流，仙人看到就去救他們，蛇、鼠想報恩跟仙人說他住的河岸
　　有四億跟三億的金子，鸚鵡說他可以招集穀物，王子說他會供養四
　　種資糧，仙人一一去測試，結果王子不但沒感恩還鞭打仙人，因此
　　四方興起殺王，將王子投入海中，擁戴仙人為國王，蛇、鼠、鸚鵡
　　也一同集資來慶祝。

〔註35〕周明甫、金星華：《中國少數民族文化簡論》（北京：民族文化出版社，2006年4月）頁 169。

〔註36〕同註1，《漢譯南傳大藏經‧本生經》第 34 冊，頁 324～326。

在「序分」中，是佛在竹林精舍時，對提婆達多想陷害佛而迂迴行所作之談話。比丘大眾集於法堂，相互談論：「諸位法友！提婆達多，不知佛之威德，欲行殺害而迂迴行。」佛言：「汝等比丘！提婆達多欲害我而狙擊，非自今始，於前生即為狙擊之事！」於是佛為說過去之事。在「結分」中，佛述此法語後，連絡本生之今昔而作結語：「爾時之惡王是提婆達多，蛇是舍利弗，鼠是目犍連，鸚鵡是阿難，後日登王位之正義王即是我。」

（二）故事分析

1. 第 73 則〈真實語本生譚〉情節分析：

①仙人落水，有三種動物（蛇、鼠、鸚鵡）跟惡王子也落水，讓仙人一並救起。

②動物們想以金子、穀物報恩，惡王子想以資糧報恩。

③仙人一一測試，王子非但忘恩負義還鞭打仙人，動物群集殺王，擁戴仙人為國王。

2. 故事類型名稱

第 73 則〈真實語本生譚〉故事的類型編號是 160，本則採用 AT 編號，依據金榮華《民間故事類型索引》之分類法，名之為「報恩的動物和忘恩的人」，類型概要：〔註37〕

> 一個人在危難當中救了一些小動物和另一個人，這個被救的人後來卻陷害他的救命恩人，被救的動物則合力幫助恩人逃出牢獄，洗刷冤情，使忘恩負義者得到應有的懲罰。

（三）中國各地之流傳及文本大要

中國流傳的地區有：四川、陝西、吉林、遼寧、福建、甘肅、寧夏、河南、廣西、山西、湖南、湖北、江西、河北、雲南、貴州、黑龍江、新疆、蒙古等。〔註38〕依目前所見資料有：台灣雲林〈救蟲不要救人〉〔註39〕；山西〈柳寶和曹大〉〔註40〕；四川〈復生珠〉〔註41〕；甘肅〈學生和癩蛤蟆〉

〔註37〕同註2，《民間故事類型索引》上冊，頁 59。
〔註38〕同註2，《民間故事類型索引》上冊，頁 32。
〔註39〕胡萬川、陳益源編：《雲林縣閩南語故事集》（三）（雲林縣文化局，2001 年 1 月），頁 169～175。
〔註40〕同註26，《中國民間故事集成》山西卷，頁 420～424。
〔註41〕同註26，《中國民間故事集成》四川卷，頁 502～503。

〔註42〕；甘肅〈救生珠〉〔註43〕、甘肅〈七寸三和九寸三〉〔註44〕、甘肅〈將恩不報反爲仇〉〔註45〕、甘肅〈寶珠〉〔註46〕；吉林〈仁兄難弟〉〔註47〕、吉林〈王恩和石義——異文一〉〔註48〕；江西〈王恩和傅義〉〔註49〕；河南〈寶船〉〔註50〕、河南〈寶船——異文〉〔註51〕、河南〈寶船〉〔註52〕；青海〈一塊玉石〉〔註53〕、青海〈狼心狗肺〉〔註54〕、青海〈寶珠〉〔註55〕；陝西〈金蟾殼〉〔註56〕、陝西〈蔣恩不報反爲仇〉〔註57〕；湖南〈上京進寶〉〔註58〕；雲南〈一把彎尺〉〔註59〕、雲南〈司提瓦與孤兒麻糯〉〔註60〕、雲南〈夜明珠〉〔註61〕、雲南〈孤兒與書生〉〔註62〕；新疆〈落進陷坑裡的巴依〉〔註63〕；寧夏〈螞蟻蟲拉倒泰山——異文〉〔註64〕、寧夏〈螞蟻蟲拉倒泰山〉〔註65〕、寧夏〈金角〉〔註66〕；福建〈青蛙贈珠〉〔註67〕；廣西〈錦雞姑娘〉〔註68〕、廣

〔註42〕同註26，《中國民間故事集成》甘肅卷，頁404～406。
〔註43〕同註26，《中國民間故事集成》甘肅卷，頁406～410。
〔註44〕同註26，《中國民間故事集成》甘肅卷，頁413～415。
〔註45〕同註26，《中國民間故事集成》甘肅卷，頁411～412。
〔註46〕同註6，《29·甘肅民間故事集》，頁210～214。
〔註47〕同註23，《中華民族故事大系》第13冊，頁424～428。
〔註48〕同註26，《中國民間故事集成》吉林卷，頁526～528。
〔註49〕同註26，《中國民間故事集成》江西卷，頁550～554。
〔註50〕同註23，《中華民族故事大系》第1冊，頁330～337。
〔註51〕同註26，《中國民間故事集成》河南卷，頁410～413。
〔註52〕同註26，《中國民間故事集成》河南卷，頁408～410。
〔註53〕同註23，《中華民族故事大系》第12冊，頁390～393。
〔註54〕同註23，《中華民族故事大系》第12冊，頁394～396。
〔註55〕同註23，《中華民族故事大系》第10冊，頁742～748。
〔註56〕同註26，《中國民間故事集成》陝西卷，頁483～484。
〔註57〕同註26，《中國民間故事集成》陝西卷，頁536～537。
〔註58〕同註26，《中國民間故事集成》湖南卷，頁716～717。
〔註59〕同註26，《中國民間故事集成》雲南卷，頁1218～1219。
〔註60〕同註23，《中華民族故事大系》第10冊，頁152～155。
〔註61〕同註23，《中華民族故事大系》第14冊，頁117～123。
〔註62〕同註23，《中華民族故事大系》第14冊，頁117～123。
〔註63〕同註23，《中華民族故事大系》第2冊，頁439～442。
〔註64〕同註26，《中國民間故事集成》寧夏卷，頁315～318。
〔註65〕同註26，《中國民間故事集成》寧夏卷，頁312～314。
〔註66〕同註6，《35·寧夏民間故事集》，頁447～457。
〔註67〕同註26，《中國民間故事集成》福建卷，頁551～552。
〔註68〕同註26，《中國民間故事集成》廣西卷，頁489～491。

西〈覃二獻寶〉〔註69〕、廣西〈金絲筆〉〔註70〕、廣西〈猴子報恩〉〔註71〕、廣西〈漁夫和皇帝〉〔註72〕；湖北〈害人精〉〔註73〕、湖北〈田好人獻寶〉〔註74〕；貴州〈長工和癩疙包〉〔註75〕。列舉以上三十七則，可分為三種說法：

1. 青蛙好友贈寶珠，真假狀元競獻寶

四川〈復生珠〉；甘肅〈寶珠〉、甘肅〈學生和癩蛤蟆〉、甘肅〈救生珠〉；福建〈青蛙贈珠〉；青海〈寶珠〉；雲南〈夜明珠〉；陝西〈金蟾殼〉；湖南〈上京進寶〉；寧夏〈螞蟻蟲拉倒泰山〉、寧夏〈螞蟻蟲拉倒泰山——異文〉、寧夏〈金角〉。

以上十二則，故事大致敘述主角養了一隻蛤蟆或青蛙，由於養大了，太過驚人，家人或鄰居想趕牠走，於是主角就放養，青蛙或蛤蟆就給主人一顆寶珠，這顆寶珠的功能大多能起死回生，有些還有雙重或三重功能，例如生出穀物；點一下就能背出文章等等。但是青蛙或蛤蟆會告誡主人，千萬不能救人，通常主角都會不得已或心軟救了人。

後續就是國王貼出告示要治公主的病，被救的壞心人拿了寶珠去獻寶，於是好心的主角，就被陷害，沿途中救過的動物開始來幫助他，國王出了很多難題要考驗他。（1）通常公主生病大多是蛇放毒，要好心人拿解毒藥去救公主；（2）要他在一夜之內分好兩種不同穀物，老鼠或螞蟻都是幫他一夜之內分好穀物；（3）要他在很多頂轎子中，分辨公主坐在哪一個轎子上，蜜蜂都是幫他辨識公主是坐在哪一頂轎中。如果有鳥類、狗、貓或老虎，大多是通風報信者或運送糧食給他吃的代表。之後真相大白，被救的壞心人得到嚴懲。

2. 遭遇洪水沖擊，獲得奇珍異寶

陝西〈蔣恩不報反為仇〉；甘肅〈將恩不報反為仇〉；河南〈寶船〉、河

〔註69〕同註26，《中國民間故事集成》廣西卷，頁575～579。
〔註70〕同註6，《5‧廣西民間故事集》，頁518～525。
〔註71〕同註6，《5‧廣西民間故事集》，頁347～351。
〔註72〕同註23，《中華民族故事大系》第3冊，頁492～497。
〔註73〕同註26，《中國民間故事集成》湖北卷，頁415～416。
〔註74〕同註26，《中國民間故事集成》湖北卷，頁451～453。
〔註75〕同註6，《14‧貴州民間故事集》，頁444～449。也見於同註23，《中華民族故事大系》第4冊，頁785～788。

南〈寶船——異文〉、河南〈寶船〉；山西〈柳寶和曹大〉；吉林〈王恩和石義——異文一〉；江西〈王恩和傅義〉；廣西〈覃二獻寶〉、廣西〈漁夫和皇帝〉、廣西〈猴子報恩〉；新疆〈掉入陷阱裡的巴依〉、新疆〈司提瓦與孤兒麻糬〉；青海〈一塊玉石〉；吉林〈仁兄難弟〉。

以上十五則，故事大致敘述一個打漁的人家，遇到大洪水，大多有先知或智者預先告知，不能救人只能救動物，而且還會打撈到一樣寶物。通常這些寶物，大多是皇上的印璽，或一些實體的寶物，寶石、玉、特殊的十里香花、珍珠、靈芝草等等，希望他們可以拿去獻寶致富。由於主角心地善良，還是救了人，於是就遭遇災難，後續故事跟第一種說法一樣。

3. 遭逢奇遇，獲得特殊功能的寶物

甘肅〈七寸三和九寸三〉；台灣雲林〈救蟲不要救人〉；廣西〈金絲筆〉、廣西〈錦雞姑娘〉；青海〈狼心狗肺〉；雲南〈孤兒與書生〉；雲南〈一把彎尺〉；湖北〈害人精〉；湖北〈田好人獻寶〉；貴州〈長工和癩疙包〉。

以上十則，故事大致敘述主角遇到特殊的人事物，而得到一件寶物，這個寶物的功能大多是起死回生；有些是要什麼有什麼，通常是食物不虞匱乏；有些可以治百病，故事之後銜接著 AT 160 的故事。通常也會有智者告訴他，千萬不能救人，但是通常還是救了人，後續故事也跟第一種說法一樣。

另外，所見複合型故事共有 16 則，以下七種情形：

1. 160＋301

遼寧〈王恩石義〉〔註76〕、〈石義打魚〉〔註77〕；寧夏〈實義和忘恩——異文〉〔註78〕；蒙古〈阿格迪〉〔註79〕。

「AT 301 雲中落舊鞋」類型概要：

男主角在田野裡感到一陣怪風或看見一朵烏雲經過，隨手把武器砸過去，結果有血或繡花鞋落下，於是與同伴追蹤至一深洞。他的同伴用繩將他繫下洞去，他在洞中殺死已被他砸傷的怪物，救出被擄的公主（繡花鞋的主人）。但他的同伴把公主拉出洞口後，心生歹念，便把洞口封住，想要置他於死地。主角最後回到地面，在皇

〔註76〕同註26，《中國民間故事集成》遼寧卷，頁531～534。
〔註77〕同註6，《30・遼寧民間故事集》，頁461～467。
〔註78〕同註26，《中國民間故事集成》寧夏卷，頁272～276。
〔註79〕同註23，《中華民族故事大系》第14冊，頁883～894。

帝面前揭發了他同伴的卑劣行為，娶了公主。〔註80〕

這一個複合型故事敘述一對兄弟，大多不是親兄弟，而是結拜兄弟，而且名字是用諧音表達寓意，例如「阿格迪」就是黑心以及狠的意思，「王恩」、「忘恩」都暗指著故事角色有此特質。

故事一開始是兩兄弟先發現空中掉落一隻女鞋，有些還沾有血跡，之後看到國王公告公主失蹤的訊息，於是明白了撿到的鞋就是公主的，知道公主遇難，好心的那個兄弟堅持救出公主，壞心的那個只想要功勞，後面就接續AT 160的故事，公主被救後，壞心的兄弟開始要陷害好心的兄弟，好心的兄弟因為回王宮沿途救了很多動物，因此動物一一幫忙解危，國王知道真心的人是哪一個之後，驅逐壞心的那一個。

2. 160＋825A

百家公案〈第五十九回　東京決判劉駙馬〉〔註81〕。河北〈張三帽子李四戴〉〔註82〕；甘肅〈蛤蟆靈丹〉〔註83〕。先說「825A」，後續銜接「160」，銜接的點在「預言告知」。

「825A 陸沉的故事」類型概要：

　　　一個好心人從神仙處得到警告，當城門口的石獅子雙眼流血時，要立刻跑去山上，因為馬上會有洪水淹沒這座城市，作為對市民種種罪行的懲罰。於是這人每天去城門口看石獅，有人知道原因後，便作弄這人，故意在石獅的雙眼塗上紅色。這人見了，也立刻上山，當別人正以為愚弄得逞而得意時，洪水卻真的來到，很快淹沒了整座城市。〔註84〕

這一類型故事敘述了一次洪水事件，好心的人得知洪水將來到的預告，而不相信的人卻藉用捉弄的方式，讓洪水預言成真。因為此段洪水的敘述，是很多故事的前置情節，所以有一個非常明確的銜接點，後面再銜接 AT 160的故事，故事中有著洪水的背景，之後才出現主角在洪水中救人、救動物的情節，以及壞心人忘恩負義、動物報恩的結局。

〔註80〕同註2，《民間故事類型索引》上冊，頁106。

〔註81〕王以昭主編：《百家公案》《罕本中國通俗小說叢刊第一輯》（台北：天一出版社，民國63年9月），頁275～283。

〔註82〕同註26，《中國民間故事集成》河北卷，頁485～487。

〔註83〕同註23，《中華民族故事大系》第9冊，頁429～436。

〔註84〕同註2，《民間故事類型索引》上冊，頁296。

3. 160＋301＋825A

吉林〈王恩和石義〉〔註85〕、吉林〈九頭鳥〉〔註86〕；黑龍江〈王恩和石義〉〔註87〕；福建〈只可救蟲，不可救人〉〔註88〕。此複合型是三種合一，因此故事篇幅都比較長。

此一故事是說男主角從精怪手中救出被劫走的公主，但卻被他的同伴陷害，這個壞心人幾乎都是被好心人從危險中救起的人，卻惡性不改，仍然想再加害恩人，害這個好心人差點回不來。三種類型複合後的情節發展通常是825A＋160＋301：石獅子眼睛變紅後，引起大洪水，好心人在洪水中救了動物和壞心人，被救的壞心人與好心人一同去救公主，但是卻謀害好心人想搶去一切功勞，最後主角經由動物的幫助，安全回來娶得公主。

4. 160＋555D

黑龍江赫哲族的〈好心人和壞心人〉〔註89〕，內容是主角救龍宮太子而得寶，此寶是可以救命的寶葫蘆，主角用來救助動物和人，結果被救的人奪寶再加害恩人，而動物幫助恩人解危。

「AT 555D 龍宮得寶或娶妻」類型大要：

　　一個年輕人救了一條魚或一條小蛇，實際上這魚或蛇是龍宮的太子或公主，因此龍王邀請這人去遊龍宮。當他要回家時，龍王的太子或公主告訴他，龍王會送他禮物，但只要一個看起來不值錢的箱子或一隻小動物就好。結果箱子是一個要什麼有什麼的寶物，或者小動物乃是龍女的化身，使他成了龍王的女婿。在有些故事中。寶物後來被存心不良的朋友或兄弟借去，於是失靈或被龍王收回。若是娶龍女為妻，常下接465型故事（神奇妻子美而慧，老實丈夫受刁難）。〔註90〕

此一類型故事是敘述一個年輕人的奇特遭遇，他救了龍宮的太子，所以受邀遊龍宮，離開時並得到龍王贈送的禮物。前置情節是「AT 160型」故事之基本型態，有的是人以寶物救動物和人；之後銜接「AT 555D型」的故事，

〔註85〕同註26，《中國民間故事集成》吉林卷，頁523～526。
〔註86〕同註6，《33·吉林民間故事集》，頁335～350。
〔註87〕同註6，《32·黑龍江民間故事集》，頁47～67。
〔註88〕同註26，《中國民間故事集成》福建卷，頁574～577。
〔註89〕同註23，《中華民族故事大系》第16冊，頁232～237。
〔註90〕同註2，《民間故事類型索引》上冊，頁204。

銜接之處是物「救的動物」，正好是龍王之子，而得到報恩的寶物，於是與「寶物」的情節相連接，龍宮所得寶作為後來救人的寶物。

5. 160＋301＋555D

吉林〈王恩和石義——異文二〉〔註91〕；遼寧〈王恩石義——異文〉〔註92〕。

故事先敘述主角救了動物和人，被救的人與恩人一同去救被妖怪擄走的公主，但公主被救後，他卻將洞口堵住，故意不讓恩人出來。受困於妖洞中的主角，又再妖洞中發現龍公子受困，將其救出，也因此去了龍宮，獲得寶物。回來後藉著動物與寶物的幫助，娶到公主。

6. 160＋400D

內蒙古鄂倫春族〈大水的故事〉〔註93〕。

「AT 400D 動物變成的妻子」類型概要：

> 此型故事之模式與〈田螺姑娘〉（400C）相同，唯女主角為田
> 螺以外之動物。結局有多種，除了美滿生活外，她或因父母的召喚，
> 或因家人失口說她是畜生激怒了她等各種原因而離去。在有些故事
> 中，她離去前還殺死了丈夫或其他人。

〈大水的故事〉故事敘述男主角入山打獵，帶回一個孤苦無依的老奶奶奉養。不久老奶奶要他賣掉家當，買紙作船，告訴他會有大洪水，到時候見了白兔可救，女人不可救。之後果真下了暴雨，漲起大洪水。在船上，他忘了老奶奶的話，救了妻子。妻子氣他危險時沒有帶著她逃難。伸手推他，結果自己沒站穩，又掉進水裡。後來又救了一隻白兔。水退去後，他依舊去打獵，可是每次回來時，飯菜都已經準備好了。他才發現是白兔變成女子幫他做飯，於是藏起兔皮，和女子結為夫婦。這一則大水中救助動物和人的故事，動物報恩的過程異於常見的衛物報恩，或是幫助恩人解決疑難，而是動物變成妻子協助恩人理家。〔註94〕

7. 160＋613

福建〈救蟲不救人〉〔註95〕。

〔註91〕 同註26，《中國民間故事集成》吉林卷，頁528～531。
〔註92〕 同註26，《中國民間故事集成》遼寧卷，頁534～540。
〔註93〕 同註23，《中華民族故事大系》第15冊，頁704～707。
〔註94〕 林彥如：《六度集經故事研究》（中國文化大學中文所碩士論文，民國93年），頁105。
〔註95〕 同註26，《中國民間故事集成》福建卷，頁577～579。

AT 613 名為「精怪大意洩秘方」，類型概要：

二人一起外出經商，行經深山時，其中一人挖掉了另一人的雙眼，取走了他的財物，這人夜裡無意中聽到精怪的談話，知道了一些秘方，能讓自己的雙眼復明，能醫某人的怪病，能使枯井生水等。於是他醫治了自己的雙眼，也幫助了別人，因此娶得了富家小姐，或是有了許多錢，殘害他的同伴知道了事情的經過，便也去偷聽精怪的談話，但是被精怪撕成了碎片。〔註96〕

此則故事是一個農夫救了溺水的蛇、蜈蚣和人，蜈蚣送給農夫一顆夜明珠，卻被農夫所救的人偷走，農夫就追去找寶珠，半路上遇到大雨，在躲雨時無意間聽到了精怪的談話。後來農夫依據精怪所言，幫人找到水源、挖到寶藏，也幫皇后治了病，得到很好的報酬。當初忘恩的偷寶人知道農夫的奇遇，也去聽精怪說話，結果被精怪發現而被吃。此則故事中，有動物報恩贈送寶珠，忘恩的人偷走寶物，但之後沒有再出現動物奪寶報恩的情節，反而接續 AT 613 型的故事，呈現居心不良的惡人受到的報應結局。〔註97〕

綜合以上「AT 160 報恩的動物和忘恩的人」的各種說法及複合情形分析，佛經故事推測屬於流傳時代較早的類型。需要救助的動物和人，是在水中或是坑洞之中被救起的，之後被救的人忘恩而動物報恩，形成一種強烈的對比，具有耐人尋味的諷刺意味。

（四）外國各地之流傳及文本大要

此一故事流傳的地區有：拉脫維亞、挪威、丹麥、法國、加泰羅尼亞、德國、義大利、匈牙利、波蘭、希臘、土耳其、印度、非洲。〔註98〕依目前所見資料，外國故事部份有：波羅的海〈報恩的動物〉〔註99〕；西非〈動物的報恩〉〔註100〕；寮國〈知恩的野獸〉〔註101〕；印度〈忘恩負義的人〉〔註102〕、印

〔註96〕同註2，《民間故事類型索引》上冊，頁231。
〔註97〕同註94，《六度集經故事研究》，頁106。
〔註98〕同註7，"The Type of Folktale"，P.58～59。
〔註99〕傅林統：《世界民間故事精選7──小野鴨》（台北：黎明文化事業有限公司出版，民國72年2月出版），頁145～151。
〔註100〕傅林統：《世界民間故事精選10──裝故事的葫蘆》（台北：黎明文化事業有限公司出版，民國72年2月出版），頁77～81。
〔註101〕許昭榮譯：《世界民間故事集》第三冊（台北：水牛出版，民國77年4月），頁57～62。
〔註102〕季羨林譯：《五卷書》（台北：丹青圖書公司，1983年3月），頁105～112。

度《故事海》〔註103〕、印度〈六度集經·卷3——第25則〉〔註104〕、印度〈六度集經·卷5——第49則〉〔註105〕。以上七則，說法大致相同：

外國流傳的故事，大多是地主掉落陷阱，由憨厚老實的農夫來解救時，發現一開始救上來的都不是地主而是連續有三種動物，之後三種動物都一一報恩，只有人不想報恩還要加害恩人。外國故事鮮少有洪水的情節，或國王刁難考驗的情節，或得到神奇寶物要去獻寶當狀元，反而跟佛經故事比較相似，情節單元比較單純。

（五）小　結

目前所見的這一類型故事，其變化型態多樣而豐富，世界各國流傳的也很廣泛，因此此類型收錄的故事數量繁多。上述整理得出相互複合的 301、400D、555D、613、825A 等五個類型，可發現其中 301、555D，613 三個類型故事裡都有一善一惡的兩個對比角色，與 AT 160 故事中好心的人與忘恩的人的角色安排相稱；又與 400D 型故事複合，為動物報恩的表現；與 825A 型的故事複合，為洪水來源的說明。〔註106〕這種角色性質的相似，或是情節安排的類似的部份，成為 AT 160 故事與其它五個類型，形成雙核心或三核心類型故事的原因。

綜合以上所述，佛經故事是比較原始的的基本型，是指單純的救了三種動物和一個心地不好的人，三種動物都一一報恩，只有人是反目成仇，要加害恩人，故事到中國各地流傳之後，加上了洪水的情節，國王刁難考驗的情節，得到奇珍異寶或神奇寶物要去獻寶當狀元，都是中國地區特有的情節安排，因為在少數民族或氣候較乾旱之地，比較看不到洪水情節出現，而是地主或富翁掉入井中或陷阱，請求僕人救他就給他財富，但是被救起後，地主或富翁幾乎當作沒發生過此事。

因此推測核心情節的基本型是印度所傳，可能因為故事趣味性及張力非常足夠，衍生出很多不同說法，以及不同類型的複合型故事。

〔註103〕黃寶生、郭良鋆、蔣忠新譯：《故事海》（北京：人民文學出版社，2001 年 8 月），頁 351～355。
〔註104〕同註 32，《大正新修大藏經》第 3 冊，頁 15 上～16 上。
〔註105〕同註 32，《大正新修大藏經》第 3 冊，頁 28 上～28 下。
〔註106〕同註 94，《六度集經故事研究》，頁 106。

二、第 189 則〈獅子皮本生譚〉大意

（一）故事概要

《本生經》中第 189 則〈獅子皮本生譚〉，「主分」中故事概要： [註 107]

> 一個商人用獅子毛皮將驢子包覆，將牠放進田中吃稻麥，使一般人不知道，以爲是獅子，不敢接近。村子集合眾人要去打牠，大聲喊叫，驢子嚇得發出長鳴，大家才知道是驢，將牠打死。

在「序分」中，敘述佛在祇園精舍時，對拘迦利所作之談話。爾時彼欲修習梵唄，梵唄是以曲調誦經，讚詠、歌頌佛德。 [註 108] 佛聞此事，說過去之因緣。在「結分」中，佛述此法語後，即作本生今昔之結語：「爾時驢馬是拘迦利，農夫即是我。」指出農夫就是佛陀前生。

（二）故事分析

1. 第 189 則〈獅子皮本生譚〉情節分析：

①商人將驢子包覆獅子毛皮，讓人以爲是獅子，不敢接近。

②驢子嚇到發出長鳴，大家才知道是驢子，將牠打死。

2. 故事類型名稱

第 189 則〈獅子皮本生譚〉故事的類型編號是 214B，本則採用 AT 編號，依據金榮華《民間故事類型索引》之分類法，名之爲「驢披獅皮難仿聲」，類型概要： [註 109]

> 驢子披上獅皮以後被誤認爲是獅子，但是在牠發出叫聲以後就露出了眞相。

（三）中國各地之流傳及文本大要

中國流傳的地區有：蒙古 [註 110]、西藏 [註 111]。依目前所見的資料古代有：唐代‧柳宗元〈黔之驢〉 [註 112]。近代：西藏〈豹子和驢子〉 [註 113]、

〔註 107〕同註 1，《漢譯南傳大藏經‧小部經典‧本生經》，第 33 冊，頁 106～108。

〔註 108〕同註 15，《佛光大辭典》（五），頁 4635。

〔註 109〕同註 2，《民間故事類型索引》上冊，頁 73。

〔註 110〕周寶鳳編纂：《蒙古民間故事及寓言》（台北：台灣中華書局，1983 年 6 月），頁 97～98。

〔註 111〕同註 25，《中國動物故事集》，頁 100～101。也見於《西藏民間故事選》，頁 412。《中國民間寓言選》，頁 260～261。

〔註 112〕郭預衡：《唐宋八大家散文總集》（河北：河北人民出版社，1995 年 11 月），

西藏〈狐狸當國王〉〔註114〕、西藏〈狐狸爲王〉〔註115〕；蒙古〈狐狸的秘密〉〔註116〕。列舉以上五則，可分爲兩種說法：

1. 驢子用叫聲嚇唬其他動物，被發現沒本事而遭殺身之禍

（1）唐代〈黔之驢〉：

黔無驢，有好事者船載以入。至則無可用，放之山下。虎見之，尨然大物也，以爲神，避林間窺知。稍出近之，憖憖然莫相知。他日，驢一鳴，虎大駭遠遁，以爲且噬己也，甚恐。然往來視之，覺無異能者。益習其聲，又近出前後，終不敢搏。稍近益狎，蕩倚衝冒，驢不勝怒，蹄之。虎因喜，計之曰：「技只此耳。」因跳踉大㘎，斷其喉，盡其肉，乃去。噫！形之尨也類有德，聲之宏也類有能。向不出其技，虎雖猛，疑畏卒不敢取。今若是焉，悲夫！

（2）西藏〈豹子和驢子〉：

豹是個兇猛的傢伙，而驢的叫聲很大。有一天，豹要吃驢，驢子叫得山搖地動。豹子聽了，害怕起來。驢想跟豹合作，利用大叫，讓樹林中的動物跑出來，使豹子飽餐一頓。有一次，豹想交換方式。但是，驢只會叫，因此樹林中跑出的野獸，牠都無法捕捉，都從他的身旁跑過去。這時，有一隻烏鴉，啄了驢子，他把烏鴉的嘴夾住。豹子跑來看驢子時，聽說沒有野獸只有烏鴉，以爲牠眞有本事，也不敢吃他。有一次，一隻老虎來吃驢子，之後豹來看驢子，只見被吃剩的驢子皮和骨頭，豹才知道驢是一個無用的傢伙。

2. 僞裝成其他動物，被發現沒本事而被殺

西藏〈狐狸當國王〉、西藏〈狐狸爲王〉；蒙古〈狐狸的秘密〉：

從前有一隻狐狸，出去找食物，一不小心，掉進了煮菜的大銅鍋裡或染缸。它全身的毛被染成了其他的顏色。當時，遇到野獸聚集在一起，打算推舉一位國王。野獸討論著，以爲狐狸毛色絢麗，

頁 871。

〔註113〕同註25，《中國動物故事集》，頁 100～101。也見於《西藏民間故事選》，頁 412。《中國民間寓言選》，頁 260～261。

〔註114〕西藏新華書店發行：《西藏民間故事選》（西藏：西藏人民出版社，1985 年 6 月），頁 412。

〔註115〕同註24，《中國民間寓言選》，頁 260～261。

〔註116〕同註110，《蒙古民間故事及寓言》，頁 97～98。

舉止有度，可爲國王，就請求狐狸當國王，獅子做了它的大臣，牠常常騎著獅子或是象。每當它外出時，都要騎著獅子代步。

之後被發現的結局有三種說法：

（1）西藏〈狐狸當國王〉：

　　十五日那天，狐狸會集中到一起去河邊上戲水。如果不去戲水，那麼它身上的毛就會全部掉光了。那位「國王」也走到另外一個地方去戲水，野獸們立即聚集到它周圍，紛紛對它冷嘲熱諷，最後，獅子決定說：「殺死它！」

（2）西藏〈狐狸爲王〉：

　　狐狸思念母親，叫手下送信去找他母親，送信的狐狸發現原來是同類。回去說了這件事，大家都知道。要試驗它是不是狐狸，就一起都來叫喚，如果是狐狸，聽到同伴叫喚，一定也會叫出狐狸的聲音。狐狸們就叫喚起來。冒充國王的狐狸正騎在大象身上！聽到狐狸叫喚，也叫出狐狸的聲音。大象一聽，發現原來國王是狐狸，就一腳把它踩死了。

（3）蒙古〈狐狸的秘密〉：

　　正月的牛星之夜，凡是狐狸都要高聲大叫，否則毛就會脫落，這隻自封爲「百獸之王」的狐狸，唯恐一身藏青色的毛要脫落，只好找一個四處寂靜的地方，低聲的叫著，等牠一發出聲音，獅子們終於發現國王的秘密，原來只是一隻狐狸，獅子們發覺受騙，不禁大爲發怒，不等狐狸狡辯，就將這隻狐狸撕裂了。

唐代柳宗元〈黔之驢〉寓言，與敦煌 P.3876 寫卷所引之「驢虎相鬥」故事有許多相同之處，特別是兩者都是以驢和虎爲主角、驢的失敗之因都在於它的鳴叫。柳氏一生和多位僧人交往，又曾借居寺院，應該有機會去親閱藏經。這點從柳氏所存相關詩文中常用佛經的事實即可得到明證，所以，這種可能性也很大。但是也有可能通過多種管道而得知相關的素材。〔註117〕

中國地區流傳的故事與柳宗元寓言相似，但與《本生經》更爲雷同，尤其西藏地區的兩則故事，正好是將《本生經》故事情節拆開兩個情節單元來敘述。因此可以推測爲佛經所傳。

〔註117〕李小榮：〈佛教與「黔之驢」——柳宗元「黔之驢」故事來源補說〉《普門學報》第 32 期 2006 年 3 月，整理頁 177～185。

（四）外國各地之流傳及文本大要

此一故事流傳的地區有：希臘、西班牙、加泰羅尼亞、印度。〔註118〕在法國〔註119〕也有流傳。依目前所見資料，外國故事部份有：法國〈披著獅皮的驢子〉〔註120〕；希臘〈驢和獅子皮〉〔註121〕；印度〈故事海〉〔註122〕、印度〈蒙上虎皮的驢〉〔註123〕、印度《眾經傳雜譬喻經──第9則》〔註124〕、印度《根本說一切有部毘奈耶破僧事》〔註125〕、印度《佛說群牛譬經》〔註126〕。列舉以上七則，可分為三種說法：

1. 披著虎皮或獅皮，因身體特徵曝光

法國〈披著獅皮的驢子〉：

驢子披了一張獅子皮，凶神惡煞的樣子，嚇得動物看到牠就掉頭逃跑。雖說驢子並不勇敢，但披了這張皮可把大家嚇了個半死。不幸的是驢子不小心露出了耳朵尖，假像和騙局被戳穿曝光，棍子馬丁先生馬上前來教訓牠，當圍觀的人們看到棍子把「獅子」趕進了磨坊，不禁大為吃驚。

2. 披著虎皮或獅皮，因叫聲曝光

（1）希臘〈驢和獅子皮〉：

驢披著獅子皮到處遊蕩，嚇唬缺少智慧的野獸。他看見狐狸，也想嚇唬狐狸一下。那隻狐狸碰巧以前聽見過他嘶叫，就對驢說：「你要知道，要是我沒有聽見你那麼高傲地嘶叫過，我也會怕你的。」

（2）印度《故事海》、印度〈蒙上虎皮的驢〉：

有個洗衣匠想要餵肥自己的一頭瘦驢。他給驢披上虎皮，放它到別人的稻田裡去。人們不敢驅趕它，以為是老虎在吃食。一天，一個農民看見了它，以為是老虎，感到害怕，彎腰曲背行走。這頭

〔註118〕同註7, *"The Type of Folktale"*, P.70。
〔註119〕拉封登：《寓言書》（台北：出色文化出版，2005年3月），頁158。
〔註120〕同註119，《寓言書》，頁158。
〔註121〕同註9，《伊索寓言》，頁79。
〔註122〕同註103，《故事海》，頁317。
〔註123〕同註102，《五卷書》，頁447～450。
〔註124〕同註32，《大正新修大藏經》，第4冊，頁533中～533下。
〔註125〕同註32，《大正新修大藏經》，第24冊，頁151上～151中。
〔註126〕同註32，《大正新修大藏經》，第4冊，頁800中～800下。

驢看到他這樣行走，以爲他也是一頭驢。這時，它已經吃飽稻穀，發出高亢的鳴叫聲。農民一聽到這叫聲，便知道這是一頭驢，走近過去，用箭射死了它。這頭驢自己發出叫聲，召來敵人。

（3）印度《眾經傳雜譬喻經──第9則》：

　　……我昨日所說者。盡非是佛語。汝速捨之。長者聞此語已。甚大怪之。形雖是佛而所說者非。如師子皮被驢。雖形似獅子而心是驢。長者不信。魔知其心正還復其身言。我故來試汝。而汝心不可轉。是故經言。見諦之人尚不信佛語。何況餘道。以深察理故。是故佛弟子要解深理。魔說佛說悉皆能知。是故義不可不學。施不可不修。

3. 驢跟牛偷吃豆苗，因叫聲曝光

印度《根本說一切有部毘奈耶破僧事》、印度《佛說群牛譬經》：

　　從前有一隻大牛，每天夜晚都會到王家種豆地的田吃豆苗。這時有一隻驢來住在牛的地方，這隻牛是他的大舅，驢子問說，爲何牛的體態如此豐腴，牛將秘密告知，驢也希望一起去吃。牛擔心驢的叫聲，特別叮嚀不要出聲以免被捉。但是驢未吃飽，卻說想唱歌。牛要驢子忍耐，驢子還是唱出聲來。於是王家守田的人，發現後捕捉驢子，棒打他，切除他的耳朵，還遊行示眾。牛看到驢子的下場說，因爲歌唱多言而遭害。驢回覆他說，要多謹慎，不然不久也將跟他一樣被捉。

　　法國及希臘的故事敘述情節較爲薄弱，且拉封登提到的因爲「耳朵尖」的身體特徵而曝光，說服力較弱，如果人們害怕，自然不可能太靠近，因此去看到耳朵尖的部位也很困難。然而聲波傳達的距離可以較遠，只要驢子一叫出聲音，即可被察覺。外國流傳的故事以印度居多，且在情節結構上大致相同。

　　季羨林是最早提出並加以研究的學者，1947 年 10 月，他撰寫了〈柳宗元《黔之驢》取材來源考〉，從印度古代的民間故事集《五卷書》、《益世嘉言集》、《故事海》及巴利文的《本生經》中找出了柳氏寓言故事的原型，考證此類型故事的來源是印度無誤。〔註127〕

────────────

〔註127〕季羨林：《比較文學與民間文學》（北京：北京大學出版社，1991 年），頁 48

（五）小　結

此則強調「梵唄」的修持精神，梵唄，以曲調誦經，讚詠、歌頌佛德。因依梵土（印度）曲譜詠唱，故稱爲梵唄。釋尊雖禁止以婆羅門法之聲調讀誦經文，然因聲唄有醫治身心之疲勞及強化記憶之作用，故允許唱誦。佛陀入滅後，梵唄普遍流行。〔註128〕

梵唄主要用於三方面：（一）講經儀式，一般行於講經前後。（二）六時行道，即後世之朝暮課誦。（三）道場懺法，旨在化導俗眾，其儀式尤重歌詠讚歎。一般認爲學習讚唄有如下功德：能知佛德深遠、體制文之次第、令舌根清淨、得胸藏開通、處眾不惶、長命無病。故名山大刹於結夏安居時，以習唱讚頌爲日課，稱爲學唱念。〔註129〕

故事主旨在說明，藉著山林裡老虎和驢子的互動，來勸戒人必須注重眞才實學，虛有其表虛張聲勢，頂多只能唬弄一陣子，不會長久。

在李小榮的〈佛教與「黔之驢」——柳宗元「黔之驢」故事來源補說〉中，提出敦煌遺書 P.3876 擬名爲《佛道要義雜抄》中的一段話，來印證故事來源爲佛經故事：

> 如太行山南是澤州，山北是路（潞）州，兩界內山中有一□（人）家，驅驢馱□（物），每日興望（易）。後時打驢，脊破，放驢在於山中而養。有智惠人語道：「山中有大蟲無數，則何計校免於蟲咬？取麻，假作師子皮，在驢成（？）著。」後時，此驢乃作聲，被他大蟲驚喪，咬如道士。道人雖著黃衣黑服，不依經法，心（身）乃不持戒，行不合語，由始假驢□，口語廢他門坐（座）。

故事概要是主人爲驢子穿上麻，假裝成獅子以方便放養，最後被老虎識破眞相而遭殺身之禍。故事中用了當時的俗語詞，如「大蟲」，就是指老虎。晉·干寶《搜神記》卷二「扶南王」條就說：「扶南王范尋養虎於山，有犯罪者，投於虎，不噬，乃宥之。故虎名大蟲，亦名大靈。」唐·李肇《國史補》卷上亦謂：「大蟲，老鼠，俱爲十二相屬。」

其所引「驢虎爭鬥」之事，可以推測是出於佛經。原因兩點如下：

1. 被偽裝成獅子的驢

〜54。
〔註128〕同註15，《佛光大辭典》（五），頁4635。
〔註129〕同註15，《佛光大辭典》（五），頁4635。

這一點可溯源到季羨林所說的印度古代民間故事，如《五卷書》卷四之第七個故事、《益世嘉言集》卷三之第三個故事。不過，這兩個故事中驢所穿的是老虎皮。P.3876 寫卷中的細節，與本則第 189 則〈獅子皮本生譚〉更為接近，如兩者都說到驢是用來為主人馱物做生意的。在漢譯佛經中，陳允吉已經提出相類的經文，如《眾經撰譬喻經》之「師子皮被驢，雖形似獅子，而心是驢」及《大乘大集地藏十輪經》之「有驢被師子皮，而便自謂，以為師子，有人遙見，謂其師子。及至鳴已，皆識是驢。」

2. 偽裝成獅子的驢叫出聲，被虎識破

在漢譯佛經中，有類似說法的除了陳允吉提到的西晉・法炬所譯的《佛說群牛譬喻經》及玄奘譯的《大集地藏十輪經》之外，還有唐代義淨大師所譯的《根本說一切有部毘奈耶破僧事》卷十中的一則故事，該故事也有與《群牛譬喻經》相同之處。（以上整理自李小榮之期刊論文）〔註130〕

陳允吉受到季羨林論文之啟發，撰出了〈柳宗元寓言的佛經影響及《黔之驢》故事的淵源和由來〉，從漢譯佛經中找到了更直接的證據，如西晉沙門法炬譯的《佛說群牛譬喻經》、鳩摩羅什譯的《眾經撰譬喻經》、唐・玄奘譯的《大乘大集地藏十輪經》中，皆有為同一型的佛經故事，並結合柳宗元的人生閱歷和思想狀況，證實季羨林的推測，即柳氏〈黔之驢〉的創作素材是源自域外文學。

近年來，李小榮研習敦煌文獻，清楚分析比較柳宗元〈黔之驢〉與敦煌文書 P.3876 所引「驢虎相爭」故事的異同，更能證實季羨林與陳允吉的觀點。綜合三人論點，以及中國、外國流傳故事之分析，可以推測故事來源為印度所傳。

第三節　禽鳥類

一、第 215 則〈龜本生譚〉大意

（一）故事概要

《本生經》中第 215 則〈龜本生譚〉，「主分」中故事概要：〔註131〕

〔註130〕同註 117，〈佛教與「黔之驢」──柳宗元「黔之驢」故事來源補說〉，整理頁 177～185。
〔註131〕同註 1，《漢譯南傳大藏經・本生經》，第 33 冊，頁 177～179。

從前波羅奈國梵與王治國時，菩薩生於大臣之家，長大後成爲大臣。因爲國王話很多，當他在談話時，都無法讓人插嘴，菩薩想要矯正國王多言的毛病，想了一個方法，就說了一則故事：雪山湖中有一隻烏龜，看見兩隻鵝鳥覓食，與他們互相信賴，鵝鳥打算帶烏龜去雪山的黃金窟，讓烏龜銜著一根木棍，鵝鳥用腳抓著木棍飛行，村中鵝鳥取笑他們，烏龜開口大罵，就掉落而死。

在此則「序分」中，佛在祇園精舍時，對拘迦利所作之談話。佛的二大弟子舍利弗與目犍連，得到佛的許可，來至拘迦利王國拘迦利之住居，跟拘迦利說在此生活愉悅，希望拘迦利不要透露他們的行蹤。拘迦利答應後，還是跟別人到處說。因此很多人拿一些物品去供奉尊者，拘迦利認爲大家供奉的物品，最後一定會歸於自己。

但是兩位尊者不接受物品，也認爲不該給拘迦利。拘迦利心生憤慨開始誹謗兩位尊者及正法。拘迦利死之後，墮入蓮華地獄。佛云：「拘迦利爲言語而被殺非自今日始，前生亦復如是。」於是佛爲說過去之因緣。在「結分」中，佛述此法語後，即作本生今昔之結語：「爾時之龜是拘迦利，二隻鵝鳥是二大長老，王是阿難，賢明大臣實即是我。」指出賢明大臣就是佛陀前生。

（二）故事分析

1. 第 215 則〈龜本生譚〉情節分析：

①兩隻鵝鳥腳抓木棍，讓烏龜口銜著，把牠帶上高空。

②烏龜開口後，從空中跌落下來。

2. 故事類型名稱

第 215 則〈龜本生譚〉故事的類型編號是 225A，本則採用 AT 編號，依據金榮華《民間故事類型索引》之分類法，名之爲「飛鳥把烏龜帶上高空」，類型概要：[註 132]

兩隻白鷺之類的禽鳥讓烏龜咬住一根木棍，由牠們各銜棍子的一端，把烏龜帶上了高空。烏龜十分得意，禁不住想說話，但一開口就從高空摔了下來。或是青蛙坐在烏鴉所銜的一塊木板上，升空後高興得一直和烏鴉說話，但烏鴉一張口回答，牠就從高空跌了下來。

───────────

〔註 132〕同註 2，《民間故事類型索引》上冊，頁 76。

（三）中國各地之流傳及文本大要

中國流傳的地區有：四川、北京、寧夏、蒙古、西藏。〔註133〕依目前所見的資料古代有：唐代〈雙雁銜龜〉〔註134〕；清代〈龜鵲結盟〉〔註135〕。近代：四川〈烏龜的背紋〉〔註136〕；北京〈氣鼓〉〔註137〕；寧夏〈兩個鴨子抬鱉〉〔註138〕；青海〈喜鵲和蛤蟆〉〔註139〕、青海〈愛誇口的青蛙〉〔註140〕、雲南〈湖沼的主人〉〔註141〕、雲南〈青蛙想飛〉〔註142〕；蒙古〈青蛙搬家〉〔註143〕、蒙古〈愛顯示自己的青蛙〉〔註144〕；西藏〈青蛙和鴻雁〉〔註145〕、西藏〈烏龜自誇落地〉〔註146〕、西藏〈青蛙和烏鴉〉〔註147〕、西藏〈好吹牛的烏龜〉〔註148〕、西藏〈智慧的青蛙〉〔註149〕。列舉以上十六則，可分為四種說法：

1. 河水乾涸，欲逃離旱地

（1）唐代〈雙雁銜龜〉：

〔註133〕同註2，《民間故事類型索引》上冊，頁76～77。

〔註134〕唐·釋道世編《法苑珠林》卷八十二〈雙雁銜龜〉。同註21，《中國古代民間故事類型研究》，頁213。

〔註135〕清·王利器輯錄：《歷代笑話集》〈嘻談初錄卷下〉（上海：上海古籍出版社，1981年1月），頁537。

〔註136〕同註26，《中國民間故事集成》四川卷，頁481。

〔註137〕同註26，《中國民間故事集成》北京卷，頁688～689。

〔註138〕同註26，《中國民間故事集成》寧夏卷，頁252～253。

〔註139〕同註23，《中華民族故事大系》，第10冊，頁906～907。也見於《土族撒拉族民間故事選》，頁272～273。

〔註140〕《土族民間故事選》（北京：中國民間文藝出版社，1985年5月），頁132～133。

〔註141〕同註24，《中國民間寓言選》，頁147～149。

〔註142〕邊贊襄編：《中國南方少數民族故事選》（武漢市：湖北少年兒童出版社，1986年8月），頁148。

〔註143〕同註25，《中國動物故事集》，頁50～51。

〔註144〕同註23，《中華民族故事大系》第1冊，頁706～707。也見於《36·蒙古民間故事集》，頁504～507。《蒙古民間故事及寓言》，頁93～94。

〔註145〕察哈爾格西撰：《學習寶貝珠》〈青蛙和鴻雁〉。參見同註21，《中國古代民間故事類型研究》，頁214。

〔註146〕央金噶衛洛卓約編撰《甘丹格言注釋》〈烏龜自誇落地〉。參見同註21，《中國古代民間故事類型研究》，頁213～214。（藏族文學史）

〔註147〕同註26，《中國民間故事集成》四川卷，頁1010～1011。

〔註148〕高聚成編：《中國動物故事》（北京：中國廣播電視出版社，1996年9月），頁365～367。

〔註149〕同註26，《中國民間故事集成》西藏卷，頁275～276。

水邊有二雁與一龜，共結親友。後時，池水涸竭，二雁作是議言：「今此池水涸竭，親友必受大苦。」議已，語龜言：「此池水涸竭，汝無濟理。可銜一木；我等各銜一頭：將汝著大水處。銜木之時，慎不可語！」即便銜之。經過聚落，諸小兒見，皆言：「雁銜龜去！雁銜龜去！」龜即瞋言：「何預汝事！」即便失木，墮地而死。

（2）蒙古〈青蛙搬家〉、蒙古〈愛顯示自己的青蛙〉；西藏〈青蛙和鴻雁〉、西藏〈烏龜自誇落地〉、西藏〈好吹牛的烏龜〉：

兩隻雁（鷺鷥或天鵝）和一隻青蛙是好朋友。天旱湖乾，沒水喝了，雁想飛到有水的地方去，但捨不得把青蛙留下來。雁和青蛙商量，青蛙想用一根小棍子，讓雁銜著兩頭，蛙銜著當中，去找有水的地方。雁同意了，並且決定立刻動身。第一次飛過幾個蒙古包時，有人出來看見了。人們說：「雁帶青蛙飛行，真有辦法。」青蛙認為是自己想的辦法。經過好多次，青蛙憋不住了，就說出了口：「這是我想的辦法！」青蛙張口，就從棍子上掉了下來，活活摔死了。

（3）寧夏〈兩個鴨子抬鱉〉：

天氣大旱，水池乾涸，水裡的魚也讓人捕光了，最後只剩下兩隻鴨子和一隻鱉。兩隻鴨子商議動身，讓地上的鱉聽見了，希望一起被帶走。他們找來了一根棍子，要鱉咬在這棍子的當中，不准說話。飛到一個城堡上空，一群人看著兩隻鴨子抬著鱉，都驚訝喊著。鱉就開口說話，嘴一張就掉了下去。跌下來人們一看是隻鱉，就準備把鱉拿到藥鋪裡賣錢，鱉大喊救命，兩隻鴨子在上空說：「不准你說話，你偏要說話。現在我們救你，還不是讓人抓住吃了肉。」說著，鴨子飛走了。

（4）西藏〈智慧的青蛙〉：

兩隻野鴨和一隻青蛙是好朋友。天旱湖乾，沒水喝了。野鴨和青蛙商量，青蛙想用一根小棍子，讓野鴨銜著兩頭，蛙銜著當中，去找有水的地方。野鴨同意了，並且決定立刻動身。第一次飛過村莊時，有人出來看見了。人們說：「誰這麼有辦法。」青蛙心想，這是我想的辦法，經過好多次，青蛙憋不住了，就說出了口，青蛙張口，就從棍子上掉了下來，頓時昏了過去。

過了一會兒青蛙醒了過來，它看見一條很大的動物正站在自己

的跟前盯著自己，青蛙聽到老虎二字，十分害怕，但是他假裝不畏懼，還要跟老虎比賽跑，當老虎轉身準備跳躍時，智慧的青蛙馬上抓住老虎尾巴上的三根毛，虎尾巴一甩，剛好把青蛙甩在了老虎的前面。於是智慧的青蛙說：「我已經趕在你前面到達了目的地，現在該由我這個吃虎蛙來吃掉你。」老虎害怕得立刻朝遠處逃走了。

此種說法，指出天氣乾旱，池塘或河水乾涸，因此許多動物要離開原來的棲息地，但是烏龜、青蛙或鱉，卻因為無法離開地面，必須藉助他人幫助，所以請求鳥類，雁、鷺鷥、天鵝或鴨子來協助離開旱地。

從鳥類的種類來看，大多是中大型的鳥類，而不是像麻雀一般的小型鳥類，可知故事安排角色上的合理考量，因為中大型的鳥類，才可能搬運烏龜或青蛙。在搬運使用方法上，大多是兩隻鳥類運用一隻木棍，讓烏龜、青蛙或鱉用嘴銜著，才能搬運到有水的地方；也因為如此的安排，才能導引出，被載運的動物因為開口而墜落於地。

西藏〈智慧的青蛙〉是一個複合型故事，與「AT 275 狐狸和青蛙賽跑（比跳遠跳高）」結合，類型概要：青蛙咬住狐狸尾巴，狐狸跑到終點，回身看青蛙時，青蛙在他身後說，我早已到達終點。〔註150〕此則故事後半段，銜接此類型，故事的銜接點在「咬住尾巴」，AT225A 的核心情節，也在「咬住」木棍而得以搬運成功，因此以「咬住」為此複合型故事的銜接點。

此種說法，與印度民間故事《故事海》、《五卷書》，以及佛經故事類型說法相同，在情節結構上的安排一致，前置情節（起因）敘述大地乾旱，湖水乾涸，用水不便而想找出解決之道，後置情節（結局），都是求助者多言開口而墜地。

2. 雙方成為好友，欲觀看其他世界

（1）清代〈龜鵲結盟〉：

喜鵲與烏龜結拜為兄弟，喜鵲希望烏龜帶他去水晶宮瞧瞧，烏龜希望喜鵲帶他上天看看。喜鵲答應，烏龜爬到喜鵲背上，喜鵲雙翅飛起，恰巧遇到打彈弓的，擊中烏龜殼，翻身掉下來。喜鵲不見烏龜，飛到各處尋找，發現他在煙囪上，四腳懸空，仰頭觀望。喜鵲上前慰問。烏龜卻說：「我不餓，在此雖沒得吃，還有幾口煙

〔註150〕同註2，《民間故事類型索引》上冊，頁87。

過癮。」

（2）四川〈烏龜的背紋〉：

烏鴉和烏龜是對好伙伴。有一天，烏龜邊流眼淚邊傷心地說想看看天空，自在的飛翔。烏鴉答應了，但要求他不准說話，烏龜高興地點了點頭。烏鴉用嘴叼著烏龜的背殼向藍天飛去，飛得很高的時候，烏龜激動地說話問問題，烏鴉只顧用力地飛。烏龜見烏鴉不理睬它，便開始抱怨。烏鴉無可奈何，只好回答，但一張開口，烏龜便從萬丈高空跌了下去，把背上的硬殼摔成了許多小方塊，此後便代代相傳——背殼上長滿了背紋。

（3）西藏〈青蛙和烏鴉〉：

前述故事與四川〈烏龜的背紋〉相同，之後……烏鴉無可奈何，只好回答，但一張開口，青蛙便從萬丈高空跌了下去，正好落在一叢刺麻裡。青蛙被刺麻刺成了癩疙寶。烏鴉也失去伙伴，成天在天空傻叫著。

（4）北京〈氣鼓〉：

氣鼓跟蛤蟆長得一樣，就是個子比蛤蟆小點。它看到天上有許多鳥飛來飛去挺自在的，心想，我要能上天多好呀！這天，正巧有一隻燕子飛到了氣鼓的跟前，氣鼓就對燕子說想上天，燕子看它可憐就答應了，氣鼓就叼著燕子的尾巴隨燕子飛上了天。飛著飛著，氣鼓突然看到了一片穀地，它驚奇地說：「穀……」話音沒落就掉下來了。燕子飛下來罵他笨蛋，氣鼓聽了非常生氣，氣得肚子鼓鼓的，從此以後，人們就叫它氣鼓了。

（5）青海土族：〈愛誇口的青蛙〉：

青蛙跟候鳥討論著居住地方的大小，青蛙以為牛蹄子印比海洋大，想要跟著去看看。候鳥想個辦法，抬著他去。於是候鳥銜來了一根柳枝條，叫青蛙銜在中間，兩隻候鳥銜在兩頭，這樣就可以把青蛙帶走。叮嚀青蛙不能張口說話，不然就會從空中摔下來的。起飛不遠就到了一個地方，人們大聲喊道：「一對候鳥抬著一隻蛙在天空飛呢！」青蛙聽到，張大口說：「是我出的主意。」因此摔得粉身碎骨。候鳥扔了柳枝條飛向遠方，愛誇口者自食其果。

（6）雲南傣族〈湖沼的主人〉：

> 烏龜自認爲是一個湖沼的主人，從此，愈來愈神氣，他每天問
> 飛過的鷺鷥、水鳥是否看過比湖沼大的地方，接著誇耀自己的功績。
> 一天，一對路過這裡的鳳凰飛下來喝水，笑烏龜沒見識，沒見過眞
> 正的海洋。烏龜想去當海洋的主人，他向鳳凰誇耀了自己的過去，
> 又說明管理新湖沼的計劃。於是找來一根木棍，叫烏龜銜在中間，
> 兩隻鳳凰用腳爪抓住木棍，向著海洋飛去。順利地飛起來了，到了
> 一個地方，人們大聲喊道：「一對鳳凰抬著一隻烏龜在天空飛呢！」
> 烏龜聽到，張大口說：「是我出的主意。」話還沒說完，就掉下來了。

故事內容顯示，烏龜、青蛙或鱉對於其他環境的好奇而心生羨慕，但是
卻因爲無法離開地面，必須藉助他人幫助，因此請求鳥類（喜鵲、烏鴉、燕
子、侯鳥、鳳凰）來協助離開地面，可以飛上天空，俯瞰大地。從鳥類的種
類來看，也是以中大型的鳥類爲主。

其中以北京〈氣鼓〉這則故事是以燕子爲協助者，角色安排上比較不合
理，雖然被搬運者是一隻蛤蟆，但是燕子的體型較小，而且搬運方法是「氣
鼓叼著燕子的尾巴，隨燕子飛上了天」，在情節安排上也不合理，因爲氣鼓沒
有使力點可以抓緊，容易掉落且不容易飛上去，就實際面而言，燕子也無法
承載與他體形相當的蛤蟆。

在情節結構上的前置情節（起因）敘述烏龜、青蛙或鱉對於其他環境的
產生羨慕。在搬運使用方法上，與上述相同，大多是兩隻鳥類運用一隻木棍，
讓烏龜、青蛙或鱉用嘴銜著，才能飛上天空，被載運的動物因爲開口而墜落
於地，此情節單元就是核心情節部分。

後置情節（結局），在清代〈龜鵲結盟〉的故事中，是說烏龜被人打落掉
到煙囪中吸煙；四川〈烏龜的背紋〉與西藏〈青蛙和烏鴉〉，都是看到美景太
過激動，烏鴉載他飛上天空，無法回應，使之產生抱怨，烏鴉不得已開口，
使之掉落，因此烏龜背殼紋路特徵產生；或青蛙被刺麻刺得成了癩疙寶，烏
鴉也失去了伙伴，成天在天空傻叫著，特徵也因此產生；北京〈氣鼓〉故事
中，氣鼓看到美景太過激動開口而掉落，燕子飛下來罵他笨蛋，氣鼓聽了非
常生氣，氣得肚子鼓鼓的，從此以後，人們就叫它氣鼓了，特徵因此產生。
除了清代的故事以外，其他三則都是敘述青蛙、蛤蟆或烏龜看到美景太過激
動，致使開口掉落後，產生特徵而流傳至今。

青海土族〈愛誇口的青蛙〉以及雲南傣族〈湖沼的主人〉兩則故事中的後置情節（結局），都是因求助者誇耀自我而多言所造成的災難，一樣有著警戒世人不可太過自傲的寓意。

3. 天氣寒冷，欲曬日光

青海〈喜鵲和蛤蟆〉：

> 有兩隻喜鵲，它們是好朋友。一天，兩隻喜鵲在曬太陽。看見一隻蛤蟆，渾身傷且手腳發抖。蛤蟆見兩隻喜鵲曬太陽，於是請求他們帶他去曬太陽。它倆找來一根木棍，銜在嘴裡，飛到蛤蟆跟前，要他牢牢咬住這根木棍，千萬不能張嘴說話。兩隻喜鵲抬著蛤蟆向陽山飛去。這時，一群走路的人一見這情景，驚奇地討論是誰的主意。蛤蟆為了標榜自己，張口說話，自己從半空落下摔死。

此則故事內容顯示，核心情節部分是搬運方法，與上述相同，指兩隻喜鵲運用一隻木棍，讓蛤蟆用嘴銜著，才能飛上天空，被載運的動物因為開口而墜落於地。

在情節結構上的前置情節（起因）在於天氣寒冷，喜鵲不忍心看蛤蟆受凍而想找出解決之道；後置情節（結局），也是因為多言開口炫耀而墜地，有著警戒世人不可太過自傲的寓意。

4. 自我膨脹，欲借助他人飛上天

雲南〈青蛙想飛〉（中國少數民族）：

> 從前，有隻青蛙，他自言自語地說：「如果我能長翅膀飛該有多好啊！」這時，正好有一群燕子，飛到他的面前，他便請求燕子讓他飛起來。燕子說：「好的，只要你嘴裡含根麻線，我們就會帶你飛起來。」於是，兩隻燕子叼住麻線的兩頭，帶著青蛙飛起來了。它們飛到一個寨子的上空，人們見了就議論著，有人說：「奇怪，青蛙怎能飛上天？」青蛙聽了很不高興。他想告訴人們說：「我是自己會飛的！」當這個「我」字剛說出口，就從天空中摔下來。

此則故事內容顯示，在核心情節部分是搬運方法，指兩隻燕子叼住麻線的兩頭，帶著青蛙飛起來，被載運的青蛙因為開口而墜落於地。在情節結構上的前置情節敘述青蛙妄想飛上天空；後置情節是因多言開口炫耀而墜地，也是警戒世人不可太過自傲的寓意。

（四）外國各地之流傳及文本大要

此一故事流傳的地區有：西班牙、印度。〔註151〕在法國〔註152〕、俄國〔註153〕、巴西〔註154〕、日本〔註155〕、美國〔註156〕也有流傳。依目前所見資料，外國故事部份有法國〈烏龜和野鴨〉〔註157〕；俄國〈青蛙旅行家〉〔註158〕；巴西〈蛤蟆怎會得到他的斑痕〉〔註159〕；日本〈白鶴和烏龜〉〔註160〕；印度〈憋不住話的烏龜〉〔註161〕、印度〈多嘴的烏龜〉〔註162〕、印度《故事海》〔註163〕、印度〈半空中的烏龜〉〔註164〕、印度〈舊雜譬喻經卷下第39則之一〉〔註165〕、印度《五分律》〔註166〕。列舉以上十則，可分為兩種說法：

1. 河水乾涸，欲逃離旱地

（1）印度〈憋不住話的烏龜〉、印度〈多嘴的烏龜〉、印度《故事海》、印度《五卷書·半空中的烏龜》：

有一口池塘裡，住著一隻烏龜。有一次，兩隻天鵝來這兒覓食，因此烏龜和天鵝成為要好的朋友了。有一天，烏龜悲傷的說很想上天空看看，於是天鵝就給烏龜一根木棒，叫他銜住中間，而兩端由天鵝分別銜著，然後飛上了天空。在地上遊戲的孩子們看見了，都

〔註151〕同註7, "The Type of Folktale", P.73。

〔註152〕同註119，《寓言書》，頁189～190。

〔註153〕陳自新譯：《俄羅斯童話精選》（上海：上海譯文出版社，1991年1月），頁93～97。

〔註154〕《巴西童話》（台中：義士出版社，民國56年），頁8～14。

〔註155〕《日本民間故事》（台北：綠園出版社，1979年5月），頁93～94。

〔註156〕同註2，《民間故事類型索引》上冊，頁77。

〔註157〕同註119，《寓言書》，頁189～190。

〔註158〕同註153，《俄羅斯童話精選》，頁93～97。

〔註159〕同註154，《巴西童話》，頁8～14。

〔註160〕同註155，《日本民間故事》，頁93～94。

〔註161〕林怡君編譯：《世界民間物語100》（台北：好讀出版社，2003年），頁305～306。

〔註162〕傅林統：《世界民間故事精選3——奇異的紅寶石》（台北：黎明文化事業有限公司，民國72年2月），頁37～41。

〔註163〕同註103，《故事海》，頁292。

〔註164〕同註102，《五卷書》，頁145～146。

〔註165〕同註32，《大正新修大藏經》第4冊，頁517上。

〔註166〕同註32，《大正新修大藏經》第22冊，頁165中～165下。

驚奇的叫著：「呀！你看，天鵝吊著烏龜在天空飛啊！」烏龜聽了忍不住的想回答說：「不要亂嚷，朋友們正要帶我到很遠的山頂去玩！」當烏龜才打開嘴巴，他掉落的地方正是王宮的庭院，於是宮殿就有人嚷著說：「呀！從天上掉下一隻烏龜，摔成兩截了呢！」

（2）印度〈舊雜譬喻經卷下第 39 則之一〉：

　　昔有鱉遭遇枯旱。湖澤乾竭不能自致（到）有食之地。時有大鵠集住其邊。鱉從求哀乞相濟度。鵠（鶴）啄銜之飛過都邑上。鱉不默聲問。此何等如是不止。鵠便應之之應（應之）口開。鱉乃墮地。人得屠裂食之。夫人愚頑無慮。不謹口舌其譬如是也。

（3）印度《五分律》：

　　過去世時阿練若池水邊有二鴈。與一龜共結親厚。後時池水涸竭。二鴈作是議。今此池水涸竭。親厚必授大苦。議已語龜言。此池水涸竭汝無濟理。可銜一木。我等各銜一頭。將汝著大水處。銜木之時慎不可語。即便銜之。經過聚落諸小兒見皆言。鴈銜龜去鴈銜龜去。龜即瞋言何預汝事。即便失木墮地而死。爾時世尊。因此說偈。

2. 雙方成為好友，欲觀看其他世界

（1）法國（拉封丹）〈烏龜和野鴨〉：

　　有一隻烏龜想到外頭見見世面。他把自己的計畫講給兩隻野鴨聽，鴨子答應且給他旅程的意見。為了空運烏龜，野鴨準備了一根木棍，就是讓烏龜銜在嘴裡的，然後吩咐：「千萬不能鬆口！」兩隻野鴨各架起棍子的二頭，騰空而起，把烏龜送上了天。烏龜的身背厚殼，架在野鴨之間遨遊，經過的地方，人們都十分驚奇地抬頭觀看。大家喊叫：「真是太神奇了！快看呀！龜皇后飛天了！」烏龜以為被嘲笑而在旅途中開口說話，嘴鬆開了棍子，他從空中摔下，死在那群觀看的人群中。

（2）俄國〈青蛙旅行家〉：

　　有一隻青蛙，他聽到群雁聊天中，說到南方是個好地方，請求大雁帶他去，雁群一開始是想吃掉青蛙，因此答應。但是想不出辦法帶上青蛙。青蛙想到辦法，讓兩隻大雁用嘴叼一根樹枝，青蛙咬

住樹枝的中段。大雁帶著青蛙飛，只要不開口說話一切都會順利的。沿途人們說：「雁帶青蛙飛行，真有辦法。」青蛙認為這是自己想的辦法。終於憋不住就說出了口。因此從棍子上掉了下來，他掉進一個池塘裡。很快鑽出水面，又大聲喊叫的誇耀自己。池塘裡的青蛙吃驚地發現了一隻新來的青蛙。青蛙旅行家開始誇示自己的經歷。雁群始終沒有返回，他們以為青蛙摔死了。

（3）巴西〈蛤蟆怎會得到他的斑痕〉：

　　有一隻蛤蟆，他的皮膚本來是光滑的。當時是一個大流氓，只要別人有什麼宴會，他一定出席。有一天，蛤蟆接到一張請帖，請他到天上去赴會。蛤蟆到鶬鶊的住家裡，吩咐鶬鶊帶梵啞鈴（小提琴）去赴宴，因此跳進他的「梵啞鈴」。鶬鶊到宴會中之後，決定早些回家去，也沒有拿那個梵啞鈴便走了。宴會完畢後，蛤蟆又跳到梵啞鈴裡，等候鶬鶊帶他回去。有一隻鷹看見了這個梵啞鈴，於是帶了梵啞鈴向地下飛。蛤蟆在梵啞鈴裡被震動得很厲害。鷹認為當初幫這個忙，真是笨極了。於是他丟了那個梵啞鈴，蛤蟆在天空中掉下去的時候，從跌壞的梵啞鈴爬出，他渾身都是傷痕，直到今日，蛤蟆身上還是帶著他的斑痕。但是他那流氓的性情，完全被醫好了。

（4）日本〈白鶴和烏龜〉：

　　很早以前，白鶴和烏龜是對好伙伴。有一天，烏龜很羨慕白鶴自在的飛翔。白鶴安慰烏龜答應帶他上天，但要求他不准說話，烏龜高興地點了點頭。白鶴找一根棒子，兩端分別用嘴咬住，就能夠把烏龜帶到天空去，起飛不遠就到了一個地方，人們大聲喊道：「烏龜也會飛呢！」「哼，才不是呢，它是被白鶴夾住的！」烏龜想解釋，一張開口，嘴就離開了棒子，整個身體立刻朝地面墜落。

在《本生經》中，指出一個國家的國王有個缺點，那就是太多嘴了。菩薩想盡辦法要改變國王的這個壞習慣。當他看到這一個實例，菩薩想：這正是糾正國王多嘴的好機會，於是就告訴國王，烏龜和天鵝怎樣成為好朋友，並且要到山頂上天鵝的家遊玩的事說了。之後，說明由於自己的過失，多嘴的烏龜摔死了，雖然嘴裡銜著木棒，還是想開口說話。菩薩特別強調說：「這隻烏龜是在不可以開口的時候說了話，所以從天空掉下來摔死了，因此多嘴的人容易招來災禍。」從此國王說話就十分謹慎，且能好好的治理國事。

　　然而在印度所流傳的民間故事中，省略了進言給國王這部份的情節，直接敘述飛鳥把烏龜載上天空的故事。情節結構是不變的，前置、核心及後置情節都相同，只有在角色上有些變更，烏龜是不變的，但是在鳥類角色，是雁或天鵝。在法國（拉封丹）〈烏龜和野鴨〉故事最後結語：他之所以摔死，就是因爲不謹愼，太多嘴。在俄國、巴西跟日本的寓意上也是相同的。

（五）小　結

　　故事主旨在說明「言多必失」。不必言而言，謂之多言，多言招尤。不當言而言，謂之盲言，盲言賈禍。〔註167〕不必多說的話而說了，這叫做多話，多話時必使人討厭。不當言而言，謂之盲言，盲言賈禍，意思是說，發表不適當的言論，這叫做不明智的言論，發表不明智的言論，必然會招來禍害。

　　此則強調「誹謗正法」，略稱謗法、破法、斷法。謂破壞佛說之正法，主要係指誹謗大乘經典非爲佛所說。謂不信《般若》、《法華》、《無量壽》等大乘經典，且加以毀呰誹謗者，斷盡一切善根，墮入大地獄。據《無量壽經》卷上載，阿彌陀佛發願救度念佛眾生，唯除犯五逆罪與誹謗正法者。又菩薩善戒經以誹謗正法爲菩薩八波羅夷（八重戒）之一；《梵網經》卷下以誹謗三寶爲菩薩十波羅夷之一。蓋誹謗正法，汎論之有兩種：（一）不信大、小二乘之法，遂疑惑誹謗。（二）不信大乘經典爲佛所說而誹謗之；或見人讀誦、書寫、受持大乘經典而懷輕賤、憎嫉之心。〔註168〕

　　在外國故事所流傳的角色安排，被載運者大多是烏龜、青蛙或蛤蟆，飛行者是中大型鳥類：雁、野鴉、鶖鷦、白鶴。雖然角色有所不同，但故事情節結構沒有改變，只有在巴西流傳的〈蛤蟆怎會得到他的斑痕〉這則故事中，載運方式改變較多，敘述蛤蟆是流氓，指使他人聽從命令，藉機跳入小提琴中，得以被運送上去，與其他故事的出入較大。

　　以上二十六則，中國以及外國所流傳的故事，以「因爲大旱欲離開原來棲息地」的敘述較多，前置情節與《本生經》相同，佛經故事也都是一樣，在印度所流傳的，包含佛經故事，有七則之多。這類說法情節結構完全相同者，共有十四則之多。依照情節結構的分析，以及流傳的數量來推測，故事起源極有可能是來自於印度。

〔註167〕陶覺編纂：《箴言類鈔》（台北：志成印刷文具行，民國60年9月），卷三省克，頁67～68。
〔註168〕同註15，《佛光大辭典》（七），頁6166。

二、第38則〈青鷺本生譚〉大意

（一）故事概要

《本生經》中第38則〈青鷺本生譚〉，「主分」中故事概要：〔註169〕

　　　　有一隻青鷺，想吃池中的魚，而這個池常乾涸，青鷺在池邊等
著，魚問他有什麼事，他說，想幫魚運送到水充足的湖中，魚不相
信，青鷺先帶一隻魚去看過再帶回來之後，魚兒相信就讓青鷺運送，
青鷺的計謀得逞，吃了很多魚，但是運送螃蟹時，螃蟹知道青鷺吃
了魚，就用蟹夾夾斷青鷺的頸子。

在此則「序分」中，是佛在祇園精舍時，對一裁縫師比丘所作之談話。
有一位比丘並不懂裁縫，欺騙其他比丘，比丘們拿布去換他所製作好的衣服，
而他製作的衣服，因為是由很多碎布拼裝成的衣服，所以一經洗滌就呈現破
爛狀。當他所做的事情曝光之後，很多比丘在廳堂議論紛紛。佛言：「汝等比
丘！住於祇園之裁縫師矇混他人，非自今始，前生即亦為同樣矇混之事。而
此住祇園之裁縫師被鄉村之裁縫師所欺亦非自今始，前生亦同樣被欺！」於
是佛說過去之事。在「結分」中，佛述此法語後，連結作本生今昔之結語：「爾
時住祇園之裁縫師是昔之青鷺，住鄉村之裁縫師是此蟹，樹神實即是我。」

（二）故事分析

1. 第38則〈青鷺本生譚〉情節分析：

①青鷺想吃魚，正好河水經常乾涸，藉此機會欺騙魚群。
②鷺鷥騙魚群說願意把牠們運送去另一個湖，之後卻將其果腹。
③螃蟹識破鷺鷥欺騙吃了魚的詭計，用蟹夾夾斷鷺的頸子。

2. 故事類型名稱

第38則〈青鷺本生譚〉故事的類型編號是231，本則採用 AT 編號，依
據金榮華《民間故事類型索引》之分類法，名之為「鷺鷥運魚」，類型概要：
〔註170〕

　　　　一隻鷺鷥騙一個湖裡的魚群說：人們將汲乾湖水，牠願意把大
家一條一條地銜去另一座湖，以免被人所逮。實際上，每條讓牠運
送的魚都被牠偷偷吃掉。後來螃蟹發現了鷺鷥的詭計，在鷺鷥把

〔註169〕同註1，《漢譯南傳大藏經·本生經》第31冊，頁285～290。
〔註170〕同註2，《民間故事類型索引》上冊，頁77。

地銜走準備吃牠時，一口咬住鷺鷥的脖子將鷺鷥殺死。

（三）中國各地之流傳及文本大要

中國流傳的地區有：西藏〔註171〕、雲南〔註172〕。依目前所見資料有：雲南〈有風度的慈善家〉〔註173〕、雲南〈鷺鷥的脖子爲什麼是彎的〉〔註174〕、雲南〈魚、螃蟹和白鶴〉〔註175〕、雲南〈螃蟹報仇〉〔註176〕；西藏〈鷺鷥和小魚〉〔註177〕。列舉以上五則，依欺騙的方式，可分爲三種說法：

1. 人類將池水抽乾，水鳥誘騙搶救魚群生命

雲南〈有風度的慈善家〉：

> 在召勐的孫樂（花園）裡，有一個深水的池塘，有著成群的魚兒。一隻鷺鷥騙這些肥壯的魚兒，說後天烤瓦撒節日到了，人們打算把池塘裡的水抽乾，把所有的魚拿去煎了賧佛，牠願意把大家一條一條地銜去另一座湖，以免被人所逮。實際上，每條讓牠運送的魚都被牠偷偷吃掉了。後來螃蟹發現了鷺鷥的詭計，在鷺鷥把牠銜走準備吃牠時，一口咬住鷺鷥的脖子將鷺鷥殺死。

2. 池水將要乾涸，水鳥誘騙將其帶離

（1）雲南〈鷺鷥的脖子爲什麼是彎的〉：

> 鷺鷥的食物也越來越少，一隻鷺鷥騙一個湖裡的魚群說：湖水將要乾涸，牠願意把大家一條一條地銜去另一座湖，以免喪命，又描述另一處湖的美景環境，不斷用歌聲引誘小魚上當。實際上，每條讓牠運送的魚都被牠偷偷吃掉了。後來螃蟹發現了鷺鷥的詭計，

〔註171〕同註24，《中國民間寓言選》，頁107～108。也見於《西藏民間故事選》，頁397。

〔註172〕同註2，《民間故事類型索引》上冊，頁77～78。

〔註173〕中國作家協會雲南分會編：《雲南民族民間故事選》（雲南：雲南人民出版社，1981年10月），頁271～274。也見於《中國南方少數民族故事選》，頁153～155。《中國動物故事集》），頁227～230。

〔註174〕西雙版納傣族民間故事編輯組編：《西雙版納傣族民間故事》（雲南：雲南人民出版社，1984年11月），頁408～410。

〔註175〕同註6，《10·雲南民間故事集》，頁457～459。也見於同註23，《中華民族故事大系》第6冊，頁920～921。《傣族民間故事選》，頁375～376。

〔註176〕同註23，《中華民族故事大系》第12冊，頁243～244。

〔註177〕同註24，《中國民間寓言選》，頁107～108。也見於《西藏民間故事選》，頁397。

當鷺鷥落下的時候，螃蟹看到地上滿是魚的骨骸，知道這就是小魚兒們遭難的地方了，一時不由怒火中燒。它張開兩個鐵鉗般的夾子，把鷺鷥的脖子緊緊地夾住。螃蟹想到自己石洞裡那些剛學爬行的孩子還需要照顧，才放開鷺鷥。不過，由於螃蟹用力過猛，鷺鷥的脖子被夾彎後，就再也直不起來了。

（2）雲南〈魚、螃蟹和白鶴〉：

　　一隻白鶴騙一個湖裡的魚群說：池塘的水將要乾涸，牠願意把大家一條一條地銜去另一座湖，以免大家因為沒水而死。實際上，每條讓牠運送的魚都被牠偷偷吃掉了。後來螃蟹發現了白鶴的詭計，到了水塘，不等白鶴開口，螃蟹想起死去的夥伴，怒火直冒，要為夥伴們報仇，懲治白鶴，便用力一夾，把白鶴的脖子夾斷了。

（3）西藏〈鷺鷥和小魚〉：

　　一隻老鷺鷥騙一個湖裡的魚群說：河水即將乾涸，牠願意把大家一條一條地銜去另一座湖，以免沒水而死。實際上，每條讓牠運送的魚都被牠偷偷吃掉了。最後一次，鷺鷥銜著一隻青蛙，飛到了那塊大扁石旁邊，把它放下；青蛙看見遍地都是魚骨頭，知道中了鷺鷥的詭計，就緊緊地扼住鷺鷥的喉嚨，把它弄死了。因此，藏民常常說：相信甜言蜜語容易受騙，貪吃漁翁釣餌自取殺身之禍。

3. 水鳥假裝聖人，誘騙魚群上水面

雲南〈螃蟹報仇〉：

　　一隻白鷺鷥裝作聖人模樣引誘小魚游上水面，就把小魚帶到樹下吃了，也引誘小螃蟹到地面上吃了他們。後來螃蟹發現了白鷺鷥的詭計，爬上岸質問，白鷺鷥見問話的是一隻螃蟹，高興極了，心想美味又送到嘴邊來了。螃蟹用堅硬的兩支鉗子夾住白鷺的脖子，白鷺鷥使勁地翻身，想把背上的螃蟹摔死。可是，螃蟹的兩支鉗子已夾住它的脖子不放，白鷺一落到地面就斷了氣。白鷺鷥死後，居住在湖裡的魚和螃蟹，又恢復了自由自在的生活。

　　五則故事中有四則流傳於雲南，且收入書籍有八種，可見在雲南流傳之廣，因此衍生出不同的故事情節，但核心情節仍舊不變，而前置與後置情節稍微變動。角色安排，鳥類是以魚類為主食的水鳥，例如鷺鷥、白鶴，他們

的特徵是腳長，嘴也長，多以捕捉水中蛙、魚為主，且可以大範圍搜尋魚群所在位置。

在西藏〈鷺鷥和小魚〉故事中，最後以青蛙要反抗抵制鷺鷥，就實際面而言，青蛙的力量不足以抵抗或掐住鷺鷥這種較大型的水鳥，且蛙類生物大部分都有「蹼」，不容易抓住鷺鷥的脖子。因此推測是民間流傳角色變更後，所產生的不合理之處，是否在當時西藏沒有螃蟹這種動物，仍有待考證。

在雲南〈有風度的慈善家〉故事中提到「烤瓦撒節日」是傣族守居節，在節日內的每七天要用最好的飯菜去獻給佛。賧佛在傣曆一月十五這天「賧帕」（拜佛），八月十五日「賧坦」。「賧」為傣語，指世俗眾生對僧侶或先祖亡人敬獻物品，佛教俗稱「佈施」或「化緣」。布朗族傳說，他們與傣族是兄弟關係，布朗族是哥哥，居山區種山地，傣族是弟弟，住壩子種水田。因此，布朗族每次「賧佛」都要請傣族佛爺上山，傣族「賧佛」時也請布朗族佛爺下山。〔註178〕

在情節結構上的前置情節（起因）敘述天氣乾旱，湖水乾涸，鷺鷥藉機欺騙，想吃魚兒。有的是說為了搶救魚群的生命，有的是假裝聖人或運用歌聲引誘魚群游上水面，或者是說要帶魚兒們去更好的環境生活。核心情節部分，都是指鷺鷥或白鶴銜著魚到陸地上，一隻一隻的吃掉。後置情節（結局）敘述螃蟹發現鷺鷥或白鶴的陰謀，要為夥伴們報仇，為了懲治他，便用力一夾，把他的脖子夾斷了或者是夾彎了。

（四）外國各地之流傳及文本大要

此一故事流傳的地區有：西班牙、印度。〔註179〕在法國〔註180〕、印尼〔註181〕也有流傳。依目前所見資料，外國故事部份，例如法國〈魚和魚鷹〉〔註182〕。故事概要：

> **法國（拉封登）〈魚和魚鷹〉：**
>
> 一隻魚鷹騙一個湖裡的魚群說：人們將汲乾湖水，大家全都相
> 信魚鷹的話，於是水族被一一帶到一塊人跡罕見的岩石底下，在這

〔註178〕曹成章《傣族社會研究》（雲南：雲南人民出版社，1988年10月），頁188～189。
〔註179〕同註7, "*The Type of Folktale*",P.74。
〔註180〕同註119，《寓言書》，頁103～104。
〔註181〕同註2，《民間故事類型索引》上冊，頁78。
〔註182〕同註119，《寓言書》，頁103～104。

裡，魚鷹這個偽君子把牠們全都安置在一條狹長的水坑裡，這裡水
淺見底，魚鷹要逮住牠們真是唾手可得，隨心所欲。

法國（拉封登）〈魚和魚鷹〉故事中的寓意，說明魚蝦用生命換來的教訓，
是永遠不能相信吃人者的話。所表現的涵義相同的，對於善於欺騙他人的偽
君子，防不勝防，只能依靠著智慧去判斷，明白事情的真相為何，法國〈魚
和魚鷹〉故事中，他將魚銜到另一處水坑，猶如一個小倉庫，將魚兒安置一
處慢慢享用。後置情節中沒有螃蟹的出現，而是直接告訴人們「永遠不能相
信吃人者的話」，寓言意義大於故事本身，也失去了民間故事流傳的趣味性。

（五）小　結

故事主旨在說明「欺騙」他人的後果，在現今社會，充滿了虛妄不實的
言語，彼此之間互相欺騙，以求達到滿足私慾的目的。凡是存心騙人，不論
利用何種方法，使人受騙上當，也就是佛家所說的妄語罪。故意的互相標榜，
甲說乙是聖人，乙也說甲是聖人，以期求得第三者的恭敬供養，而實則皆非
聖人者，也算大妄語罪。如果不以大妄語騙人者，一切欺誑，皆屬小妄語。
若為救護眾生，菩薩可作方便妄語，比如有醉漢要殺某人，實見某人而騙醉
漢言未見某人者，無罪。

此則強調佛教教義中「十惡」中的「妄語」與「AT 37 偽善的保姆」所包
含的教義相同。妄語就是說虛假不真實的話，又做虛妄語、虛誑語、妄舌、
虛偽、欺。特指以欺人為目的而作之虛妄語，妄語戒為五戒、十戒之一。妄
語戒分為大妄語與小妄語。大妄語與小妄語之分別：（1）小妄語：就是一般
上的騙話；還有罵架的粗話、挑撥離間、不三不四的話，既是騙話、惡口、
兩舌和綺語，都稱為小妄語。（2）大妄語：自己不是聖者，卻向人說自己是
阿羅漢或是初果聖人；或者說自己是觀音菩薩的化身，叫人來膜拜與供養，
這都是大妄語。〔註183〕

在外國故事所流傳的角色安排，是魚鷹，而不是鷺鷥，可能是因為各地
區水鳥分布的不同，而魚鷹也是以水中魚、蛙為主食的水鳥。雖然角色有所
不同，但是故事核心情節沒有改變。

中國所流傳的故事，以雲南地區居多，情節結構與《本生經》相同，依
照情節結構的分析，以及流傳的地區為南傳佛教所傳之地，還有故事收錄以
雲南居多來推測。目前所見資料尚且不足，依照以上中國與外國的故事結構

〔註183〕同註15，《佛光大辭典》（三），頁2343。

分析，只能說最早看到的文獻資料爲《本生經》中的故事，以此推側故事即有可能是來自於印度。

三、第33則〈和合本生譚〉大意

（一）故事概要

《本生經》中第33則〈和合本生譚〉，「主分」中故事概要：〔註184〕

> 有一群鵪鶉，同伴被獵人捕捉很多，此時菩薩爲鵪鶉，他教同伴逃離的方法，大家一起帶著網子飛，成功逃離多次，有一次菩薩看見同伴常常爲了小事在吵架，他在想總有一天還是會因此被捉，於是帶著他的弟子離開這群鵪鶉，這群鵪鶉果然又因爲吵架不和而被捉住。

在此則「序分」中，佛在迦毘羅衛城之榕樹園時，對有關圓座〔註185〕爭吵所作之談話。當時佛向親族等言：「諸位大王！親族之間，不應有何等爭吵！於前生征服敵之動物等因起爭端，而陷入一大破滅！」於是佛對王族之發問，爲說過去之事。在「結分」中，佛言：「爭吵乃滅亡之根源！」佛作本生今昔之結語：「爾時之愚鶉是提婆達多，賢鶉實即是我。」

（二）故事分析

1. 第33則〈和合本生譚〉情節分析：

①一群鵪鶉被獵人捕捉，有一隻鵪鶉教大家帶著網子一起飛，成功逃離。

②後來同伴常常爲了小事吵架，於是他帶著弟子離開這群鵪鶉。

③這群鵪鶉果然因爲吵架不和而再被獵人捉住。

2. 故事類型名稱

第33則〈和合本生譚〉故事的類型編號是ATT 233B，本則採用AT編號，此則依據丁乃通的《中國民間故事類型索引》之分類法，名之爲「鳥兒帶著網飛走」〔註186〕，類型概要：

> 一群鳥類被捉住，就帶著網子一起飛行。〔註187〕

〔註184〕同註1，《漢譯南傳大藏經‧本生經》第31冊，頁269～272。
〔註185〕圓座：頭載運戴物品時所用之輪狀敷物，是由布片所製成。
〔註186〕同註2，《中國民間故事類型索引》，頁31。
〔註187〕同註7, "The Type of Folktale",P.75。

（三）中國各地之流傳及文本大要

中國流傳的地區有：甘肅〔註188〕、北京〔註189〕。依目前所見的資料有：甘肅〈網裡的鳥〉〔註190〕、北京〈鳳仙花〉〔註191〕，列舉以上兩則故事，可分爲兩種說法：

1. 甘肅〈網裡的鳥〉：

> 有一位會逮鳥的老頭兒，用一個大網逮鳥，逮了好多，這些鳥都被網住飛不了。這時候，有一隻鳥出主意要大家一起飛！這些鳥一起使勁往上飛，把網帶起來。可是那位老頭不著急的說：「它們呀，別看開始挺團結，可是上去以後心就不齊啦。有的想往這邊飛，有的想往那邊飛，非失敗不可！」老頭說完，鳥就掉下來，他就把網裡的鳥帶回家去了。

甘肅〈網裡的鳥〉故事，與《本生經》的故事情節結構完全相同，前置情節由人類設網捕鳥，全部的鳥兒都被捕捉。核心情節部分，有一隻鳥出了主意，教導一群鳥帶著網子一起向同方向飛行。後置情節是指人類知道群鳥的結果是起內鬨，因此得以輕鬆捕捉到飛走的全部的鳥兒。

2. 北京〈鳳仙花〉：

> 有個姑娘名叫巧姑與窮青年滿倉，訂在秋天結婚。巧姑想做嫁衣，滿倉送來了幾斤破棉花。巧姑的鄰居叫金花，從小許配給城裡的一個闊人家，也是在這一年結婚。金花天天打扮得花枝招展，時常向巧姑顯示他的闊氣。可是巧姑連一眼也不看，忙了三個月，才繡成嫁衣，卻被金花搶走又被喜鵲銜走。第二天巧姑織起網來，放網撒食，喜鵲見了都飛下來吃，被巧姑都扣在網裡，有一百八十隻。巧姑解恨的拉緊網繩，正要捉喜鵲，不料喜鵲呼的一聲同時飛起，把網頂了起來，將巧姑帶到天空裡，朝著初升的太陽飛去。喜鵲飛的快極了，巧姑耳旁只聽呼呼的風響，田地樹木紅一塊綠一塊離地越來越遠，飛呀，飛呀，飛到一座大山的頂上才落下來。

〔註188〕孫敬修：《孫敬修演講故事大全——民間故事卷》（蘭州市：甘肅人民出版社，1990 年 6 月），頁 162～164。

〔註189〕北京文藝編輯委員會：〈鳳仙花〉《北京文藝》（半月刊第二期，1959 年 1 月 23 日），頁 28～29。

〔註190〕同註 188，《孫敬修演講故事大全——民間故事卷》，頁 162～164。

〔註191〕同註 189，〈鳳仙花〉《北京文藝》，頁 28～29。

　　巧姑追到後，發現仙女穿著的繡花衫，正是她那件花衣裳。仙女想跟巧姑交換，巧姑不想換，仙女就將衣服歸還。巧姑想：這仙女一定是鳳凰變的。第二天，巧姑就穿花衣裳，當了新娘子。結婚以後，每天清早喜鵲一叫，她就穿上花衣服起來幹活，熱了就脫下來放地上，總是有一群喜鵲守著衣裳，免得被人拿去。有一天，金花偷拿巧姑的花衣裳。喜鵲從空中俯衝下來，圍住她亂抓亂啄，金花的臉被啄的稀爛，婆家也不要她了。紅紅綠綠的花布片，落在新開的土地上。第二年春天，花兒長大好像一隻展翅朝陽的鳳凰。後來人們把這種花叫做「鳳仙花」。

　　北京〈鳳仙花〉故事，應該是經過文人編纂，其中劃線之處，才是故事類型的核心情節部分，此核心情節在故事中只是一個情節單元的元素，而不是主軸部份，且故事的鋪排，人物描述，比較細膩，應該是一則經過多次修改的故事，與《本生經》的情節結構不同，只有核心情節是相同的，是一個情節單元，因此可運用於各種故事當中，而前置與後置情節不同。

（四）外國各地之流傳及文本大要

　　此一故事流傳的地區有：印度。〔註 192〕依目前所見資料，外國故事部份有印度〈捕鳥師喻〉（no.207 雜譬喻經──27）〔註 193〕、印度〈捕鳥師喻〉（no.208 眾經撰雜譬喻經──24）〔註 194〕；俄國〈網中鳥〉〔註 195〕，列舉三則故事，說法相同：

　　　　從前有個捕鳥師，在湖畔張網，把鳥吃的食物放在裡邊。各種鳥都呼朋引伴爭著來吃食，捕鳥師收起網，群鳥都落入了網中。當時有隻鳥，身大力強，以身體舉起這張網跟群鳥一起飛走。捕鳥師看著地上的影子，跟蹤追逐。捕鳥師知道那些鳥到了晚上要找地方棲宿，要去的地方不同，這樣就會墜落。天色漸晚，這群鳥上下翻飛，爭執不下，有的要向東，有的要向西，有的要去樹林，有的要到深潭。如此紛爭不止，立刻墜落，捕鳥師就得以一個個地殺掉它們。

〔註 192〕同註 7, *"The Type of Folktale"*, P.75。
〔註 193〕同註 32，《大正新修大藏經》第 4 冊，頁 528 上～528 中。
〔註 194〕同註 32，《大正新修大藏經》第 4 冊，頁 537 上～537 中。
〔註 195〕陳滿容譯：《托爾斯泰寓言》（台北：漢風出版公司，1993 年 7 月），頁 28。

俄國〈網中鳥〉：

> 有個獵人，在湖沼旁張網捕鳥。不久，很多大鳥都飛入網中。獵人很高興，趕快收網預備把鳥抓出來；沒想到鳥的力氣很大，反而帶著網子一起飛走了，獵人只好跟在網後面拼命追。獵人清楚的知道，很多鳥在網中還是會讓他追到的。果然，到了黃昏的時候，所有的鳥兒都想回自己的窩，有的要回森林、有的要回湖邊、有的要回草原，於是那一大群鳥就跟著網子一起落回地面，被獵人活抓了。

俄國和印度的故事，與《本生經》的情節結構也是完全相同，前置情節由人類設網捕鳥，全部的鳥兒都被捕捉。核心情節部分，有一隻鳥出了主意，教導一群鳥帶著網子一起向同方向飛行。後置情節，是指人類知道群鳥的結果是起內鬨，因此得以輕鬆捕捉到飛走的全部鳥兒。

（五）小　結

故事主旨在說明「同心協力」與「內鬨」的對比，所造成的後果。「鳥兒帶著網飛走」故事中的鳥，一開始大家為了彼此的生命，同心協力的一起努力。之後，卻忘了一起奮鬥時的心情，忘了自己仍處於危機之中，以為逃離了人類失去戒心，因此人類可以輕而易舉的再次抓到牠們。

一加一的力量就未必是二，可能只有負一，但也可能是三，要看加在一起的兩個人是不是能同心，將彼此的才能激發出來，完全的運用。在此類的故事裡，更可體認眾人不同心，力量互相抵銷的慘劇。

此類型故事所見資料有限，難以推測其故事來源。但是依目前所見資料的最早年代來看，以《本生經》故事為最早，約在西元前三世紀。依情節結構來看，中國與俄國以及佛經故事的流傳，也與《本生經》的情節結構相同，由兩點來做初步分析判斷，可以說目前所見資料，推測最早的故事來源是印度。

四、第 357 則〈鶉本生譚〉大意

（一）故事概要

《本生經》中第 357 則〈鶉本生譚〉，「主分」中故事概要：〔註196〕

〔註196〕同註 1，《漢譯南傳大藏經·本生經》第 35 冊，頁 21～24。

象王帶領八萬頭象，住在雪山，當時有一隻鵪，在象群間產卵，他請求象王不要傷害他們，象王答應，但是他跟鵪說，等他們走後，會有一隻單獨行動的象，也不聽他們的話，要鵪去求他，應該不會被傷害。於是鵪去請求那隻單獨象，沒想到卵還是被踩碎。鵪就請烏鴉去啄大象的眼，請蒼蠅去大象眼中產卵，請青蛙去山崖鳴叫，讓大象以為那裡有水，於是單獨象墜落山崖而死，鵪非常開心的報了仇。

在「序分」中，是指佛在祇園精舍時，對提婆達多所作之談話。某日之事，比丘於法堂中開始談論：「諸位法友！提婆達多粗暴而殘忍無情，彼對生物不存愛憐之情。」佛言：「汝等比丘！彼非自今始，前生彼亦無愛憐之情。」於是佛為說過去之事。在「結分」中，佛言：「汝等比丘！對任何人不可構造敵意。有如此大力之象，尚為此四隻生物一同之力而殞命。」蛙與青蠅，鴉與鵪，此等四者畢象命，見怨生怨有怨者，勿懷怨對任何人。此為現等覺者所唱之偈，佛為作本生今昔之結語：「爾時之獨行象是提婆達多，而群象之長即是我。」

（二）故事分析

1. 第 357 則〈鵪本生譚〉情節分析：

①一隻惡劣的大象故意踩破鷦鵪的蛋。

②鷦鵪請烏鴉去啄大象的眼；請蒼蠅去眼中產卵；請青蛙去山崖鳴叫，

③讓大象以為那裡有水，大象墜落山崖而死，鷦鵪非常開心的報了仇。

2. 故事類型名稱

第 357 則〈鵪本生譚〉故事的類型編號是 248A，本則採用 AT 編號，依據金榮華《民間故事類型索引》之分類法，名之為「烏鴉替雲雀報仇（象和雲雀）」，類型概要：〔註197〕

象踩毀了雲雀的窩，也踩死了雲雀的幼兒。烏鴉替雲雀報仇，在大象酣睡時啄瞎了牠的眼睛；青蛙則在大象失去視力找水喝時，誘牠跌入山谷。或是老鼠鑽進大象的鼻子，予以懲罰。

（三）中國各地之流傳及文本大要

中國流傳的地區有：新疆、雲南。〔註198〕依目前所見有：新疆〈大象的

〔註197〕同註2，《民間故事類型索引》上冊，頁85。

〔註198〕同註2，《民間故事類型索引》上冊，頁85。

死〉〔註199〕；雲南〈綠豆雀和象〉〔註200〕、雲南〈老鼠和大象〉〔註201〕；
吉林〈壞心眼熊的下場〉〔註202〕，列舉以上四則，只有在吉林故事中的角色
為壞心眼熊，其他為非作歹者為大象，故事內容及結構大致相同：

1. 新疆〈大象的死〉：

　　大象故意踩死雲雀幼兒，雲雀和朋友們氣憤不已，商訂了復仇
的計劃。趁著大象正在睡覺時，啄木鳥將它的眼睛啄瞎了。大象喪
失了辨別道路的能力。天黑了，大象要去湖邊喝水，無法找到湖水。
它想，哪裡有青蛙的叫聲，就一定有水。青蛙為了替雲雀報仇，就
在陡峭的山溝裡叫喚。大象迎聲而來，走到山溝邊伸長鼻子在溝裡
找水。大象心想，自己的身體這樣大，再深的水也不怕，不料，大
象撲通一聲跌進了九丈深的山谷，送掉了性命。

2. 雲南〈綠豆雀和象〉：

　　大象故意踩破綠豆雀的蛋，綠豆雀發誓要報仇！啄木鳥聽了很
生氣，飛到河邊喚來了點水雀。大家和綠豆雀一起，飛去趕大象。
啄木鳥把大象的眼睛、鼻子都啄破了，讓大象看不見，想找水喝也
找不到。大象想，點水雀生活在水上，聽到點水雀叫時，前面必定
有水。它高一腳低一腳地向前走去，到了點水雀叫的地方，原來點
水雀不是真在水裡叫，是站在石頭上叫。點水雀將他引到石崖上，
大象就跌下去了。

3. 雲南〈老鼠和大象〉：

　　大象上山吃竹子時，看到鳥窩就吃了幼鳥。這時，小鳥回來，
不見了窩和孩子，痛哭起來。灰老鼠將大象吃竹蟲一家老幼的事述
說一遍。第二天，終於想出辦法，可以修理大象。灰老鼠找到大象，
去質問他，大象顯得不在乎又十分傲慢。灰老鼠趁機鑽進大象的鼻
子裡。沒有多久，就搞得它頭昏腦漲，眼冒金星。大象難過極了，
保證不再欺負小動物。大象這才懂得：鳥類動物各有所長，各有所

〔註199〕同註23，《中華民族故事大系》第2冊，頁613～614。也見於《37．新疆民
　　　　間故事集》，頁433～434。
〔註200〕同註23，《中華民族故事大系》第6冊，頁915～916。也見於《西雙版納傣
　　　　族民間故事集成》，頁690～691。《西雙版納傣族民間故事》，頁417～419。
〔註201〕同註23，《中華民族故事大系》第16冊，頁954～955。
〔註202〕同註23，《中華民族故事大系》第4冊，頁278～280。

短，不能以己之長，欺負他人之短。從此，大象再也不敢欺負其他小動物了。而且再也不吃肉，只吃一點竹子和嫩草。

4. 吉林〈壞心眼熊的下場〉：

　　壞心眼熊抓住樹幹，把小黃鶯弄死了，還把黃鶯媽媽也揪下來，黃鶯氣憤發出哀號。青蛙也哭訴，壞心眼熊把攤在水坑裡的蛙卵統統吃了。又見蜜蜂也哭著飛來，因為是壞心眼熊偷吃了蜂蜜，還把小蜜蜂也統統舔了個乾淨。牠們開始商討和壞心眼熊鬥爭的計策。第二天，黃鶯首先飛到牠面前罵壞心眼熊，黃鶯把牠引到小溪邊，聽見青蛙高聲大罵，壞心眼熊很生氣。霎時，許多蜜蜂飛上來，螫刺壞心眼熊的眼睛、鼻子、嘴巴和背脊。牠的雙眼被刺得又紅又腫，全身就像被火燙著一樣。牠不知所措的時候，突然聽到青蛙的叫聲很近。他想，青蛙聲傳來的地方一定有水，只想快點跳進溪水躲避，一下子就跳了下去。就這樣，壞心眼熊終於掉進萬丈深淵摔死了。

此類故事的前置情節，新疆〈大象的死〉、雲南〈綠豆雀和象〉：都是敘述大象故意踩死雲雀蛋或綠豆雀幼兒，他們的朋友們氣憤不已，商訂了復仇的計劃。新疆〈大象的死〉找來啄木鳥與青蛙一起復仇；雲南〈綠豆雀和象〉找來了啄木鳥和點水雀一起來復仇。

雲南〈老鼠和大象〉：敘述大象上山吃竹子時，看到鳥窩就吃了幼鳥。灰老鼠趁機鑽進了大象的鼻子裡，給他應有的懲罰。此則故事，就實際而言，是不太合理的，大象是草食性動物，故事中安排牠吃了幼鳥及竹蟲，造成小動物的不滿，讓老鼠計畫成功給予教訓。故事內容若是講述給兒童聽，可能會誤導小朋友對大象的認知，但是在民間故事的流傳上卻是饒富趣味。吉林〈壞心眼熊的下場〉：都是敘述壞心眼熊故意弄死小黃鶯，青蛙跟蜜蜂也被欺負，氣憤不已，籌謀了復仇的計劃。

此類故事的核心情節，都是相同的，大象或壞心眼熊，因為眼睛看不清楚，被青蛙或點水雀的叫聲誤導以為接近水邊，想要清洗一番，不料掉入萬丈深淵中。其中雲南〈老鼠和大象〉比較不同，敘述因為老鼠鑽進大象鼻子中，而相同的也是要讓大象痛苦不堪。

此類故事的後置情節，敘述大象掉入萬丈深淵中喪命，得到該有的懲罰。其中雲南〈老鼠和大象〉比較不同，敘述大象被老鼠指揮遊街得到懲罰，也

只有此則故事的惡勢力沒有喪命，而是知錯能改。

（四）小 結

「瞋」，又作瞋恚、瞋怒、恚、怒，是指心的作用，爲「三毒」之一。係指對有情生物怨恨的精神作用。據《俱舍論卷十六》、《成唯識論卷六》所載，對違背自己而生起憎恚，使身心熱惱，不得平安之精神作用，名爲「瞋」。又忿、恨、惱、嫉、害等隨煩惱，皆以瞋之部分爲體。與貪、癡兩者，共稱爲三毒（三不善根）。貪乃從喜愛之對境所起，反之，瞋則從違逆（不順心）之對境所起。〔註203〕

故事主旨在說明小動物互助合作，也能對抗強敵。此則故事有許多涵義，佛教教義是強調貪瞋痴中的「瞋念」，因爲怨念深切，急於報仇；同時也顯現出智慧抵抗惡敵的一面，猶如人們面對難題，集思廣益解決困境一般。

依目前所見資料，只有看到在中國流傳的故事，在外國的故事，流傳地區有：印度。〔註204〕在朝鮮也有流傳。〔註205〕但是筆者尚未查到。《本生經》故事爲目前所見資料的最早年代，約在西元前三世紀。中國傳播也大多在少數民族地區，且流傳種類很多，大多數故事也與《本生經》的情節結構相同，由兩點來做初步分析判斷，推測最早的故事來源是印度。

〔註203〕同註 15，《佛光大辭典》（七），頁 6114。
〔註204〕同註 7, "*The Type of Folktale*",P.79
〔註205〕同註 2，《民間故事類型索引》上冊，頁 85。

第五章　《本生經》生活類型故事

第一節　聰明的言行（一）

　　《本生經》第 546 則〈大隧道本生譚〉，是一則長篇連環框架式故事集，其中分析出六種故事類型，列表如下：

型　　號	故事類型	第 546 則	大隧道本生譚
926	「孩子到底是誰的」	〔5〕	兒童
851A.1	「對求婚者的考試」	〔12〕	摩尼珠
920	「小百姓妙解兩難之題」	〔14〕	飯
920A	「男童巧喻熟蛋孵雞」	〔13〕	產
920A.1	「小男童以難制難」	〔15〕 〔16〕	砂。 池。
920A.4	「男童巧智解難題」	〔8〕 〔10〕 〔11〕	棒。 蛇。 雞。

　　◎第 546 則〈大隧道本生譚〉概述

　　第 546 則〈大隧道本生譚〉塑造的主要人物是靈藥智者（Ma-hosadha），他雖然是一個農民的兒子，卻具有諸葛亮那樣的智謀，觀世音那樣的神通和慈悲。他為民眾審判了大量難斷的案件，在人間伸張了正義。他在童年時期，便出任了維德赫國王的謀臣和軍師。在國王陷入敵軍重圍，危在旦夕的緊要關頭，他發動獄中釋放的囚犯秘密地挖掘了一條地下隧道，將國王通過隧道

安全轉移，潛送回國，表現出他的足智多謀。〔註1〕

　　與靈藥智者共侍國王的另外四名婆羅門大臣則都是些愚鈍無知，貪財好色，對上阿諛奉承，對下濫施淫威的無恥之徒。國王也是一個無道的昏君。這裡反映出佛教貶斥婆羅門的鮮明立場，故事中還刻畫一個名叫賓古達拉（pinguttara）的青年，他到婆羅門教的高等學府達克悉拉大學（Taksilla）（達克悉拉大學創建於佛教誕生之前，是一所著名的婆羅門學府。）從師學藝，在學成回國時，教師將女兒嫁給他。在新婚之夜，他對新娘卻是百般躲避：新娘上床向他靠近，他便從床上下到地面；當新娘跟隨他下到地面時，他卻又躲到了床上，如此上上下下，無法安眠。本生的作者是想通過這個故事告訴世人；婆羅門的教育摧殘人才，把青年人培養成了不通人性的廢物。另一方面，本生的作者對農民出身的靈藥智者和他的妻子阿瑪拉（Amara）盡情的讚美，二者形成了鮮明的對照。〔註2〕

　　「大隧道」譯自於巴利語（Ummagga）一詞，此詞除「隧道」之外，還有「智慧」的意思。所以此本生亦可譯為「大智本生」，或「大般若本生」，此本生所表現的正是「六波羅密」中的「智慧」。〔註3〕「大隧道本生」在主幹故事之中，還夾雜著許多次要的小故事，30 多個故事連環穿插，像一串多彩的珍珠一樣引人入勝。〔註4〕

一、〈大隧道本生譚：〔5〕兒童〉大意

（一）故事概要

　　　　有個婦女帶著兒子去池塘洗臉。之後讓他坐在衣服上。這時，有個母夜叉想要吃他，假裝餵奶就帶著他跑了。她倆爭吵著，智者聽到吵架聲，將她倆召來，聽完案情，他憑其中一個婦女那雙不會眨眼的紅眼睛，就知道她是母夜叉。於是，他畫一條線，把孩子放在線中央，吩咐母夜叉抓住孩子的雙手，母親抓住孩子的雙腳，說道：「妳們兩個拽這孩子，誰能拽過去，這孩子就是誰的。」

〔註1〕鄧殿臣：〈南傳大藏經——佛本生初探〉，香港：《佛學研究》第一期（1992 年），頁 62。
〔註2〕同註1，〈南傳大藏經——佛本生初探〉，頁 62。
〔註3〕同註1，〈南傳大藏經——佛本生初探〉，頁 63。
〔註4〕同註1，〈南傳大藏經——佛本生初探〉，頁 63。

　　　　她們兩個開始拽，這孩子痛得哇哇啼哭。母親的心彷彿要碎了，鬆手放開兒子，站在那裡哭泣。智者說明搶兒子的女賊是母夜叉，想把這孩子抓去吃掉。因為她的那雙眼睛不會眨，身體沒影子，膽子大，心腸硬。〔註5〕

（二）故事分析

1. 第546則〈大隧道本生譚──〔5〕兒童〉情節分析：

①母夜叉想吃嬰兒。

②兩婦爭奪一個男嬰，智者畫一條線，把孩子放在線中央，命令兩婦各拉手腳，勝者得嬰。

③嬰兒被拉扯而痛叫，生母不忍而放手，智者因此判定輸者得嬰。

2. 故事類型名稱

　　第546則〈大隧道本生譚‧5兒童〉故事的類型編號是926，本則採用AT編號，依據金榮華《民間故事類型索引》之分類法，名之為「孩子到底是誰的（灰闌記）（所羅門式的判決）」，類型概要：〔註6〕

　　　　兩婦爭奪一個男嬰，縣官在地上用石灰畫一界欄，置嬰其中，命兩婦左右各持男嬰一臂外拉，勝者得嬰。嬰兒被左右拉扯而痛叫，生母不忍而放手，縣官因此判定輸者得嬰。或是判官建議將嬰兒一劈為二，各得其半。生母放棄，真情即顯，於是嬰兒判歸生母。

（三）中國各地之流傳及文本大要

　　中國流傳的地區有：陝西、西藏、湖北、貴州、雲南。〔註7〕依目前所見資料在中國流傳古代有：東漢《風俗通義〈穎川富室〉》〔註8〕；宋代《折獄龜鑒‧卷六〈黃霸〉》〔註9〕；五代《疑獄集‧卷上〈李崇還兒〉》〔註10〕；明

〔註5〕黃寶生、郭良鋆編譯：《佛本生故事精選》（台北：漢欣文化事業有限公司，2000年6月）。頁，435～436。

〔註6〕金榮華：《民間故事類型索引》中冊（台北：中國口傳文學學會，2007年2月），頁370。

〔註7〕同註6，《民間故事類型索引》中冊，頁370。

〔註8〕東漢‧應劭撰《風俗通義》〈穎川富室〉。參見祁連休：《中國古代民間故事類型研究》下冊（河北：河北出版社，2007年5月。），頁163。

〔註9〕宋‧鄭克纂集《折獄龜鑒》卷六〈黃霸〉。參見同註8，《中國古代民間故事類型研究》，頁163。

〔註10〕五代‧和凝撰、五代和㠓續編：《疑獄集》‧卷上〈李崇還兒〉。參見同註8，《中

代《智囊補・察智部卷九〈李崇〉》〔註11〕；清代《近五十年見聞錄・卷六〈奪子案〉》〔註12〕。近代：陝西〈孩子到底是誰的〉〔註13〕；湖北〈巧斷小兒案〉〔註14〕；貴州〈潘公智斷無頭案〉〔註15〕；雲南傣族〈搶娃娃〉〔註16〕；甘肅〈明察秋毫的法官〉〔註17〕；西藏《巴協》〔註18〕、西藏〈善斷是非的縣官〉〔註19〕、西藏〈機智的法官〉〔註20〕、西藏〈金城公主〉〔註21〕。列舉以上十四則，依審案方式，可分為四種說法：

1. 拉扯身體

東漢《風俗通義〈穎川富室〉》；宋代《折獄龜鑒・卷六〈黃霸〉》。雲南傣族〈搶娃娃〉；甘肅〈明察秋毫的法官〉；西藏《巴協》、〈善斷是非的縣官〉、西藏〈機智的法官〉、西藏〈金城公主〉。

以上八則，故事大致敘述：有兩婦人爭子，一人確定為生母，另一人為同時懷孕生子的婦人或弟媳或小妾，之後有一方的小孩死去，因此要搶奪另一方的小孩。此說法「拉扯身體」的情節應該是比較早流傳的類型，與其他方式來看，是比較不激烈，也能測試出母愛親情的一面。西藏的故事還列入史冊《巴協》中，故事中看出神話成分比較濃厚，且深受佛經故事影響，其中有一段「邁步儀式」：

> 過了一年，王子已經周歲了，到了該舉行「邁步慶祝宴會」的

國古代民間故事類型研究》，頁613。
〔註11〕明・馮夢龍編纂《智囊補》察智部卷九〈李崇〉。參見同註8，《中國古代民間故事類型研究》，頁613。
〔註12〕貢少芹、周運鏞等撰：《近五十年見聞錄・卷六〈奪子案〉》。參見同註8，《中國古代民間故事類型研究》，頁614。
〔註13〕《中國民間故事集成》陝西卷（北京：中國ISBN中心出版，1992年11月～2008年10月），頁637。
〔註14〕同註13，《中國民間故事集成》湖北卷，頁577～578。
〔註15〕陳慶浩、王秋桂主編：《中國民間故事全集12・貴州民間故事集》（台北：遠流出版社，1989年6月），頁340～347。
〔註16〕《中華民族故事大系》第6冊（上海：上海文藝出版社，1995年12月），頁875。
〔註17〕同註13，《中國民間故事集成》・甘肅卷，頁882～883。
〔註18〕同註8，祈連休：《中國古代民間故事類型研究》，頁165～166。
〔註19〕同註13，《中國民間故事集成》・西藏卷，頁613～614。
〔註20〕同註13，《中國民間故事集成》・西藏卷，頁879～880。
〔註21〕同註13，《中國民間故事集成》・西藏卷，頁42～45。也見於註16，《中華民族故事大系》第2冊，頁12～17。註15，《40・西藏民間故事集》，頁86～91。

時候，贊普赤德祖贊心想：要趁這個機會，判明王子的親生母親。
於是就把漢族親友和納囊氏親友都請來參加「邁步慶祝宴會」。王子
說：「赤松德贊我是漢家好外甥，納囊家族怎能當舅舅！」說完，把
酒獻給漢族舅舅，投入漢族舅舅懷中。「赤松德贊」的名字，也這樣
由自己取定了。

一般正常來說，嬰幼兒一歲多的語言發展能力，還不能完成句子，大約
到兩歲才能說完整的句子，〔註22〕更何況是為自己命名，這是比較不合理之
處。這裡是受到「佛陀降生時，由母親右脅出生，到地面後能站立，步行七
步，說：『天上天下，唯我獨尊』」的影響，將王子的出生神格化。

其中有一則西藏〈機智的法官〉，所審斷的不是嬰兒，而是物品一匹綢緞
被小偷偷走，要審判綢緞到底是誰的，也是藉由拉扯來測試誰會心疼，心疼
的那一方就是綢緞的主人。

2. 丟擲水中

清代《近五十年見聞錄・卷六〈奪子案〉》；湖北〈巧斷小兒案〉；貴州〈潘
公智斷無頭案〉。

以上三則，可以發現此說法的故事是多湖泊地區，因此想出「丟擲水中」
的審案方式，但是審案的法官，必須做很多前置作業安排，製作假嬰兒，要
先套好模擬演練，有船隻在岸邊等待救人，才不至於弄巧成拙。故事是要營
造出「即使孩子死了，母愛還是依舊不變」的情境。因此審判者說出「丟擲
水中」時，要察言觀色；丟擲後，要去印證事實真相，看是哪個母親下水救
人。

3. 對切兩半

陝西〈孩子到底是誰的〉。此則故事大致敘述與〈所羅門王的判決〉內容
一樣，兩婦爭子，縣官下令用刀子對切兩半，生母驚慌哭號，縣官判定求救
者才是孩子的生母，判斷的原則是根據「親情」。

4. 佯稱已死

五代《疑獄集・卷上〈李崇還兒〉》；明代《智囊補・察智部卷九〈李崇〉》。
以上兩則，故事大致敘述：兒子三歲多時失蹤，父親在某處看到自己的兒子，
報官處理，縣官下令追查，得知真相後，佯稱孩子已死，生父驚慌哭號，縣

〔註22〕謝佳容等譯：《嬰幼兒發展》（台北：五南圖書出版股份有限公司，2007 年 1
月），頁 194。

官判定悲不自勝者，才是孩子的生父，判斷的原則也是根據「親情」。

（四）外國各地之流傳及文本大要

此一故事流傳的地區有：義大利、多明尼加、印度。〔註 23〕柬埔寨、葡萄牙也有流傳。〔註 24〕依目前所見資料，外國故事部份有：印度《賢愚經‧卷十一──第 53 則》〔註 25〕；聖經《所羅門王的判決》〔註 26〕。列舉以上兩則，故事敘述：

1. 印度《賢愚經‧卷十一──第 53 則》

「時檀膩羈，身事都了，欣踊無量，故在王前。見二母人，共諍一兒，詣王相言。時王明點，以智權計，語二母言：『今唯一兒，二母召之，聽汝二人，各挽一手，誰能得者，即是其兒。』其非母者，於兒無慈，盡力頓牽，不恐傷損；所生母者，於兒慈深，隨從愛護，不忍拽挽。王鑒真偽，語出力者：『實非汝子，強挽他兒，今於王前，道汝事實。』即向王首：『我審虛妄，抂名他兒。大王聰聖！幸恕虛過。』兒還其母，各爾放去。

《賢愚經》的故事其中包含其他類型，但是都可以個別獨立，因此擷取此段故事來敘述，兩婦人爭子，國王命令她們一個人各拉扯嬰兒手腳，生母聽到嬰兒嚎哭，不忍心而放手，國王判定拉扯輸的那一方贏，判斷的原則也是根據「母愛」。

2. 聖經《所羅門王的判決》

有一天，所羅門王端坐在大殿的審判席上，兩個妓女上殿向他陳述案件，其中一名女子（甲）指著另一名女子（乙）說，她們住在一起待產，她（甲）生下男嬰後的第三天，另一名女子（乙）也生了兒子。

當晚，乙女不慎把自己的兒子壓死了，就趁深夜把兩個孩子掉

〔註 23〕Antti Aarne and Stith Thompson, *The Type of Folktale*（Helsinki, Academia Scientiarum Fennica, 1964），P.323

〔註 24〕同註 6，《民間故事類型索引》中冊，頁 370。

〔註 25〕《大正新修大藏經》第 4 冊（台北：新文豐出版公司，1983 年 1 月），頁 427 下～429 下。

〔註 26〕所羅門王（Solomon, ？～937B.C.）以色列國王，聰明多才，在位時獎勵文學，振興工商，建耶和華大寺院於耶路撒冷，在舊約全書中有記載。參見羅錦堂：〈從灰闌記看民間故事的巧合與轉變〉《大陸雜誌》（第 47 卷第 5 期），頁 247。

包：乙女抱走了甲女的孩子，並且把自己已死的孩子放在甲女熟睡的懷裡。第二天早晨甲女醒來給孩子餵奶，發現懷中的孩子已經死了，等到驚魂甫定仔細一看，才發現懷中的死嬰不是自己的親生兒子。

甲女說完了之後，乙女向所羅門王抗辯說：「不，活著的是我的兒子，死的是她的兒子。」這時甲女再強調說：「不，她的兒子已經死了，活著的是我的兒子。」雙方陳詞所提供的事實有限，所羅門王聽畢雙方的陳述，無法做出判斷，於是，突然下令「拿劍來」。所羅門王說：「把活嬰切開，一半給甲，另一半給乙。」所羅門的宣布使惶悚的甲女趕緊求告，爲嬰兒請命說：「國王啊！把孩子給她吧，不要殺孩子。」乙女這時看見所羅門王主意已定，便悻悻地說，「好吧。既然不要給我，也不要給她，就把孩子分了。」

於是此時眞相大白。憑常理判斷，只有生母才會委屈自己，寧可將嬰兒交給別人，來保全孩子的性命；只有非親生母親才可能不理會嬰兒的死活。於是所羅門王做成了傳誦千古的判決。他裁示說，將嬰兒交給甲女，因爲她才是生母。

這件爭子案沒有任何其他的人證、物證來支持甲或乙的說辭。在所羅門王的時代，醫學上還是無法使用 DNA 分析來辨別嬰兒的親生父母，因此所羅門王只好依據甲乙兩造的陳詞來判斷孰是孰非。故事裡兩個女人各執一詞，相持不下，實在很難辨別究竟誰是生母。當然如果案件發生在今日，除了可以藉由遺傳學的科學技術找到答案之外，證據的蒐集和法庭的交互質詢也可以幫助法官做成明確的判斷。

故事中顯示的是甲乙雙方並沒有丈夫、親人、朋友、醫生可以提供證詞，那個時代更沒有照片等類似物證來證明母子關係。要解開此疑案，唯有訴諸所羅門王的智慧。他是一個在完全沒有證據的情況之下，卻能洞察人們的心理，創造條件、解決疑難的審判官。

（五）小　結

《本生經》故事內容是一個基本型，中國流傳故事已經發展出其他兩種說法，因爲「對切兩半」的故事來源，可能是所羅門王的故事。「拉扯身體」是一個基本型，說故事者可能依地區性或增加故事的張力，發展出更多不同

的說法，目前所見資料不足，且「拉扯身體」與「對切兩半」的情境，一個是《本生經》；一個來源說法是《聖經》，筆者認爲故事有兩個來源，但是目前所見資料無法證明，因此難以考證故事來源。

二、〈大隧道本生譚：〔12〕摩尼珠〉大意

（一）故事概要

帝釋天送給姑尸王的摩尼珠有八個曲孔。穿在摩尼珠上的線斷了，沒有人能取出舊線，穿上新線。一天，他們派人把這個摩尼珠送到賢者那個村裡，讓他們處理。賢者吩咐他們取來一滴蜂蜜，塗在摩尼珠兩側的線眼裡，又拿來一根羊毛線，線頭上也塗上一點蜂蜜，塞在線眼口上，然後，把這個摩尼珠放在螞蟻出沒的地方。螞蟻聞到蜂蜜香，爬出洞來，吃光摩尼珠線眼裡的舊線，又咬著羊毛線的線頭，從線眼的這一側拖到另一側。賢者發現羊毛線穿過了線眼，於是把摩尼珠交給村民們送回去給國王。國王聽說了穿線的方法，非常高興。〔註27〕

（二）故事分析

1. 〈大隧道本生譚：〔12〕摩尼珠〉情節分析：
   ①帝釋天出考題給國王，國王考驗賢者。
   ②賢者取蜂蜜塗摩尼珠的兩側，再拿一根羊毛線頭塗上蜂蜜，放在螞蟻出沒的地方。
   ③等螞蟻吃光摩尼珠線眼裡的舊線，再等螞蟻咬著羊毛線的線頭，從線眼的這一側拖到另一側。

2. 故事類型名稱

〈大隧道本生譚〉故事的類型編號是 851A.1，本則採用 AT 編號，依據金榮華《民間故事類型索引》之分類法，名之爲「對求婚者的考試」，類型概要：〔註28〕

皇帝對求娶公主者出試題，通過後方允婚事。一般之試題及解

法如下：

1. 穿九曲珠（把珠孔一端塗蜜，再將線繫在一隻螞蟻身上，並

〔註27〕同註5，《佛本生故事精選》，頁442～443。
〔註28〕同註6，《民間故事類型索引》中冊，頁308～309。

將螞蟻放進珠孔另一端,使其循蜜香而帶線穿越九曲孔道至
塗蜜之珠孔)。

2. 辨認五百隻新生小馬的各自母馬(將每隻母馬分別放在欄
中,讓小馬自己去找)。

3. 指出一根木棍的哪一頭是樹的根部(將它放在水裡,樹根部
份較下沉)。

4. 將公主從許多衣著相同的少女中分辨出來(已從公主的侍女
處得知差異所在)。

5. 從一百隻同樣大小的鴨子中分出母鴨和小鴨(從牠們吃食的
方式辨識)。

6. 在短時間內宰食一百隻羊,並製出一百張羊皮(一百人同時
操作)。

(三)中國各地之流傳

此一故事中國流傳的地區有:四川、西藏、雲南、貴州。〔註 29〕依目前
所見資料有:西藏〈文成公主〉〔註 30〕、西藏〈文成公主——異文〉〔註 31〕、
西藏〈大相嘎東贊〉〔註 32〕;四川〈文成公主入藏的傳說——異文〉〔註 33〕、
四川彝族〈關索和關索城〉〔註 34〕;雲南布朗族〈艾能〉〔註 35〕;雲南〈黛
姑選婿〉〔註 36〕、雲南〈嫁姑娘寨〉〔註 37〕;貴州〈扭紀和龍遂〉〔註 38〕、
貴州〈秧雞媒〉〔註 39〕,列舉以上十則,以供參研。另有一則與 AT 160 複合
〈蛤蟆靈丹〉〔註 40〕。

〔註 29〕同註 6,《民間故事類型索引》中冊,頁 309～310。
〔註 30〕同註 13,《中國民間故事集成》西藏卷,頁 34～37。也見於註 16,《中華民族
故事大系》第 2 冊,頁 5～11。註 36,《40‧西藏民間故事集》,頁 78～85。
〔註 31〕同註 13,《中國民間故事集成》西藏卷,頁 34～37。
〔註 32〕同註 13,《中國民間故事集成》西藏卷,頁 31～33。
〔註 33〕同註 13,《中國民間故事集成》四川卷,頁 964～965。
〔註 34〕同註 13,《中國民間故事集成》四川卷,頁 805～808。
〔註 35〕同註 15,《7‧雲南民間故事集》,頁 588～598。
〔註 36〕同註 16,《中華民族故事大系》第 3 冊,頁 759～766。
〔註 37〕同註 16,《中華民族故事大系》第 16 冊,頁 820～824。
〔註 38〕同註 15,《14‧貴州民間故事集》,頁 319～323。也見於註 16,《中華民族故
事大系》第 4 冊,頁 709～712。
〔註 39〕同註 16,《中華民族故事大系》第 9 冊,頁 131～134。
〔註 40〕同註 16,《中華民族故事大系》第 9 冊,頁 429～436。

三、〈大隧道本生譚：〔14〕飯〉大意

（一）故事概要

又有一天，國王想要考察智者，說道：「讓東臥麥村村民按照八個條件，爲我們煮酸辣飯。八個條件是：不用大米，不用水，不用瓦罐，不用火，不用柴，也不准女人或男人走大路送來。否則，罰款一千。」村民們去問智者。智者說道：說道：「不用大米，就用碎米；不用水，就用雪；不用瓦罐，就用土缽；不用灶，就打幾個木樁；不用火，就是不用現成的火，可以另外鑽木取火；不用柴，就用樹葉。煮熟酸辣飯，倒在一個新缽裡，蓋上蓋。不准女人或男人走大路送去，那就讓一個陰陽人走小路給國王送去。」村民們照此辦理。〔註41〕

（二）故事分析

1. 〈大隧道本生譚：〔14〕飯〉情節分析：

①國王考驗智者。

②不用大米，不用水，不且瓦罐，不用火，不用柴，也不准女人或男人走大路送來。

③不用大米，就用碎米；不用水，就用雪；不用瓦罐，就用土缽；不用灶，就打幾個木樁；不用火，不用現成的火，可以另外鑽木取火；不用柴，就用樹葉。煮熟酸辣飯，倒在一個新缽裡，蓋上蓋。不准女人或男人走大路送去，那就讓一個陰陽人走小路給國王送去。

2. 故事類型名稱

〈大隧道本生譚〉故事的類型編號是920，本則採用 AT 編號，依據金榮華《民間故事類型索引》之分類法，名之爲「小百姓妙解兩難之題」，類型概要：

920 小百姓妙解兩難之題〔註42〕

無名小人物接受一些兩難之題的考驗，如不穿衣服但也不是裸體；既不是走路也不是騎馬而來等等，他一一解決，顯示了他的機智。（常見的難題參見型號875）。

〔註41〕同註5，《佛本生故事精選》，頁 443～444。
〔註42〕同註6，《民間故事類型索引》中冊，頁 355。

875 *巧女妙解兩難之題*〔註43〕

聰明的姑娘妙解了一些兩難之題，被國王（縣官）娶爲妻子，但約定不可介入他的審案。後來有一案，國王審判不當，姑娘幫受屈者出了主意，因此被休。國王允許她帶走一樣她最喜愛的東西作爲紀念。於是他把國王勸醉後帶回娘家，因爲這是她最心愛的。國王深受感動，收回休書，兩人高高興興地同回王宮。一般常見的兩難之題如下：

1. 既不是走路，也不是騎馬或騎駱駝而來。（騎一隻山羊）。
2. 既非走大路，也非穿過田野而來。（順著二者之交界處而行）。
3. 既不能穿衣又不能裸體而來。（用網子層層圍裹）。
4. 既帶禮物又沒有帶禮物。（手握一鳥，給時鬆手，鳥就飛走；或是看水中之影）。
5. 到達後既不在我家屋內，也不在我家屋外。（跨著門檻）。

（三）中國各地之流傳

中國流傳的地區有：西藏、四川、吉林、河北、新疆、蒙古。〔註44〕依目前所見資料有：875 型：哈薩克族〈聰明的王后和愚蠢的國王〉〔註45〕；蒙古族〈聰明的媳婦〉〔註46〕，以上兩則。另有三則與 876A 型複合：新疆〈賢慧姑娘〉〔註47〕、新疆〈聰明的其滿汗〉〔註48〕；吉林〈聰明的王后〉〔註49〕。列舉以上五則，以供參研。

（四）外國各地之流傳

此一故事流傳的地區有：芬蘭、愛沙尼亞、立陶宛、愛爾蘭、塞爾維亞、俄國、烏克蘭、希臘、土耳其、印度、印度尼西亞。〔註50〕瑞典、丹麥、蘇

〔註43〕同註6，《民間故事類型索引》中冊，頁 317～318。
〔註44〕同註6，《民間故事類型索引》中冊，頁 355～356；318～319。
〔註45〕同註 16，《中華民族故事大系》第 6 冊，頁 547～549。
〔註46〕同註 16，《中華民族故事大系》第 1 冊，頁 654～662。
〔註47〕同註 15，《38．新疆民間故事集》，頁 54～59。
〔註48〕同註 15，《37．新疆民間故事集》，頁 124～129。也見於註 16，《中華民族故事大系》第 2 冊，頁 362～365。
〔註49〕同註 13，《中國民間故事集成》吉林卷，頁 815～816。也見於註 16，《中華民族故事大系》第 4 冊，頁 90～94。
〔註50〕同註 23, *"The Type of Folktale"*, P.316～317

格蘭、法國、西班牙、加泰羅尼亞、荷蘭、德國、奧地利、意大利、羅馬尼亞、匈牙利、捷克、英國、美國、阿根廷、多明尼加共和國、斯洛伐克、波多黎哥、非洲。〔註51〕依目前所見資料，外國故事有：【920型】非洲〈聰明的阿布納瓦〉〔註52〕；【875型】瑞典〈聰明的農夫女兒〉〔註53〕，列舉以上兩則，以供參研。其他分析出的複合型故事，有與〈大隧道本生譚〉六種類型故事互相複合兩種以上者，於本節最後列出。

四、〈大隧道本生譚：〔13〕產〉大意

（一）故事概要

據說，國王的吉祥公牛餵養了幾個月之後，腹部長得十分肥大。一天，他們替這頭公牛洗淨牛角，塗上油，用鬱金根粉沐浴。然後，派人送到東臥麥村，說道：「你們以聰明著稱，國王的這頭吉祥公牛懷孕了，請你們替牠接生。你們要帶著生下的小牛送回來，否則罰款一千。」村民們不知道怎麼辦，便去問智者。

智者心想：「這個問題要使用反問法。」智者對那個膽大的人說道：「來吧，伙計！你披頭散髮，以各種方式哀嚎哭泣，走到王宮門口。無論誰問你，你都不要答話，只顧自己哭泣。一旦國王召你去，問你為何哭泣，你就說：『大王啊！我的父親正在生孩子，今天是第七天了，還沒生下來。救救我吧！告訴我接生的辦法！』國王就會說：『你胡說什麼！那是不可能的，男人不會生孩子！』然後你就說：『大王啊！如果真是這樣，那你為何吩咐東臥麥村村民為吉祥公牛接生呢？』」那個人答應道：「好吧。」他照智者的話去做了。〔註54〕

（二）故事分析

1. 〈大隧道本生譚：〔13〕產〉情節分析：

①國王假稱公牛懷孕了，請智者替牠接生，再帶回小牛。

〔註51〕同註23, *"The Type of Folktale"*, P.293～295

〔註52〕魯克編譯：《外國民間故事選》（北京：少年兒童出版社，1985年8月），頁194～198。

〔註53〕沙淑芬譯：《世界民間故事全集11──瑞典民間故事》（台北：長鴻出版，民國82年1月），頁189～194。

〔註54〕同註5，《佛本生故事精選》，頁443。

②智者使用反問法，說父親正在生孩子，反問公牛如何生小牛。

2. 故事類型名稱

〈大隧道本生譚〉故事的類型編號是 920A，本則採用 AT 編號，依據金榮華《民間故事類型索引》之分類法，名之為「男童巧喻熟蛋孵雞」，類型概要：

> 920A 男童巧喻熟蛋孵（以不合理喻不合理）〔註55〕
>
> 一人在飯店中吃了幾個熟雞蛋後，因故匆促離去，沒有付錢。過了幾年，這人回來結帳，願意加付利息，但是店主卻堅持要他付一大筆錢，因為幾年前的那些蛋，若是孵生小雞、雞又生蛋，蛋復生雞，這些年下來，應是一筆可觀的財產。於是兩人鬧上法庭，結果有一男童以煮熟的種子下種想要收成為喻，替這人辯護，打贏了官司。有些故事的內容與 875B.1（姑娘巧解公牛奶）同，只是主角由女性換成男性，基本情節見該類型之概要。

> 875B.1 姑娘巧解公牛奶（以不合理喻不合理）〔註56〕
>
> 縣官或財主刁難一老漢，要他在三天之內送去公牛之奶，或公雞之蛋；或是給老漢一公牛，要一年後生一頭小牛送去。老漢之女屆時前往說：父親因生孩子在坐月子，不能來。刁難者一聽大怒，指斥男人怎麼可能生孩子！女孩立即回答說：那麼公牛怎麼會有奶，或是公牛怎麼會生小牛，公雞怎麼會生蛋！

（三）中國各地之流傳

中國流傳的地區有：吉林、遼寧、甘肅、江蘇、西藏、海南、雲南、四川、黑龍江、蒙古、新疆、青海、浙江、北京、福建、寧夏、河南、廣西、山西、湖南、江西、河北、廣東。〔註57〕依目前所見資料有【920A 型】：雲南〈聰明的小孩〉〔註58〕、雲南〈尤首的故事——公雞蛋〉〔註59〕、雲南〈狗生小豬〉〔註60〕、雲南〈沙子著火〉〔註61〕、雲南〈兩個太陽和兩個月亮〉

〔註55〕同註6，《民間故事類型索引》中冊，頁356。
〔註56〕同註6，《民間故事類型索引》中冊，頁319。
〔註57〕同註6，《民間故事類型索引》中冊，頁356～358；319～321。
〔註58〕同註16，《中華民族故事大系》第7冊，頁496～497。
〔註59〕同註13，《中國民間故事集成》雲南卷，頁1513。
〔註60〕同註16，《中華民族故事大系》第7冊，頁662～664。

〔註62〕、雲南〈爭麂子〉〔註63〕、雲南〈麂子爬樹〉〔註64〕、雲南〈南叭的故事〉〔註65〕、雲南〈聰明的達海〉〔註66〕；新疆〈算雞帳〉〔註67〕、新疆〈禿娃的故事——我爹要生孩子〉〔註68〕；青海〈母馬掉駒〉〔註69〕、青海〈狡猾的畢〉〔註70〕、青海〈害不死的帕爾塔魂（二）〉〔註71〕；寧夏〈靈童鬥皇上〉〔註72〕；吉林〈九歲知縣〉〔註73〕；黑龍江〈好打抱不平的蕭包代〉〔註74〕；蒙古〈聰明的陶蒂少布〉〔註75〕；西藏〈傻子種金銀〉〔註76〕；遼寧〈神童甘羅〉〔註77〕；海南〈數秧苗的故事〉〔註78〕；江蘇〈卜靈望巧答德安僧〉〔註79〕，列舉以上共二十二則，以供參研。

　　與其他類型複合的故事有九則：蒙古〈萬里哼〉（+330A）〔註80〕；四川〈李桂陽〉（+939A.1）〔註81〕；西藏〈裁縫兒子對付部落主〉（+920A.3）〔註82〕；甘肅〈阿布都與國王〉（+920A.3）〔註83〕、〈縣官審泥佛〉（+926E.1）

〔註61〕同註16，《中華民族故事大系》第 7 冊，頁 654～655。

〔註62〕同註15，《8・雲南民間故事集》（台北：遠流出版社，1989 年 6 月），頁 83～84。

〔註63〕同註16，《中華民族故事大系》第 16 冊，頁 872～874。

〔註64〕同註16，《中華民族故事大系》第 7 冊，頁 520～521。

〔註65〕同註13，《中國民間故事集成》雲南卷，頁 1383～1384。也見於《中華民族故事大系》第 10 冊，頁 345～346。

〔註66〕同註13，《中國民間故事集成》雲南卷，頁 1383～1384。也見於《中華民族故事大系》第 10 冊，頁 345～346。

〔註67〕同註16，《中華民族故事大系》第 2 冊，頁 419～422。

〔註68〕同註15，《37・新疆民間故事集》，頁 489～490。

〔註69〕同註15，《39・青海民間故事集》，頁 165～166。

〔註70〕同註15，《39・青海民間故事集》，頁 98～100。也見於《中國民間故事集成》甘肅卷，頁 571～572。

〔註71〕同註15，《39・青海民間故事集》，頁 470～472。

〔註72〕同註13《中國民間故事集成》寧夏卷，頁 560。

〔註73〕同註13，《中國民間故事集成》吉林卷，頁 940～941。

〔註74〕同註15，《32・黑龍江民間故事集》，頁 266～270。

〔註75〕同註15，《36・蒙古民間故事集》，頁 237～239。

〔註76〕同註13，《中國民間故事集成》西藏卷，頁 892～894。

〔註77〕同註15，《30・遼寧民間故事集》，頁 316～319。

〔註78〕同註13，《中國民間故事集成》海南卷，頁 569～570。也見於《中華民族故事大系》第 7 冊，頁 231～232。

〔註79〕同註13，《中國民間故事集成》江蘇卷，頁 744。

〔註80〕同註15，《36・蒙古民間故事集》，頁 322～327。

〔註81〕同註15，《15・四川民間故事集》，頁 164～167。

〔註82〕同註13，《中國民間故事集成》西藏卷，頁 873。

〔註83〕同註13，《中國民間故事集成》甘肅卷，頁 809～810。也見於《中華民故

〔註 84〕；普米族〈紅桃〉（+927D）〔註 85〕；亿佬族〈治矮麻〉（+1000A）〔註 86〕；
新疆錫伯族〈霍托與巴音〉（+1535）〔註 87〕；江蘇〈吹大牛與圓大牛〉（+1920D.1）
〔註 88〕，列舉以上九則，以供參研。

【875 B.1 型】：蒙古〈公牛酸奶〉〔註 89〕；江西〈聰明女子陳十紅——
公公生崽〉〔註 90〕、江西〈才女韓三姐——四、賠話柄〉〔註 91〕；河南〈狗
妞〉〔註 92〕；內蒙古〈伊瑪迪〉〔註 93〕；湖南〈盤霧露根的故事〉〔註 94〕；
新疆〈聰明的女人〉〔註 95〕、新疆〈聰明的兒媳婦〉〔註 96〕、新疆〈巧媳婦〉
〔註 97〕；浙江〈秋妹〉〔註 98〕；黎族〈亞厲討馬角〉〔註 99〕，列舉以上十一
則，以供參研。

與其他類型複合的故事有十二則：蒙古〈聰明伶俐的兒媳婦〉（+875D）
〔註 100〕；河北〈巧解婆婆難題〉（+875D.1）〔註 101〕；遼寧〈三媳婦〉（+875D.1）
〔註 102〕、遼寧〈呲牙瞪和五眼全〉（+875D.1）〔註 103〕；江蘇〈聰明的媳婦〉
（+875D.1）〔註 104〕；浙江〈聰明媳婦〉（+875D.1）〔註 105〕；山西〈巧媳婦

事大系》第 9 冊，頁 548～550。
〔註 84〕同註 13，《中國民間故事集成》甘肅卷，頁 769～770。
〔註 85〕同註 16，《中華民族故事大系》第 14 冊，頁 111～116。
〔註 86〕同註 16，《中華民族故事大系》第 13 冊，頁 309～311。
〔註 87〕同註 16，《中華民族故事大系》第 13 冊，頁 700～705。
〔註 88〕同註 13，《中國民間故事集成》江蘇卷，頁 754。
〔註 89〕同註 16，《中華民族故事大系》第 1 冊，頁 503～504。
〔註 90〕同註 13，《中國民間故事集成》江西卷，頁 735～736。
〔註 91〕同註 13，《中國民間故事集成》江西卷，頁 732～733。
〔註 92〕同註 13，《中國民間故事集成》河南卷，頁 507。
〔註 93〕同註 16，《中華民族故事大系》第 11 冊，頁 205～206。
〔註 94〕同註 13，《中國民間故事集成》湖南卷，頁 681～683。
〔註 95〕同註 16，《中華民族故事大系》第 13 冊，頁 672～674。
〔註 96〕同註 15，《38·新疆民間故事集》，頁 43～53。
〔註 97〕同註 15，《37·新疆民間故事集》，頁 106～109。
〔註 98〕同註 16，《中華民族故事大系》第 8 冊，頁 142～145。
〔註 99〕同註 15，《3·廣東民間故事集》，頁 425～429。也見於《中華民族故事大系》
　　　　第 7 冊，頁 233～235。《中國民間故事集成》海南卷，頁 532～534。
〔註 100〕同註 13，《中國民間故事集成》甘肅卷，頁 715～716。
〔註 101〕同註 13，《中國民間故事集成》河北卷，頁 792～793。
〔註 102〕同註 16，《中華民族故事大系》第 4 冊，頁 631～633。
〔註 103〕同註 13，《中國民間故事集成》遼寧卷，頁 763～765。
〔註 104〕同註 15，《23·江蘇民間故事集》，頁 425～427。
〔註 105〕同註 13，《中國民間故事集成》浙江卷，頁 749～750。

當家——異文一〉（+875D.1）〔註106〕；北京〈難不倒的兒媳婦〉（+875D.1）
〔註107〕；江西〈聰明的四媳婦——異文二〉（+1517）〔註108〕；青海〈吉林謝
的故事〉（+1533）〔註109〕。北京〈聰明的四媳婦〉（+875D＋1517）〔註110〕；
遼寧〈靈媳婦〉（+875D＋875D.1＋1517）〔註111〕，列舉以上十二則，以供參
研。

（四）外國各地之流傳

此一故事流傳的地區有：羅馬尼亞、希臘〔註112〕、印度〔註113〕。日本、
越南、馬來西亞、阿拉伯、土耳其、烏茲別克、斯洛伐克、西班牙、西非、
菲律賓、俄國、捷克、瑞典、意大利也有流傳。〔註114〕依目前所見資料，
外國故事有：【920A 型】土耳其〈一根洋燭〉〔註115〕；捷克〈煮熟的雞蛋〉
〔註116〕；馬來西亞〈榮任法官〉〔註117〕、馬來西亞〈公平的判決〉〔註118〕，
列舉以上四則，以供參研。其他分析出的複合型故事，有與〈大隧道本生譚〉
六種類型故事互相複合兩種以上者，於本節最後列出。

五、〈大隧道本生譚：〔15〕砂、〔16〕池。〉大意

（一）故事概要

〔15〕砂。〔註119〕

又有一天，國王爲了考察智者，派人給村民們送信說：「國王
想要盪鞦韆，可是王宮裡的舊沙繩斷了，讓他們搓一根沙繩送來。

〔註106〕同註13，《中國民間故事集成》山西卷，頁 589～591。
〔註107〕同註13，《中國民間故事集成》北京卷，頁 793～794。
〔註108〕同註13，《中國民間故事集成》江西卷，頁 628～629。
〔註109〕同註15，《39‧青海民間故事集》，頁 101～104。
〔註110〕同註13，《中國民間故事集成》江西卷，頁 624～626。
〔註111〕同註13，《中國民間故事集成》遼寧卷，頁 763～765。
〔註112〕同註23, *The Type of Folktale*, P.295
〔註113〕同註23, *The Type of Folktale*, P.317～318
〔註114〕同註6，《民間故事類型索引》中冊，頁 356～358；319～321。
〔註115〕《土耳其童話》（台中：義士出版社，民國56年），頁 1～12。
〔註116〕《捷克童話》（台中：義士出版社，民國56年），頁 57～61。
〔註117〕王娟、筱林、臨淵編譯：《南洋民間故事‧百靈鹿》《國立北京大學中國民俗
　　　　學會民俗叢書第一輯》（台北：東方文化，民國76年），頁 21～23。
〔註118〕同註117，《南洋民間故事‧百靈鹿》，頁 21～23。
〔註119〕同註5，《佛本生故事精選》，頁 444～445。

如果他們不送來，就罰款一千。」村民們不知道怎麼辦，便去問智者。智者心想：「這個問題要使用反問法。」

於是，他安慰村民後，找來兩、三個能說善道的人，說道：「你們去跟國王說：『大王啊！村民們不知道沙繩的粗細，請你送去一截十二指長或四指長的舊沙繩，他們可以照著舊沙繩的粗細搓。』如果國王說：『王宮裡從來沒有沙繩。』那麼，你們就說：『大王啊！如果你造不出沙繩，臥麥村的村民怎麼造得出沙繩呢？』」

〔16〕池。〔註120〕

又有一天，國王派人給村民們送信說：「國王想要玩水，讓他們送一個長滿五色蓮花的新池塘來。如果他們不送來，就罰款一千。」村民們報告智者。智者心想：「這個問題要使用反問法。」

於是，他找來幾個能說善道的人，說道：「來吧，伙計們！你們先去玩水，泡紅眼睛，浸濕衣服，沾滿泥漿，然後手持繩索、棍棒和土塊，到王宮門口要求覲見，獲准進宮後，說道：『大王啊！你吩咐東臥麥村村民送來池塘。我們奉命給你送來一個與你身分相稱的大池塘。可是，這個池塘久居森林，一見到城市，一見到城牆、護城河、瞭望台什麼的，怕得要命，掙斷繩索逃回森林了。

我們用土塊和棍棒打它，也趕它不回來。請你給我們一個從森林帶回來的舊池塘，我們可以把它倆拴在一起帶回來。』國王會說：『我從來沒有從森林帶回池塘，也從來沒有送去一個池塘，跟另一個池塘拴在一起，帶回另一個池塘。』你們就說：『如果是這樣，東臥麥村民怎麼給你送來池塘呢？』」他們照這樣做了。國王聽說這是智者想出的對策，十分高興。

（二）故事分析

1. 〈大隧道本生譚：〔15〕砂。〔16〕池。〉情節分析：
   ①被要求用沙做一條繩子，智者則要求國王先給他一個樣本。
   ②被要求用長滿五色蓮花做成的新池塘，智者要求國王給他一個樣本。

2. **故事類型名稱**
   〈大隧道本生譚——〔15〕砂、〔16〕池。〉故事的類型編號是 ATK 920A.1，

〔註120〕同註5，《佛本生故事精選》，頁445。

本則採用 AT 編號，依據金榮華《民間故事類型索引》之分類法，名之爲「小男童以難制難」，類型概要：

920A.1 小男童以難制難〔註121〕

故事與 875B.5（巧姑娘以難制難）同，只是主角由女性換爲男性。西方常見的情節是主角被要求用沙做一條繩子，主角則要求對方先給他一個樣本。

875B.5 巧姑娘以難制難〔註122〕

姑娘反制對方所出的難題，給對方出了完成其難題必須先解決的難題。如：

①對方要河水一樣多的酒，像山一樣重的豬肉，像天一樣寬或像路一樣長的布。姑娘給對方一個斗、一個秤和一把尺，要對方先舀一舀河水有多少斗，秤一秤山有多重，量一量天有多寬或路有多長，好讓他去準備。

②公公要媳婦煮一鍋鴛鴦飯（半鍋米，半鍋水；一半爛，一半焦），媳婦要公公先給他一株鴛鴦竹箍鍋蓋（半株青，半株紅）。

（三）中國各地之流傳

中國流傳的地區有：河南、江蘇、西藏、湖北、雲南、貴州、湖南、山西、新疆、四川、浙江、福建、寧夏、廣西、海南、湖南、江西、河北、蒙古。〔註123〕依目前所見的資料有【920A.1 型】：河南〈三媒六證〉〔註124〕；湖北〈三媒六證鬧洞房〉〔註125〕、湖北〈三媒六證鬧洞房——異文〉〔註126〕；山西〈三媒六證的來歷〉〔註127〕；西藏〈挖磐石〉〔註128〕、西藏〈公牛懷孕〉〔註129〕；江蘇〈石匠智鬥財主婆〉〔註130〕；新疆〈染色〉〔註131〕；貴州〈薄

〔註121〕同註6，《民間故事類型索引》中冊，頁355。
〔註122〕同註6，《民間故事類型索引》中冊，頁317～318。
〔註123〕同註6，《民間故事類型索引》中冊，頁358～359；322～323。
〔註124〕同註13，《中國民間故事集成》河南卷，頁339～340。
〔註125〕同註13，《中國民間故事集成》湖北卷，頁347～348。
〔註126〕同註13，《中國民間故事集成》湖北卷，頁348～350。
〔註127〕同註15，《27・山西民間故事集》，頁90～92。
〔註128〕同註13，《中國民間故事集成》西藏卷，頁964～965。
〔註129〕同註13，《中國民間故事集成》西藏卷，頁777～780。
〔註130〕同註13，《中國民間故事集成》江蘇卷，頁645～646。
〔註131〕同註15，《37・新疆民間故事集》，頁276。

石衣〉〔註132〕；雲南〈聰明人的故事〉〔註133〕、雲南〈稱山〉〔註134〕；普米族〈犁院牆〉〔註135〕。【875B.5型】：江西〈才女韓三姐——三、公公難不倒巧媳婦〉〔註136〕；浙江〈三公道〉〔註137〕、浙江〈插花娘娘〉〔註138〕；河南〈巧媳婦〉〔註139〕，列舉以上十六則，以供參研。

與其他類型複合的故事有十則：廣西〈阿扎〉（+400A）〔註140〕、廣西〈三媳婦〉（+875D.1）〔註141〕；湖南〈圍裙〉（+876）〔註142〕；寧夏〈聰明的祖畢黛〉（+876A）〔註143〕；雲南〈聰明的召瑪賀——國王的夢〉（+920A.2）〔註144〕；四川〈難不倒的娃娃〉（+920A.3）〔註145〕。雲南〈聰明的秀姑〉（+875D.1＋876）〔註146〕；貴州〈聰明的媳婦〉（+875D.1＋1517）〔註147〕、貴州〈阿莉〉（+875D.1＋1517）〔註148〕；浙江〈九斤姑娘〉（+875D.1＋1517）〔註149〕，列舉以上十則，以供參研。

（四）外國各地之流傳

此一故事流傳的地區有：印度、韓國、日本、越南、菲律賓、伊朗、葡萄牙、俄國、斯洛伐克、意大利。〔註150〕依目前所見資料，外國故事有：俄國〈機靈的士兵〉〔註151〕；非洲〈瘋子的忠告〉〔註152〕；朝鮮〈屏風上的老

〔註132〕同註16，《中華民族故事大系》第3冊，頁992～993。
〔註133〕同註13，《中國民間故事集成》甘肅卷，頁878～879。
〔註134〕同註13，《中國民間故事集成》雲南卷，頁1514。
〔註135〕同註16，《中華民族故事大系》第14冊，頁288～290。
〔註136〕同註13，《中國民間故事集成》江西卷，頁732。
〔註137〕同註13，《中國民間故事集成》浙江卷，頁755。
〔註138〕同註16，《中華民族故事大系》第8冊，頁82～87。
〔註139〕同註15，《24．河南民間故事集》，頁370～372。
〔註140〕同註13，《中國民間故事集成》廣西卷，頁553～559。
〔註141〕同註16，《中華民族故事大系》第5冊，頁231～233。
〔註142〕同註16，《中華民族故事大系》第5冊，頁805～807。
〔註143〕同註13，《中國民間故事集成》寧夏卷，頁447～450。
〔註144〕同註13，《中國民間故事集成》雲南卷，頁1500～1502。也見於《中國民間故事集成》甘肅卷，頁868～871。
〔註145〕同註16，《中華民族故事大系》第11冊，頁940。
〔註146〕同註15，《9．雲南民間故事集》，頁271～274。
〔註147〕同註16，《中華民族故事大系》第13冊，頁335～338。
〔註148〕同註15，《13．貴州民間故事集》，頁334～338。
〔註149〕同註13，《中國民間故事集成》浙江卷，頁743～748。
〔註150〕同註6，《民間故事類型索引》中冊，頁358～359；322～323。
〔註151〕陳自新編譯：《俄羅斯童話精選》（上海：上海譯文出版社，1991年1月），

虎〉〔註153〕；日本〈灰繩千束〉〔註154〕；印度〈國王女見水上泡起無常想七〉
《經律異相‧卷 34》〔註155〕、印度〈棋盤上的麥粒〉〔註156〕，列舉以上六
則，以供參研。其他分析出的複合型故事，有與〈大隧道本生譚〉六種類型
故事互相複合兩種以上者，於本節最後列出。

六、〈大隧道本生譚：〔8〕棒〔10〕蛇〔11〕雞〉大意

（一）故事概要

〔8〕棒。〔註157〕

有一天，國王想要考察智者，讓人取來一根佉提羅樹棍，從中
截取十二指長的一段，請象牙師削平磨光，然後送到東臥麥村，說
道：「聽說東臥麥村的村民聰明，請他們認出這根佉提羅棍子的頂部
和根部。如果他們認不出，就罰款一千。」村民聚在一起，認不出，
於是把這事告訴商主。商主說道：「或許大藥草智者能認出。把他請
來，問問他吧。」商主派人從遊戲廳找來智者，告訴他這件事，問
道：「孩子啊！我們認不出，你能不能認出？」

智者聽後，心想：「認出這根棍子的頂部和根部對國王毫無用
處，他們無非是想考考我。」於是，他說道：「拿來棍子，父親，我
來認認。」他把棍子拿在手上，就認出棍子的頂部和根部。但他為
了讓眾人心服口服，叫人端來一盆水，在棍子中央繫一根線。他提
著線，將棍子橫放在水面上。根部分量重，先沈入水。於是，他問
眾人：「根部分量重，還是頂部分量重？」「根部，智者！」「那麼，
請看，這部分先沈入水，因此，它是根部。」他根據這個現象，認
出了頂部和根部。村民把棍子送回去給國王，說道：「這是頂部，這

頁 74～76。
〔註152〕許昭榮譯：《世界民間故事集》第 2 冊（台北：水牛出版，民國 77 年 4 月），
頁 85～93。
〔註153〕安徒生等：《外國童話選》（四川：四川人民出版社，1979 年 11 月），頁 229
～231。
〔註154〕《日本的民間故事》（東京：霞山會，1996 年 7 月），頁 27。
〔註155〕同註 25，《大正新修大藏經》第 53 冊，頁 186C。
〔註156〕章愉等編譯：《亞洲民間故事》（台北：人類文化出版，2008 年 7 月），頁 168
～173。
〔註157〕同註 5，《佛本生故事精選》，頁 440～441。

是根部。」

　　〔10〕蛇。〔註158〕

　　　　有一天，國王讓人取來一條雄蛇和一條雌蛇，派人送到那個村裡，說道：「讓他們認出哪一條是雄蛇，哪一條是雌蛇。」村民們便去問智者。他一看就認出來了。因為雄蛇的尾巴粗，雌蛇的尾巴細；雄蛇的頭大，雌蛇的頭長；雄蛇的眼睛大，雌蛇的眼睛小；雄蛇的卍字紋帶有圓味，而雌蛇則有稜角。他憑這些知識，認出這條是雄蛇，那條是雌蛇。

　　〔11〕雞。〔註159〕

　　　　有一天，國王派人送信給東臥麥村村民，說道：「讓他們給我們送來一頭全身雪白、腳上長角、頭上長隆肉、每天按時鳴叫三次的公牛。如果不送來，就罰款一千。」村民們不知道怎麼辦，便問智者。智者說道：「國王要你們送去一隻白公雞。公雞有雞爪，所以叫做腳上長角；有雞冠，所以叫做頭上長隆肉；而且，牠每天按時啼叫三次。因此，你們給他送去一隻這樣的公雞吧！」村民們送去了。

（二）故事分析

1. 〈大隧道本生譚──〔8〕棒。〔10〕蛇。〔11〕雞。〉情節分析：
　　①辨認一根木棍的哪一端是樹根部分。
　　②辨識兩蛇之雌雄，方法為：
　　　　雄蛇的尾巴粗、頭大、眼睛大，卍字紋帶有圓味
　　　　雌蛇的尾巴細；頭長；眼睛小；卍字紋則有稜角。
　　③全身雪白、腳上長角、頭上長隆肉、每天按時鳴叫三次的公牛就是白公雞。

2. 故事類型名稱
　　〈大隧道本生譚──〔8〕棒。〔10〕蛇。〔11〕雞。〉故事的類型編號是ATK 920A.4，本則採用 AT 編號，依據金榮華《民間故事類型索引》之分類法，名之為「男童巧智解難題」，類型概要：

〔註158〕同註5，《佛本生故事精選》，頁441～442。
〔註159〕同註5，《佛本生故事精選》，頁442。

920A.4 男童巧智解難題〔註160〕

故事裡的主角被要求用灰做一條繩子，他用草繩浸油後燒之成灰而成灰繩：或被要求辨認一根木棍的哪一端是樹根部分，他將木棍放在池水上，指出比較下沉的一端為樹根部分，因為這部分的木質比較緊密而較重（若主角為女性，見型號 875B.6）。諸如此類看似無解而主角卻用十分簡易方法解決的難題，也常在別型故事中作為一個情節單元出現。（參見型號 851 A.1）。

875B.6 巧女妙智解難題〔註161〕

故事裡的少女或少婦被要求做一件看起來難以做到的事，但她卻以很簡單的方法將之完成。如辨識兩蛇之雌雄，方法為用軟布輕拭蛇的背脊，背脊曲動者是雄性，不動者是雌性（故事主角若是男性，見型號 920A.4）。

（三）中國各地之流傳

中國流傳的地區有：浙江、貴州、蒙古、西藏、雲南。〔註162〕依目前所見資料有【920A.4型】：毛南族〈灰繩子〉〔註163〕；貴州水族〈草灰繩〉〔註164〕；雲南傣族〈用草灰搓繩〉〔註165〕、雲南傣族〈哪端是根〉〔註166〕、雲南傣族〈九曲寶石〉〔註167〕、雲南傣族〈召波拉〉〔註168〕、雲南傣族〈洗腳〉〔註169〕；蒙古〈機智的獵人〉〔註170〕；浙江〈巧穿絲線〉〔註171〕；亿佬族〈豆渣腦筋〉〔註172〕。【875B.6型】：蒙古〈巧做灰繩〉〔註173〕；雲南

〔註160〕同註6，《民間故事類型索引》中冊，頁355。
〔註161〕同註6，《民間故事類型索引》中冊，頁317～318。
〔註162〕同註6，《民間故事類型索引》中冊，頁361～362；324。
〔註163〕同註16，《中華民族故事大系》第12冊，頁808。
〔註164〕同註16，《中華民族故事大系》第9冊，頁238。
〔註165〕同註13，《中國民間故事集成》甘肅卷，頁865～866。
〔註166〕同註13，《中國民間故事集成》雲南卷，頁1504。也見於《10·雲南民間故事集》，頁188～189。
〔註167〕同註13，《中國民間故事集成》甘肅卷，頁874～875。
〔註168〕同註13，《中國民間故事集成》甘肅卷，頁893～895。
〔註169〕同註15，《10·雲南民間故事集》，頁182～185。
〔註170〕同註16，《中華民族故事大系》第1冊，頁627～629。
〔註171〕同註13，《中國民間故事集成》浙江卷，頁757。
〔註172〕同註16，《中華民族故事大系》第13冊，頁291～292。
〔註173〕同註16，《中華民族故事大系》第1冊，頁502。

〈婦女的圍腰〉〔註174〕；西藏〈聰明的妻子〉〔註175〕，以上共十則。

與其他類型複合的故事有三則：【875B.6 型】西藏〈噶爾的兒媳婦〉（+875D）〔註176〕。【920A.4 型】貴州〈阿秀王〉（+465E+742）〔註177〕；四川〈智鬥和尚〉（+920A.3＋1542A）〔註178〕。

（四）外國各地之流傳

此一故事流傳的地區有：印度、日本、越南、菲律賓、馬來西亞。〔註179〕依目前所見資料，外國故事有：【920A.4 型】中東〈精明的法官〉〔註180〕；日本〈姨捨山的故事〉（+981）〔註181〕；印度〈根本說一切有部毘奈耶雜事・第28 卷〉〔註182〕，列舉以上三則，以供參研。另外其他與〈大隧道本生譚〉分析出的故事類型，互相複合兩種以上者，列出如下：

◎雙核心情節以上的複合型故事，有以下三十四則：

中國地區：24 則

西藏〈國王的兒子和窮人的兒子〉〔註183〕（920A＋920A.1）

河北〈巧靈兒〉〔註184〕（875B.1＋875B.5）

寧夏〈巧媳婦〉〔註185〕（875B.1＋875B.5）

貴州〈圍腰的來歷〉〔註186〕（875B.6＋875B.1）

貴州〈神剪〉〔註187〕（920A.1＋920A.4）

蒙古〈自作聰明的富翁〉〔註188〕（875B.6＋875B.1＋876）

〔註174〕同註13，《中國民間故事集成》雲南卷，頁 966～967。

〔註175〕同註13，《中國民間故事集成》西藏卷，頁 868～869。

〔註176〕同註15，《40・西藏民間故事集》，頁 128～130。

〔註177〕同註13，《中國民間故事集成》貴州卷，頁 182。也見於《中華民族故事大系》第 2 冊，頁 894～902。

〔註178〕同註16，《中華民族故事大系》第 11 冊，頁 933～935。

〔註179〕同註6，《民間故事類型索引》中冊，頁 361～362；324。

〔註180〕康金柱譯：《世界民間故事全集17——中東民間故事》（台北：長鴻出版社，民國 82 年 1 月），頁 176～180。

〔註181〕傅林統譯：《世界民間故事精選 2——三個少年的願望》（台北：黎明文化事業有限公司出版，民國 72 年 2 月出版），頁 17～23。

〔註182〕同註25，《大正新修大藏經》第 24 冊，頁 338 下～342 中。

〔註183〕同註13，《中國民間故事集成》西藏卷，頁 322～327。

〔註184〕同註13，《中國民間故事集成》河北卷，頁 627～628。

〔註185〕同註13，《中國民間故事集成》寧夏卷，頁 450～451。

〔註186〕同註16，《中華民族故事大系》第 3 冊，頁 844～847。

〔註187〕同註15，《13・貴州民間故事集》，頁 109～122。

　　蒙古〈阿勒坦・哈依莎——金剪刀〉〔註189〕（875B.6＋875B.5＋875D＋875D.2）

　　湖南〈自卑亭〉〔註190〕（920A.1＋875D.1＋875B.1）

　　新疆〈奧塔娜〉〔註191〕（875＋875B.1）

　　新疆〈農家姑娘〉〔註192〕（875＋875B.5）

　　四川〈翠蓮拿夫〉〔註193〕（875＋875B.1＋875B.5）

　　四川〈智鬥縣官〉〔註194〕（875＋875B.5＋926G）

　　河北〈孟哥〉〔註195〕（875＋875B.1＋875B.5＋876A）

　　西藏〈甲麥康欽智鬥吉波〉〔註196〕（920＋920A＋920A.1＋920A.3）

　　江西〈聰明的四媳婦——異文一〉〔註197〕（875B.1＋875D＋875B.5）

　　土家族〈聰明的媳婦〉〔註198〕（875B.1＋875B.5＋875D.1）

　　貴州〈聰明的小媳婦〉〔註199〕（875B.1＋875B.5＋875D.1）

　　湖南〈巧媳婦〉〔註2009〕（875B.1＋875B.5＋875D.1）

　　廣西〈蓓三桑〉〔註201〕（875B.1＋875B.5＋875D.1）

　　福建〈無煩惱——異文〉〔註202〕（875B.1＋875B.5＋875D.1）

　　四川〈巧姑〉〔註203〕（875B.1＋875B.5＋875D.1）

〔註188〕同註15，《36・蒙古民間故事集》，頁228～232。
〔註189〕同註15，《36・蒙古民間故事集》，頁260～275。
〔註190〕同註15，《17・湖南民間故事集》，頁71～74。
〔註191〕同註16，《中華民族故事大系》第1冊，頁635～639。
〔註192〕同註15，《37・新疆民間故事集》，頁115～117。也見於《中華民族故事大系》
　　　　第2冊，頁366～368。
〔註193〕同註13，《中國民間故事集成》・四川卷，頁584～585。
〔註194〕同註13，《中國民間故事集成》・四川卷，頁587～588。
〔註195〕同註13，《中國民間故事集成》・河北卷，頁639～642。
〔註196〕同註13，《中國民間故事集成》西藏卷，頁584～587。也見於《中華民族故
　　　　事大系》第16冊，頁331～337。
〔註197〕同註13，《中國民間故事集成》江西卷，頁626～628。
〔註198〕同註16，《中華民族故事大系》第5冊，頁887～889。
〔註199〕同註16，《中華民族故事大系》第2冊，頁796～800。
〔註2009〕同註13，《中國民間故事集成》・湖南卷，頁694～698。也見於《中華民族
　　　　故事大系》第1冊，頁382～389。
〔註201〕同註13，《中國民間故事集成》・廣西卷，頁687～691。也見於《中華民族故
　　　　事大系》第4冊，頁839～844。
〔註202〕同註13，《中國民間故事集成》・福建卷，頁721～722。
〔註203〕同註13，《中國民間故事集成》・四川卷，頁585～587。

廣西〈菩聖坳〉〔註204〕（875B.1＋875B.5＋465）

河南〈百獸衣〉〔註205〕（875B.1＋875B.5＋742）

廣西〈巧媳婦〉〔註206〕（875B.1＋875B.5＋875D.1＋1920A）

外國地區：10 則

越南〈智斷疑案〉〔註207〕（920A.4＋920A＋920A.1）

伊拉克〈聰明的小姑娘〉〔註208〕（920A.1＋920A.4）

阿拉伯〈聰明的農家女〉〔註209〕（920A.1＋920＋920A.4）

西班牙〈農夫的聰明女兒〉〔註210〕（875＋875B.1＋875B.5）

德國〈聰明的農家女〉〔註211〕（875＋875B.1＋875B.5）

意大利〈聰明的農家姑娘〉〔註212〕（875＋875B.1＋875B.5）

匈牙利〈聰明的日連謝和美女卡拉沙西〉〔註213〕（875＋920A＋920A.1）

俄國〈七歲的小姑娘〉〔註214〕（875＋920A＋920A.1＋876A）

斯洛伐克〈女人的機智〉〔註215〕（875＋920A＋920A.1＋876A）

印度〈根本說一切有部毘奈耶雜事·第27卷〉〔註216〕（920＋920A＋920A.1＋926D.4＋926G.1）

七、「智慧型人物」故事種類

佛經的智慧故事大多在本土化之後，進入正史和雜史，成為歷史記載的

〔註204〕同註16，《中華民族故事大系》第 1 冊，頁 341～350。

〔註205〕同註13，《中國民間故事集成》·河南卷，頁 525～528。也見於《中華民族故事大系》第 7 冊，頁 103～107。

〔註206〕同註16，《中華民族故事大系》第 11 冊，頁 436～440。

〔註207〕呂正譯：《越南神話民間故事選》（河內：河內世界出版社，1997 年），頁 173～176。

〔註208〕同註152，《世界民間故事集》第 3 冊，頁 149～154。

〔註209〕《阿拉伯童話》（台中：義士出版社，民國 56 年），頁 28～35。

〔註210〕《西班牙童話》（台中：義士出版社，民國 56 年），頁 121～129。

〔註211〕白雅譯：《格林童話》（台北：華文網，2002 年），頁 358～364。

〔註212〕倪安宇、馬箭飛譯：《義大利童話·2》（台北：時報文化出版企業有限公司，2003 年 5 月），頁 159～166。

〔註213〕《匈牙利童話》（台中：義士出版社，民國 56 年），頁 83～102。

〔註214〕陳馥編譯：《俄羅斯民間故事選》（瀋陽：遼寧教育出版社，2001 年 2 月），頁 199～202。也見於《俄羅斯童話精選》，頁 66～69。

〔註215〕黃英尚譯：《斯洛伐克民間故事精選》（北京：新華出版社，2001 年），頁 162～169。

〔註216〕同註25，《大正新修大藏經》第 24 冊，頁 333 下～338 下。

一個組成部分。中古時期傳譯的佛教文獻，豐富了中國民間的智慧故事，這些智慧故事至今還在民間廣泛流傳。解決難題的角色是不分男女，但是由於目前收集到且廣爲流傳的故事以「巧媳婦」或「巧女」類型故事數量較多。故筆者以此整理分類如下：

（一）與惡人鬥智 [註217]

1. 一老翁因女人聰慧，娶她爲兒媳。
2. 因家庭矛盾，兒媳返回娘家。
3. 家中遺失或毀壞別人的物品，別人故意讓她的家人損壞物品後，並在索要賠償時故意誇大物品的價值。
4. 設法找回兒媳，兒媳自動回到家中。運用反擊法也使訛詐者遺失或損壞自家物品。
5. 訛詐者知難而退，困境解除。

與惡人鬥智故事中，經常與避諱、出言得勝、解隱謎等部分類型產生複合，藉以充分展現巧女的聰慧，這一類型的流傳地域比較廣泛。該型故事中出現的難題是鄰居的惡意訛詐，訛詐的目的主要是獲取財物，而非考驗巧女。只有少數故事中帶有明顯的考驗意圖——爲測試巧女而刻意刁難。

在這些故事中，誘發難題產生的原因是鄰里間日常用品的互借行爲，這裡可以明顯看出故事與現實生活的密切關聯。在這一類型中，無意損壞或丟失鄰人物品的情況比較多，作爲訛詐工具的多數是貓或雞。在這種情形下。巧女所面對的只是鄰里關係，她一般會採用先禮後兵的方法：在婉轉求和失敗後，尋找鄰居以前借而忘還的某件物品，將其價值誇大並超過訛詐的數目，使訛詐者知難而退。

由此可見，故事所提倡的處理鄰里糾紛的原則是「以和爲貴」。在數量較少的「故意陷害」故事中，巧女所面對的多是地主與長工的貧富關係，她們一般採用直接反擊的方法，設計讓惡人損壞巧女家的物品，以更高的價值要求賠償。在巧女出面解決難題之前，一般都有男性家庭代表失利的情節。在本類型中，女性巧言善辯的能力表現爲「以其人之道，治其人之身」，但有時也會出於惡意，這也反映了民眾可以跳脫道德層面，對女性能言善道的認同。

〔註217〕康麗：〈中國巧女故事研究〉（上），《民族藝術》2005 年第 3 期，頁 81～82。

（二）擇偶選婿〔註218〕

1. 父親或兄長要求幾人各完成一項困難的任務，並分別允諾將女人許配給他。

2. 幾人完成任務，要求實現諾言，父兄陷入困境。

3. 女人要求幾人各自完成另一項任務，或命題做詩。

4. 選擇了詩中影射到她的人，嫁給完成任務的人。（與她心中想嫁的人不符。）

在選婿型故事中，眾多求婚者同時要求履行婚約的難題是父母兄長的自作主張帶來的。這種難題為巧女帶來了麻煩，但同時也給她提供了選擇伴侶的機會。巧女的出面既是為了解除家長的困境，也是為了爭得婚姻的幸福。因此，面對難題時，巧女是考驗的承受者；解決難題時，她又成為主動的考驗者。

巧女選擇婚約履行者的方式主要有兩種：一是指定題材賦詩，二是要求候選人完成一項與其職業相應的任務。嫁給自己喜愛的人是選婿型故事主要的結局方式，巧女成為最大的受益者。但還有一類數量不多的故事，其結尾是她嫁給了最先完成任務的求婚者，而不是她喜愛的那個。這種結局方式：透露出守信、重承諾的原則與「無法履行承諾」的難題首尾呼應，構成了完整的故事結構。

（三）解兩難之題——公牛犢或公雞蛋型〔註219〕

1. 有權勢的人要求女人的公公或丈夫，在一定時間內，交出不存在的事物。

2. 男人無法按時完成要求，女人讓男人躲藏或男人自己躲藏起來。

3. 女人告訴有權勢的人，男人去做不可能做的事，讓有權勢的人自己說出要求是無理的。

4. 有權勢的人落敗。

公牛犢或公雞蛋型是世界常見的巧女故事類型，常與隱語嘲人、以難制難、巧解兩難等類型複合。該型故事中的難題是要求被考驗者尋找實際上不存在的事物，這些事物主要包括公牛犢、公雞蛋、話柄、公牛奶和笑話本兒，

〔註218〕同註217，〈中國巧女故事研究〉（上），頁84～85。

〔註219〕康麗：〈中國巧女故事研究〉（下），廣西壯族自治區南寧市：《民族藝術》，2005年第3期，頁76。

其中前三項事物出現的次數較多。

不同身份的考驗者提出的任務要求不同：有權勢的考驗者，常見的有皇帝、官吏（多是縣官）、財主，他們一般要求的是尋找公牛犢、公雞蛋和公牛奶，而一般的考驗者，即公公或朋友大多在日常交際之中提出要求，如話柄或笑話本兒等。與難題內容相對應，巧女破解難題的方法是用同樣不存在的事情，誘使考驗者說出難題的無理性。

在這個類型中，考驗環節發生在外人與巧女的家人之間。考驗的意圖是針對被考驗者的惡意刁難。但家人作為被考驗者，只承擔了轉移難題的功能。最後與考驗者進行正面交鋒的是巧女，所以「巧女代言」是該類型中重要的故事單元。

（四）以難制難型〔註220〕

1. 聰慧的女人持家，男人覺得滿意，以寫字或自命稱號的方式，對外宣揚。
2. 外人看到或聽說，不服氣或好奇，出了有悖常理的難題。
3. 家中的男人答不出。
4. 女人告訴家中的人，自己要求提供可以完成難題的工具或相應的數據。
5. 他們無法提供，女人獲勝。
6. 女人的聰明被認同或得到稱號。

在這一類型故事中「巧名外傳」多被設置在故事的開頭部分，作為故事難題的引發原因。外傳的形式一般是由巧女的家人題寫自誇性的牌匾或對聯等。這種自誇引起外人的好奇或不滿，進而以難題測試，所以該類型的考驗意圖是以測試巧女機智為主的。

故事中的難題也是要求被考驗者完成某項有悖常理的任務，比較常見的有：織路一樣長或天一樣大的布、養一頭山一樣重的豬或牛、釀海水一樣多的酒或油等。巧女採取的解題方法是以難制難，即要求考驗者提供完成任務所需的工具或數據，如測量路長的尺，稱重的秤或裝酒的瓶子等等，使考驗者能夠知難而退。與考驗意圖相應，故事常在以巧女獲勝為結局的「困境解除」後面加設「認同」作為故事的結尾，以達到結構上的首尾呼應。

〔註220〕同註219，〈中國巧女故事研究〉（下），頁76～77。

（五）巧解兩難之題〔註221〕

1. 女人答出有權勢的男人（官吏或國王）所出的難題，男人因為她的聰慧決定娶她為妻。

2. 在迎親時，男人提出自相矛盾或兩難式的要求。

3. 女人解決了難題，成為他的妻子。

4. 新婚時男人要女人許諾不參與他的工作，否則被休。

5. 違反約定，女人被休。

6. 男人允諾，女人可以從家中拿走她喜歡的東西。

7. 女人使計謀讓男人喝醉或弄暈，帶男人一起回到娘家。

8. 男人清醒，被女人的機智行為或多情感動，夫妻和好。

妙解兩難型是將「娶妻」放置在故事的開頭部分。一般情況下「娶妻」與「完成兩難之題」兩個情節單元是順序排列的，「完成兩難之題」被設置在「娶妻」之後，充當完成婚約的必要條件。但在部分故事中也會出現倒置情況，即巧女「完成兩難之題」有時被設置在「娶妻」之前，充當「娶妻」的原因或前置情節。

與本系列的前兩個類型不同，妙解兩難型中有兩種：「禁忌」難題，其一是作為「娶妻」前提或條件的兩難之題，即行動的禁忌，如：既不能走又不能跑來，既不能穿衣又不能裸體，既帶禮物又沒帶禮物，到達後既不能在屋內又不能在屋外等等。其二是「娶妻」後所設置的難題，即工作禁忌，不能參與丈夫的工作。

面對前一種禁忌難題時，巧女的聰慧展現在對禁忌的躲避上，而面對後一種禁忌難題，巧女的聰慧則展現在違禁後對懲罰的躲避上。巧女解決兩種禁忌難題的方法，是找到不觸及禁忌的第三種行為，如在〈翠蓮拿夫〉中翠蓮用騎騾子避開「不坐轎」與「不騎馬」的禁忌，用穿紅紗避開「不穿衣服」的禁忌，用帶走縣官避開被「休棄」的懲罰。

八、小　結

以上五種類型，是現今學者多方探討的「巧媳婦」、「機智人物」類型的故事，因此，筆者將故事分析稍作整理，再將各家學者之論點分類整理，綜合出筆者認同之觀點，由於這五種類型是流傳於全世界的故事，因此複合型

〔註221〕同註219，〈中國巧女故事研究〉（下），頁77。

故事非常多，有雙核心，甚至三個核心情節以上的故事，筆者在現階段無法很深入去探討，因此作一簡要敘述。

第二節　聰明的言行（二）

一、第402則〈果子袋本生譚〉大意

（一）故事概要

《本生經》中第402則〈果子袋本生譚〉「主分」中故事概要：〔註222〕

> 有一個老婆羅門的妻子對他有所不滿，要他去旅行乞討，妻子給了他乾果、軟果，有一次在樹下，蛇聞到味道而溜進袋中，樹神跟他說可能在途中會死，或是回家妻子會死，老婆羅門非常恐懼死亡，去問賽那迦賢者，賢者判斷出袋中有黑蛇，婆羅門將七百金幣要給賢者當致謝金，摩訶薩（賽那迦）不接受，因此婆羅門仍保有一千金幣。賢者也判斷出婆羅門的妻子不貞，讓老婆羅門妻子的情夫去取一千金，再用方法讓他的情夫招出，對於盜人之婆羅門及老婆羅門妻子予以懲罰，給予老婆羅門大名譽。

在「序分」中，是佛在祇園精舍時，對般若波羅蜜所作之談話。在「結分」中，佛述此法語後，說明聖諦之理結束後，多人得「預流果」。「預流果」是小乘聲聞四果之第一，十八有學之一，意指預入無漏聖道之果位。蓋預流之「流」，即指聖道之流。斷三界之見惑已，方預參於聖者之流，稱為「預流果」。此為聲聞乘最初之聖果，故稱為初果。〔註223〕在「結分」中，佛為作本生今昔之結語：「爾時之婆羅門是阿難，樹神是舍利弗，會眾是佛之會眾，賽那迦賢者實即是我。」

（二）故事分析

1. 第402則〈果子袋本生譚〉情節分析：

①老婆羅門將錢埋藏在屋外被偷。

②偷錢者為老婆羅門妻子的情夫。

〔註222〕吳老擇編譯：《漢譯南傳大藏經・小部經典・本生經》第35冊（高雄：元亨寺妙林出版社，民國84年9月～民國85年3月），頁186～195。

〔註223〕《佛光大辭典（六）》（高雄：佛光出版社，1988年10月），頁5701。

③賢者用計找出偷錢的人。

2. 故事類型名稱

第 402 則〈果子袋本生譚〉故事的類型編號是 ATK 926D.4，本則採用 AT 編號，依據金榮華《民間故事類型索引》之分類法，名之爲「誰偷了藏在屋外的錢」，類型概要：[註224]

> 一人出外工作數年，積了一些銀子回家。到了村外，心想，離家多時，不知妻子是否可信。於是把錢藏在村外，空手回去。正如此人所慮，在他外出期間，妻子有了私情，聽見丈夫叫門，便讓情夫躲入床下。晚上夫妻對話，妻子問出丈夫在外所積存的銀數和藏銀地點，待丈夫熟睡後，使情夫潛出往取。

> 第二天，丈夫發現藏銀被竊，向官報案。縣官詢知其家養狗，便囑丈夫以遠出返家爲由，宴請親友；另外派人前往觀察，看那狗見了誰來會貼耳搖尾向前迎接，那人必是在丈夫離家期間常去他家者。觀察結果，果得一人，案子乃破。或是法官囑丈夫假意出榜賣妻，妻子之情夫持銀來購，而其妻也同意隨此人離去，案子遂破。

（三）中國各地之流傳及文本大要

中國流傳的地區有：海南、廣西。在中國古代的百家公案也有收錄。[註225] 依目前所見資料有古代：明代《智囊補·察智部卷十》〈詰奸·吳復〉[註226]、明代《百家公案》〈第九回　判姦夫竊盜銀兩〉[註227]；清代《咫聞錄卷五》·〈江恂審盜取埋銀案〉[註228]、清代《蝶階外史》卷二〈張立〉[註229]、清代《右台仙館筆記》卷十三〈審案問神〉[註230]、清代《中國偵

[註224] 同註 6，《民間故事類型索引》中冊，頁 376～377。

[註225] 同註 6，《民間故事類型索引》中冊，頁 376～377。

[註226] 明·馮夢龍編纂《智囊補》察智部卷十〈詰奸·吳復〉。參見同註 8，《中國古代民間故事類型研究》，頁 1050。

[註227] 王以昭主編：《百家公案》《罕本中國通俗小說叢刊第一輯》（台北：天一出版社，民國 63 年 9 月），頁 55～60。

[註228] 清·慵訥居士撰《咫聞錄》（1817）。參見同註 8，《中國古代民間故事類型研究》，頁 1051。

[註229] 清·高繼衍撰《蝶階外史》（1854）。參見同註 8，《中國古代民間故事類型研究》，頁 1052。

[註230] 清·俞樾撰《右台仙館筆記》（1880）。參見同註 8，《中國古代民間故事類型研究》，頁 1053。

探案‧審樹》〔註231〕、清代《施公案 43～44 回──審竹床斷竊銀案》〔註232〕。
近代：海南〈巧知府計捉通姦賊〉〔註233〕；廣西〈計叔的故事──◎審樹〉
〔註234〕。列舉以上九則，依審案過程，可分為兩種說法：

1. 官府已知歹徒是誰，引蛇出洞

古代：明代《智囊補‧察智部卷十》〈詰奸‧吳復〉、明代《百家公案》〈第
九回　判姦夫竊盜銀兩〉；清代《咫聞錄卷五》‧〈江恂審盜取埋銀案〉。近代：
海南〈巧知府計捉通姦賊〉。

以上四則，故事敘述一對夫妻，丈夫知道家中需要用錢，於是去外地賺
錢，此時妻子與鄰居男子發生關係，多年後丈夫夜晚歸來，因為所攜帶銀子
過多，於是藏於牆下或橋下，告訴妻子之後，進入屋子休息。隔天發現銀子
不見，於是去報官，官府詢問發生事情緣由，胸有成竹的知道盜賊是何人，
小心的將他引出來，有的是將丈夫下獄，跟蹤妻子行蹤；有的是要丈夫假意
賣妻，引竊賊現身；有的是假借土地公托夢，直接去情夫家搜查。

2. 假意棒打無生命之物，卸下犯人心防

古代：清代《蝶階外史》卷二〈張立〉、清代《右台仙館筆記》卷十三〈審
案問神〉、清代《中國偵探案‧審樹》、清代《施公案 43～44 回──審竹床斷
竊銀案》。近代：廣西〈計叔的故事──◎審樹〉。

以上五則，故事敘述的前置情節相同，報官後，官府詢問發生事情緣由，
知道盜賊是誰，利用杖責無生命之物，有些是要找證據；有些是要卸下犯人
心防，好即刻逮捕。

這兩種說法的核心情節相同，結構也大致相同，可以發現的是，相同的
案子，卻由包公審理，也被由施公審理，凡是地方上有名人物都審理過，而
且審理方式都大同小異，是因為名人總是會被很多事件穿鑿附會，一則趣味
性濃厚的民間故事，在流傳過程中，角色是誰，鮮少人會真正記得，記得的
都是故事情節令人印象深刻之處，加入名人成為主角，有時可增加故事真實
性，具有說服力，以及名人傳說的神祕趣味之處，便是民間故事引人入勝之

〔註231〕清‧吳趼人撰《中國偵探案》。參見同註8，《中國古代民間故事類型研究》，
　　　　頁 1053～1055。
〔註232〕同註8，《中國古代民間故事類型研究》，頁 1055～1058。
〔註233〕同註13，《中國民間故事集成》海南卷，頁 561。
〔註234〕同註16，《中華民族故事大系》第 15 冊，頁 382～383。也見於《4‧廣西民
　　　　間故事集》，頁 495～497。

處。因此，在生活類型故事中，尤其是跟審案相關的故事，將會一直看到名人出現在故事中。

（四）外國各地之流傳及文本大要

此一故事流傳的地區有：韓國、印度、柬埔寨。〔註235〕依目前所見資料，外國故事部份只有印度〈根本說一切有部毘奈耶雜事·第二十七卷〉〔註236〕。

此則是複合很多類型的故事，故事是用連環套的方式在陳述，因此可以單獨提出此段故事情節來探討。此段故事的處理審案方式跟《本生經》相同，老婆羅門將錢埋藏在屋外被偷。偷錢者為老婆羅門妻子的情夫。賢者用計找出偷錢的人。此計就是設宴請客，再觀察家中養的狗，看到熟人會搖尾巴的證據去證明妻子的情夫是誰，再予以懲處。

（五）小　結

此類型故事，在外國流傳的並不多，且流傳地方也可看出是比較保守或是女性地位低下的地方，這些地方對女性貞節的要求與束縛，高出許多文明國家。可能外國地區對愛情觀念比較開放，認為此類故事，沒有嚴重到要判刑處分，因此不被流傳，而中國及東南亞是很保守的地區，在中國流傳的故事，審案過程中，可以跟蹤妻子行蹤，甚至賣妻的行為，明顯的呈現出女性地位的卑下。

因此，筆者推測故事的來源可能是印度，印度在佛陀以後的時期，女性的地位低下，沒有自主權，而中國地區女性地位也是低下的，故事流傳到中國，想法相同，又加上律法嚴明及道德倫理的束縛，因此衍生出更多審判的過程。

二、第22則〈犬本生譚〉、第546則〈大隧道本生譚：〔2〕牡牛〔3〕結頸飾。〉大意

（一）故事概要

1. 《本生經》中第22則〈犬本生譚〉「主分」中故事概要：〔註237〕

菩薩轉生為犬，有百隻狗圍繞跟隨，有一天波羅奈王宮發生馬車皮革被狗咬爛，有臣子進言是城外狗群所為，國王下令殺野狗，

〔註235〕同註6，《民間故事類型索引》中冊，頁376～377。
〔註236〕同註25，《大正新修大藏經》第24冊，頁333下～338下。
〔註237〕同註222，《漢譯南傳大藏經·本生經》第31冊，頁231～234。

菩薩去跟國王說明兇手極可能為宮廷中的貴族犬所為，菩薩希望國王拿少許酪漿與吉祥草來。國王照菩薩所言，將搗碎此草混酪漿中，使犬飲下。之後，盡吐皮出，催吐證明，才保住許多野狗的生命。

在「序分」中，是佛在祇園精舍時，對親族自利、利他之菩薩行所作之談話。然為樹立此因緣談，佛說過去之事。在「結分」中，佛言：「汝等比丘！如來為同族計，非自今始，前生即已如是。」佛述此法話後，連結作本生今昔之結語：「爾時之王是阿難，其他諸犬是佛弟子，犬王實即是我。」指出犬王就是佛陀的前生。

2. 〈大隧道本生譚——〔2〕牡牛〉故事概要：〔註238〕

雨季到來，臥麥村一個村民準備犁地。他從另一個村買了幾頭牛，牽回來放在家中。第二天，他把牛牽到草地餵草。他坐在牛背上，後來感到困乏，爬下牛背，坐在地上睡著了。一個賊把牛牽跑了，這人醒來，發現牛不見了。他四下一望，看見了逃跑的賊。他們經過遊戲廳門口時，智者聽到他倆的爭吵聲，把他倆召來。智者觀察了他倆的舉止後，便知道哪一個是賊，於是，他首先問那個賊，給這些牛吃什麼，喝什麼？他說，給牠們喝牛奶粥，吃碎芝麻和菜豆。然後，他問牛主人。牛主人說給牠們吃草。智者讓人記下他倆的話，然後叫人取來催吐藥，放在石臼裡搗碎，摻上水，給牛餵下。這些牛嘔吐出來的全是草。

3. 〈大隧道本生譚——〔3〕結頸飾。〉故事概要：〔註239〕

有一個窮苦的婦女，用各色棉線搓成一個項圈。一天，她從脖子上取下這個用棉線搓成的項圈，放在脫下的外衣上，走進智者建造的池塘沐浴。另一個女青年看見這個項圈，心生貪欲就偷走，還說項圈是自己的東西。智者聽到聲音，得知是兩個女人吵架，便把她倆召來。他從她倆的舉止已經知道哪個是賊。

他問清楚事由後，他首先問那個賊，項圈上抹的是什麼香料？他說，經常抹百合香。然後，他問另一個婦女。她說經常抹苾揚古花香料。智者讓人端來一盆水，把項圈扔在裡面。然後，找來香料商，請來聞聞這盆水，鑑別一下是什麼香料。他聞出是苾揚古花香。

〔註238〕同註5，《佛本生故事精選》，頁432～433。
〔註239〕同註5，《佛本生故事精選》，頁433～434。

－194－

大士把事實告訴眾人，讓她自己承認是賊。從此，大士的智慧人盡
皆知。

（二）故事分析

1. 第 22 則〈犬本生譚〉情節分析：

①王宮發生馬車皮革被狗咬爛事件，有臣子進言是城外狗群所爲。

②智者將吉祥草搗碎混酪漿中，使貴族犬飲之後，盡吐皮出。

③催吐證明，保住許多野狗的生命。

2. 第 546 則〈大隧道本生譚：〔2〕牡牛。〔3〕結頸飾。〉情節分析：

①兩人互控對方偷了自己的牛。智者問明雙方各自給牛餵食的食物
後，分析牛嘔吐物，由此斷定這牛原來是誰養的。

②兩人互控對方偷了自己的結頸飾。智者問明雙方各自用的香料後，
分析水中稀釋出的味道，由此斷定這結頸飾原來是誰的。

3. 故事類型名稱

第 22 則〈犬本生譚〉、第 545 則〈大隧道本生譚：〔2〕牡牛。〔3〕結頸
飾。〉故事的類型編號是 ATK 926G.1，本則採用 AT 編號，依據金榮華《民
間故事類型索引》之分類法，名之爲「誰偷了雞或蛋」，類型概要：[註240]

縣官依據口腔或胃中留剩的食物判斷誰偷了雞或蛋，或是誰在
說謊。如：

①兩人互控對方偷了自己的雞。縣官問明雙方各自給雞餵食的
是米、豆、糠、穀或玉米後，分析雞屎，或下令把雞殺了，
檢查胃中食物，由此斷定這雞原來是誰養的。

②侍女中有一人偷吃了熟雞蛋，主人要她們漱口，從她們吐出
來的水斷定蛋是誰吃的。

③婆婆控告媳婦不孝，自己吃雞絲麵，給她吃菜乾麵。縣官請
她們各自再吃一碗麵，但在碗裡加了生菜油。她們吃後不久
就都吐了，縣官一看，婆婆吐出的是尚未消化的雞絲，媳婦
吐的則是菜乾。

（三）中國各地之流傳及文本大要

中國流傳的地區有：四川、浙江、吉林、遼寧、甘肅、寧夏、江蘇、海

[註240] 同註 6，《民間故事類型索引》中冊，頁 381～383。

南、雲南、貴州、西藏。﹝註241﹞依目前所見資料有古代：唐代《南史》卷七十《循吏傳》〈破雞得情〉﹝註242﹞；清代《不用刑審判書》〈破雞肫明辨曲直〉﹝註243﹞。近代：四川〈巧斷鵝案〉﹝註244﹞、四川〈羌戈大戰〉﹝註245﹞、四川〈聰明的哈木基〉﹝註246﹞；浙江〈兩碗長壽麵〉﹝註247﹞；吉林〈誰吃了雞蛋〉﹝註248﹞；遼寧〈知州巧斷光棍案〉﹝註249﹞；寧夏〈邵都統斷案〉﹝註250﹞；江蘇〈張飛斷雞〉﹝註251﹞、江蘇〈滷鴨的傳說〉﹝註252﹞；海南〈海瑞審雞蛋〉﹝註253﹞；貴州〈宋醒審雞〉﹝註254﹞、貴州〈機靈的小哈木基〉﹝註255﹞；雲南〈聰明的召瑪賀──智判偷牛賊〉﹝註256﹞；西藏〈聰明的雷門力米〉﹝註257﹞；甘肅〈蔡知縣審雞〉﹝註258﹞；寧夏〈十不全斷案〉﹝註259﹞。列舉以上十八則，可分為兩種說法：

1. 從動物內臟的食物，判斷動物為誰所有

　　唐代《南史》卷七十《循吏傳》〈破雞得情〉；清代《不用刑審判書》〈破雞肫明辨曲直〉。近代：四川〈巧斷鵝案〉、四川〈聰明的哈木基〉；寧夏〈邵都統斷案〉；江蘇〈張飛斷雞〉、江蘇〈滷鴨的傳說〉；貴州〈宋醒審雞〉、貴州〈機靈的小哈木基〉；雲南〈聰明的召瑪賀──智判偷牛賊〉；甘肅〈蔡知縣審雞〉。

﹝註241﹞同註6，《民間故事類型索引》中冊，頁382～383。
﹝註242﹞唐·李延壽撰《南史》。參見同註8，《中國古代民間故事類型研究》，頁533。
﹝註243﹞清·魏息園輯《不用刑審判書》「破雞肫明辨曲直」。參見同註8，《中國古代民間故事類型研究》，頁534。
﹝註244﹞同註13，《中國民間故事集成》四川卷，頁214～216。
﹝註245﹞同註13，《中國民間故事集成》四川卷，頁1128～1130。
﹝註246﹞同註13，《中國民間故事集成》四川卷，頁1195～1196。
﹝註247﹞同註13，《中國民間故事集成》浙江卷，頁708～709。
﹝註248﹞同註13，《中國民間故事集成》吉林卷，頁60～61。
﹝註249﹞同註13，《中國民間故事集成》遼寧卷，頁97～100。
﹝註250﹞同註13，《中國民間故事集成》寧夏卷，頁600～602。
﹝註251﹞同註13，《中國民間故事集成》江蘇卷，頁62～63。
﹝註252﹞同註13，《中國民間故事集成》江蘇卷，頁441～442。
﹝註253﹞同註13，《中國民間故事集成》海南卷，頁80～81。
﹝註254﹞同註13，《中國民間故事集成》貴州卷，頁166～168。
﹝註255﹞同註16，《中華民族故事大系》第11冊，頁941～945。
﹝註256﹞同註13，《中國民間故事集成》雲南卷，頁1507。
﹝註257﹞同註15，《40·西藏民間故事集》，頁131～138。
﹝註258﹞同註13，《中國民間故事集成》甘肅卷，頁116～117。
﹝註259﹞同註13，《中國民間故事集成》寧夏卷，頁604～605。

以上十一則，故事大致敘述，有一人帶著一隻或一籠雞、鵝去店家賣，希望變賣後的錢，可以讓母親或父親治病，可是卻遇到貪心的買家，將雞混合到自己的雞籠後，聲稱是自己的雞，不付錢給他，雙方各執一詞，吵的不可開交，因此就有官府的人出現，這時出現的人物，有的是張飛，有的是白居易，有的是丁日昌等等。通常方法就是詢問雙方餵雞或鵝的食物，其中不同的是在〈聰明的召瑪賀──智判偷牛賊〉是指牛隻被偷。問清楚事由之後，官府殺雞或鵝，剖肚查明雞或鵝吃的食物；或者讓動物吃了會腹瀉的食物，查明排泄出來的穢物，是哪一方所說的食物殘渣，然後再給予說謊貪心者一個嚴懲。

此說法的方式，讓動物吐出腹中的食物，來查明真相，與《本生經》的敘述相同，核心情節也相同，處理方式的情節排序也相同，只是角色上《本生經》是以「狗」犯案來陳述事件，由智者來揭開真相，找出咬壞皮革的狗，而中國流傳的故事是常見的家畜「雞」或「鵝」，主要是人的貪心，導致無法分辨出誰是動物的主人。角色變成是雞或鵝，可能是比較有經濟價值，且大多平民人家也會飼養，因此中國各地大多是此類說法。

2. 從人漱口水或牙縫殘渣，判斷誰偷吃

四川〈羌戈大戰〉；浙江〈兩碗長壽麵〉；吉林〈誰吃了雞蛋〉；遼寧〈知州巧斷光棍案〉；海南〈海瑞審雞蛋〉；西藏〈聰明的雷門力米〉；寧夏〈十不全斷案〉。其中寧夏回族〈十不全斷案〉的故事複合「AT 926 E.1 抓住心虛盜賊的其他方法」類型概要：

> 縣官發給每個嫌疑犯一小段同樣長短的蘆杆，對他們說，這種神奇的蘆杆在真正的罪犯手裡會漸漸長一點出來。於是真正的罪犯就先把蘆杆掐短一截而露出了馬腳。或是縣官假裝和一座神像講話，聲稱神像會告訴他誰是真正的罪犯，一面手指著嫌疑犯問神像：是這個人嗎？是那個人嗎？同時觀察嫌犯們臉上的表情而找出真正的罪犯。〔註260〕

以上七則，有的是家人要考驗即將上任的新官，有的是要顯現出小孩的智慧超群，四川〈羌戈大戰〉則是要顯示自己民族的誠實表現。故事大致敘述，有人貪吃了一些食物，但是始終找不到是誰，家人趁此機會，讓家裡將

〔註260〕同註6，《民間故事類型索引》中冊，頁378。

上任的新官審一審此案，故事中說到三種食物，相同點都是會留下明顯易辨識的殘渣，有的是用麵食，雞蛋跟莱乾，大部分是說到漱口後，吐一口水在碗裡來查看，有些是看牙縫殘留的食物來查明。

（四）外國各地之流傳及文本大要

此一故事流傳的地區有：印度、越南。〔註261〕依目前所見資料，外國故事流傳只見印度一則〈根本說一切有部毘奈耶雜事・第二十七卷〉。故事敘述，一個智者遇到一對夫妻，丈夫成天和牛羊打交道，爲人老實，對妻子也很好。妻子卻和丈夫不一樣，平時什麼活也不想做，成天只把心眼放在騎高頭大馬的人身上。一天，妻子被一個遠方的男人拐走了。丈夫知道後，便急忙上路去追趕。妻子不承認丈夫，只想跟人高馬大的男子走。智者利用雙方前晚吃過的東西，來判斷女子應該是屬於哪個男子的，結果女子在家中吃過食物未消化完全被識破。

在西藏流傳的故事，與佛經〈根本說一切有部毘奈耶雜事・第二十七卷〉相同內容，人物和細節有些差異，但是在核心情節與結構上是符合的。但是與《本生經》的說法不同。

（五）小　結

此類型故事，在外國流傳的並不多，印度《本生經》與佛經《根本說一切有部毘奈耶雜事》的故事爲兩種不同的說法，然而故事的核心情節相同，都是依照吐出來的東西去判斷是非對錯，這是一個經驗法則，實證原理。不過中國地區目前所見最早的文獻紀錄在唐朝，流傳到近代也是分爲兩種說法。

此類型故事在外國所見資料幾乎沒有，故事流傳到中國，又是一種智慧型審案方式。《本生經》爲目前最早紀錄的文獻，且其中就有三則類似的故事，由於各地都有這樣的機智人物，而印度的民間流傳的故事可發現更多，因此，筆者就中國外國故事來推測其來源可能是印度，但是傳至中國之後，本土化的結果，也發展出更多型態的故事情節。

〔註261〕同註6，《民間故事類型索引》中冊，頁382～383。

第三節 盜賊和謀殺的故事和其他生活故事

一、第48則〈智雲咒文本生譚〉大意

（一）故事概要

《本生經》中第48則〈智雲咒文本生譚〉「主分」中故事概要：〔註262〕

　　婆羅門會一種咒語，看天象唸出會使天降下七寶之雨，此時，
婆羅門跟弟子被盜賊捕捉，弟子被放回去籌贖金，弟子跟師父說千
萬不要念咒語，這樣會害了自己也害了盜賊，但是婆羅門師父不聽
信弟子的話，念咒語後被釋放，又被另一批盜賊捕抓，第二批盜賊
因為婆羅門無法唸第二次咒語，於是殺了婆羅門，之後又去追殺第
一批盜賊，互相殘殺，最後剩下兩人，此時一人想用劍砍死對方，
另一人想下毒毒死對方，兩人因此也喪命。

在「序分」中，是佛在祇園精舍時，對頑固比丘的談話。敘述比丘前生
頑固非只於此世，而且不守賢者之忠告，被銳劍斬為兩段倒臥途中，由同一
原因，使千人失去生命！於是佛為說過去之事。在「結分」中，佛述此法語
後，作本生今昔之結語：「爾時之智雲婆羅門是頑固之比丘，弟子實即是我。」
指出當時的弟子就是佛陀的前生。

（二）故事分析

1. 第48則〈智雲咒文本生譚〉情節分析：

　　①師徒被盜賊捕捉。
　　②師父念咒語降下財寶，之後被釋放又被另一批盜賊捕捉。
　　③兩方盜賊發現財寶，互相謀害殺死對方。

2. 故事類型名稱

第48則〈智雲咒文本生譚〉故事的類型編號是 ATK 969，本則採用 AT
編號，依據金榮華《民間故事類型索引》之分類法，名之為「得寶互謀俱喪
命」，類型概要：〔註263〕

　　兩個人在山林中發現了藏銀，但都已餓了，於是決定一人留

〔註262〕同註222，《漢譯南傳大藏經・本生經》第31冊，頁329～334。
〔註263〕同註6，《民間故事類型索引》中冊，頁411。

守，一人往市鎮買飯菜。留守者想要獨吞藏銀，等到買飯菜的同伙回來後，就將他殺死，然後把飯菜吃了，準備搬取銀子。不料被殺的同伙在買飯菜時，也想獨吞藏銀而在飯菜中下了毒，因此他還來不及搬運銀子便毒發而一同身亡。

（三）中國各地之流傳及文本大要

中國流傳的地區有：陝西、吉林、福建、甘肅、廣西、西藏、海南、湖北、江西、貴州、雲南、四川、蒙古。〔註264〕依目前所見資料有古代：宋代《可書》〈三道人〉；明代《耳談》卷四〈劉尚賢〉；清代《古今譚概》〈貪穢部第十五，死友〉。〔註265〕近代：廣西〈一罐金〉〔註266〕；福建〈土地廟爲什麼沒土地婆〉〔註267〕、福建〈土地公與土地婆〉〔註268〕、福建〈土地公與土地婆——異文〉〔註269〕；貴州〈土地婆婆發善心〉〔註270〕、貴州〈孔明墳的傳說〉〔註271〕；湖北〈三個瞎子敬香〉〔註272〕；陝西〈一錠銀〉〔註273〕；海南〈三個貪心人〉〔註274〕；西藏〈三個獵人〉〔註275〕、西藏〈三個獵人——異文〉〔註276〕；江西〈人爲財死，鳥爲食亡〉〔註277〕；甘肅〈一塊金磚〉〔註278〕、甘肅〈貓頭鷹和驚怪子〉〔註279〕；吉林〈見財起意〉〔註280〕；雲南〈貪財人的結果〉〔註281〕；四川〈同歸於盡〉〔註282〕；蒙古〈四個「好心

〔註264〕同註6，《民間故事類型索引》中冊，頁411～412。
〔註265〕同註8，《中國古代民間故事類型研究》中冊，頁678～680。
〔註266〕同註13，《中國民間故事集成》廣西卷，頁777～778。
〔註267〕同註13，《中國民間故事集成》福建卷，頁169～170。
〔註268〕同註13，《中國民間故事集成》福建卷，頁170～171。
〔註269〕同註13，《中國民間故事集成》福建卷，頁171～172。
〔註270〕同註13，《中國民間故事集成》貴州卷，頁219～221。
〔註271〕同註13，《中國民間故事集成》貴州卷，頁345～346。
〔註272〕同註13，《中國民間故事集成》湖北卷，頁594～595。
〔註273〕同註13，《中國民間故事集成》陝西卷，頁630～631。
〔註274〕同註13，《中國民間故事集成》海南卷，頁588。
〔註275〕同註13，《中國民間故事集成》西藏卷，頁992～993。
〔註276〕同註13，《中國民間故事集成》西藏卷，頁993～994。
〔註277〕同註13，《中國民間故事集成》江西卷，頁675。
〔註278〕同註13，《中國民間故事集成》甘肅卷，頁680～681。
〔註279〕同註13，《中國民間故事集成》甘肅卷，頁291～292。
〔註280〕同註13，《中國民間故事集成》吉林卷，頁775～776。
〔註281〕同註16，《中華民族故事大系》第7冊，頁469～470。也見於《11・雲南民間故事集》，頁223～226。
〔註282〕同註15，《15・四川民間故事集》，頁286～288。

眼」的人〉〔註283〕；普米族〈山神濟貧〉〔註284〕；怒族〈六罐金銀〉〔註285〕。
列舉以上二十三則，可分為四種說法：〔註286〕

1. 自己發現

（1）發現黃金：古代：宋代《可書》〈三道人〉；明代《耳談》卷四〈劉尚賢〉；清代《古今譚概》〈貪穢部第十五，死友〉。近代：廣西〈一罐金〉；陝西〈一錠銀〉；海南〈三個貪心人〉；江西〈人為財死，鳥為食亡〉；甘肅〈一塊金磚〉、甘肅〈貓頭鷹和鷲怪子〉。

（2）發現獵物：西藏〈三個獵人〉、西藏〈三個獵人——異文〉；四川〈同歸於盡〉；蒙古〈四個「好心眼」的人〉。

以上十三則，故事敘述都是經由自己發現，通常是主角在耕地鬆土或採集時自己挖到的，也有在路邊撿到，或在山谷中發現，或是無意間在廟中發現，這是發現金子的部份。發現獵物：大多都是獵人一起打獵，一人打中獵物，其他的人就開始覬覦，想要奪為己有；四川的〈同歸於盡〉比較特別，敘述到熊、象、老虎三種動物和一個獵人掉入陷阱，互相爭鬥咬死，被兩個商人發現，又被其他四個商人得知，兩批商人就開始精打細算，互相謀財害命。中國接近內陸的地區大多敘述發現金子，而西藏蒙古地區，以遊牧為生，大多敘述發現獵物，因為獵物對他們的重要性遠大於黃金。

2. 他人告知

雲南〈貪財人的結果〉；雲南怒族〈六罐金銀〉。以上兩則，故事大致敘述，有個老人直接告訴主角們那裡有財寶。雲南怒族〈六罐金銀〉中的老人，像先知一般，除了告訴他們金銀的位置，還看出他們可能因為金銀分配不均而互相殘殺，勸他們分組去找，又告訴他們要友愛，不過，金銀的魅力太誘人，最終還是敵不過人性的貪慾。

3. 神仙賜予〔註287〕

福建〈土地廟為什麼沒土地婆〉、福建〈土地公與土地婆〉、福建〈土地

〔註283〕同註15，《36‧蒙古民間故事集》，頁535～536。

〔註284〕同註16，《中華民族故事大系》第14冊，頁332～333。

〔註285〕同註16，《中華民族故事大系》第14冊，頁630～633。

〔註286〕參見陳妙如：〈「得寶互謀俱喪命」故事試探〉《發皇華語‧涵詠文學：中國文學暨華語文教學學術研討會論文集》（台北：文津出版有限公司。民國98年12月），頁174～175。

〔註287〕同註286，〈「得寶互謀俱喪命」故事試探〉，頁174～175。

公與土地婆——異文〉；貴州〈土地婆婆發善心〉；湖北〈三個瞎子敬香〉；吉林〈見財起意〉；雲南普米族〈山神濟貧〉。以上七則，故事敘述有的是喜神、財神、山神、廟神暗中所賜，更有土地公或土地婆托夢指示，使用點金法、挪移術，直接是把金子送到主角面前，福建地區流傳的幾則有關土地公和土地婆的故事，就是這樣的情節。

「土地公與土地婆」看似藉助 AT 969 的基本結構去解說：為何古時只供奉土地公而不供奉土地婆？事實上是用土地公和上地婆的傳說做為包裝，來講述「得寶互謀俱喪命」的故事。篇中的土地婆瞞著土地公，暗中將八缸銀子挪移到八個墾荒者的面前，八人遂分成兩組，四人看守，四人下山買酒菜。買酒菜的人在裡面放砒霜，看守者見到四人回來則立刻用鋤頭砸死他們，每個人都想多得對方的一份。結果，四個看守者吃完酒菜也全部中毒死亡，小鳥吃了剩下的菜也中毒而死。於是土地公大怒，揮拐杖亂打土地婆，土地婆一生氣就帶著金銀財寶的鎖匙跑到南洋去了，所以南洋的富有是土地婆把中國的財寶帶去之故。

〈土地公與土地婆——異文〉：土地婆用神力將金冬瓜滾到三個挖蕨根的人面前，由於三人都想獨得，遂互謀而死。土地公怕玉帝怪罪，罵土地婆「好心辦壞事」，把她休了。民主公認為土地婆是「好心招罪」，便收留她。因此，民主公廟中夫妻同坐，土地公廟裡只見土地公光棍一人。

〈土地婆婆發善心〉：敘述土地婆想讓每日虔誠敬供他倆的三個叫化子發點財，做為回報，但土地公不肯。土地婆卻直接托夢告知三個叫化子，大樹下有三百兩銀，每人正好可分一百兩。結果，三人都想多得對方的一份而互相謀害。土地公責備土地婆，原本土地公就說三個人得了銀子就不會齊心，只有當叫化子才能合心合意過日子，因為這是他們的命。

4. 勞力獲取

貴州〈孔明墳的傳說〉此則故事與其他說法的得寶方式不同，這裡是加入了「孔明的傳說」敘述孔明臨死前交代部下別張揚，私下將他安葬在某處。只賞銀給四個人共三兩銀子，故事是敘述到自己努力辛苦得來的薪資，但卻是四人工作，很難分配三兩銀子，自然有分配不均的問題出現，也是情節安排的衝突點，將互相計謀殺害的原因合理化。

（四）外國各地之流傳及文本大要

此一故事流傳的地區有：印度、尼泊爾、越南、菲律賓、緬甸、阿拉伯、

英國。〔註288〕依目前所見資料，外國故事流傳有：越南〈禍兮福伏〉〔註289〕；阿拉伯〈商人和兩個騙子的故事〉〔註290〕；英國〈赦罪修士的故事〉〔註291〕；印度〈206 舊雜譬喻經——卷上第 24 則〉〔註292〕。列舉以上四則，依照得寶的方式都是自己發現。

1. 越南〈禍兮福伏〉：

　　一天，有個窮人挖到十塊金錠，一個富翁要拿田地換金子，並允諾將妹妹許配給他，富翁奪得十條金錠，於是縣官也想要，故意栽贓嫁禍給富翁，拿到十條金錠。縣官派他兒子秘密將金子帶回老家買田置地，他兒子在船上一夜之間就賭博輸光了，十錠黃金轉到兩個商人手裡。第二天，這兩人被四名劫匪搶走全部金錠，劫匪商議每兩人分五錠，零星銀子買酒肉大吃一頓。去買酒肉的兩個劫匪想佔有全部金錠，買毒藥放進酒裡，毒死在家的兩個。結果，雙方都結束了性命，十錠黃金變成無主，被另一個商人占為己有，得到金錠之後，他貨也不提，趕緊上船起錨。第二天，暴風驟起，桅杆折斷，船身破碎，全部財物沉入海底。

2. 阿拉伯〈商人和兩個騙子的故事〉：

　　有一個大商人生意做的很大，批了貨要去市場賣。第一夜住宿的時候，兩個騙子決心騙取商人的財物。可是他們倆個各懷鬼胎，想獨占商人的財物。於是，兩人都暗中把毒藥擺在食物裡，各自把有毒的食物獻給對方。最終，二人同歸於盡。大商人找不到兩個同路人，想查明究竟。發現他倆是自作聰明，各耍手段，目的是要對他謀財害命，結果卻是害了自己，落得一個互相殘殺的結局。

3. 英國〈赦罪修士的故事〉：

　　有三個惡漢，想要去找「死亡」，因為死亡害了他們一家人，因此沿路都跟其他人打聽「死亡」的下落，有一個老人跟一個病人，跟他們抱怨「死亡」很壞，終究不將他們帶走。其中深涵寓意，點

〔註288〕同註6，《民間故事類型索引》中冊，頁 411～412。

〔註289〕呂正譯：《越南神話民間故事選》（河內：河內世界出版社，1997 年），頁 137～139。

〔註290〕李唯中譯：《一千零一夜故事集》（台北：遠流出版社，民國 89 年），頁 588。

〔註291〕王驥譯：《坎特伯利故事集》（台北：志文出版社，1978 年），頁 255～264。

〔註292〕同註 25，《大正新修大藏經》第 4 冊，頁 515 上。

出了三惡漢尋找「死亡」，卻一步一步邁向「死亡」之路。之後一個老人跟他們說「死亡」就在河岸附近，老人說的是「金幣」，對於善用的人，「金幣」不會讓人步入死亡，人性顯示貪婪的一面，才會讓財寶促成「死亡之路」。

4. 印度〈206 舊雜譬喻經──卷上第 24 則〉：

三個人見到路邊有一堆黃金，就停下來一起拾取，然後讓一個人回到村子裡買飯。這個人把毒藥放在飯裡，心想：殺死他倆，我就能獨自得到那些黃金。另外的兩個人也心生歹念，心想見到買飯的人回來，就一起殺死了他。之後，他倆殺了外出買飯回來的人，再吃了毒藥的飯都死了，三個人各懷鬼胎，互謀殺害。

其中英國〈赦罪修士的故事〉一個老人將金幣比喻成「死亡」，因為只為自己的享受，又不懂得植福培福，甚至違背法律來取得錢財，後果就不堪設想。因此英國的故事一直提到「死亡」與佛經《大莊嚴論經》一則故事中將黃金說成「毒蛇」的寓意有相似之處。佛經故事概要如下：

有一天，佛陀與阿難尊者正在田間小路經行。忽然，兩人都看見了路旁有一堆閃閃發亮的寶物，佛陀對阿難尊者說：「阿難！你看，那裡有大毒蛇。」阿難尊者回答：「世尊！您說的沒錯，的確是最凶惡的毒蛇。」

當時田裡有一位正在耕種的農人，聽到佛陀與阿難尊者的對話，非常好奇，於是他前往一探究竟，沒想到看到的卻是價值連城的金子被棄在路旁。於是農人趁四下無人，便將黃金據為己有，從此生活富足，衣食無缺。貧窮的農人一夕致富，令旁人眼紅，消息也很快地傳到國王的耳中。國王懷疑農人不法謀財，才會一夕致富，便派人將他逮捕入獄，以國法治罪。

農人在獄中悔恨地說道：「世尊說是毒蛇，阿難尊者也說是惡毒蛇啊……」獄卒見此狀，覺得非常奇怪，即將事情稟告國王。國王聽了，便派獄卒押解農人到宮裡來詢問原因。農人後悔地表示：「之前在田裡耕種時，正巧佛陀與阿難尊者到田邊經行，因為聽到他們說有毒蛇，便走過去探探究竟，才發現這些價值連城的黃金。被貪心蒙蔽的我，於是將它據為己有，如今為此入獄，我終於明白黃金

眞是害人不淺的毒蛇！」篤信佛法的國王聽完農人的回答後，知道
他已信受佛陀的話語，並懺悔改過，所以不但不要他歸還所拾獲的
黃金，還賜給農人許多財寶，並恢復他自由之身。〔註293〕《大莊嚴
論經·卷第六（第34則）》

兩則故事都是藉由令人害怕的物品來比喻，英國的是以金幣比喻「死
亡」，佛經故事是以黃金比喻成「毒蛇」。都是奉勸世人，不要太貪心，否則
將陷自己跌入萬丈深淵。

（五）小　結

《本生經》故事敘述「從天而降」的得寶方式最特殊。主角是婆羅門的
吠陀婆，因爲他精通咒術，只要唸起咒語，就能使天空像下雨般地降下七種
寶貝。當他被強盜捉去，受不了綑綁之苦，於是唸咒使天降財寶。強盜們爲
了搶奪財寶，最後都互相殘殺而死，連婆羅門也被殺了。〔註294〕

國內外故事的核心情節都是說到「得寶互謀俱喪命」，不同的就是人數的
多寡，得金銀的多寡，很多情節都是刻意安排讓金銀無法分配平均，造成互
相謀財害命的原因，其實不管分不分的平均，貪心的人還是會去害人，「神仙
賜予」的說法，已經可以平分金銀，可是貪心的人，依舊想方設法要獨佔金
銀，此類型故事的教育意義大於娛樂性質，依目前所見最早的文獻是《本生
經》，且故事核心情節各地流傳皆相同，因此推測爲印度所傳。

二、第446則〈球莖本生譚〉大意

（一）故事概要

《本生經》中第446則〈球莖本生譚〉「主分」中故事概要：〔註295〕

迦尸國有一個青年名爲瓦西塔伽，母親去世後，原本單獨扶養
父親，父親強迫他娶妻之後，妻子本來都很孝順，後來開始虐待父
親，然後要瓦西塔伽將父親殺害，還教他到墳墓去挖洞埋入父親，
而他們的小孩智賢童子暗中跟著父親前往，他也依樣挖洞，父親問
他爲何如此做，童子回答以後要埋他的，父親驚覺，童子要父親跟
母親說服，不能做如此之事。三人回家後，瓦西塔伽將妻子趕出門，

〔註293〕同註25，《大正新修大藏經》第4冊，頁289下～290上。
〔註294〕同註286，〈「得寶互謀俱喪命」故事試探〉，頁175。
〔註295〕同註222，《漢譯南傳大藏經·本生經》第36冊，頁178～185。

假意要娶新妻入門，童子跟母親說要知道悔過，因此母親向夫翁謝罪，改過遷善，一家人和樂生活。

在「序分」中，是佛在祇園精舍時，對扶養父親之一優婆塞所作之談話。故事內容與「主分」中的故事相同，在「結分」中，佛述此法語後，說明聖諦之理——說聖諦竟，扶養父者，達「預流果」——佛為作本生今昔之結語：「爾時之父、子及妻是如今之三者，智賢童子即是我。」指出智賢童子就是佛陀的前生。

（二）故事分析

1. 第 446 則〈球莖本生譚〉情節分析：

①妻子厭惡公公，慫恿丈夫將其埋入墳墓。

②兒子到墳墓準備挖洞埋入父親。

③孫子依樣挖洞，說出「將來埋父」的驚人之語，讓為人子的兒子覺醒。

2. 故事類型名稱

第 446 則〈球莖本生譚〉故事的類型編號是 980，本則採用 AT 編號，依據金榮華《民間故事類型索引》之分類法，名之為「兒子一言驚父親，從此孝養老祖父」，類型概要：〔註296〕

父親叫兒子幫他用籮筐把老祖父抬進深山拋棄，兒子要帶回籮筐，因為將來可抬父親。於是父親覺悟，決定抬回祖父，好好供養。

（三）中國各地之流傳及文本大要

中國流傳的地區有：四川、北京、吉林、河南、江蘇、廣西、海南、山西、雲南、寧夏、台灣。〔註297〕依目前所見資料有：海南〈子學父樣〉〔註298〕；四川〈摔父親的兒子〉〔註299〕、四川〈老子、兒子和孫子〉〔註300〕、四川〈有特斯里三百六十歲〉〔註301〕；江蘇〈祖孫三代〉〔註302〕；河南〈拉荊

〔註296〕同註6，《民間故事類型索引》中冊，頁418。
〔註297〕同註6，《民間故事類型索引》中冊，頁418～419。
〔註298〕同註13，《中國民間故事集成》·海南卷，頁541～542。
〔註299〕同註15，《16·四川民間故事集》，頁207。
〔註300〕同註13，《中國民間故事集成》四川卷，頁1081～1082。
〔註301〕同註13，《中國民間故事集成》四川卷，頁786～787。
〔註302〕同註13，《中國民間故事集成》江蘇卷，頁659～660。

笆〕〔註 303〕；吉林〈踹笆〉〔註 304〕、吉林〈花甲葬的規矩是怎改變的〉
〔註 305〕；山西〈閻德拖笆〉〔註 306〕；北京〈要車〉〔註 307〕；台灣屏東〈孝
順的故事〉〔註 308〕；台灣烏來〈椅子〉〔註 309〕；台灣桃竹苗〈竹籠棄老〉
〔註 310〕；寧夏〈小木碗〉〔註 311〕；廣西〈留豬籠〉〔註 312〕、〈留豬籠──異
文〉〔註 313〕；雲南〈背架〉〔註 314〕、〈父行子效〉〔註 315〕。列舉以上十八則，
可分為三種說法：

1. 夫妻共謀丟棄父親，孫子聰明救爺爺

海南〈子學父樣〉；四川〈老子、兒子和孫子〉；河南〈拉荊笆〉；吉林
〈踹笆〉；山西〈閻德拖笆〉；寧夏〈小木碗〉；廣西〈留豬籠──異文〉；雲
南〈背架〉、雲南〈父行子效〉。

以上九則，故事大致敘述一對夫妻扶養父親，通常是媳婦有很多的不滿，
跟丈夫訴苦，丈夫天天聽抱怨的結果，相信妻子所說，決定要遺棄父親，一
起商量買一個竹籠或籮筐之類，帶著自己的兒子背著父親將他丟棄山上，他
兒子就說要留下籮筐，等父親年老再用，此時他才驚覺自己荒謬的行為，再
將自己的父親背回家。其中寧夏〈小木碗〉，敘述夫妻倆不想扶養老人，把大

〔註 303〕同註 13，《中國民間故事集成》河南卷，頁 534～536。
〔註 304〕同註 13，《中國民間故事集成》吉林卷，頁 819～820。
〔註 305〕同註 15，《34‧吉林民間故事集》，頁 79～81。
〔註 306〕同註 13，《中國民間故事集成》山西卷，頁 622～625。
〔註 307〕同註 13，《中國民間故事集成》北京卷，頁 818～819。
〔註 308〕陳麗娜：《屏東後堆客家民間故事》（台北：中國口傳文學學會，2006 年 6 月），頁 120。
〔註 309〕金榮華：《台北縣烏來鄉泰雅族民間故事》（台北：中國口傳文學學會，1998 年 12 月），頁 71。
〔註 310〕金榮華：《台灣桃竹苗地區民間故事》（台北：中國口傳文學學會，2000 年 11 月），頁 147。
〔註 311〕同註 15，《35‧寧夏民間故事集》，頁 153～154。也見於《中華民族故事大系》第 1 冊，頁 953～954。
〔註 312〕同註 13，《中國民間故事集成》廣西卷，頁 697～698。
〔註 313〕同註 13，《中國民間故事集成》廣西卷，頁 698。也見於《中華民族故事大系》第 11 冊，頁 580～581。
〔註 314〕同註 13，《中國民間故事集成》雲南卷，頁 1359～1360。也見於註 34，《中華民族故事大系》第 8 冊，頁 815～817。
〔註 315〕同註 16，《中華民族故事大系》，頁 498。也見於《11‧雲南民間故事集》，頁 221～222。

碗換成小木碗，孫子得知，藉由藏小木碗，來奉勸自己的父母親，做一個警惕。

故事中並沒有特別說明小孩是否智慧超群，也許是小孩無意中的一句話，點醒了為人子女的父母親，也或許是刻意說的。如果是刻意說出口的，比較讓人驚訝，表示小孩子的智慧超過常人，知道在何時要說何話，可以點醒大人。不過故事中，較多是表示出小孩子無意間說出口的話，單純的思想，保有赤子之心，也讓人性蒙蔽的人有所警覺。

2. 兒子不孝，老人自己解危

四川〈摔父親的兒子〉、四川〈有特斯里三百六十歲〉。〈有特斯里三百六十歲〉複合「AT 829A 神仙應請增人壽」。

「AT 829A 神仙應請增人壽」類型概要：

> 卜者算出一個年輕人的壽命不長，教他備了酒菜，在某時到某地去看兩位老人下棋。兩位老人一邊下棋，一邊隨手取吃年輕人備的酒菜。當他們下完棋，才發現旁邊有個年輕人，並且還吃完了他的酒菜，便商議要怎麼酬謝。年輕人則立刻依卜者指示，懇求他們延長他的壽命，原來這兩個人是掌管人們生死的大神，他們因為已經吃了年輕人的酒菜，覺得總要給他一點好處，終於同意讓他多活數十年。或是誘使死神使者先吃了他所準備的宴席，然後請求開恩，把他的名字移到生死簿的邊緣，這樣在裝釘簿子時他的名字便會被夾住而看不到。〔註316〕

以上兩則，四川〈摔父親的兒子〉是敘述兒子不想扶養父親，要將父親遺棄，父親感慨的說：「你未來也會遇到相同的事情，你兒子也可能這麼做。」故事中的情節張力不是很明顯，因為聽起來就像一個老人在抱怨，不會讓人有太強烈的驚覺，所以還是經由小孩子自己口中說出來，比較會讓大人心中感受到強烈的衝擊。〈有特斯里三百六十歲〉是結合了神奇的故事，「兒子一言驚父親，從此孝養老祖父」的情節敘述比較平鋪直敘，在故事前一小段敘述神仙將替他添壽，父親感慨的說，你未來也會遇到相同的事情，你兒子也可能這麼做。妻子覺得後悔，要丈夫接回父親，之後就銜接「AT 829A 神仙應請增人壽」的故事情節，且故事情節著重在後面銜接的這個類型。

〔註316〕同註6，《民間故事類型索引》上冊，頁299。

3. 兒子不孝，孫子來解危

江蘇〈祖孫三代〉；北京〈要車〉；台灣屏東〈孝順的故事〉；台灣烏來〈椅子〉；台灣桃竹苗〈竹籠棄老〉；廣西〈留豬籠〉；吉林〈花甲葬的規矩是怎改變的〉。

以上七則，故事敘述沒有出現妻子慫恿的情節，是兒子自己不孝而造成的，之後由小孩脫口說出驚人之語，才喚醒不孝的兒子。其中吉林〈花甲葬的規矩是怎改變的〉故事比較不同的是敘述孝順的故事，因為花甲葬的風俗，讓他沒辦法跟母親長時間相處，利用反問諫言讓國王知道，花甲葬的風俗不論是誰老了都無法逃脫此陋習，只待國王下令修法，國王驚覺自己離年老之日不遠，擔心自己也將成為花甲葬的主角，於是就下令破規矩。

（四）外國各地之流傳及文本大要

此一故事流傳的地區有：立陶宛。〔註317〕尼泊爾、菲律賓、德國也有流傳。〔註318〕依目前所見資料，外國部份流傳的故事有：德國〈年邁的祖父和孫子〉〔註319〕；尼泊爾〈背簍〉〔註320〕。列舉以上兩則，可分為兩種說法：

1. 德國〈年邁的祖父和孫子〉：

> 有一個老人，他的兒子和兒媳對他吃飯以及行動不便，感到厭惡，他們把他的食物放在一個陶瓷小碗裡，從不讓他吃飽。一天，四歲的小孫子把地上的小木塊拾到一起，說要做個小木盆，等他長大了，給爸爸和媽媽盛飯吃。這人和妻子對視了好一會兒，終於哭起來，去把老祖父攙扶到餐桌旁，讓他開始天天和大家一起吃飯。如果老人抖落了一點食物，他們再也不說什麼了。

2. 尼泊爾〈背簍〉：

> 從前，一家人有爺爺、爸爸、媽媽和孫子。爺爺年紀太大，不能再幹活，他們把老爺爺當做一個沉重的包袱。不讓他吃好的穿好的。最後，他們實在容不下老爺爺，決定把老人送到很遠的地方。丈夫說他要到市場買一個背簍，把老爺爺裝進去背到遠方。母親對

〔註317〕同註23, "The Type of Folktale", P.344
〔註318〕同註6，《民間故事類型索引》中冊，頁418～419。
〔註319〕白雅譯：《格林童話》（台北：華文網，2002年），頁229～230。也見於《外國古代寓言選》，頁211。《德國童話》，頁38～39。
〔註320〕同註52，《外國民間故事選》，頁103～105。

小孩說謊，要將爺爺送去有人照顧的地方。傍晚的時侯，男人背著一個大背簍回來了。他要等到天黑之後，才採取行動，因爲他不願意讓鄰居看見他的勾當。他們將爺爺背到山上丟棄，孫子默默地注視著這一切。他高聲喊道：「爸爸，就算您要扔掉爺爺，也請您把背簍保管好，把它給我帶回來。」父親被這句話弄得莫名其妙，他停下腳步，回過頭來問：「孩子，這是爲什麼？」孩子天眞地說：「因爲將來我還用得著它，您老了之後，我也得把您扔掉呀。」聽了孩子的話，父親雙腿打顫，一步也邁不動了，他轉過身子，把爺爺送回家來。

外國流傳和中國流傳的故事大同小異，寧夏〈小木碗〉的故事與《格林童話》的情節內容相似，因爲大多數的故事，背載父親的物品，都是竹籠、籮筐，只有德國〈年邁的祖父和孫子〉及寧夏〈小木碗〉是用「碗」來警惕人，且德國《格林童話》的年代約在1812年收錄，寧夏〈小木碗〉流傳的故事，收錄時間較晚，情節敘述較相似，可能受其影響。

（五）小　結

《本生經》故事主旨在說明孝順，故事中敘述的兒子是非常孝順，媳婦是父親強迫兒子娶的，之後媳婦開始看不慣父親的所作所爲，開始挑剔，希望丈夫不要繼續扶養父親，一開始丈夫會開始勸說孝道的重要，之後還是禁不起讒言，遺棄父親，最後由他兒子有智慧的點醒。佛經故事的教育意義比較大，因此述說孝道時，較少使用負面題材，所以有一段是將媳婦趕出去，之後又再勸她爲善，改過遷善，讓她回家向夫婿跟公公道歉謝罪後，一家人和樂生活。

核心情節上，各地的流傳大致不變，主要大多是用籮筐背老人去丟棄，由小孩子說出驚人之語，點醒大人糊塗的行爲。故事流傳的情節結構與《本生經》相同的，大多是背籮筐或竹籠，只有小木碗不同，因此推測極可來源自印度。

三、第67則〈膝本生譚〉大意

（一）故事概要

《本生經》中第67則〈膝本生譚〉「主分」中故事概要：〔註321〕

〔註321〕同註222，《漢譯南傳大藏經・本生經》第32冊，頁56～59。

拘薩羅國有三個男人在森林耕作，國王捉拿盜賊，追到此只有
三人在此，於是綑綁回宮，田舍女來此要人，國王問與他們彼此的
關係，女子說一人爲丈夫，一人爲兄弟，一人爲兒子，國王說只放
一人，要她選擇，他選兄弟。她說因爲丈夫、兒子易得，國王聽完，
將三人都釋放。

在「序分」中，是佛在祇園精舍時，就某田舍女所作之談話。故事內容
與主分中的故事相同。在「結分」中，佛言：「汝等比丘！此非由今始，前生
此女亦由苦痛中救助三人之男。」佛述此法語後，連絡本生之今昔而爲結語：
「昔之四人是今之四人，爾時之王即是我。」指出國王就是佛陀的前生。

（二）故事分析

1. 第 67 則〈膝本生譚〉情節分析：

①國王捉拿盜賊，追捕三人在此，於是綑綁回宮，田舍女來要人。

②國王問與他們彼此的關係，

女子說一人爲丈夫，一人爲兄弟，一人爲兒子，

國王說只放一人，要她選擇，他選兄弟。

她說因爲丈夫、兒子易得，國王聽完，將三人都釋放。

2. 故事類型名稱

第 67 則〈膝本生譚〉故事的類型編號是 985，本則採用 AT 編號，依據
金榮華《民間故事類型索引》之分類法，名之爲「少婦在父親兄弟和丈夫兒
子間的選擇」，類型概要：〔註 322〕

一位少婦的親人有難，她只能拯救其中一人。於是她選擇拯救
父親或兄弟，放棄丈夫或子女。她的理由是丈夫或兒女失去了可以
再有，父親或兄弟則失去了就永遠不會再有了。

（三）中國各地之流傳及文本大要

中國流傳的地區有：寧夏、河南。〔註 323〕依目前所見的資料有：寧夏〈六
月六的傳說〉〔註 324〕；河南〈六月六請閨女〉〔註 325〕。列舉以上兩則，說法

〔註 322〕同註 6，《民間故事類型索引》中冊，頁 418。
〔註 323〕同註 6，《民間故事類型索引》中冊，頁 433。
〔註 324〕同註 13，《中國民間故事集成》寧夏卷，頁 214～215。
〔註 325〕同註 13，《中國民間故事集成》海南卷，頁 326～327。

相同：

> 很久以前，有一個宰相，精明能幹，因此常常居功自傲，他的
> 女婿對他懷恨在心，有一天宰相要女兒跟女婿，在他生日六月六日
> 這天回來，女婿想殺害岳父大人，女兒知道後，就提前一天去通風
> 報信，宰相知道後，在他們回來那天，宰相親自跟女婿道歉，請求
> 原諒，之後爲了記取教訓，以後每年的六月六，就成了請姑姑節，
> 也就是女兒回娘家的日子。

過去，每逢農曆六月初六，農村的風俗都要請回已出嫁的老少姑娘，好
好招待一番再送回去。就稱之爲「六月六，請姑姑」，傳說故事概要如下：
〔註 326〕

相傳在春秋戰國時期，晉國有個宰相叫狐偃。他是保護和跟隨文公重耳
流亡到列國的功臣，封相後勤理朝政，十分精明能幹，晉國上下對他都很敬
重。每逢六月初六狐偃過生日的時候，總有無數的人給他拜壽送禮。就這樣
狐偃慢慢地驕傲起來。時間一長，人們對他不滿了，但狐偃權高勢重，人們
都對他敢怒不敢言。狐偃的女兒親家是當時的功臣趙衰，他對狐偃的作爲很
反感，就直言相勸。但狐偃聽不進良言，當眾責罵親家。趙衰年老體弱，不
久因氣憤而死。他的兒子懷恨岳父不講仁義，決心爲父報仇。

第二年，晉國夏糧遭災，狐偃出京放糧，臨走時說到了六月初六一定趕
回來過生日。狐偃的女婿得到這個消息，決定六月初六大鬧壽筵，殺狐偃報
父仇。狐偃的女婿見到妻子，問她：「像我岳父那樣的人，天下的老百姓恨
不恨？」狐偃的女兒對父親的作爲也很生氣，順口答道：「連親人都恨他，
還用說別人？」他丈夫就把計劃說出來。他妻子聽了，激動地說：「我是你
家的人，顧不得娘家了，你看著辦吧！」

從此以後，狐偃的女兒整天心驚肉跳，她恨父親狂妄自大，對親家絕情。
但轉念想起父親的好，親生女兒不能見死不救。她最後在六月初五跑回娘家
告訴母親丈夫的計劃。母親大驚，急忙連夜給狐偃送信。狐偃的女婿見妻子
逃跑了，知道機密敗露，悶在家裡等狐偃來收拾自己。

六月初六一早，狐偃親自來到親家府上，狐偃見了女婿就像沒事一樣，
翁婿二人一起回相府去了。那年拜壽筵上，狐偃說：「老夫今年放糧，親見百
姓疾苦，深知我近年來做事有錯。今天賢婿設計害我，雖然過於狠毒，但事

〔註 326〕《中國民間節日文化辭典》（北京：順義振興印刷廠，1992 年 3 月），頁 122。

沒辦成，他是爲民除害，爲父報仇，老夫絕不怪罪。女兒救父危機，盡了大孝，理當受我一拜。並望賢婿看在我面上，不計仇恨，兩相和好！」

從此以後，狐偃眞心改過，翁婿比以前更加親近。爲了永遠記取這個教訓，狐偃每年六月六都要請回閨女、女婿團聚一番。這件事情傳揚出去，老百姓各個仿效，也都在六月六接回閨女，應個消仇解怨、免災去難的吉利。年長日久，相沿成習，流傳至今，人們稱爲「姑姑節」。

（四）小　結

從以上故事可以看出，在佛陀時代平民女子再嫁的情形是有的。在西元前 400 年左右到西元後 100 年左右集成的《法經》中，有這樣的記載：

> 一個婆羅門的妻子在她的丈夫出外去旅行的時候，她應該在家守候五年。如果在這期限內，她的丈夫不回來，而她又不能或不願去就他，那麼她可以當他是死了，且和她婆家的其他男子結合。而法典的作者，像考弟利亞則把這期限降低爲十個月。

在南傳佛經《長老尼偈》中，敘述一位比丘尼，名叫伊喜達喜，在她出家前，結了三次婚。最初她和一位商人結婚，他在一個月之內離棄了她。之後，伊喜達喜的父親又替地安排了兩次婚姻，同樣的，短期內她就被送回來。〔註327〕

又另一個《法典》的作者帕拉雪拉，他認爲女子的再嫁條件是：「他的丈夫性無能、出家或故意抵制她。」麻奴在他的法典中則認爲一個做妻子的在她的丈夫性無能、發狂、有不治之症或傳染病時，如果他們尚未圓房，則她可以改嫁。〔註328〕

雖然《法經》或《法典》的作者們對於女子再婚的條件有不同的寬嚴標準，然而可證明的一個事實是：在一種特殊的情況下，女子離婚求去和再婚的情形，雖然不多，但畢竟是可能的。這種情形持續到西元一世紀左右，由於苦行和禁慾主義的盛行，「女子不嫁二夫」的觀念產生，使得婦女們（尤其是上階層的婦女）即使受到丈夫的虐待，也不能要求離婚，女子因而眞正失去了追求人生幸福的權利。〔註329〕

〔註327〕賴麗美：《佛陀時代的社會風俗探討》（中國文化大學印度文化研究所碩士論文，民國 74 年），頁 147。

〔註328〕同註 327，《佛陀時代的社會風俗探討》，頁 147～148。

〔註329〕同註 327，《佛陀時代的社會風俗探討》，頁 148。

　　《本生經》故事內容與中國流傳故事完全不同，且外國流傳的地區有：菲律賓。〔註330〕印度也有流傳。〔註331〕目前外國故事只見印度《本生經》，因此筆者推測是各地衍生的民間故事，印度和中國兩個地區都蘊含民俗風情的重大意義，印度的《本生經》故事，可以看出印度在早期婦女的地位，不是這麼卑微；而中國地區，可以看到「六月六，請姑姑」的傳說故事，都是說明了少婦在父親兄弟和丈夫兒子間的選擇。印度的婦人選擇兄弟；中國地區的婦人選擇救父親，之後都是皆大歡喜收場。

四、第4則〈周羅財官本生譚〉大意

（一）故事概要

　　《本生經》中第4則〈周羅財官本生譚〉「主分」中故事概要：〔註332〕

　　　　菩薩名周羅迦色提（小財官）。他非常賢明伶俐，可預知一切。有一天，他隨王而行，途中見一死老鼠，即時參酌星宿思考自語：「聰明之男子，取此鼠去，能得娶妻而經營職業。」

　　　　當時一窮困男子名「周蘭特瓦西迦」，聽到此話，於是拿死老鼠給貓，獲得一厘錢。以一厘買入糖蜜，置水瓶中為飲料水。他由森林中走出，見華鬘匠等，給他少量糖蜜及一杓之水，他得到一束花，以花的代價，隔日又以糖蜜與水瓶付資得以入花園。再用花變賣錢，再跟園丁及陶器師要枯木去變賣，買得五甕及五陶器，供給五百刈草人之飲料水。陸上商人向他說：「明日有販馬者至，將帶此村五百頭馬而來！」他聽說這個消息向刈草人說：「今日每人請與我青草一束，予之草賣出之前，請勿賣草！」販馬者於全村內得不到馬的糧草，拿了一千金向他買糧草。

　　　　於是一百名商人每人各出一千金，始得與他共同進入船內，更相互商榷，由每人再各出千金請他放棄所有權利，糧草由商人各自購得。於是他得二十萬金回去波羅奈國。

　　　　為表謝意，他持十萬金往小財官之前。爾時財官向彼問曰：「汝為何事得此財產？」彼云：「依君之所言，於四個月間而得如是之財

〔註330〕同註23, "The Type of Folktale",P.345
〔註331〕同註6,《民間故事類型索引》中冊，頁433。
〔註332〕同註222,《漢譯南傳大藏經・本生經》第31冊，頁167～178。

富！」彼由死鼠之事開始，向財官語一切經過之事。此事爲大財官所聞曰：「此人不可爲他人奪去！」於是將其成年之女與之爲妻，作此金家族之主人。

在「序分」中，敘述愚笨的周羅槃特出家，被其他比丘排斥，佛則教導口唸「除去塵垢」後，心念專一，成就阿羅漢果位。「周羅槃特」這個名字，諸經譯法不一，音譯「朱利槃特」、「周羅般陀」、「周利槃陀迦」；意譯「繼道」、「小路」都是同一人。古印度有一種習俗，就是女人無論嫁得多遠，都得回娘家生小孩；小路的母親，在懷小路的哥哥時，還來不及回到家，就在路邊生下了小路的哥哥，所以取名爲「槃陀迦」，翻譯就是「路邊生」的意思。等到懷小路的時候，也是來不及回到家，就在路邊生下了小路，所以取名爲「周羅槃特」，翻譯就是「接著路邊生」的意思。「大路」和「小路」這兩兄弟，資質可是天差地別。「大路」聰穎，從小就去聽佛陀說法，隨佛陀出家，非常精進，深解佛法義諦，不久就證得了阿羅漢果。

小路也跟著出家去學佛，可是小路卻是駑鈍的。一首偈學了四個月還沒學會，哥哥擔心小路記性這麼差，恐怕沒法持戒學習，小路就被哥哥趕了出來。那時，釋迦牟尼佛在精舍內，以天眼觀察到小路比丘在精舍門外哭著，就帶著小路回到精舍，讓他手裡拿著掃帚，開始教小路唸「掃帚」，就是掃除乾淨的意思！小路於是想，塵垢就是那些緊緊纏縛著的煩惱，只能用智慧去清除煩惱，就這樣老老實實把他的煩惱和無明一一清除，自證得了阿羅漢果，於是起身去到世尊座前說：「我已了解掃帚是甚麼意思了！」他現一千個周羅槃特，以此激勵比丘，於是其他比丘也接納周羅槃特。

在「結分」中，如是佛言：「周羅槃特，今依我得諸法中之大法。彼於前生即已得財產中之大財產！」如是佛述此法話連絡此二事情作今昔之結語：「爾時之周蘭特瓦西迦是周羅槃特，而周羅迦色提（小財官）即是我。」指出周羅迦色提（小財官）就是佛陀的前生。

（二）故事分析

1. 第 4 則〈周羅財官本生譚〉情節分析：

①聽得他人預知未來之事而實際去做。

②從小本生意做起，慢慢累積。

③碰到好運氣，聽到賺錢的訊息。

2. 故事類型名稱

第 4 則〈周羅財官本生譚〉故事的類型編號是 ATK 989，本則採用 AT 編號，依據金榮華《民間故事類型索引》之分類法，名之爲「善用小錢成鉅富」，類型概要：〔註 333〕

> 故事敍述各種善用小錢以增長財富的情形。如：用了三個銅錢買雞蛋孵小雞，小雞大了生蛋，蛋又孵雞。雞的數量多了，便賣掉雞買小豬；小豬養大後，賣掉豬買小牛。

（三）中國各地之流傳及文本大要

中國流傳的地區有：四川、浙江、江西。〔註 334〕依目前所見資料有：江西〈三個銅錢〉〔註 335〕；四川〈三顆豆子〉〔註 336〕；東鄉族〈愁腸〉〔註 337〕；浙江〈三個銅錢壓歲包〉〔註 338〕、浙江〈一個銅鈿發家〉〔註 339〕。列舉以上五則，可分爲三種說法：

1. 辛勤勞力，慢慢累積

江西〈三個銅錢〉；四川〈三顆豆子〉；浙江〈三個銅錢壓歲包〉。

故事大致敍述，一個公公給三個媳婦每個人一塊錢或三塊錢或三顆豆子，想要知道哪一個媳婦真的能夠持家，通常都是說三媳婦比較賢能，大媳婦跟二媳婦不是用掉就是不理會公公所交代的事，只有三媳婦很認真的思考如何運用，故事的演變：錢買小雞，雞生蛋，蛋生雞，再買豬，最後買牛，大約都是二～三年的光景才能完成。四川〈三顆豆子〉只有敍述種豆得豆，之後一直種，收穫很多豆子。最後，公公也將家裡一切交由三媳婦來掌管。

2. 經商運氣佳，有貴人相助

〈一個銅鈿發家〉：這裡是敍述某地豆腐店出名的原因，有一個貧窮的人，與人無意中聊天說到，如果有一個銅鈿，他就可以發財，那個人很好奇，於是給了他一個銅鈿，想看他如何發財。貧窮人先去買洗臉水，將自己梳洗之後，又跟賣洗臉水店家借銅盆一天，他帶著銅盆去抵押典當，拿這些錢去

〔註 333〕同註 6，《民間故事類型索引》中冊，頁 436。
〔註 334〕同註 6，《民間故事類型索引》中冊，頁 436。
〔註 335〕同註 13，《中國民間故事集成》江西卷，頁 684。
〔註 336〕同註 13，《中國民間故事集成》四川卷，頁 897～898。
〔註 337〕同註 16，《中華民族故事大系》第 9 冊，頁 564～567。
〔註 338〕同註 13，《中國民間故事集成》浙江卷，頁 752。
〔註 339〕同註 13，《中國民間故事集成》浙江卷，頁 716～717。

做豆腐，豆腐生意很好，扣掉本錢還有賺錢，於是領回銅盆還給店家，再利用賺來的錢繼續賣豆腐，之後買豬來養，用豆腐渣養豬，兩年後真的發財了。

3. 白日夢的想像，腳踏實地最快活

東鄉族〈愁腸〉：有一個鞋匠，每天做白日夢，希望自己能發一筆橫財，有個地主聽到他這樣說，故意將金鐲子放在皮革中，交給鞋匠希望幫他製鞋，鞋匠發現金鐲子，開始想像拿去典當後的生活：有一筆錢可以娶妻買房養牛，慢慢經營，當他做了一整晚的白日夢之後，地主來跟他討回金鐲子，鞋匠才發現，錢財是會使人發愁的根苗。

（四）外國各地之流傳及文本大要

此一故事流傳的地區有：葡萄牙〔註340〕、俄國〔註341〕、非洲〔註342〕、日本〔註343〕，印度也有流傳。〔註344〕依目前所見資料，外國部份流傳的故事有：葡萄牙〈貓兒的尾巴〉〔註345〕；俄國〈老婆子拾到一隻樹皮鞋〉〔註346〕；非洲〈用這個換那個——東伽族的一個故事〉〔註347〕；日本〈稻草富翁〉〔註348〕；印度〈六度集經‧卷3——第22則〉〔註349〕。列舉以上五則，可分為三種說法：

1. 強迫交換，越換越大

葡萄牙〈貓兒的尾巴〉；俄國〈老婆子拾到一隻樹皮鞋〉；非洲〈用這個換那個——東伽族的一個故事〉。

以上三則，葡萄牙〈貓兒的尾巴〉與非洲〈用這個換那個——東伽族的一個故事〉是用動物的角色來敘述，貓兒用他身上最重要的尾巴去交換東西，

〔註340〕傅林統：《世界民間故事精選6——魔鏡和牧羊女》（台北：黎明文化事業有限公司出版，民國72年2月出版），頁147～452。

〔註341〕陳馥編譯：《俄羅斯民間故事選》（瀋陽：遼寧教育出版社，2001年2月），頁61～64。

〔註342〕陳森譯《南非黑人的民間故事》（台北：華欣出版社，1974年12月），頁59～70。

〔註343〕同註154，《日本的民間故事》，頁41。

〔註344〕同註6，《民間故事類型索引》中冊，頁436。

〔註345〕同註340，《世界民間故事精選6——魔鏡和牧羊女》，頁147～452。

〔註346〕同註341，《俄羅斯民間故事選》，頁61～64。

〔註347〕同註342，《南非黑人的民間故事》，頁59～70。

〔註348〕同註154，《日本的民間故事》，頁41。

〔註349〕同註25，《大正新修大藏經》第3冊，頁13下～14上。

常常換不到就用搶的，而且都順利得逞，之後也沒有任何報應，反而成為演奏家。非洲〈用這個換那個——東伽族的一個故事〉敘述因為缺水，所以動物挖坑找水，只有野兔不想工作，又偷吃鴕鳥的漿果，欺騙鴕鳥說他知道漿果藏在哪裡，還跟鴕鳥要了一根羽毛，又用羽毛換烤肉，再換酸奶，結果被螞蟻吃光酸奶，自己又被其他動物知道他做過的事，大家開始追殺野兔。

俄國〈老婆子拾到一隻樹皮鞋〉：此則是敘述一個老婦人貪心，原本只有撿到一隻沒有價值的樹皮鞋，到別人家過夜時，看到別人家裡有什麼值錢的，就說是自己帶來的，不然要告上法庭，留她過夜的人只好自認倒楣，把家中的雞或鵝或牛，乖乖的雙手奉上，最後老婦人也沒有得到任何東西，因為全部被其他動物搶走。

2. 經商運氣佳，有貴人相助

印度〈六度集經・卷 3——第 22 則〉，此則故事與《本生經》敘述相同，先撿到一隻死老鼠，之後從小本生意做起，慢慢累積。又一直碰到好運氣，打聽到賺錢的訊息，於是成為大財主。

3. 隨緣換物

日本〈稻草富翁〉：敘述有一個窮人，非常貧困，常常去求觀音菩薩賜福賜錢財給他，觀音菩薩看他可憐，於是託夢給他，跟他說「回京都的路上，什麼都好，把到手的東西當做是天賜給你的拿回去吧！」於是，一路上他第一個抓住一把稻草，後來一隻牛牤被稻草纏住，有一個富家小男孩看到覺得好玩跟他要，窮漢給了小男孩，小男孩的母親給窮漢三個橘子，之後遇到三個年輕女子口渴，就把橘子給她們，女子們送他三匹布，之後遇到武士騎來的馬死了，於是用一匹布跟他換一匹死馬，之後請求菩薩讓馬活過來，馬兒活了，窮漢帶著馬和兩匹布回到京都，用馬換了一小塊田地，田地主人因為要去經商，把房子交給窮漢管理，但是田地主人就沒再回來了，窮漢成了富翁。

（五）小　結

《本生經》中的敘述，蘊含著商業生活，在印度如果沒接受過商業教育的人，是不會去了解或打聽賺錢的資訊，因此故事中很明顯的顯示出當時的商業生活，撿到一隻死老鼠，一般人不會有什麼感覺，可是故事中的主角，特別的去注意誰需要死老鼠，之後又可以聽到訊息，也是需要非常關注才可

去打能聽到。

　　印度的商業教育中，所必須習得的商業知識包括：〔註350〕

　　1. 各地所出產的和缺乏的物資。

　　2. 各地的物價。

　　3. 商品價格的估計。

　　4. 議價的方法。

　　5. 各地的慶典節日和禁忌。

　　6. 各地方言。

　　因此佛經中的故事，「死老鼠致富」讓人覺得不可思議，其實印度的商業活動很早以前就已經開始，所以在敘述交易，聽聞商業訊息，總是可以看到表現出判斷的準確性，知道抉擇之後是否成功，也來自於民間商業活動發達才會如此。

　　此則流傳的故事敘述經商的並不多，中國地區流傳的故事，敘述「腳踏實地」的故事有三則，敘述「經商」的有一則，佛經故事敘述內容也是以經商爲主，由與目前所見資料有限，且外國故事以換物易物爲主軸，因此難以推測故事來源。

〔註350〕同註327，《佛陀時代的社會風俗探討》，頁101。

第六章 《本生經》笑話及其他類型故事

第一節 《本生經》中笑話類型故事（一）

一、第44則〈蚊本生譚〉、第45則〈赤牛女本生譚〉大意

（一）故事概要

《本生經》中第 44 則〈蚊本生譚〉、第 45 則〈赤牛女本生譚〉「主分」
中故事概要：〔註1〕

> 第 44 則〈蚊本生譚〉
>
> 從前，有一個村子，住有許多木工。有一天，一個白髮木工
> 伐木的時候，一隻蚊蟲停落在他的後腦勺，叮了一下。木工向小兒
> 子說：「這隻蚊蟲叮咬我，你將牠趕走！」小兒子說：「父親請忍耐
> 一下，我一擊之下，即可殺蚊！」剛好，菩薩爲購商品，進入此村，
> 坐於木工之家。當時，小兒子揮動大斧，立於父親後側，他想要擊
> 殺此蚊，以斧擊下，將父親的頭劈爲兩半，因此木工立即死亡！

在「序分」中，佛在摩揭陀國行腳時，對某村愚人等說法。有一天，佛
陀到達某村，村裡住著很多無知的人。他們認爲蚊子妨礙他們的工作，因此
帶著武器出發，想要與蚊子戰鬥，於是進入森林。菩薩聽說他們相互射箭斬
殺，痛苦歸來，倒臥於村內的門口。佛向居士問道，爲何受傷的人這麼多。

〔註1〕 吳老擇編譯：《漢譯南傳大藏經・小部經典・本生經》第 31 冊（高雄：元亨
寺妙林出版社，民國 84 年 7 月～民國 85 年 3 月），頁 321～324。

居士說明村人戰鬥蚊蟲之事。佛應請求，為說過去之事。在「結分」中，佛說明想殺死蚊蟲，結果卻傷害他人。佛述此法話後，連結作本生今昔之結語：「爾時唱偈而去賢明商人實即是我。」指出賢明商人就是佛陀的前生。

第 45 則〈赤牛女本生譚〉

昔日，梵與王於波羅奈都治國時，菩薩生於長者之家庭，父死後，繼承長者之地位。當時有一個名稱「赤牛」的女傭，她也來至搗米的場所，她的母親躺在床上跟她說：「女兒！幫我追趕蠅蟲！」這個女子也以同樣的方式，以杵擊殺蒼蠅，因此殺死母親而號泣。

在「序分」中，佛在祇園精舍時，對給孤獨長者之女傭所作之談話。「序分」中的故事與「主分」中的相同。在「結分」中，佛言：「家長！彼女思欲殺蠅而殺母，非只於此世，前生亦復殺之！」佛述此法語後，連結本生今昔之結語：「爾時之母是今之母，爾時之女是今之女，大長者實即是我。」指出大長者就是佛陀的前生。

（二）故事分析

1. 第 44 則〈蚊本生譚〉、第 45 則〈赤牛女本生譚〉情節分析：

①傻子射擊父母親頭上的蒼蠅。

②將父母親的頭劈為兩半，因此立即死亡。

2. 故事類型名稱

第 44 則〈蚊本生譚〉、第 45 則〈赤牛女本生譚〉故事的類型編號是 ATK 1252，本則採用 AT 編號，依據金榮華《民間故事類型索引》之分類法，名之為「射蠅出人命」，類型概要：

1252 射蠅出人命〔註2〕

三個傻兄弟出門學藝，老大學了打獵，老二學了補鍋，老三學了哭喪。回到家中，老大看見父親頭上停了一隻蒼蠅，舉鎗便射，結果在父親頭上打了一個大洞；老二見狀，急忙上去像補鍋一樣的補；老三就大聲哭了起來。

〔註2〕金榮華：《民間故事類型索引》中冊（台北：中國口傳文學學會，2007 年），頁 482～483。

163A 動物爲人趕蒼蠅〔註3〕

　　猴子或熊拿石塊或刀劍驅趕停歇在主人頭上的蒼蠅，結果把主人殺死了。

（三）中國各地之流傳及文本大要

　　中國流傳的地區有：雲南、新疆、遼寧、福建、寧夏、廣西、湖南、貴州、台灣桃竹苗。〔註4〕依目前所見資料有：雲南〈帕雅召勐和猩猩〉〔註5〕；新疆〈犯疑心的國王〉〔註6〕；遼寧〈哭孫子〉〔註7〕、遼寧〈傻姑爺探病〉〔註8〕；福建〈三「寶」學藝〉〔註9〕；寧夏〈五弟兄學藝〉〔註10〕；廣西〈四兄弟祝壽〉〔註11〕、廣西〈三兄弟學乖〉〔註12〕、廣西〈財主仔學藝〉〔註13〕；湖南〈三兄弟學乖〉〔註14〕；貴州〈憨包學手藝〉〔註15〕；台灣桃竹苗〈員外和他的三個兒子〉〔註16〕。列舉以上十二則，可分爲三種說法：

1. 動物驅趕蒼蠅蚊蟲而打死人

　　雲南〈帕雅召勐和猩猩〉、新疆〈犯疑心的國王〉。以上兩則，故事敘述的主角都不是人，而是智商接近人類的猩猩或猴子。故事說明，有一個國王，發現猩猩很聰明，人類叫牠做什麼，牠都學的很像，國王本來對身邊的人就

〔註3〕 同註2，《民間故事類型索引》上冊，頁62。
〔註4〕 同註2，《民間故事類型索引》中冊，頁 482～483；《民間故事類型索引》上冊，頁62。
〔註5〕 陳慶浩、王秋桂主編：《中國民間故事全集 10・雲南民間故事集》（台北：遠流出版社，1989 年 6 月），頁 450～451。
〔註6〕 同註5，《37・新疆民間故事集》，頁 159～160。
〔註7〕 《中國民間故事集成》遼寧卷（北京：中國 ISBN 中心出版，1992 年 11 月～2008 年 10 月），頁 955～956。
〔註8〕 同註7，《中國民間故事集成》遼寧卷，頁 780。
〔註9〕 同註7，《中國民間故事集成》福建卷，頁 872～873。
〔註10〕 同註7，《中國民間故事集成》寧夏卷，頁 537～539。也見於《中華民族大系》第 1 冊，頁 433～436。
〔註11〕 同註7，《中國民間故事集成》廣西卷，頁 723～724。
〔註12〕 《中華民族大系》第 5 冊（上海：上海文藝出版社，1995 年 12 月），頁 234～236。
〔註13〕 同註12，《中華民族大系》第 11 冊，頁 593～596。
〔註14〕 同註12，《中華民族大系》第 5 冊，頁 909～910。
〔註15〕 同註12，《中華民族大系》第 9 冊，頁 221～223。
〔註16〕 金榮華：《台灣桃竹苗地區民間故事》（台北：中國口傳文學學會，2000 年 11 月），頁 149～150。

不太信任。因此，他就任用猩猩當侍衛，讓牠在身邊保護他，不能讓任何人來攻擊自己。有一天，國王在花園睡覺，吩咐猩猩，只要看到有人靠近威脅到他，就拔出戰刀將他砍死。猩猩看到一隻蒼蠅飛到國王頭上，牠就記得國王說的。於是，就將國王砍死了。新疆〈犯疑心的國王〉故事中，是猴子看到飛蛾，最後也是砍死國王。

猩猩、猴子牠們雖然很聰明，可模仿人類很多的行為，智商接近人類五～七歲的能力。但是畢竟牠仍然無法對事情可以作出正確的是非判斷。這也間接諷刺人類，是否會像故事中的國王，因為對人不信任，而相信不懂得事理的動物，惹來麻煩。

主要的核心情節不變，動物為人趕蒼蠅，都是拿石頭或刀子要打正在飛的蒼蠅或飛蛾，誤中國王的頭部，這兩則故事的情節結構安排，符合 AT 163A，主角是動物為了趕蒼蠅，把主人打死，與《本生經》結構上相同，但是主角卻不同。

2. 傻子學藝開槍打死父親

遼寧〈哭孫子〉；福建〈三「寶」學藝〉；寧夏〈五弟兄學藝〉；廣西〈四兄弟祝壽〉、廣西〈三兄弟學乖〉、廣西〈財主仔學藝〉；湖南〈三兄弟學乖〉；貴州〈憨包學手藝〉；台灣桃竹苗〈員外和他的三個兒子〉。

列舉以上九則，故事敘述的是一位非常有財力的父親，卻有著智力不好的三個、四個或五個兒子，父親希望他們去學個技能，以方便未來生活，然而他的兒子，仍然是傻子，不知道要學什麼，只要在路上遇到新奇的就學。通常有三個兒子的安排是：①學習打獵。②學習補鍋。③學習哭喪。四個兒子的安排是：①買花扇。②學習打獵。③學習補鍋。④學習哭喪。五個兒子的安排是：①學習賽鴿。②學富家公子玩弄小雀鳥。③學習打獵。④學習補鍋。⑤學習哭喪。其中故事情節鋪排沒有離開這三項：①學習打獵。②學習補鍋。③學習哭喪。加入買花扇跟賽鴿的情節，是為了讓學習打獵的兒子去開槍而安排的。

故事上敘述是兒子們去路上學藝，一年之後或者父親大壽之日返家，父親想炫耀給親朋好友看，不過父親想的太過美好，兒子們還是不聰明。故事敘述，當父親周圍有蒼蠅或會飛的動物時，學打獵的兒子，急於表現自己的才藝，開了一槍，正中父親腦門，學補鍋或補碗的兒子，馬上將滾燙的銅水，倒在父親頭上，他得意自己學到的是補鍋，什麼東西破了都能補，旁人或母

親緊張大哭，因爲父親一命嗚呼，學哭喪的，馬上表演他的才藝「哭兒子」，鬧劇就此收場。

　　主要的核心情節不變，都是開槍要打正在飛的蒼蠅或鴿子，誤中父親的頭部，這九則故事的情節安排，符合 ATK 1252，主角都是笨兒子學藝，是經由人動手，而不是動物打蒼蠅，與《本生經》的角色與敘述上不同，但是主要的核心情節相同。

3. 複合型：1252＋1696

「1696 傻子行事總出錯」類型概要

　　一個傻子依照他母親或妻子教他的話去説，或教他的原則去做，但是因爲他弄不清事情的性質，只見到部份的表面現象，因此總是出錯。如：他把兩匹白布賒給廟裡菩薩而弄失了（AT 1319N），見到出喪隊伍裡的人都穿白衣服，以爲是他們拿了他的布，前去索回，被打了一頓。母親説，那是在出喪，應表示哀悼。於是當他遇見一支結婚迎親的隊伍時便去表示哀悼，又被打了一頓。母親告訴他，那些人抬著箱子等東西是在辦喜事，應該説恭喜。後來他看見人家失火，忙著搶搬箱子，他就去説恭喜，當然又挨了一頓打。他母親説，人家失火應該幫忙救火，往火上潑水。結果他在鐵匠店裡把鐵匠的爐子澆熄了。

　　又如：他母親告訴他，遇見別人打架，應該儘量把打架的人拉開。他碰到兩頭公牛打架時就去拉架，結果受了傷。他母親説，碰到動物搏鬥時，應該向牠們噴水，後來他看到兩隻公雞在打架，就把熱水潑了過去，結果兩隻雞都被燙死了。

　　或是：他領了十個銅錢的工資，拿在手裡跑回家，到家一看，銅錢已經滑落了一大半。他的母親告訴他，工資應該放在口袋裡。後來他幫一個送牛奶的人做事，那人送他一桶牛奶作報酬，他就把牛奶放在口袋裡，結果全部漏掉。〔註17〕

　　遼寧〈傻姑爺探病〉：故事一開始是敘述「傻子行事總出錯」的情節，丈母娘生病，妻子要他帶雞去探病，半路遇到有人請他幫忙綁馬腳，他把雞放下，雞跑了剩下筐，妻子告訴他要用石頭壓著，之後給他一籃雞蛋，他半路

〔註17〕同註2，《民間故事類型索引》中冊，頁 611～612。

上遇到趕驢的請他幫忙，他把雞蛋放下，用石頭壓住，雞蛋都破了。之後妻子給他一口袋小米，叫他不要多管閒事，他的口袋破了洞，有人好心告訴他，他卻回說：「少管閒事！」到了丈母娘家，只剩七粒小米，丈母娘也拿來煮，這時一隻蒼蠅飛到丈母娘頭上，傻姑爺二話不說，一棒子打下去，把丈母娘打趴在地上。

由兩個類型組合成一個複合型故事，前置情節「傻子行事總出錯」的情節，鋪陳較長，銜接點是「傻子的作為」，因為傻子大多做傻事，故此處的銜接，非常緊密，難以看出不妥之處。主要的核心情節「射蠅出人命」不變。但不是用開槍方式而是用棒子打蒼蠅，打中丈母娘的頭部，比較符合 AT 163A，但是主角卻是人類，而不是動物打蒼蠅，因此與《本生經》情節敘述稍有差異，主要的核心情節相同。

（四）外國各地之流傳及文本大要

此一故事流傳的地區有：拉脫維亞、俄國。〔註18〕法國〔註19〕、匈牙利〔註20〕、伊朗〔註21〕、日本〔註22〕、印度也有流傳。依目前所見資料，外國故事有：法國〈園林老人的熊朋友〉〔註23〕；俄國〈隱士和熊〉〔註24〕；伊朗〈熊的友誼〉〔註25〕；日本〈蒼蠅和靈魂〉〔註26〕；印度〈國王與猴子〉〔註27〕、印度〈殺身救人的強盜〉〔註28〕。列舉以上六則，故事內容，說法相同：

〔註18〕 Antti Aarne and Stith Thompson, *The Type of Folktale*（Helsinki, Academia Scientiarum Fennica, 1964）, P.60。

〔註19〕 拉封登：《寓言書》（台北：出色文化出版，2005 年 3 月），頁 165～167。

〔註20〕 魯克編：《外國民間故事選》（北京：少年兒童出版，1985 年 8 月），頁 272～273。

〔註21〕 譚寶璇譯：《隱藏的人生寶藏：43 則波斯狡點的智慧寓言》（台北：圓神出版社有限公司，2003 年 11 月），頁 7～10。

〔註22〕 綠園出版社編譯：《日本民間故事》（台北：綠園出版社出版，1979 年 5 月），頁 65～66。

〔註23〕 同註 19，《寓言書》，頁 165～167。

〔註24〕 黃瑞雲等選譯：《外國古代寓言選》（武漢：湖北教育出版社，2003 年 1 月），頁 297～298。

〔註25〕 同註 20，《外國民間故事選》，頁 7～10。

〔註26〕 同註 21，《隱藏的人生寶藏：43 則波斯狡點的智慧寓言》，頁 65～66。

〔註27〕 同註 24，《外國古代寓言選》，頁 45～46。

〔註28〕 季羨林譯：《五卷書》（台北：丹青圖書公司，1983 年 3 月），頁 199～210。

◎驅趕蒼蠅蚊蟲而打死人

　　以上六則故事，只有日本〈蒼蠅和靈魂〉的主角是人類，其他在印度的主角是猩猩或猴子；在法國、俄國、伊朗的主角都是熊。這裡可能跟流傳的地域性有關，因爲猿猴、猩猩之類的動物分布大多在熱帶地區，因此寒冷的俄國及溫帶地區的法國比較少見，主角的安排就會被更改。

　　在法國、俄國、伊朗的故事，是敘述有一個孤單的老人或隱士，伊朗的故事是說一個強壯的年輕人。他們和熊成爲好朋友，有一天，人類想睡覺時，一隻飛蟲停在他的手上。熊不希望這隻蟲吵醒牠的朋友，剛開始先揮動牠的爪子趕走飛蟲。蟲子飛走了，但兜了一圈，又飛到熟睡人類的臉上方盤旋，並停在他的鼻子上方。這麼一來，熊對這隻討厭的飛蟲生氣了，隨手撿起一塊大石頭，狠狠往那隻蟲子砸去，於是，牠的朋友也一命嗚呼了！

　　在印度的故事是說明，有一個國王，發現猴子很聰明，人類叫牠做什麼，牠都學的很像，國王本來對身邊的人就不太信任。因此，他就任用猩猩當侍衛，交代不能讓任何人來攻擊自己。有一天，國王在花園睡覺，吩咐猴子，只要看到有人靠近威脅到他，就拔出寶劍將他砍死。猴子看到一隻蜜蜂飛到國王頭上，牠就記得國王說的。於是，就將國王砍死了。

　　在日本故事的主角是人類，敘述一對叔姪住在一起，有一次叔叔睡著了，而姪子卻老是睡不著覺，無意中發現叔叔的鼻孔裡爬出一隻蒼蠅，又不知從什麼地方飛回來要爬進鼻孔裡。年輕人很自然用手掌去壓死蒼蠅。然而，就在這一刹那，只聽得「唉唷！」一聲，他的叔叔便永遠長眠不醒了。在許多日本的故事中，蒼蠅代表著那個人的靈魂出竅，所以當姪子壓死蒼蠅時，也正好等於壓死了叔叔的靈魂，讓叔叔的靈魂無法回歸肉體。

　　日本人有個觀點，在一些作品裡，昆蟲代表人類的靈魂。逝去的人會化作昆蟲。例如〈螢火蟲之墓〉裡人飽受戰爭摧殘，只有死後靈魂化作螢火蟲，自由昇華。〔註29〕

　　在情節結構上，主要的核心情節不變，動物爲人趕蒼蠅，都是拿石頭或刀子要打正在飛的蒼蠅，誤中人類的頭部，這兩則故事的情節結構安排，符合 AT 163A，主角是動物爲了趕蒼蠅，把主人打死，與《本生經》結構上相同，但是主角卻不同。

〔註29〕溫志仁：〈從蝴蝶夢到蒼蠅王——淺談作品中的昆蟲意象〉（《科學發展》，第449 期，2010 年 5 月），頁 33。

（五）小　結

　　故事主旨在說明，智慧的活用。法國〈園林老人的熊朋友〉〔註 30〕故事結語提到：「情願有一個通情達理的敵人，因為沒有比有一個蠢笨的朋友更危險的事了。」；俄國〈隱士和熊〉〔註 31〕故事結語提到：「緊急的時候得到幫助是寶貴的，然而並不是人人都會給予恰當的幫助；但願老天爺讓我們別交上愚蠢的朋友，因為殷勤過分的蠢才比任何敵人還要危險。」印度〈殺身救人的強盜〉〔註 32〕故事結語提到：「寧願意要一個聰明的敵人，傻裡傻氣的朋友也不願想要，為了投身救人，強盜死去了；那一個國王卻給猴子殺掉。」

　　由故事結語來看，所顯示的宗旨相同，且情節結構也相同，角色的改變是因為地域性不同而變異，《五卷書》的故事，為目前所見資料最早文獻。《五卷書》是古印度著名韻文寓言集，原以梵文和巴利文寫成。《五卷書》根據考證，最早的版本當出現於西元前三世紀，但久已佚失，傳說其作者為毗濕奴沙瑪。現存的文本最早可以追述到六世紀時，此後該書被譯成各種文字，包含巴列維文和敘利亞文。黃寶生指出：「《五卷書》在世界故事文學中佔有重要地位。它曾經通過《卡里來和笛木乃》周遊世界。早在六世紀，波斯一位名叫白爾才的醫生奉國王艾努·施爾旺（531～579 年在位）之命，將《五卷書》譯成巴列維語（中古波斯語）。這個巴列維語譯本早已失傳，但根據這個譯本轉譯的六世紀下半葉的古敘利亞語譯本（殘本）和八世紀中葉的阿拉伯語譯本得以留存。這三種譯本的書名都叫做《卡里來和笛木乃》。」〔註 33〕

　　季羨林指出：「在國外，通過了六世紀譯成的一個帕荷里維語的本子，《五卷書》傳到了歐洲和阿拉伯國家。在 1914 年，《五卷書》共譯成了十五種印度語言、十五種其他亞洲語言、兩種非洲語言、二十二種歐洲語言。而且很多語言還並不是只有一個譯本，英文、德文、法文都有十種以上的本子。」已傳播到世界各國〔註 34〕。1964 年人民文學出社出版季羨林譯《五卷書》全譯本。《五卷書》的成書年代已不可考，季羨林認為，印度的寓言故事出現

〔註 30〕同註 19，《寓言書》，頁 165～167。
〔註 31〕同註 24，《外國古代寓言選》，頁 297～298。
〔註 32〕同註 28，《五卷書》，頁 199～210。
〔註 33〕季羨林主編：《印度古代文學史》（北京：北京大學出版社，1991 年 8 月），頁 314。
〔註 34〕同註 28，《五卷書》，譯本序頁 5。

很早，「最老的故事至遲在西元前六世紀已經存在了。」〔註35〕且故事的結構與《本生經》的也不相同。因此可推測外國所流傳的故事，可能爲印度民間故事所傳。

中國所流傳的故事結構，「傻子學藝開槍打死父親」，是傻子開槍要射殺蒼蠅或飛蛾而打死父親，且中國地區所流傳的九則，情節鋪排都是相同的，父親要兒子去學藝，回來後，開槍→補鍋→哭喪。都是一樣的安排，此種結構，在國外故事卻不多見，可能是中國地區特有的故事型態。

另外兩則，雲南〈帕雅召勐和猩猩〉、新疆〈犯疑心的國王〉。兩則與《五卷書》故事相似，兩地爲中國少數民族地區，又是南傳佛教流傳路線，筆者推測此兩則故事爲印度民間故事所傳。

二、第 136 則〈金色鵝鳥本生譚〉大意

（一）故事概要

《本生經》中第 136 則〈金色鵝鳥本生譚〉「主分」中故事概要：〔註36〕

> 婆羅門與妻子生有三女，亡故之後，生爲金色鵝鳥，此鵝鳥知道前生之事，於是想幫助家人生活，每天來到妻子家，給他們一根金羽毛，解決生活上的困苦，一段時間後，妻子認爲，金色鵝鳥不知道以後會不會繼續給他們羽毛，於是跟女兒說要抓鵝鳥，拔光所有的毛，女兒們不同意，妻子仍然去做，但是鵝毛如果不是自願給予的就會成爲普通鵝毛，再生的也是一樣普通鵝毛，鵝鳥王被關於籠中，所長出的毛也是普通鵝毛，就飛走不再回來。

在「序分」中，佛在祇園精舍時，對偷羅難陀比丘尼所作之談話。在舍衛城有某優婆塞，向比丘尼團贈與葫蒜，他命令守衛農園之人說，如果比丘尼前來，每人給與葫蒜二束或三束。之後，比丘尼拿完又再去拿，她們往農園與其他人一同拿回大量葫蒜，農園的守衛很生氣，將此事向佛世尊申告。佛譴責偷羅難陀比丘尼後，佛言：「汝等比丘！貪欲之人對己之生母，皆不親切，爲不善之人。如是之人，教化不信者，而信者亦不能得深信仰」佛以種種方法，爲比丘等說適當之法，佛更言曰：「偷羅難陀比丘尼之貪慾，非自今始，前生即已如是貪慾。」於是爲說過去之事。

〔註35〕同註28，《五卷書》，譯本序頁5。
〔註36〕同註1，《漢譯南傳大藏經・本生經》第32冊，頁264～267。

　　在「結分」中，佛述此法語後，於是唱次之偈：「所得應知足，貪慾爲惡事。捕得鵝鳥王，黃金隨手失。」佛述此偈後，爲種種之譴責，並規定學處說：「凡食葫蒜之比丘尼，皆應懺悔！」佛爲作本生今昔之結語：「爾時波羅門妻是今之偷羅難陀比丘尼，三人之女是今之三人之比丘尼，金色之鵝鳥王即是我。」指出金色之鵝鳥王就是佛陀前生。

（二）故事分析

1. 第 136 則〈金色鵝鳥本生譚〉情節分析：

①會生金色羽毛的的鵝。

②拔光鵝金羽毛之後，失去一切。

2. 故事類型名稱

　　第 136 則〈金色鵝鳥本生譚〉故事的類型編號是 ATK 1306A，本則採用 AT 編號，依據金榮華《民間故事類型索引》之分類法，名之爲「貪心人殺雞取卵」，類型概要：〔註 37〕

　　　　一個貪心的人得了一隻下金蛋的母雞，嫌牠每天只下一個蛋太少太慢，就把牠殺了，想把牠肚裡的金蛋一次都取出，但是發現雞肚裡祇有一個蛋，或根本沒有蛋。或是一個貪心的人得到一隻能下金子的貓或狗，爲了讓牠多下金子，就拼命餵食，結果把牠脹死了。

（三）中國各地之流傳及文本大要

　　中國流傳的地區有：四川、廣西。〔註 38〕依目前所見資料有：四川〈下金蛋的母雞〉〔註 39〕；廣西〈金雞〉〔註 40〕。列舉以上兩則，可分爲兩種說法：

1. 四川〈下金蛋的母雞〉

　　　　有個叫奕阿呷的人偷了鄰居那隻羽毛發光的母雞。奕阿呷回家燒起開水正想殺雞，他的哥哥請他留下來。哪知那雞下的竟是金蛋，從此成了有錢的人。有了錢，奕阿呷更加好吃懶做。那雞下蛋也越來越少。一天，他實在等不及了，便想把雞殺了，心想那不僅可以取出金蛋，說不定雞肉、雞毛都是金子。結果，奕阿呷沒有取到金

〔註 37〕同註 2，《民間故事類型索引》中冊，頁 498。

〔註 38〕同註 2，《民間故事類型索引》中冊，頁 498。

〔註 39〕同註 7，《中國民間故事集成》四川卷，頁 925～926。

〔註 40〕同註 5，《6·廣西民間故事集》，頁 460～463。

蛋，那母雞也不是金子。於是，奕阿呷又變成了窮人。

在情節結構上的主要的核心情節不變，得到一隻會下金蛋的雞，貪心的人以為殺了雞，就可以挖到金礦得到更多，最後卻一無所有。符合 AT 1306A，與《本生經》結構上相同，但是主角卻不同，情節細節也有些不同。

2. 廣西〈金雞〉

> 有一個新媳婦的公公是貪客的人，要她天天上山開墾荒地，還必須挑一擔柴回來。媳婦沒有挑柴，而是背一塊方石回來，家公見了破口大罵。有一個人路過，買下那堆石頭，放到鍋裡燒火煮。之後，公公叫她天天去背石頭，那人連續煮了三天三夜後，她把蓋子揭起，從石頭中飛出一隻金色的母雞來。媳婦抓白米餵牠吃，母雞就拉下一塊銀子。母雞拉完銀子後，突然說話：「好心的媳婦，幸虧你把我從山上背回來，又將我從鍋裡救出來，你要是晚半個時辰揭蓋子，我就沒命了。為了感謝你，請你每天餵食我一次，你餵白米我拉銀子，你餵玉米我拉金子，一天一次，一日四兩，不多也不少。」之後她告訴公公，餵金雞時一次只能給四兩，不能多餵。家公貪心餵了雞吃八兩玉米，雞就發出幾聲慘叫聲，便脹死了。他跟媳婦說完，他想去取之前的金子，發現已經變成玉米和白米了。

此則故事的主要的核心情節不變，一個人得到一隻會下金子和銀子的雞，這裡說到的雞，所下的不是金蛋，而是雞吃了吃玉米會拉出黃金，吃白米會拉出銀子。雞一開始也說明了餵食的禁忌，貪心的人以為多餵一些，就可以得到更多，最後卻一無所有，連原來得到的金銀，也還原為本來樣貌。符合 AT 1306A，與《本生經》結構上相同，但是主角卻不同，情節細節也有些不同。

（四）外國各地之流傳及文本大要

此一故事流傳的地區有：俄國〔註41〕、希臘。〔註42〕依目前所見資料有：希臘〈生金蛋的雞〉〔註43〕；俄國〈貪心的人和母雞〉〔註44〕。列舉以上兩則，故事概要：

〔註41〕 何茂正譯：《克雷洛夫寓言》（台北：小知堂出版，2002年5月），頁155～157。
〔註42〕 同註2，《民間故事類型索引》中冊，頁498。
〔註43〕 王煥生譯：《伊索寓言》（北京：華夏出版社，2007年10月），頁37。
〔註44〕 同註41，《克雷洛夫寓言》，頁155～157。

希臘〈生金蛋的雞〉

　　有人養著一隻雞，那雞會生金蛋。因此他以爲雞的肚裡有金塊，就把雞殺了，結果發現那隻雞和其他的雞一樣。他本來期望能發一筆大財，結果連那一點收穫也失去。這則故事是說，應當滿足於現有的東西，不要貪求。

俄國〈貪心的人和母雞〉

　　有一個人貪得無厭，他既不會什麼手藝，又不會去做生意賺錢。可是他的錢櫃卻越來越滿，因爲他養了一隻雞，這隻雞會生金雞蛋。他的生活越來越富裕，換了別人會心滿意足；但這個貪心人還嫌太少，他想出了一個主意：宰了雞，從雞肚子裡弄到更多財寶。他不想想雞給他帶來的好處，不怕落得忘恩負義的壞名聲，便把雞宰了，他從雞肚裡得到一副普通的內臟。

　　希臘《伊索寓言》的年代與《本生經》大約爲同時期作品，在前面已有敘述。俄國《克雷洛夫寓言》最初發表在 1819 年版《寓言集》第六卷中，寫作日期不詳。收入 1825、1830、1834 年版《寓言集》。克雷洛夫的寓言受到《伊索寓言》的影響，因此有許多故事內容跟核心情節都是相同的。

　　在情節結構上的主要的核心情節不變，得到一隻會下金蛋的雞，貪心的人以爲殺了雞，就可以得到更多金子，最後卻一無所有。符合 AT 1306A，與《本生經》結構上相同，但是主角卻不同，情節細節也有些不同。

（五）小　結

　　因此就情節結構來分析，前置情節，核心情節與後置情節都是相同的，由於所見的資料不足，無法推測故事來源，中國的兩則故事中，四川〈下金蛋的母雞〉說到所產生的是金蛋，與《伊索寓言》相同，廣西〈金雞〉說到，雞吃了吃玉米會拉出黃金，吃白米會拉出銀子，可能是中國特有的故事，故事中所呈現的教育意味較爲濃厚，因此流傳到中國因爲地域性不同，與人民生活方式不同，想像力不同，因此可以看到金蛋跟拉屎成黃金或銀子。

　　筆者認爲這是想像力所形成的故事情節，產生雞吃了吃玉米會拉出黃金，吃白米會拉出銀子，這是由於顏色的想像造成。四川〈下金蛋的母雞〉與《伊索寓言》相同，可能爲《伊索寓言》所傳；廣西〈金雞〉的故事應該是中國地區自行衍生，因此仍無法推測故事來源。

三、第89則〈詐欺本生譚〉大意

（一）故事概要

《本生經》中第89則〈詐欺本生譚〉「主分」中故事概要：〔註45〕

> 一位偽裝的道人來到行者家接受供養，行者將黃金飾品裝箱藏於地下，因爲相信有德者，請這位道人幫忙看守，假道人心起貪慾，跟行者辭行偷走黃金，擔心行者起疑，故意在頭髮放根稻草回來歸還，菩薩是位商人，居住在行者家，聽行者敘述此事，即刻跟行者說，此道人是賊，因此趕緊追趕找回金飾。

在「序分」中，佛在祇園精舍時，對一詐欺漢所作之談話。在「結分」中，佛述此法語後，說：「汝等比丘！此比丘非只今於此處欺騙他人，前生亦爲欺騙之事。」於是爲作本生今昔之結語：「爾時之僞行者是此一騙比丘，而此賢人即是我。」

（二）故事分析

1. 第89則〈詐欺本生譚〉情節分析：

①騙子假裝是一芥不取的老實人。

②道人歸還一根稻草騙取方丈的信任。

③竊取鉅款最後被識破。

2. 故事類型名稱

第89則〈詐欺本生譚〉故事的類型編號是ATK 1526D，本則採用AT編號，依據金榮華《民間故事類型索引》之分類法，名之爲「僞裝老實竊鉅款」，類型概要：〔註46〕

> 山上的寺廟裡來了一個遊方僧借宿，第二天，他離去很遠後又折回寺中，因爲他的袈裟上沾了一根昨晚作爲床墊的稻草，出家人不妄取他人一物，所以回來歸還。廟中主持大爲感動，留他住下幫忙，對他十分信任。有一天，主持下山化緣，將寺廟裡的大小鑰匙交他保管，可是主持回來後，發覺遊方僧已經席捲廟中的財物，遠走高飛了。

〔註45〕同註1，《漢譯南傳大藏經・本生經》第32冊，頁141～144。
〔註46〕同註2，《民間故事類型索引》中冊，頁543。

（三）中國各地之流傳及文本大要

中國流傳的地區有：遼寧、吉林、西藏、湖北、江西、河北。〔註 47〕
依目前所見資料有：遼寧〈看來沒有真心人〉〔註 48〕；吉林〈好心的和尚〉
〔註 49〕；西藏〈送來山羊毛拿走金戒指〉〔註 50〕；湖北〈只有肚子餓了是真〉
〔註 51〕；江西〈老和尚擇「賢」〉〔註 52〕；河北〈世間難分好賴人〉〔註 53〕。
列舉以上六則，可分為三種說法：

1. **歸還一根羊毛，騙取信任，成功竊取財物。**

西藏〈送來山羊毛拿走金戒指〉：

> 有一對母女相依為命，父親去世前留下了一枚金戒指。女兒經
> 常戴在手上，之後弄丟了，不敢跟母親說。母親以為女兒在煩惱終
> 身大事，為了解除女兒心中的苦惱，她請了一位念經喇嘛，下午，
> 念經喇嘛離開時，發現大門右邊的垃圾堆旁邊有一枚金戒指。晚上
> 他就拿著一根山羊毛送回給姑娘的母親，說：「我們念經人從來不拿
> 俗家人的一根毫毛，今天在我的袈裟上帶了這根山羊毛，不還給你
> 們會造孽的。」說完後把一根山羊毛交給了姑娘的母親，說完他順
> 手拿走了那枚金戒指。

此則故事的主要的核心情節不變，偽裝老實竊取財物，主角「喇嘛」是
一個最值得人們信任的人物，在這裡卻看到喇嘛卑鄙的行徑，由於此則故事
是中國大陸採錄，中國大陸對西藏地區一直懷有敵意，所以是否故意將喇嘛
污名化，或是世間上真有發生過類似貪心之事，或是一種對於人性挑戰的改
編故事，就不易判斷。情節結構符合 AT 1526D，與《本生經》結構上相同，
主角不同，情節細節也有些不同，在結局上，《本生經》是識破了竊取的行為，
而此則故事中的喇嘛成功獲得財物。

2. **歸還一根稻草，騙取信任，竊取財物。和尚開葷，遇不貞女子更感
   慨。**

〔註47〕 同註2，《民間故事類型索引》中冊，頁543。
〔註48〕 同註7，《中國民間故事集成》遼寧卷，頁877～878。
〔註49〕 同註7，《中國民間故事集成》吉林卷，頁898～900。
〔註50〕 同註7，《中國民間故事集成》西藏卷，頁952～953。
〔註51〕 同註7，《中國民間故事集成》湖北卷，頁597～598。
〔註52〕 同註7，《中國民間故事集成》江西卷，頁713～714。
〔註53〕 同註7，《中國民間故事集成》河北卷，頁721～722。

遼寧〈看來沒有真心人〉；吉林〈好心的和尚〉；湖北〈只有肚子餓了是
真〉；河北〈世間難分好賴人〉。列舉以上四則，故事概要：

> 有一座廟裡，最值錢的就是金香爐，或者祭祀的器具都是金
> 的，引起外人覬覦。有一個人（四則故事分別是浪子、雜工、道人、
> 叫化子），來到廟裡休息後離開，知道廟裡的財寶，心生一計，看見
> 衣服上沾了一根稻草，當即轉回廟裡賠不是。半夜裡，那個偽善的
> 人悄悄爬起來，把香壇上的金香爐揣上跑了。

> 和尚為了找香爐，四下奔走化緣。到了天黑，餓得兩眼發花。
> 摸到什麼就團圇吞下肚，他就誤吃了肉。又有一天晚上，和尚借住
> 到掛有「貞節牌」的一戶人家。兒媳很賢慧，官府給她送了「貞節
> 牌」。這天夜裡，和尚因為找不到金香爐，急得睡不著，四更時辰，
> 和尚想起早趕路，才開門，忽聽院裡有人悄聲說話。仔細一聽，原
> 來是小寡婦與一個青年人纏綿悱惻！和尚見狀再也無心去找金香
> 爐。

此則故事的主要的核心情節不變，在結局上，《本生經》是識破了竊取的
行為，而此則故事中的主角成功獲得財物。而且這類故事之後加上和尚開齋
破戒，又看到獲得「貞牌坊」的女子與人偷情，感慨世間上的人難以分辨好
壞，這四則故事只有在中國流傳，可能是流傳過程中，新加入的情節單元，
更增添對人性貪婪的認知。

3. 假裝出家，騙取信任，將廟宇洗劫一空。

江西〈老和尚擇「賢」〉：

> 山上一座小廟，廟裡有一位和尚。正思量著物色一個老實的小
> 和尚，好多小青年經不住這個考驗，下山去了。過了幾天，又有一
> 個小伙子來到廟裡，懇求出家，請老和尚收他為徒。老和尚也沒有
> 馬上答應，但見他出家之心如此堅決，於是，給他種種考驗。發現
> 這位青年人老實又聽話，十分高興地收他為徒。一日，老和尚要下
> 山去化緣，簡單地交代了小和尚幾句，便放心地走了。可是等老和
> 尚三天後歸來，廟裡卻被洗劫一空。

此則故事的主要的核心情節不變，故事主角是小和尚，而且是很有心機
的計謀犯案，願意忍受一切考驗，處心積慮想要謀取廟內一切財物。核心情
節符合 AT 1526D，但在結構上有一些差異，與《本生經》的主角不同，情節

細節也有些不同。在結局上，《本生經》是識破了竊取的行為，而此則故事中的小和尚成功獲得財物。故事中少了「歸還一根稻草」的情節，這個情節是一個強烈對比的張力，此則故事形容小和尚願意忍受一切考驗，只為了竊取廟中一切，似乎沒有達到諷刺意味，只看到貪心的一面。

（四）外國各地之流傳及文本大要

此一故事流傳的地區有：印度。〔註54〕依目前所見資料，外國故事部份有：印度〈生經・第一卷第3則〉〔註55〕、印度〈雜寶藏經・卷十〉〔註56〕。列舉以上兩則，故事內容，有兩種說法：

1. 一個聰明人被女子騙去所有財物，他再去騙別人。

　　印度〈生經・第一卷第3則〉：

　　　　佛說，在久遠劫前，博掩子為一個有財富的聰明人，與淫女交往。久之，財富皆為淫女所奪，一旦床頭金盡，淫女驅之，無以為活，遂流浪到鬱單國，他假裝老實人的樣子，說自己是商客，去見當地大財主，騙他說自己於經商途中遇惡賊，財貨盡為所奪，今日流離失所，難以自活，希望當大財主的隨從。財主看他老實可靠，就待之如弟兄，並以產業託付之，結果大財主之財富盡為所竊。

故事主角是一個富家子弟。核心情節符合 AT 1526D 但是與《本生經》結構上有些差異，主角不同，情節細節也有些不同，在結局上，《本生經》是識破了竊取的行為，而此則故事中的主角成功獲得財物。〈生經・第一卷第3則〉故事中，敘述的情節結構與《本生經》不同，只有核心情節相同，一開始的動機，是被騙想再次騙人，獲得以前所失去的，因此假裝老實人騙取同情，獲得最大利益。而《本生經》的主角是見財起意，歸還一根稻草讓人信任，之後竊取鉅大的財物，讓人意想不到，形成強烈對比，也達到諷刺意味。

2. 歸還一根稻草，又被人騙取財物。

　　印度〈雜寶藏經・卷十〉：

　　　　一個老婆羅門娶了一個年輕妻子，可是他妻子卻常常與其他男

〔註54〕同註2，《民間故事類型索引》中冊，頁543。
〔註55〕《大正新修大藏經》第3冊（台北：新文豐出版公司，1983年1月），頁71下～72下。
〔註56〕同註55，《大正新修大藏經》第4冊，頁497中～498中。

子偷情,又害死前婦之子,因此老婆羅門棄妻後離開。遇到一個年輕婆羅門假裝老實,以歸還一根稻草,取得信任之後,騙取老婆羅門所有財物,老婆羅門非常感嘆世間沒有人是可以相信的。故事之後敘述年輕的婆羅門與長者家中婦女偷情。長者失去財物,不知盜賊為誰,國王詢問,有誰經常出入,長者想到是年輕婆羅門,但是不相信會是他,國王一番解釋後,識破年輕婆羅門的詭計。

此則故事的被害人是一個老婆羅門,而年輕婆羅門是主角,前置情節鋪排敘述老婆羅門較多,之後才呈現出年輕婆羅門的奸計。情節結構符合 AT 1526D,與《本生經》結構上也相同,主角不同,情節細節也有些不同。在結局上,與《本生經》相同,識破了竊取的行為。《雜寶藏經‧卷十》故事中,敘述的情節結構與《本生經》相同,一樣是見財起意,歸還一根稻草讓人信任,之後竊取財物,形成強烈對比。

(五)小 結

《本生經》中敘述的情節結構是騙子假裝是一芥不取的老實人,歸還一根稻草騙取信任,竊取鉅款最後被識破。目前所見資料,只有印度《雜寶藏經‧卷十》所傳的故事情節結構相同,其他都加了不同的情節單元,所以只能看到核心情節是相同的。中國所傳的三種說法,也不完全相同,人物跟後置情節的結局也不同,無法推測出故事來源是否為印度,也許只流傳核心情節的部份,其他經過民間口頭流傳,不斷的改寫變異,產生前置與後置情節都不同,而核心情節相同的故事。

第二節 《本生經》中笑話類型故事(二)

一、第 257 則〈哥瑪尼闍陀農夫本生譚〉大意

(一)故事概要

《本生經》中第 257 則〈哥瑪尼闍陀農夫本生譚〉「主分」中故事概要:

〔註57〕

　　　　鏡面王是一位智者國王,七歲時就顯露出明智的判決,他的智慧無人能比,以下十四件事情顯出智者國王的智慧:

〔註57〕同註 1,《漢譯南傳大藏經‧本生經》第 34 冊,頁 27～40。

①還牛，但是牛又被小偷偷走。哥瑪尼闍陀農夫因爲牛隻事件，他已還牛，卻被誣陷偷牛，想去詢問國王問題討回公道，途中在朋友家借住。

②嬰兒死亡：朋友妻子跌倒流産被誤會爲毆打。討牛者跟友人挾持著哥瑪尼闍陀農夫要去告狀。

③馬：路人請哥瑪尼闍陀農夫讓馬停步，被誤爲打斷馬腿。

④手藝人：跌倒摔落誤壓死其父親。四個男子就挾持著哥瑪尼闍陀農夫去鏡面國王處問問題討公道。沿途有人或動物請託帶口信：

⑤村長：爲何走衰運？因爲未秉公辦案而走衰運。

⑥妓女：爲何被冷落？未遵守自己規則而被冷落。

⑦年輕女人：爲何住不慣？與情人多次幽會，因此哪裡也住不慣。

⑧蛇：爲何盤守大樹？守護寶瓶，不願出去覓食。

⑨鹿：爲何只吃樹下甜美的草？因爲樹上有蜂窩，只吃樹下甜美的草。

⑩鷓鴣：爲何聲音改變？山腳下有一大寶瓶，所以鳴聲動聽。

⑪樹神：爲何得不到供奉？因爲不保護行人，所以得不到供奉。

⑫蛇王：爲何池水混濁？因爲互相爭吵，所以池水混濁。

⑬苦行者：爲何果實酸澀？恪守苦行，就會覺得果實甘美。

⑭學生：爲何學習無效果？雞鳴不準時，學習也沒效果。

鏡面國王，一一了解事情緣由，知道哥瑪尼闍陀農夫是父親的僕人，遇到的一切問題都是誤解，因此一一用妙智慧讓四男子知難而退，其他託問的也一一解答。

向鄰居借牛事件，因爲未親眼看見牛被農夫所偷（實際上牛已歸還又逃跑），因此以「眼」爲代價。關於坐斃嬰兒，（實際上是婦人自己跌倒壓死），此人應與該婦生一個孩子作補償。至於壓死了老翁（實際上是被東西砸到而死），由他娶老翁之遺孀，使失去父親的兒子仍有父親。關於斷了腿的馬（實際上是主人請農夫幫忙，卻又說他打斷馬腿），以舌頭爲代價。結果四名控告者都情願不要賠償而離去。

在「序分」中，佛在祇園精舍時，對智慧之稱讚所作之談話。比丘等坐於法堂，稱讚十力（佛）之智慧：「如來有大智、多智、機智、敏智、銳智、達智，其智慧超越天界，超越人界。」佛云：「汝等比丘！如來之智慧，非自今日始，前生亦如是。」於是佛爲說過去之因緣。在「結分」中，佛云：「汝等比丘！如來大智，非自今日始，前生即爲大智。」佛述此法語後，說明聖諦之理——說聖諦之理竟，多人達預流、一來、不還、阿羅漢——於是佛爲作本生今昔之結語：「爾時之伽瑪尼闍陀是阿難，鏡面王即是我。」

（二）故事分析

1. 第257則〈哥瑪尼闍陀農夫本生譚〉情節分析：

①一人向鄰居借馬，不慎弄斷了馬尾，鄰居告官要他賠。

②兩人在前往縣府途中，婦人不慎坐斃了自己的嬰孩。

③斷了腿的馬，實際上是主人請農夫幫忙，卻又說他打斷馬腿。

④手藝人跌落在一個老翁身上，把老翁壓死。

⑤這人問知了所有問題的解決方法。

⑥縣官對各案的判決如下：

關於借牛事件，因爲未親眼看見牛被農夫所偷，因此以「眼」爲代價。

關於斷了腿的馬，爲了處罰胡言亂語以舌頭爲代價。

關於坐斃了嬰孩，此人應與該婦生一個孩子作補償。

關於跳崖壓死老翁，由他娶老翁之遺孀，使失去父親的兒子仍有父親。

結果四名控告者都情願不要賠償而離去。

第257則〈哥瑪尼闍陀農夫本生譚〉故事中，筆者原本分析爲複合型故事，但是，此則並沒有出現「AT 461 尋寶聘妻」的情節，也沒有出現「AT 461A 西天問活佛，問三不問四」的情節。在故事中，發問了十四個問題，而智者國王也都一一解答，卻沒有出現發問的限制，也沒有因爲要娶妻去找寶物的故事情節出現，更沒有因爲解決別人問題，自己的也得到幫助的情節，此則故事有難題出現，去找智者幫忙解答，智者運用智慧巧妙判決，與一般看到的故事不太一樣，因此，筆者再次確定此則爲單一類型，只是運用了 AT 460A 的部份情節單元。

2. 故事類型名稱

第257則〈哥瑪尼闍陀農夫本生譚〉故事的類型編號是 1534，本則採用

AT 編號，依據金榮華《民間故事類型索引》之分類法，名之爲「似是而非連環判」，類型概要：〔註 58〕

> 一人向鄰居借馬，不愼弄斷了馬尾，鄰居告官要他賠。兩人在前往縣府途中，這人又不愼坐斃了一名婦女的嬰孩；他心中害怕，跳崖或跳水自盡，卻跌落在一個老翁身上，把老翁壓死而自己無恙，因此婦人和老翁的兒子也都要對他提出控告。縣官對各案的判決如下：關於斷了尾巴的馬，此人可保有該馬，待馬長出了尾巴再還馬主。關於坐斃了嬰孩，此人應與該婦生一個孩子作補償。至於跳崖壓死了老翁，此人應當去站在崖下，由死者的兒子像他那樣從崖上跳下去將他壓死；或由他娶老翁之遺孀，使失去父親的兒子仍有父親。結果三名控告者都情願不要賠償而離去。

（三）中國各地之流傳及文本大要

中國流傳的地區有：遼寧、貴州、西藏。〔註 59〕依目前所見資料有：西藏〈牛主和借牛者〉〔註 60〕；遼寧〈昏縣官斷案〉〔註 61〕；貴州〈鵝寶子〉〔註 62〕；麼佬族〈貪財的判官〉〔註 63〕。只有西藏的故事沒有複合 AT 1660，列舉以上四則，可分爲兩種說法：

1. 智者審案

西藏〈牛主和借牛者〉故事敘述，沒有複合 AT 1660，因爲 AT 1660 只能用在貪官身上。西藏地區所描述的故事與《本生經》故事相同，但是只有第一段還牛事件的情節，之後的故事情節沒有出現，可能是流傳過程中被省略，因爲故事的連環判是主角連續遇到四件事情，都被誤會，遇到智者還他公道。這裡是佛經故事的流傳，因此教育性大於娛樂性質。

2. 昏官判案

「1660 窮人在法庭上的手勢被誤解」類型概要：

> 窮人被富人告上法庭。窮人想，官員一定是幫富人的，因此包

〔註 58〕同註 2，《民間故事類型索引》中冊，頁 550。
〔註 59〕同註 2，《民間故事類型索引》中冊，頁 550～551。
〔註 60〕同註 7，《中國民間故事集成》西藏卷，頁 1000。
〔註 61〕同註 7，《中國民間故事集成》遼寧卷，頁 758～759。
〔註 62〕同註 7，《中國民間故事集成》貴州卷，頁 862～864。
〔註 63〕同註 12，《中華民族大系》第 11 冊，頁 587～589。

　　了一塊石頭去應訊，準備官員判他敗訴時砸過去出氣。不料官員誤

　　以為他包的是銀子，他時時舉石的手勢被誤以為是要行賄的暗示，

　　就判決他勝訴。

　　在中國地區的流傳故事三則，都加入 AT 1660 型，可以看出融入中國貪官污吏的行事作風，世界各國應該都有貪官污吏，然而在中國被描寫出來進行批判，從《史記》中的〈酷吏列傳〉，可窺探一二，因此影響後人運用民間故事流傳，對於貪官污吏的嘲諷。故事中敘述被告者，為了自救拿石頭想砸官員，官員以為是賄賂，轉變討好的態度。故事最後，可發現貪官為了銀子，不顧一切胡亂判案，被告者得以脫險，貪官判決結果的不合理，卻又公平的還給被告者一個公道。

（四）外國各地之流傳及文本大要

　　此一故事流傳的地區有：西班牙、荷蘭、義大利、塞爾維亞、俄國、希臘、土耳其、印度、阿根廷、多明尼加共和國。〔註64〕菲律賓、伊朗、阿拉伯、俄國、非洲也有流傳。〔註65〕依目前所見資料，外國地區的故事有：奧地利〈兄弟告狀〉〔註66〕；印度〈賢愚經·卷十一——第53則〉〔註67〕。列舉以上兩則，故事內容說法分為兩種：

1. 智者審案

　　印度〈賢愚經·卷十一——第53則〉故事敘述，沒有複合 AT 1660，所描述的故事與《本生經》故事相同，主角連續遇到四件事情，都被誤會，遇到智者還他公道。因為是佛經故事流傳，除了呈現教育意義，也包含了一些佛教教義。

2. 昏官判案

　　奧地利〈兄弟告狀〉也是加入了「AT 1660 窮人在法庭上的手勢被誤解」的類型故事。在此則故事不難發現，貪心的官員，作風大致相同，這就是人性。一開始是敘述兩兄弟分家，分的不平均，老二非常不滿，一路上遇到前面敘述的四件事，到審判官的地方，就帶著一包石頭，想砸審判官，官員以為是賄賂，轉變討好的態度。故事最後，也是一樣的結局，大家不想增加煩

〔註64〕同註 18, "*The Type of Folktale*",P.439

〔註65〕同註 2，中冊，頁 550～551。

〔註66〕《奧地利童話》（台中：義士出版社，民國 56 年），頁 88～111。

〔註67〕同註 55，《大正新修大藏經》第 4 冊，頁 427 下～429 下。

惱事端，於是和解。

（五）小　結

佛經所傳的故事，都比較中規中矩，教育的意涵較深，而民間所流傳的故事，趣味性濃厚，貪官被狠狠的嘲諷一番，被告者也能全身而退。

情節結構符合 AT 1534，與《本生經》結構上也相同，情節細節敘述的順序完全相同，在結局上，也與《本生經》相同，因此可推測是受到印度佛經故事影響。筆者推測《本生經》為故事來源，因為《賢愚經》故事中的情節結構，細節以及審判的結果，割舌割眼的判決，「割舌割眼」佈施身體的說法，來自於小乘經典理論。之後流傳成為貪官污吏的嘲諷，也是在流傳中，故事為了符合本土性，因此融入民間其他情節單元或故事形成特有的故事內容，但是核心情節的張力強烈，因此各地都保留著四件事不被更改。

二、第 218 則〈詐騙商人本生譚〉大意

（一）故事概要

《本生經》中第 218 則〈詐騙商人本生譚〉「主分」中故事概要：〔註68〕

> 住村商人與詐騙商人，兩個是好朋友，住村商人將 500 個鋤頭寄放詐騙商人那裡，等他要去拿回時，詐騙商人說鋤頭都被老鼠吃了，還展示老鼠糞便，住村商人知道不可能，於是心生一計，約詐騙商人小孩一起去游水，之後把小孩寄放友人家，不讓他們出來走動，回去詐騙商人那裡說小孩被老鷹捉走了，詐騙商人不相信，兩人一起去裁判所，各說實話，老鼠不可能吃鋤頭，老鷹不可能抓小孩，於是失去的都找回了。

在「序分」中，是佛在祇園精舍時，對一詐騙商人所作之談話。在舍衛城有詐騙商人與賢明商人，二人合資做生意，賺得五百車的商品，從東方到西方行商，獲得很多財富，回到舍衛城。賢明商人向詐騙商人說：「我們現在可分配所賺取的錢財。」詐騙商人在想：「我長期睡很糟的環境，吃不好的食物，現在非常疲憊，今到他家中吃各種美食，一定會身體不適。」於是推辭不分錢財，一直延期。賢明商人向他逼迫，結果二人才分儲積金。賢明商人持香及花鬘，來佛前供養禮拜後，坐於一面。佛問他為何遲來佛前供養。他

〔註68〕同註 1，《漢譯南傳大藏經・本生經》第 33 冊，頁 182～185。

向佛告白始末。佛云：「優婆塞！彼男非自今日始，前生即爲詐騙之商人。」佛應彼之請求說過去之因緣。在「結分」佛述此法語後，作本生今昔之結語：「爾時詐騙之商人是今之詐騙商人，爾時賢明之商人是今之賢明商人，司法官即是我。」

（二）故事分析

1. 第218則〈詐騙商人本生譚〉情節分析：

①詐騙商人騙住村商人說鋤頭都被老鼠吃了。

②住村商人騙詐騙商人說小孩被老鷹捉走了。

③兩人一起去裁判所，各說實話，於是失去的都找回了。

2. 故事類型名稱

第218則〈詐騙商人本生譚〉故事的類型編號是1592A，本則採用 AT 編號，依據金榮華《民間故事類型索引》之分類法，名之爲「金子變銅人變猴」，類型概要：〔註69〕

> 一人昧心，把友人寄放在他家的一罐金子或銅錢換成其他物品。友人取回後不動聲色，過了一陣，帶那人的小孩回家來玩，久久不送回。待他父親來時，說孩子已變成了猴子；或是借那人的馬使用，過後說馬變成了蛤蟆，逼使那人歸回所吞沒的金錢。

（三）中國各地之流傳及文本大要

中國流傳的地區有：河南、西藏、湖北、雲南。〔註70〕依目前所見資料有：河南〈六吊錢和一匹馬〉〔註71〕；西藏〈兩個朋友〉〔註72〕；湖北〈銀子和馬〉〔註73〕；雲南〈機智故事三則——之一〉〔註74〕。列舉以上四則，可分爲兩種說法：

1. 鋤頭被老鼠啃食，孩子被老鷹抓走。

雲南〈機智故事三則——之一〉：

> 勐巴臘西有兩個好朋友。一個要出門時，就將自己的犁鏵放在

〔註69〕同註2，《民間故事類型索引》中冊，頁578。
〔註70〕同註2，《民間故事類型索引》中冊，頁578。
〔註71〕同註7，《中國民間故事集成》河南卷，頁500～501。
〔註72〕同註7，《中國民間故事集成》·西藏卷，頁869～871。
〔註73〕同註7，《中國民間故事集成》·湖北卷，頁652～653。
〔註74〕同註12，《中華民族大系》第6冊，頁896～897。

他的朋友家。他的朋友貪心,偷了犁鏵,還在放犁鏵的地方,撒上一堆老鼠屎。等他回來取犁鏵時,他的朋友就指著那堆老鼠屎說:「犁鏵被老鼠吃掉了。」他也不說什麼。過了幾天,他就將他朋友的兒子藏了起來。他的朋友來找自己的兒子,他說:「你的兒子被老鷹叼去吃了!」他的朋友說:「我從沒聽說過,老鷹會叼這麼大的娃娃吃。」他說:「我也沒聽說過老鼠會吃犁鏵呀。」他的朋友只好將犁鏵還給了他。

2. 錢變不值錢的東西(糖或鹽),馬匹變蛤蟆。

河南〈六吊錢和一匹馬〉;湖北〈銀子和馬〉,故事概要:

敘述一個工人想把錢先存在老闆那裡,老闆或老闆的太太跟他說,錢過一段長時間可能變成糖瓜或是鹽。之後他要去要錢罐子,掀開蓋子一看,一罐子銅錢變成了一罐子糖瓜或白鹽!他也沒吭聲,把東西拿回去了。他去借向老闆借馬要犁地,過幾天還老闆。老闆來要回馬匹時,工人才說馬變成了蛤蟆,老闆或老闆太太不相信說:「馬會變蛤蟆?真出怪啦!」工人:「錢會變糖瓜?真出鬼啦!」老闆就忙著拿來工錢,把使瘦了一巴掌的馬牽回去了。

3. 金子變木頭,人變猴子

西藏〈兩個朋友〉

從前有兩個朋友,一天,次旺要出遠門。他把金子寄放在頓珠家,頓珠開心說:「人老了會變猴,金子老了會變木。」次旺沒有在意。過了幾年,次旺想拿回金子,頓珠說金子變成木塊了,次旺生氣得話都說不出來,要求讓他的兩個兒子伺候一段時間。回到家裡後,次旺買來了兩隻猴子,把大的猴子也取名為旺堆,小的也取名為窮達,這兩隻猴子也通人性,只要叫到「旺堆、窮達」的時候,就跑到了次旺的面前。到了第二年,頓珠想帶回他的兩個兒子,次旺急忙藏了起來,頓珠看見兩隻猴子,吃了一驚。次旺說:「老朋友,你不是說金子老了會變木,人老會變猴的嗎?」頓珠明白是怎麼回事,他回去把金子拿來還給了次旺,次旺也把頓珠的兩個兒子還給了他。

此類型故事的第一種說法,情節結構與《本生經》完全相同,耕田的工具被老鼠啃食,另外一方就騙說孩子被老鷹叼走。另外兩種說法,主要的核

心情節不變，都是敘述兩造說謊，一方是要貪心騙取，另一方則是想給對方一個教訓，前置情節鋪排敘述都會給一個伏筆「錢過一段長時間可能變成糖瓜或是鹽」、「人老了會變猴，金子老了會變木。」之後呈現出的後置情節，就是讓欺騙的那一方自知理虧而退讓。

情節結構符合 AT 1592A，與《本生經》結構上也相同，主角不同，情節細節也有些不同，在結局上，與《本生經》相同，雙方都拿回屬於自己的東西。

（四）外國各地之流傳及文本大要

此一故事流傳的地區有：印度〔註75〕。法國也有流傳。〔註76〕依目前所見資料，外國故事部份有：法國〈自食其果的鄰居〉〔註77〕；印度《故事海》〔註78〕、印度〈秤被老鼠吃掉了〉〔註79〕。以上三則，故事內容，說法相同：

◎鋤頭被老鼠啃食，孩子被老鷹抓走。

法國拉封登〈自食其果的鄰居〉：

> 一名波斯商人要到外地做生意。這一天，他把五十公斤的鐵寄存在隔壁的鄰居家中。生意做成回家後，他向鄰居討回他的貨物。鄰居說，有隻老鼠把它統統吃完了。商人裝出一副信以為真的樣子。過了幾天，他指使人偷偷綁架了這個黑心鄰居的兒子。然後他跟鄰居說：「我看到一隻貓頭鷹把您的孩子抓走了。」「這怎麼可能呢？一隻貓頭鷹能帶走這麼重的一個孩子嗎？要是說我的兒子捉住貓頭鷹那還差不多。」商人說：「但我要告訴您，我確實看到了，而且是親眼看到的。您想想，在我們這個地方，五十公斤的鐵都能被一隻老鼠吃光，那麼貓頭鷹劫走一個重僅二十五公斤的孩子，這有什麼值得大驚小怪的呢？」鄰居明白了商人話中的意思，就把鐵歸還給商人，商人也把孩子交還給他。

〔註75〕 同註 18, "*The Type of Folktale*",P.459
〔註76〕 同註 19，《寓言書》，頁 174～176。
〔註77〕 同註 19，《寓言書》，頁 174～176。
〔註78〕 黃寶生、郭良鋆、蔣忠新譯：《故事海》（北京：人民文學出版社，2001 年 8 月），頁 295～296。
〔註79〕 同註 28，《五卷書》，頁 193～196。

印度《故事海》、《五卷書》〈秤被老鼠吃掉了〉：

　　從前，有一個青年商人花光了父親的財產，只剩下一台用一百
斤鐵製成的秤。他把這台鐵秤寄存在一個商人那裡，自己出國去了。
回國後，他向那個商人索取這台秤，商人回答說：「被耗子吃掉了。」
青年商人聽了，心裡暗暗發笑。他給了商人的小兒子一點兒阿摩羅
果，就哄著他一起去沐浴。這個聰明的青年商人沐浴後，把商人的
小兒子藏在自己朋友家裡，獨自一人回到商人家。騙商人說：「一隻
老鷹從空中飛下，把孩子叼走了。」他把青年商人帶到國王的公堂。
在公堂上，青年商人仍然這麼說。法官們聽後，說道：「這是不可能
的。老鷹怎麼可能叼走孩子呢？」於是，青年商人回答說：「在這個
地方，既然耗子能夠吃掉大鐵秤，那麼，老鷹為什麼不能叼走大象，
更何況是一個孩子？」法官們聽了覺得好奇，問清楚情況後，吩咐
商人歸還鐵秤，青年商人歸還孩子。

　　此類型故事的說法，情節結構與《本生經》完全相同，在法國流傳的是
鄰居騙說鐵或鐵秤被老鼠啃食，商人就帶走鄰居小孩騙說被老鷹或貓頭鷹叼
走。印度故事是兩個商人在鬥智，青年商人雖然一開始貧困不順，但是聰明
才智沒有讓他損失太多。主要的核心情節不變，都是敘述兩造說謊，前置情
節敘述的商人是很聰明的，不動聲色暗中安排，後置情節就是讓欺騙的那一
方自知理虧而退讓。

　　情節結構符合 AT 1592A，與《本生經》結構上也相同，主角相同，情節
細節相同，在結局上，也與《本生經》相同，雙方都拿回屬於自己的東西，
因此可推測法國拉封登寓言是受到印度故事影響，可能是印度民間故事流
傳，收入《本生經》，因為故事中呈現古印度商業及商人的聰明程度，明顯透
露出故事來自於民間。

（五）小　結

　　《本生經》中敘述的情節結構，是詐騙商人騙說鋤頭都被老鼠吃了，住
村商人就騙說小孩被老鷹捉走了，兩人一起去裁判所，各說實話，於是失去
的都找回了。依目前所見資料，印度、法國以及雲南〈機智故事三則——之
一〉所傳的故事情節內容與《本生經》相同。其他在中國地區流傳的三則故
事：西藏〈兩個朋友〉；河南〈六吊錢和一匹馬〉；湖北〈銀子和馬〉與 AT 1592A

敘述故事結構相同，可能因為地域性的影響而改變，成為中國故事流傳的特色，故事中的人物角色與印度和法國不同，其中所敘述改變的物品也不同，所以難以判斷故事來源是否為印度，也許中國流傳的故事受到印度故事影響，為了符合地域性而改寫，也可能是東西方故事雙線發展。

三、第 37 則〈鷓鴣本生譚〉大意

（一）故事概要

《本生經》中第 37 則〈鷓鴣本生譚〉「主分」中故事概要：〔註80〕

> 喜馬拉雅山半山腰中，有一棵大榕樹，有猴子、大象、鷓鴣鳥
> 他們三個是好朋友，他們希望選出年長者來服從他，他們想出一個
> 問題，就是互相問小時候，看到大榕樹的樣子來做判斷誰是年長者，
> 結果鷓鴣鳥是最年長的。

在「序分」中，是佛在舍衛城時，對舍利弗長老之床座被奪事所作之談話。佛言：「汝等比丘！於此教團實為隨其年長者始應受敬虔之問候，合掌敬禮，真誠之奉事，可得最上之床座、最善之水、最良之飲食。此實為真正之標準！是故年長之比丘，實為適應。汝等比丘！今於此處之舍利弗為予之高足，為轉法輪者，應得次於予之床座，然彼昨夜未得床座，於樹根處過夜！汝等今尚如此有失尊敬，缺乏從順，移時而行，究將如何？」其後佛更與彼等教訓云：「汝等比丘！於前生為動物時，失去互相尊敬，缺乏從順，有悖普通生活而行者，於我等決不適宜！於我等之中，知誰為較年長者，應為敬禮！汝等宜善加思惟，知此為較我等之年長者，向彼敬禮，得往天道！」於是佛為說過去之事。

在「結分」中，彼等三者所受持者名曰鷓鴣之梵行。佛言：「汝等比丘！彼等動物實尚相互尊敬從順而為生；汝等出家，善受經律之教，何以相互失去尊敬，缺乏隨順而生活耶？汝等比丘！予決定如次，爾來，汝等應向年長者為敬禮、合掌、供養，隨其年長，可得最上之床座、最善之水、最良之食物。而爾來，年幼者不可奪年長者之床座，凡奪物者，無論何人，皆為惡作罪。」如是佛說尊敬耆宿之功德竟，連結作本生今昔之結語：「爾時之象是目犍連，猿是舍利弗，鷓鴣實即是我。」

〔註80〕同註 1，《漢譯南傳大藏經・本生經》第 31 冊，頁 281～285。

（二）故事分析

1. 第 37 則〈鷓鴣本生譚〉情節分析：

①大家都舉例證明自己的年齡最大。

②證明看到大榕樹的樣子來做判斷，結果鷓鴣鳥為最年長者。

2. 故事類型名稱

第 37 則〈鷓鴣本生譚〉故事的類型編號是 ATK 1920J，本則採用 AT 編號，依據金榮華《民間故事類型索引》之分類法，名之為「漫天撒謊，比誰最老」，類型概要：〔註 81〕

> 參加比賽的主角或是動物或是人，大家都舉例證明自己的年齡最大。

（三）中國各地之流傳及文本大要

中國流傳的地區有：四川、浙江、北京、吉林、河南、山西、湖北、河北、湖南、貴州、遼寧、蒙古、青海。〔註 82〕依目前所見資料古代有《韓非子·外儲說左上》〈鄭人爭年〉〔註 83〕、《東坡志林》卷七〈三老語〉〔註 84〕、《艾子後語》〈大言〉〔註 85〕。近代：四川〈天管師和張古老〉〔註 86〕；浙江〈狼、狐狸和蛙蟆〉〔註 87〕；北京〈彭祖輸妻〉；吉林〈比歲數〉〔註 88〕；河南〈劉備稱兄〉〔註 89〕；山西〈狐狸、刺蝟、青蛙〉〔註 90〕；湖北〈彭祖比壽〉〔註 91〕、湖北〈彭祖比壽——異文〉〔註 92〕；河北〈比歲數〉〔註 93〕；

〔註 81〕同註 2，《民間故事類型索引》中冊，頁 637。

〔註 82〕同註 2，《民間故事類型索引》中冊，頁 637～638。

〔註 83〕戰國·韓非子《韓非子·外儲說左上》。參見祈連休：《中國古代民間故事類型研究》三冊，（河北：河北出版，2007 年 5 月），頁 115。

〔註 84〕宋·蘇軾撰《東坡志林》卷七〈三老語〉。同註 83，《中國古代民間故事類型研究》，頁 115。

〔註 85〕明·陸灼撰《艾子後語》「大言」。同註 83，《中國古代民間故事類型研究》，頁 115～116。

〔註 86〕同註 5，《6·廣西民間故事集》，頁 1437～1438。

〔註 87〕同註 7，《中國民間故事集成》浙江卷，頁 578。

〔註 88〕同註 7，《中國民間故事集成》吉林卷，頁 961～962。

〔註 89〕同註 7，《中國民間故事集成》河南卷，頁 86～87。

〔註 90〕同註 7，《中國民間故事集成》山西卷，頁 371。

〔註 91〕同註 7，《中國民間故事集成》湖北卷，頁 43～44。

〔註 92〕同註 7，《中國民間故事集成》湖北卷，頁 44～45。

〔註 93〕同註 7，《中國民間故事集成》河北卷，頁 777～778。

湖南〈張果老〉〔註94〕；貴州〈盤古王漂白〉〔註95〕；遼寧〈彭祖誇壽〉〔註96〕；蒙古〈狐狸、刺蝟和青蛙〉〔註97〕；青海〈狐狸和狼〉〔註98〕、青海〈騎魔鬼〉〔註99〕；新疆〈阿里達爾降魔的故事〉〔註100〕。列舉以上十八則，可分為四種說法：

1. 動物比歲數

青海〈狐狸和狼〉；蒙古〈狐狸、刺蝟和青蛙〉；浙江〈狼、狐狸和蛙蟆〉；山西〈狐狸、刺蝟、青蛙〉。以上四則，故事概要：

> 以前，狐狸、刺蝟、青蛙非常要好。有一天狐狸發現一塊肉，想過去吃又不好意思。於是，這時狐狸想了一個打賭的辦法，比賽賽跑。狐狸第一個跑到，就在這時，青蛙說話：「你吃不上，該我吃。」狐狸回頭一看，只見青蛙早已跳到肉上。原來，在狐狸喊跑的時候，青蛙早已跳到狐狸的尾巴上，所以青蛙比它早跳到肉上。之後，狐狸要比歲數，誰的年齡最大，可以先吃肉。刺蝟說：「我一百歲啦。」狐狸就說：「我二百歲啦。」這時見青蛙說：「我就不能聽比年齡大，你們一百歲、二百歲算什麼大年齡，我的兒子要是活著，比你們的年齡都大。」狐狸一聽，就說：「為了不讓青蛙弟傷心，咱們再比一樣，看誰最不能喝酒。」刺蝟說：「我不喝。」狐狸說：「我連聞也不能聞。」這時只見青蛙睡倒。狐狸、刺蝟忙問：「青蛙弟，你這又怎麼啦？」青蛙說：「你們一個不喝，一個不能聞，我是聽都不能聽，一聽就醉。」最後還是青蛙勝了，肉讓青蛙吃了。

其中只有青海〈狐狸和狼〉的故事沒有複合 AT 275 型，其他三則都與 AT 275 型「狐狸和青蛙賽跑」複合，類型概要：青蛙咬住狐狸尾巴，狐狸跑到終點，回身看看青蛙時，青蛙在牠身後說，我早已到達終點。〔註101〕在故事內容方面大致相同，都是三種或兩種動物看到食物想爭食，但又礙於朋

〔註94〕同註7，《中國民間故事集成》湖南卷，頁 227～228。
〔註95〕同註12，《中華民族大系》第 13 冊，頁 399～402。
〔註96〕同註5，《30‧遼寧民間故事集》，頁 363～364。
〔註97〕同註12，《中華民族大系》第 1 冊，頁 704～705。也見於《中國動物故事集》，頁 48～49。
〔註98〕同註12，《中華民族大系》第 10 冊，頁 892～893。
〔註99〕同註5，《39‧青海民間故事集》，頁 161～165。
〔註100〕同註12，《中華民族大系》第 10 冊，頁 585～588。
〔註101〕同註2，《民間故事類型索引》上冊，頁 87。

友關係，或勢力關係而不敢先吃，於是利用比歲數大小來決定給誰吃。青海〈狐狸和狼〉故事中還是狡猾的狐狸獲勝。其他三則，勝利者是青蛙。此類故事的娛樂成分較高和《本生經》相比，佛經故事是尊年長，而民間流傳故事，比較隨性活潑，生活化，因此雖然是比年紀大小，其實也還是在鬥智，看誰聰明就能獲勝，比歲數只是一個機智競爭的比賽項目之一。

2. 人說大話

《韓非子・外儲說左上》〈鄭人爭年〉、《東坡志林》卷七〈三老語〉、《艾子後語》〈大言〉；近代：吉林〈比歲數〉；河北〈比歲數〉。

以上六則，故事大致敘述，一個人說大話，自比年歲與古人相同，被拿來比的有黃帝，盤古，或是說小時候看伏羲畫八卦。《艾子後語》〈大言〉敘述有一個人誇口說自己小時候看伏羲畫八卦，表示自己的年紀超過千年，結果艾子向國王建議治病要用千年之血，於是舉薦那個誇口之人，讓那個人自認說了大話。

近代故事的流傳，在後置情節加入「打賭」，把妻子當作賭注，最後由妻子來解決的情節，與神仙誇口的說法一樣，只是角色不同。

3. 神仙誇口

四川〈天管師和張古老〉；北京〈彭祖輸妻〉；湖北〈彭祖比壽〉、湖北〈彭祖比壽——異文〉；湖南〈張果老〉；貴州〈盤古王漂白〉；遼寧〈彭祖誇壽〉。

以上七則，故事敘述，神仙和人打賭比較誰的年紀最大，這位神仙通常是盤古，張果老，彭祖，都是歲數超過百歲的神仙，認為自己是全天下年齡最大，無人能及，被人聽到，開始跟他打賭，人、禍害、鐵柺李或和尚都說年紀比他大。其中「禍害」，最令人覺得有趣，因為「禍害遺千年」，於是禍害也出來參與比較。

通常神仙自己誇口之外，還打賭輸了自己的妻子，再由妻子出面來解決，而通常妻子角色都是非常聰明的代表，利用唸了一首揶揄對方的詩句，讓對方羞愧的離開，詩的內容，大多是妻子說自己的母奶給對方吃過，讓對方臉紅快速離去。

4. 複合型故事

（1）1920J＋1062

「AT 1062A 扔物比遠」類型概要：

莽漢和人比力氣，看誰能把東西拋得比較遠。他的對手讓他扔一根稻草，自己則扔一束稻草，結果是莽漢輸了。有的故事裡所扔的是一根雞毛和一隻雞；或是雞毛和雞毛撢。〔註102〕

河南〈劉備稱兄〉故事概要：

劉關張桃園三結義的故事，傳說是這樣的：最初他們按年齡大小來排行。三人都想當老大，結果三人報了相同。再按生辰早晚論大小，張飛說是天剛剛亮的時候生的。關羽接著說他是公雞剛叫頭遍時生的。劉備說，我是鼓打三更，剛過半夜的時候生的。張飛抬頭看見一棵大樹，再比上樹，張飛就跑過去抱住樹很快爬到最高枝。關羽隨後爬到老母柯杈上，心想落個老二夠本算了。劉備卻不慌不忙地來到樹下，抱住樹身站那兒了。劉備說：「樹是先紮根後長梢，那三弟就是你啦！」

最後扔物比遠，扔雞毛，在地上畫個圈兒，都站在圈兒裡往一個方向扔，誰扔得最遠誰是老大，最後劉備伸手抓住一隻老母雞，沒用多大勁就把雞扔出兩三丈遠。張飛看到這情景傻眼了，只好認輸。關羽也覺得自己的智謀實在不如劉備，也認了。就這樣，劉備當了大哥，關羽排行老二，張飛落了個三弟。

（2）1920J＋1144B

「AT 1144B 怕金子的人」類型概要：

人與鬼怪鬥智，讓鬼怪誤以為他最害怕的是金子，於是鬼怪便把大量的金子搬去他家嚇他，他因此而成了富人。或是農夫故意讓鬼怪以為他喜歡田裡有石塊而討厭肥料，結果鬼怪把田裡的石塊都搬走而倒滿了肥料，讓他種了一季好收成。〔註103〕

青海〈騎魔鬼〉、新疆〈阿里達爾降魔的故事〉故事概要：

一次，有一個人出外去旅行。路上，碰到了一個魔鬼。魔鬼要求和他結伴同行。走了很久，都感覺疲乏了。魔鬼希望輪流著一個騎一個走想佔人便宜，魔鬼說一起來比誰的年紀大，就讓誰先騎好了。魔鬼說：他出生的時候，宇宙像一隻手，外出人歎口氣說：當你出生的時候，我小兒子就在那時死去！魔鬼就讓人騎到脖子上。

〔註102〕同註2，《民間故事類型索引》中冊，頁461～462。
〔註103〕同註2，《民間故事類型索引》中冊，頁461～462。

這樣走了很久，魔鬼實在疲乏極了人，外出人唱歌沒停止過。魔鬼想擺脫那個人問他最害怕的東西是什麼？外出人說：「煮熟的馬腸子和帶酒味兒的酸奶子了。」等外出人睡著了以後，魔鬼找來了馬腸子和酸奶子，放在阿勒的爾的身旁。第二天，外出人醒來了，吃了一個飽。魔鬼被騙了，外出人覺得他這次長途旅行，實在快樂極了。

此類故事的娛樂成分較高，和《本生經》相比，佛經故事是尊年長，而民間流傳故事，比較生活化，因此雖然是比年紀大小，其實也還是在鬥智，看誰聰明就能獲勝，比歲數只是一個智慧競爭的比賽項目之一。

（四）外國各地之流傳及文本大要

此一故事流傳的地區有：印度、日本。〔註104〕依目前所見資料，外國故事部份有：印度〈五分律·卷第十七〉〔註105〕、印度〈摩訶僧祇律·卷第二十七〉〔註106〕、波斯〈綿羊、母牛和駱駝〉〔註107〕。列舉以上三則，故事內容，可分兩種說法：

1. 動物尊老

印度〈五分律·卷第十七〉、印度〈摩訶僧祇律·卷第二十七〉故事概要：

以前鳥類、猴子、大象非常要好。有一天，他們想知道彼此的年紀，因為要尊重年長者，於是大家開始舉出自己小時候看到樹的模樣，來進行比較。大象說他看到樹的腰部，也就是莖部；猴子說他看到樹的根部，雉說他只看到樹還是種子的時候；另一則是說大象說他看到樹可以騎樹的位置，也就是莖部；猴子說他看到樹的根部，可在上撒尿，鳥說他可以吃樹種子的時候。於是他們比較出鳥的年歲最大，大象最小，於是向鳥類鞠躬禮拜。

2. 為爭食說大話傷友誼

波斯〈綿羊、母牛和駱駝〉故事概要：

以前綿羊、母牛、駱駝非常要好。有一天他們看到一根草都想搶著吃。羊說自己是亞伯拉罕祭祀的那隻羊的兄弟，母牛說自己是

〔註104〕同註2，《民間故事類型索引》中冊，頁637～638。
〔註105〕同註55，《大正新修大藏經》第22冊，頁121上。
〔註106〕同註55，《大正新修大藏經》第22冊，頁446上～446下。
〔註107〕同註21，《隱藏的人生寶藏：43則波斯狡點的智慧寓言》，頁90～93。

亞當耕田用的牛，駱駝氣不過，說自己沒必要說謊，就吃了那根草，彼此的友誼也破壞了。

（五）小　結

故事主旨在佛經故事是說明尊年老的重要，顯示敬老尊賢的寓意，但是民間故事的流傳，已經不再是以動物之間的寓言來說明，而是人與人之間的誇口，神仙與神仙或神仙與人之間的鬥智，也呈現出女性的聰明智慧不亞於男性。

《本生經》的故事內容，與佛經故事相同，其他民間流傳的故事都不一樣，不論在情節結構及細節，都差異懸殊，筆者認為故事來源分成三類，「動物比較年歲」的故事核心情節只有佛經是相同的，而另一類則是「鬥智爭食」。中國流傳的「說大話」故事應該是中國原生故事，尤其是騎魔鬼，與魏晉六朝志怪小說〈定伯賣鬼〉的故事結構相同。

第三節　《本生經》或可成型的故事探討

《本生經》中，分析出約 15 則故事，故事內容類似已成型的故事類型，將其列表，簡單敘述故事概要，以及比較相似的故事類型，可供往後之探討，是否加入編號或另成類型。

序號	相似型號	故　事　類　型	則數序號	故　事　名　稱
1	122	利用機智逃過被吃	118	鶉本生譚
2	126	羊唬走了狼	437	腐肉豺本生譚
3	176A	猴子學人上了當	92	大精本生譚
4	285D	人心不足蛇吞象	72	有德象王本生譚
5	613	精怪大意洩秘方	284	吉祥本生譚
6	670	動物的語言	416	巴藍塔婆從僕本生譚
7	834	貪心不足金變水	288	魚群本生譚
8	851D	妙計選婿	305	驗德本生譚
9	910k	謹守誡言，躲過送死陷阱	373	鼠本生譚
10	1117	害人反害己	481	陀伽利耶青年本生譚
11	1241B	揠苗助長	46	毀園本生譚
			268	毀園本生譚

序號	相似型號	故　事　類　型	則數序號	故　事　名　稱
12	1317	瞎子摸象	248	緊祝迦喻本生譚
13	1422	鸚鵡洩密遭殺身	145	拉達鸚鵡本生譚
			198	羅陀鸚鵡本生譚
14	2400	一張牛皮大的地	5	稻稈本生譚
15	555D+670	龍宮得寶或娶妻＋動物的語言	386	驢馬子本生譚

一、動物類型故事

（一）「122 利用機智逃過被吃」

1. 類型概要：

利用假意的請求逃脫，如被狼抓住的小動物要求等他長大再吃等。〔註108〕

2. 第118則〈鶉本生譚〉故事概要：

一群在森林中的鵪鶉，被捕捉，捕捉者將他們飼養在家中，等到更豐腴再賣出，此時菩薩為鵪鶉，他想，他都不進食，即可消瘦，一段時間後，捕捉者將所有鵪鶉都賣完，只剩菩薩，他大為疑惑，怎麼日漸瘦弱，正在思考時，菩薩趕緊飛走。〔註109〕

3. 第118則〈鶉本生譚〉情節分析：

①利用機智，故意不進食，等身體消瘦，被認為生病。
②補捉者失察，讓鵪鶉逃脫。

（二）「126 羊唬走了狼」

1. 類型概要：

羊對狼說：昨天我吃了七匹狼，今天要吃第八匹了。或是鹿對虎說：我每吃一虎，身上便長一點斑。〔註110〕

2. 第437則〈腐肉豺本生譚〉故事概要：

波羅奈國有一隻豺與妻子在森林中，有一洞窟住有野生數百隻山羊，豺每天吃一隻，數量日漸減少，山羊中有隻母山羊名為美拉

〔註108〕同註2，《民間故事類型索引》上冊，頁41。
〔註109〕同註1，《漢譯南傳大藏經・本生經》第32冊，頁210～215。
〔註110〕同註2，《民間故事類型索引》上冊，頁48。

瑪達，豺夫婦用很多方法都不能吃到牠，於是母豺去跟母羊說，他的丈夫公豺已死，希望母羊協助他處理屍體，到時候公豺再出來咬死母羊，但是母羊心想，豺殺害牠的同族，又看到母豺的眼神不對，於是迅速逃離，又一次，母豺又去找母羊，母羊就跟母豺說，他有一些隨從朋友要幫忙準備吃的，母豺以爲有更多食物，母羊說有五百獵犬，二千隨從，母豺一聽，心生恐懼而離去。〔註111〕

3. 第437則〈腐肉豺本生譚〉情節分析：

①羊假稱有很多隨從，唬走了豺。

②母豺一聽，心生恐懼而離去。

（三）「176A 猴子學人上了當」

1. 類型概要：

農夫在田裡掰取玉蜀黍，猴子見樣學樣，待人離去後也到田裡來掰取嬉戲，損害了莊稼。於是農夫拿刀在田野做出刮鬍抹喉等動作，然後留下刀子離去。猴子來拿起刀子學樣，因而受傷驚逃，不再來擾。或是農夫故意在田野喝酒穿草鞋，然後留下酒和草鞋離去，但把每隻草鞋用細繩連成一串。猴群見了，也來喝酒穿鞋，待其醉時，農夫來抓。猴子因已喝醉，又已穿了被細繩連成一串的草鞋，行動困難，便都被捉住。

或是猴子偷走了婦女的項鍊，戴在頸上。於是婦女讓猴子模仿她的舞蹈動作，然後突然彎腰低頭；猴子學樣，掛在頸上的項鍊便滑落地面，被婦人取回。在西方，常見的情節是：賣睡帽的商人戴著帽子打盹，醒來後發現一群猴子偷了他販賣的帽子載在頭上嬉戲，於定他立刻取下他載的帽子用力擲在地下，那些猴子見樣學樣，也紛紛把帽子取下摔在地上，商人因此取回了他的貨物。〔註112〕

2. 第92則〈大精本生譚〉故事概要：

國王於園中散步，突然想戲水，叫宮女將寶珠首飾包好收好，保管好，宮女不小心小睡了一下，首飾就被母猿拿走，宮女緊張的喊抓賊，結果連環舉發沒有犯罪的人，大臣想了一下，首飾是在宮

〔註111〕同註1，《漢譯南傳大藏經·本生經》第36冊，頁120～125。

〔註112〕同註2，《民間故事類型索引》上冊，頁63～64。

中不見，應該不是那些嫌疑犯，發現園中猿猴數多，因此懷疑是猿猴所拿，用球製作一些首飾，給很多母猿，逼母猿（偷者）自己出現炫耀而將其捕捉。〔註113〕

3. 第92則〈大精本生譚〉情節分析：

①猿猴偷走首飾，想佩帶在身上。

②猿猴學習模仿，想炫耀而被捕捉。

（四）「285D 人心不足蛇吞象」

1. 類型概要：

蛇或龍對曾經養育自己的人或這人的兒子報恩，將自己的心、肝或眼睛給他去治好皇帝或富人的病，讓他做宰相或發大財。但這人不知足，不斷地要求割取更多東西，最後被蛇吃了。〔註114〕

2. 第72則〈有德象王本生譚〉故事概要：

象王於森林中發現一個迷失方向的男子，於是載著他走出山林，後來這個男子，看到象牙雕工，覺得有利可圖，於是去請求象王給他象牙，象王給他象牙尖端，之後男子又再來要，象王給他殘餘的部份，之後男子又再一次來要，就給他含肉的牙根部份，此惡人也馬上遭到報應，地面噴出地獄之火將他吞噬。〔註115〕

3. 第72則〈有德象王本生譚〉情節分析：

①大象慈悲的把自己的象牙讓人拿去求取富貴。

②地獄火吞食貪心不足的人。

二、一般民間故事

（一）「613 精怪大意洩秘方」

1. 類型概要：

二人一起外出經商，行經深山時，其中一人挖掉了另一人的雙眼，取走了他的財物。這人夜裡無意中聽到精怪的談話，知道了一些秘方，能讓自己的雙眼復明，能醫某人的怪病，能使枯井生水等。

〔註113〕同註1，《漢譯南傳大藏經·本生經》第32冊，頁149～157。

〔註114〕同註2，《民間故事類型索引》上冊，頁95。

〔註115〕同註1，《漢譯南傳大藏經·本生經》第32冊，頁149～157。

於是他醫治了自己的雙眼，也幫助了別人，因此娶得了富家小姐，或是有了許多錢。殘害他的同伴知道了事情的經過，便也去偷聽精怪的談話，但是被精怪撕成了碎片。〔註116〕

2. 第284則〈吉祥本生譚〉故事概要：

有一個採木的人夜晚在神殿休息時，聽到兩隻公雞的吵架的對話，在下方的公雞說，吃了他的肉，可得一千金，上方的公雞說，吃了他的肥肉則爲王，吃了外肉則男爲將軍，女爲王妃，吃了帶骨的肉則在家爲庫頭地位（宰相或大臣），出家爲國師地位。於是採薪者將上方的公雞抓下殺了，回家後請妻子烹煮，煮好要食用時，被河流沖走，象師撿到，請苦行者分食，肥肉給象師，外肉給象師之妻，帶骨肉給自己，之後都依照公雞所說成眞。〔註117〕

3. 第284則〈吉祥本生譚〉情節分析：

①公雞的吵架的對話洩密。
②在下方的公雞說，吃了他的肉，可得一千金，在上方的公雞說，吃了他的肥肉則爲王，吃了外肉則男爲將軍，女爲王妃，吃了帶骨的肉則在家爲庫頭地位，出家爲國師地位。
③最後都依照公雞所說成眞。

（二）「670 動物的語言」

1. 類型概要：

蛇報恩，讓救牠的人能聽懂鳥獸的語言，但不能洩漏這個秘密，否則有殺身之禍。有一天，他聽到鳥獸的說話，不覺笑了起來，她的妻子見了感到奇怪，一直問他爲什麼笑？並且以死要脅。這人無奈，正要說出眞相時，聽到公雞或羊在說牠與妻子的相處之道，頓有所悟，於是繼續堅持不說，妻子也只好作罷。〔註118〕

2. 第416則〈巴藍塔婆從僕本生譚〉故事概要：

波羅奈王子學得咒文是可以聽聞動物的言語，他聽到豺因爲肚子餓想吃靴子跟死人，他都預防性的讓豺達不到願望，豺心生怨恨

〔註116〕同註2，《民間故事類型索引》上冊，頁231。
〔註117〕同註1，《漢譯南傳大藏經‧本生經》第34冊，頁140～146。
〔註118〕同註2，《民間故事類型索引》上冊，頁239～240。

跟他說，你的父王會派你去打仗，你將死亡，我將吃你，王子躲不過就帶著部隊逃離，國王眼看空城無抵禦能力，也帶著王妃和巴藍塔婆從僕與司祭逃跑，波羅奈王子聽聞國王逃跑，即刻回國打跑敵軍。此時僕人跟王妃發生不軌，合謀將國王殺死，被司祭發現，司祭假裝瞎眼逃過一劫。王妃身懷王子，出世之後，司祭告訴小王子，現在的父親（國王）是你們以前的奴僕，之後他殺死奴僕，告訴司祭也譴責母后之後，回波羅奈國，波羅奈王子立小王子爲副王，行善佈施。〔註119〕

3. 第416則〈巴藍塔婆從僕本生譚〉情節分析：
①王子學得咒文，可以聽聞動物的言語。
②聽到豺因爲肚子餓想吃靴子跟死人，都預防性的讓豺達不到願望，豺心生怨恨跟他說，我將吃你，你將死亡。
③王子逃亡之後，回國行善佈施。

（三）「834 貪心不足金變水」

1. 類型概要：

兄弟兩人或兩個朋友外出辦事，途中發現一罐銀子，相約回程時取出平分，便將它在原處埋藏。其中一人起了貪心，意圖獨佔，走了一程，便謊稱身體不適先回去，其實是到埋銀處挖取銀子，但打開罐子一看，發覺只是一罐清水或糞便；而另一人在回程時去挖取則仍是一罐銀子。或是那人見是一罐髒物，很生氣，便把它放在另一人的家裡，另一人回家打開一看，仍是一罐銀子。〔註120〕

2. 第288則〈魚群本生譚〉故事概要：

波羅奈國有一個地主死後，留了千金給兄弟二人，弟弟較爲貪心，將金子包成沙包和砂包放在一起，故意丟下一包，騙哥哥說金子那包掉入水中，河神感念哥哥的功德迴向，於是發揮神通調了包，弟弟打開一看，昏了過去，河神讓金子由一隻大魚吞入，讓哥哥買下大魚得到金子，之後哥哥還是分五百金給弟弟。〔註121〕

〔註119〕同註1，《漢譯南傳大藏經・本生經》第35冊，頁260～266。
〔註120〕同註2，《民間故事類型索引》上冊，頁301。
〔註121〕同註1，《漢譯南傳大藏經・本生經》第34冊，頁155～158。

3. 第288則〈魚群本生譚〉情節分析：

　　①弟弟貪心，故意丟下其中一包沙包，騙哥哥說金子那包掉入水中。

　　②河神發揮神通，讓哥哥得到金子，弟弟得到沙包。

（四）「851D 妙計選婿」

1. 類型概要：

　　　姑娘把花籽分給來求婚的眾人拿去種，約定三個月後再拿回來比花，誰開的花好誰入選。三個月後，求婚的小伙子一個個捧著鮮花來候選，只有一人雙手空無一物，他承認他拿到的花籽沒有長出花來。結果他入選了，因為所有的花籽都是炒過的。〔註122〕

2. 第305則〈驗德本生譚〉故事概要：

　　　婆羅門師為了測試青年的品德，他想將女兒嫁給其中一人，他出了一道題，讓學生去偷婚事要用的物品，其中一名青年什麼也沒帶回來，師父問他原因，他說偷東西是無法隱藏的，於是師傅就將女兒嫁給這位青年。〔註123〕

3. 第305則〈驗德本生譚〉情節分析：

　　①師父讓學生去偷婚事要用的物品。

　　②其中一名青年什麼也沒帶回來，他說明原因為偷東西是無法隱藏的。

（五）「910k 謹守誠言，躲過送死陷阱」

1. 故事概要：

　　　一人得到一些誡言中有如「明月明月，不可獨行」之類的話。後來他受雇於人，雇主之妻對他有意，被他拒絕後懷恨在心，設計害他，要他在某夜前往某處辦事，或是送信去某處，另囑兇手於該處等候欲殺害他。但這個人在當晚看見明月當空，想起「明月明月，不可獨行」的話，便猶豫不去。設計害他的人久不見動靜，前往察看究竟，結果被自己所雇用的兇手誤殺。〔註124〕

2. 第373則〈鼠本生譚〉故事概要：

　　　波羅奈王為雅瓦王子時，從婆羅門師學習，離去時，老師知道

〔註122〕同註2，《民間故事類型索引》中冊，頁312～313。
〔註123〕同註1，《漢譯南傳大藏經・本生經》第34冊，頁206～208。
〔註124〕同註2，《民間故事類型索引》中冊，頁352。

雅瓦王子會被他自己的兒子所害，因此給予他一個譬喻的例子跟偈詩，「馬生腫物，鼠咬腫物，殺鼠投井。」之後雅瓦王子繼承王位，他的兒子十六歲時想要王位，想殺父王，被一名叫「鼠」的俾女發現，俾女被殺投井，國王唸出偈詩「爲吾一人知，鼠被殺井中」王子以爲父王全部都知道，又有兩次，也都依照偈詩而脫險，最後國王將王子下獄，將一切國王該學的都教他，之後國王死去，王子即位。〔註125〕

3. 第373則〈鼠本生譚〉情節分析：

①國王得到三句偈詩，逃過死神。

②三首偈詩都剛好應驗，被王子以爲事跡敗露。

③最後國王還是教導王子一切王族教育，沒被王子害死。

（六）「1117 害人反害己」

1. 類型概要：

惡霸企圖殺死一個他所討厭的人，但被那人識破他的詭計，預作防範，或是陰錯陽差，結果是他自己喪失了性命。〔註126〕

2. 第481則〈陀伽利耶青年本生譚〉故事概要：

波羅奈國有一個祭司，黃皮膚，牙齒脫落，他的妻子跟情人有不道德的行爲，而外型跟她丈夫一樣，祭司多次勸阻無效，於是向國王提議換古門，舉行去除不吉祥的祭祀，需要殺一名黃皮膚，牙齒脫落的婆羅門爲犧牲，祭司回家後太高興而說出口，妻子聽到後趕緊告訴情人。第二天，婆羅門皆已逃亡，國王只好找祭司當犧牲，找他的學生陀伽利耶青年爲祭司，青年說了以下故事類似不幸之人：

①有一個妓女名佳里，他的哥哥頓第羅，他哥哥揮霍金錢無節度，佳里勸阻無效，她交代女僕，頓第羅來就將他趕出去，什麼東西也別給他，有一個商主兒子遇到頓第羅沒穿衣服，幫他跟佳里說情，佳里不理會，商主兒子就將衣服給頓第羅，妓院慣例，穿上妓院衣服過夜隔天要穿自己的衣服回去，因此商主兒子就光著身子出去。

②有兩隻羊相鬥，有隻鳥想勸阻，飛到他們兩個腦袋中間，結

〔註125〕同註1，《漢譯南傳大藏經·本生經》第34冊，頁206～208。
〔註126〕同註2，《民間故事類型索引》中冊，頁465。

果被撞死。

③有一個人爬樹採多羅果，當他扔下果實時，有蛇出現，樹下的人用棍棒打蛇，樹上人狂叫，樹下人張一塊布要他跳，結果人跳下來，底下人控制不住，互相撞碎腦袋而死。

④偷羊賊偷了一頭母羊，忘了帶刀，就放了羊，羊因爲太開心，踢到砍竹人藏的刀，盜賊聽到，過來找尋把母羊殺來吃。

⑤從前，波羅奈獵人捉到緊那羅夫婦，獻給國王說他們歌聲甜美，舞步美妙，但緊那羅擔心失言，不唱也不跳，國王生氣想殺了他們，他們才說出「多言」的害處，國王聽到後很開心的放了他們。

弟子用這些比喻告訴老師，守住自己的嘴，於是找山羊代替老師爲犧牲。〔註127〕

3. 第481則〈陀伽利耶青年本生譚〉情節分析：

①祭司的妻子偷情，多次勸阻無效，他設法讓國王去除掉情夫。

②祭司不愼說溜嘴，祭司的妻子讓情夫逃走。

③國王殺不成祭司妻子的情夫，反而要殺祭司。

④最後由祭司的弟子來解危。

三、笑話及其他類型故事

（一）「1241B 揠苗助長」〔註128〕

1. 故事概要：

宋國有一位農夫，一直擔心他的秧苗長不大，就到田裡把所有的苗都拔高一點。疲憊地回到家後，告訴家人說：「今天眞是累死了，我幫助秧苗長大了。」他的兒子聽了，連忙跑到田裡一看，那些秧苗都已經枯死了。〔註129〕

2. 第46則〈毀園本生譚〉〔註130〕、第268則〈毀園本生譚〉〔註131〕

〔註127〕同註1，《漢譯南傳大藏經・本生經》第37冊，頁118～133。

〔註128〕同註67，《中國民間故事類型索引》，頁231。

〔註129〕王恒展等著：《中國古代寓言大觀》（台北：添翼文化事業有限公司，1995年），頁21。

〔註130〕同註1，《漢譯南傳大藏經・本生經》第31冊，頁324～327。

故事概要：

　　園丁因爲有祭典要忙碌，請自家的猿猴幫忙澆水灌溉照顧園
林，猿王自作聰明，認爲水很珍貴，於是要猴群們把苗根拔起，看
看苗根長短決定澆多少水，因此園林的植物都枯萎了。

3. 第46則〈毀園本生譚〉、第268則〈毀園本生譚〉情節分析：
　①猿猴幫忙澆水灌溉照顧園林。
　②猿王自作聰明，認爲水很珍貴，要猴群們把苗根拔起，看苗根長短
　　決定澆多少水，因此園林的植物都枯萎了。

（二）「1317 瞎子摸象」

1. 類型概要：

　　幾個盲人分別觸摸了大象的腳、尾巴、耳朵和腹部，於是各自
作出了不同的結論，分別認爲象像樹幹，像繩子、像扇子、像大鼓，
還因此爭吵不休。〔註132〕

2. 第248則〈緊祝迦喻本生譚〉故事概要：

　　波羅奈國有四王子，國王讓他們每個人在緊祝迦樹不同成長
時期，去觀察樹木，每個人所看到的形象不同，所說明的當然也
不同，佛以此說法，未見緊祝迦樹的全面性，就無法悟得一切智
慧。〔註133〕

3. 第248則〈緊祝迦喻本生譚〉情節分析：
　①國王讓四個王子在緊祝迦樹不同成長時期，去觀察樹木。
　②每個人所看到的形象不同，所說明的也不同。

（三）「1422 鸚鵡洩密遭殺身」

1. 類型概要：

　　一個商人出遠門經商，他的妻子在家有了情人。商人回家後，
鸚鵡向他說了這件事，妻子辯稱冤枉，要丈夫外宿一夜再問鸚鵡當
夜情形。那夜妻子把鳥籠蒙住，一面灑水，一面搧扇子，又打燈在
籠前一明一暗地閃，還不時地推磨。第二天，商人向鸚鵡問晚上看

〔註131〕同註1，《漢譯南傳大藏經・本生經》第34冊，頁75～77。
〔註132〕同註2，《民間故事類型索引》中冊，頁501。
〔註133〕同註1，《漢譯南傳大藏經・本生經》第33冊，頁267～270。

到了什麼？鸚鵡說什麼也看不見，因爲整夜颱風下雨，又有閃電又打雷。因此商人不信鸚鵡所說種種，還嫌其造謠生事而把牠殺了。
〔註134〕

2. 第 145 則〈拉達鸚鵡本生譚〉、第 198 則〈羅陀鸚鵡本生譚〉故事概要：

第 145 則〈拉達鸚鵡本生譚〉：〔註135〕

有一個婆羅門飼養兩隻鸚鵡將其視爲子女撫養，一天婆羅門外出經商，交代二隻鸚鵡，注意妻子這幾天的動向再告知他，其中一隻知道婆羅門的妻子行不義之事，想警告他，哥哥制止他，婆羅門之妻任意所爲，等婆羅門歸來，告知一切之後離開飛往森林。

第 198 則〈羅陀鸚鵡本生譚〉：〔註136〕

一名獵人捕獲二隻鸚鵡，弟弟布吒波、哥哥羅陀，送給婆羅門，婆羅門將其視爲子女撫養，一天婆羅門外出經商，交代二隻鸚鵡，注意妻子這幾天的動向再告知他，其中一隻知道婆羅門的妻子行不義之事，想警告他，卻被燒死，另一隻則等婆羅門歸來，暗示告知後離開。

3. 第 145 則〈拉達鸚鵡本生譚〉、第 198 則〈羅陀鸚鵡本生譚〉情節分析：

①婆羅門外出經商，交代二隻鸚鵡，注意妻子這幾天的動向再告知他。
②其中一隻知道婆羅門妻行不義之事，想警告他，卻被燒死；或是等婆羅門歸來，告知一切之後離開飛往森林。

（四）「2400 一張牛皮大的地」

1. 類型概要：

一人向地主要求購買一張牛皮大小的地，地主認爲地不大，價格也合理，就答應了，不料此人所說的一張牛皮大的地，乃是把整張牛皮剪成細條後圈圍出的大片田地。〔註137〕

〔註134〕同註 2，《民間故事類型索引》中冊，頁 523。
〔註135〕同註 1，《漢譯南傳大藏經・本生經》第 32 冊，頁 292～294。
〔註136〕同註 1，《漢譯南傳大藏經・本生經》第 33 冊，頁 131～133。
〔註137〕同註 2，《民間故事類型索引》中冊，頁 659。

2. 第 5 則〈稻稈本生譚〉故事概要：

貪心國王找愚笨的人當評價官，想要保護自己的財產，以一稻稈之價錢，買五百頭馬。聰明評價官詢問：「一稻稈之價爲多少？」愚笨的評價官解不出一稻稈之價，答曰：「一稻稈之價，相當於波羅奈都及郊外之地。」他先迎合國王意思說五百頭馬等於一稻稈價位，更由販馬者之手收受賄賂，說一稻稈之價相當於波羅奈城外之地。而波羅奈之城壁四周爲十二由旬，其郊外則有三百由旬，然此愚人不知價位，將廣大之波羅奈及其郊外規定爲一稻稈之價。智慧的評價官見縫插針迅速解釋爲：「大土地之所有稻稈爲一稻稈之價位。」解決商人的損失。〔註138〕

3. 第 5 則〈稻稈本生譚〉情節分析：

①貪心國王找愚笨的人當評價官，以一稻稈之價錢，買五百頭馬。
②智慧的評價官反問價位，運用智慧要求合理解釋：「大土地之所有稻稈，爲一稻稈之價位。」

（五）「555D 龍宮得寶或娶妻＋670 動物的語言」

1. 類型概要：

555D 龍宮得寶或娶妻

一個年輕人救了一條魚或一條小蛇，實際上這魚或蛇是龍宮的太子或公主，因此龍王邀請這人去遊龍宮。當他要回家時，龍王的太子或公主告訴他，龍王會送他禮物，但只要一個看起來不值錢的箱子或一隻小動物就好。結果箱子是一個要什麼有什麼的寶物，或者小動物乃是龍女的化身，使他成了龍王的女婿。在有些故事中，寶物後來被存心不良的朋友或兄弟借去，於是失靈或被龍王收回。若是娶龍女爲妻，常下接 465 型故事（神奇妻子美而慧，老實丈夫受刁難）。〔註139〕

670 動物的語言

蛇報恩，讓救牠的人能聽懂鳥獸的語言，但不能洩漏這個秘密，否則有殺身之禍。有一天，他聽到鳥獸的說話，不覺笑了起來，

〔註138〕同註1，《漢譯南傳大藏經・本生經》第31冊，頁178～181。
〔註139〕同註2，《民間故事類型索引》上冊，頁204。

她的妻子見了感到奇怪，一直問他爲什麼笑？並且以死要脅。這人無奈，正要說出眞相時，聽到公雞或羊在說牠與妻子的相處之道，頓有所悟，於是繼續堅持不說，妻子也只好作罷。〔註140〕

2. 第386則〈驢馬子本生譚〉故事概要：

從前龍王出去遊玩，被兒童捆起來毆打。塞納迦國王出行到境內，看見就解救他，讓他回去。龍王帶了寶物跟女兒來送給國王。龍王跟國王說若看不見龍女，就唸咒。有一天龍女跟水蛇發生愛戀，國王用木板擊打龍女，龍女回去龍王那裡告狀，龍王請四隻小龍，在床下偷聽國王說話。才知道龍女的邪行。龍王向國王請罪，給予讓國王懂得所有聲音的咒文，交代不要讓別人知道，否則會沒入火中而死。一天，國王和夫人一起吃飯，國王聽見螞蟻對話以及兩個蒼蠅對話，國王不禁笑了。夫人疑惑詢問，國王都不告訴她，夫人就以自殺相逼，國王非常苦惱就出門。此時，龍王變成羊，公羊說：「這個國王眞傻，爲了婦人去死。」於是公羊教國王打王妃一百鞭，跟他說是教她咒語的遊戲規則，她就不敢再要求了。〔註141〕

3. 第386則〈驢馬子本生譚〉情節分析：

①龍王被救，龍女嫁給凡人爲妻。
②遊龍宮得寶娶妻，懂得動物語言。
③若是說出得寶原因，將遭殺身之禍。

四、小　結

《本生經》共 547 則故事，重複的故事也不少，可知並非一人完成，而是很多人共同完成，有些故事內容相似或相同，也會出現或安插在後面較長篇的故事中，尤其是第 546 則〈大隧道本生譚〉中。而在分析故事中，可發現很多與成型故事的宗旨內涵相同，但是人物角色，甚至故事鋪排的結構完全不同，而所敘述的內容又非常類似。因此，筆者將這 15 種性質相近的故事提出來，可供往後更深入的探討。

〔註140〕同註2，《民間故事類型索引》上冊，頁239～240。
〔註141〕同註1，《漢譯南傳大藏經・本生經》第35冊，頁122～128。

第七章　結　論

　　說故事是爲了自娛娛人，故事的「趣味性」決定了一則故事能不能達到娛樂的效果。民間文學的本質是「娛樂」，與作家文學藉「言志」與他人產生共鳴的特點不同，也與通俗文學「迎合大眾」以創造暢銷商品的出發點不同。「民間故事」包含兩個層面，一個是「趣味」、另一個是「意義」，因爲一則有趣的事或有意義的事，才有可能被轉述。

　　佛經文學與民間文學關係的結合，是爲了讓佛教教義深植故事中，以淺顯易懂的方式讓人更容易了解經典的深義，也能讓經典更容易講述而廣泛流傳。因此《本生經》故事中有大多數來自於民間故事，更貼近人們的生活，所呈現的是印度當時的生活狀況，有部份是佛陀以自身經歷說法。後人在閱讀佛經故事時，同時也大略瞭解古印度佛陀時代的概況。

　　從《本生經》故事中，可以很明顯的看出它的意義所在。而且也不難發現這些故事，早在佛陀以前就流傳自印度民間故事。佛陀講經說法，將許多民間故事情節融入佛典，佛教傳播世界各地，而這些佛經中的故事，也跟著流傳至各國，一直到近代所採錄到的故事，經由故事類型與情節單元分析，有大部分的故事極可能源自於《本生經》或印度民間故事。

　　依照本文所作分析的 34 個成型故事中，包含動物類型、生活類型、笑話類型及其他類型故事。筆者將分爲兩部分來探討一是《本生經》意義，分析其中包含的原始寓意；另一是「故事流傳後的寓意」，在民間廣爲流傳的故事，可以看出流傳的意義是否改變，或者蘊含寓意不變。

一、《本生經》故事中的原始意義

很多民間故事或童話故事都具有教育意義，在講述的同時，將知識傳達給兒童，使小孩聽故事也學習一些知識。《本生經》有大部分故事是敘述提婆達多的惡行，藉由他的惡行來勸告世人，有哪些行為是不可為之，也將佛教教義融入，或倫理道德思想的潛移默化，由負面人物的形象來解說故事意義，讓故事呈現更為具體，也突顯「善惡分明」的形象，這也是佛經故事的主要目的——宣揚善知識，導正邪念。將「《本生經》寓意」與「故事流傳後的寓意」，對照如下：

1. 動物類型故事

序號	AT型號	則數序號	故事名稱	《本生經》意義	故事流傳後的意義
1	20C	第 322 則	墮落音本生譚	比喻外道不正確的苦行。瞭解正法後，才能消除恐懼。	誤傳謠言，引起恐慌。瞭解真相後，才能消除恐懼。
2	33	第 16 則	三臥鹿本生譚	佛教戒律	知識傳達：動物裝死
3	37	第 384 則	法幢本生譚	欺騙說謊的惡果。	欺騙說謊的惡果。
4	47D	第 143 則 第 335 則	威光本生譚 豺本生譚	1.提婆達多之惡行。 2.不自量力招禍端。	不自量力招禍端。
5	51C	第 400 則	沓婆草花本生譚	貪心	貪心
6	59A	第 349 則 第 361 則	破和睦本生譚 色高本生譚	挑撥離間	挑撥離間
7	76	第 308 則	速疾鳥本生譚	忘恩負義	忘恩負義、知恩圖報
8	91	第 208 則 第 342 則	鱷本生譚 猿本生譚	1.提婆達多之惡行。 2.急中生智。	急中生智。
9	111A	第 426 則	豹本生譚	惡口：口出惡言	強欺弱
10	113B	第 128 則 第 129 則	貓本生譚 火種本生譚	欺騙說謊的惡果。	欺騙說謊的惡果。
11	160	第 73 則	真實語本生譚	忘恩負義、知恩圖報	忘恩負義、知恩圖報
12	214B	第 189 則	獅子皮本生譚	梵唄的修持精神	注重真才實學
13	225A	第 215 則	龜本生譚	誹謗多言	不謹慎多言招禍
14	231	第 38 則	青鷺本生譚	欺騙說謊的惡果。	欺騙說謊的惡果。
15	233B	第 33 則	和合本生譚	1.提婆達多之惡行。 2.團結合作。	團結合作。

序號	AT型號	則數序號	故事名稱	《本生經》意義	故事流傳後的意義
16	248A	第357則	鵪本生譚	1.提婆達多之惡行。 2.瞋恨，勿結怨。	知識傳達：動物特徵、特性。

2. 生活類型故事

序號	AT型號	則數序號	故事名稱	《本生經》意義	故事流傳後的意義
17	851A.1	第546則	大隧道本生譚	讚揚智慧	
18	920	第546則	大隧道本生譚	讚揚智慧	1.聰明人的智慧審案。
19	920A	第546則	大隧道本生譚	讚揚智慧	
20	920A.1	第546則	大隧道本生譚	讚揚智慧	2.巧女或巧媳婦的智慧過人。
21	920A.4	第546則	大隧道本生譚	讚揚智慧	
22	926	第546則	大隧道本生譚	讚揚智慧	
23	926D.4	第402則	果子袋本生譚	智慧審案、親情	親情：母愛或父愛
24	926G.1	第22則	犬本生譚	智慧審案	智慧審案
25	969	第48則	智雲咒文本生譚	貪心	貪心
26	980	第446則	球莖本生譚	親情：孝順	親情：孝順
27	985	第67則	膝本生譚	親情、女子智慧	親情：節日傳說 女子智慧
28	989	第4則	周羅財官本生譚	腳踏實地的學習	1.腳踏實地的努力 2.經商的能力 3.換物的運氣

3. 笑話類型故事及其他

序號	AT型號	則數序號	故事名稱	《本生經》意義	故事流傳後的意義
29	1252	第44則 第45則	蚊本生譚 赤牛女本生譚	無知的可怕	傻子的行為
30	1306A	第136則	金色鵝鳥本生壇	貪心	貪心
31	1526D	第89則	詐欺本生譚	欺騙說謊的惡果。	諷刺「高道德」人物。
32	1534	第257則	哥瑪尼闡陀農夫本生譚	智者審案	1.智者審案 2.昏官判案
33	1592A	第218則	詐騙商人本生譚	貪心、欺騙	貪心、欺騙
34	1920J	第37則	鷓鴣本生譚	敬老尊賢	說大話

　　由以上《本生經》內容中的原始意義，大致上可分出三點特色：佛教教義（戒律規範、貪嗔痴、口業、智慧波羅蜜的讚揚）、待人處世、親情倫理。

1. 佛教教義

（1）戒律規範：

　　每個本生故事都有今生部分，交代佛陀說法時間、地點、對象和緣由，從這當中可以看到佛教僧侶生活的主要區域，佛教與社會各階層的關係，以及佛教內部人際關係和僧侶生活。〈墮落音本生譚〉提到外道不正確的苦行，猶如誤傳謠言之兔子引起恐慌，因此必須了解正法，才能消除恐懼。〈三臥鹿本生譚〉提到佛教中的戒律「制學戒」。〈獅子皮本生譚〉提到佛教中的佛陀鼓勵梵唄精神。

（2）貪嗔痴：指貪欲、瞋恚、愚癡三種煩惱。

　　又作三火、三垢。一切煩惱本通稱為毒，然此三種煩惱通攝三界，係毒害眾生出世善心中之最甚者，能令有情長劫受苦而不得出離，故特稱三毒。此三毒又為身、口、意等三惡行之根源，故亦稱三不善根，為根本煩惱之首。〔註1〕

　　【貪慾】：〈沓婆草花本生譚〉提到貪慾的比丘用騙取的方式，得到食物。〈智雲咒文本生譚〉提到一個頑固的比丘，不聽賢者的勸告，使多數人因貪念奪取錢財而喪命。〈金色鵝鳥本生譚〉提到一個比丘尼因貪慾而多取葫蒜之事，最後引起贈與者不滿，不再提供葫蒜，比丘尼什麼都得不到。

　　【瞋恚】：〈鶉本生譚〉提到提婆達多的種種惡行與人結怨，令人心生瞋恨。

　　【愚癡】：〈詐騙商人本生譚〉此則敘述一個賢明商人被詐騙商人欺騙。

（3）口業：可分為四種，惡口、妄語、綺語、兩舌。

　　【妄語】：十惡之一。又做虛妄語、虛誑語、妄舌、虛偽、欺。特指以欺人為目的而作之虛妄語，妄語戒為五戒、十戒之一。〔註2〕〈詐欺本生譚〉敘述佛陀與詐欺漢的談話，提到詐欺漢有種種欺騙的手法跟方式。〈青鷺本生譚〉敘述一個裁縫師比丘，製作破爛衣服欺騙其他比丘。

　　【兩舌】：十惡之一。又作離間語、兩舌語。即於兩者間搬弄是非、挑撥

〔註1〕《佛光大辭典》（一）（高雄：佛光出版社，1988 年 10 月），頁 570。
〔註2〕同註1，《佛光大辭典》（三），頁 2343。

離間，破壞彼此之和合。〔註3〕〈破和睦本生譚〉、〈色高本生譚〉敘述比丘散佈離間之語，佛陀因此述說離間故事告誡比丘。

【惡口】：十惡之一。即口出粗惡語毀訾他人。據大乘義章卷七載，言辭粗鄙，故視為惡；其惡從口而生，故稱之為惡口。〔註4〕〈豹本生譚〉提到有弟子看到豹追殺山羊之景象，於是佛陀藉豹之兇殘，講述惡口之故事。

【綺語】：十惡之一。又作雜穢語、無義語，指一切淫意不正之言詞。瑜伽師地論卷八載，綺語之別稱有非時語、非實語、非義語、非靜語、不思量語、不靜語、雜亂語、非有教語、非有喻語、非有法語等。〔註5〕〈法幢本生譚〉提到常常欺瞞的比丘前生即是如此。〈貓本生譚〉、〈火種本生譚〉提到某個欺瞞的比丘，佛陀藉此講述前生故事。〈龜本生譚〉提到一位拘迦利洩漏佛陀兩大弟子行蹤因為得不到供養物品又誹謗尊者及正法。

（4）「智慧波羅蜜」的讚揚：

〈大隧道本生譚〉此篇為長篇故事，大多是敘述智慧者的言行，之所以讚揚智慧，是因為在六度波羅蜜的修行法則中，般若（智慧）為第六，也就是說前五項之修行圓滿，自然身心清靜智慧生發。〈鱷本生譚〉、〈猿本生譚〉提到提婆達多想害佛之事，佛陀藉此講述前生故事。〈蚊本生譚〉、〈赤牛女本生譚〉利用反面述說，說明無知的可怕，將可能傷及人命，由此來讚揚智慧的可貴。〈哥瑪尼闡陀農夫本生譚〉對智慧的讚揚，佛陀藉此講述前生故事。

2. 待人處世

【反觀自省】〈威光本生譚〉、〈豺本生譚〉敘述不自量力而招來禍端，說到提婆達多佯裝佛陀威儀，失去神通力，被其他比丘識破，將他痛打一頓，佛陀藉此講述前生故事。〈周羅財官本生譚〉敘述周羅槃特本身是一個愚笨之人，但是他腳踏實地努力的學習，最後也有所成就。

【知恩圖報】〈速疾鳥本生譚〉敘述忘恩負義的故事，說到提婆達多不知恩的事蹟，佛陀藉此講述前生故事。〈真實語本生譚〉敘述忘恩負義和知恩圖報強烈對比的故事，說到提婆達多不知恩想陷害佛陀的事蹟。

【團結合作】〈和合本生譚〉親族相互爭吵不休，佛陀敘述如此將陷入大毀滅，勸親族們要團結合作。

〔註3〕　同註1，《佛光大辭典》（四），頁3070。
〔註4〕　同註1，《佛光大辭典》（五），頁4946。
〔註5〕　同註1，《佛光大辭典》（六），頁5888。

3. 親情倫理

〈球莖本生譚〉敘述兒子原本單獨扶養父親，娶妻之後，妻子不滿父親，要求丈夫丟棄父親，之後他被自己小孩的話驚醒，小孩也勸母親改過遷善。〈膝本生譚〉敘述田舍女的兄弟、丈夫、兒子被國王捉拿，國王說只放一人，她選兄弟。因為丈夫、兒子易得，國王聽完，將三人都釋放。〈鵪鴣本生譚〉此則敘述敬老尊賢的故事，提到長老的床座被奪，佛陀藉此述說故事教導尊重年長者。

二、故事流傳意義產生變化

《本生經》與其它流傳的故事比較之後，可發現動物類型故事，大多收錄於童話故事中，也就是藉由動物的鮮明角色，使故事講述能更活潑，讓兒童聽故事時，自然而然的吸收知識。生活類型故事以讚揚智慧型人物居多，且流傳變異的也不多。其中笑話類型故事變異較多，在佛經中以講述欺騙、智慧、敬老尊賢等等的故事，經過民間流傳的結果，大多有諷刺的意味，且趣味性較為濃厚。故事經由流傳產生變異的有：

1. 〈三臥鹿本生譚〉原本是在敘述佛教戒律的教育，運用鹿學裝死的型態來說明。民間流傳故事中，顯示了一種知識的傳達，也就是「動物裝死」。一般極少接觸動物的人，不會知道動物有這項求生本領，這類型故事呈現出不同動物的不同裝死方式，也傳達讓人們知道這種知識。

2. 〈鶉本生譚〉原本是在敘述佛陀教育弟子，不可與人結怨生瞋恨心。民間流傳故事中，顯示了一種知識的傳達，也就是運用各種小動物為了報仇，使出各自本領，也可以看出不同動物的習性與特性，也傳達讓人們知道這種知識。

4. 〈哥瑪尼闍陀農夫本生譚〉流傳的故事可分兩種，一種跟《本生經》類似，都是讚揚智者審案，另一種則是諷刺昏官貪心，對於判案草草了事。

5. 〈詐欺本生譚〉流傳的故事是在對「高道德」人物的諷刺，所謂高道德是指一般人會用較高道德標準來看待的人，如和尚、尼姑、老師等等，故事中獲得「貞節牌坊」的女子也是，藉由貪慾的心念促使和尚或喇嘛或道士對財物的汲汲營營；中國流傳的故事加入了，看到獲得「貞節牌坊」的女子與其他男子發生關係，於是一則故事有雙重的諷刺。

故事的改變，最大的原因是講述者忘記故事內容，於是自己加上情節，

有的是別的類型，或是自己編造的——這些大多是開頭或結尾。但是核心情節通常是不會改變，前置情節和後置情節可能就會不一樣。也有的講述者將兩個故事銜接在一起。故事的細節往往會重複，或是角色對調。故事大多以第三人稱，也有以第一人稱。

　　故事傳到新的環境裡，就必須變異內容使當地人熟悉，讓故事更具有本土性被人接受。有時為了跟得上時代潮流，變換時採用新事物換掉舊事物等等。民間故事經由眾人口耳相傳，就是因為它很新奇特殊，具有吸引力，故事成型也是經由多人流傳相同故事而定型。有大部分故事加上教育意義時，故事的流傳就被賦予一種使命。故事的核心情節不變，而前置與後置情節改變，加入更多元素，可以使故事歷久不衰。

三、《本生經》的價值與定位

　　本生故事主要是講因果善惡與輪迴思想，使人能從因果業報中肯定生命，福禍，成敗以及幸與不幸皆操之在己。本生故事把這樣的一種人生哲理和教育方式詮釋得活潑又不失教育意義，避免掉教條式的灌輸。它的趣味性濃厚，相當具有引發讀者閱讀興趣的動力。

　　在本文分析中，可發現《本生經》對東西方文學的影響甚鉅。印度是個古老的國家，佛教由印度向四方傳播，有些故事也影響到各地寓言文學的內容，其中《本生經》可發現與《伊索寓言》故事類型相同的有十一則之多。

　　自東漢開始，佛教經典不斷傳入中國，翻譯成漢文。有不少的王功大臣文人學士熱心學佛，佛教因此深深的影響至今。在中國說話文學中，其佛教思想，以因果報應為最盛。而在中國古代寓言中，可以看到與本生故事的內容如出一轍，本文中提到 214B 型，即是柳宗元的三戒寓言。由此可知《本生經》對中國文學的影響。

　　由以上《本生經》意義的改變來看，分析故事流傳後，意義改變的故事比例不高，大部分還是以佛經的意義為主。教育性的功能大於娛樂性，故事的流傳，因為教育性質意義深遠而深入人心；因為娛樂性質引人入勝而流傳廣泛。

引用書目

一、版　本

1. 吳老擇編譯：《漢譯南傳大藏經・小部經典・本生經》第 31 冊～第 42 冊（高雄：元亨寺妙林出版社，民國 84 年 7 月～民國 85 年 3 月）。

2. 夏丏尊據日譯本重譯：《小部經典——本生經》（台北：新文豐出版社，1987 年 6 月）。

3. 黃寶生、郭良鋆編譯：《佛本生故事精選》（台北：漢欣文化事業有限公司，2000 年 6 月）。

二、一般專書

1. Antti Aarne and Stith Thompson, *The Type of Folktale*（Helsinki, Academia Scientiarum Fennica, 1964）。

2. 丁乃通：《中國民間故事類型索引》（武漢：華中師範大學出版社，2008 年 4 月）。

3. 于凌波：《簡明佛學概論》（台北：東大圖書股份有限公司，1991 年 3 月初版）。

4. 日本東京大藏經刊行會編輯：《大正新修大藏經》（台北：新文豐出版公司，1983 年 1 月）。

5. 《中國民間節日文化辭典》（北京：順義振興印刷廠，1992 年 3 月）。

6. 王立：《佛經文學與古代小說母題比較研究》（北京：昆侖出版社，2006 年 3 月）。

7. 王恒展等著：《中國古代寓言大觀》（台北：添翼文化事業有限公司，1995 年）。

8. 王煥琛、柯華葳：《青少年心理學》（台北：心理出版社，1999 年 5 月）。

9. 王樹英：《印度文化與民俗》，北京：中國社會科學出版社，2007 年 1 月。

10. 王蘭：《斯里蘭卡的民族與文化》（北京：昆侖出版社，2005 年 8 月）。

11. 全佛：《密宗的重要名詞解說》（台北：全佛文化事業有限公司，2007 年 3 月）。

12. 向高世：《台灣蜥蜴自然誌》（台北：天下遠見出版股份有限公司，2008 年 10 月）。

13. 曲廣田、王芯：《日語漢字辭典》（台北：五南圖書出版股份有限公司，2006 年 1 月），二版一刷。

14. 佛光大辭典編修委員會：《佛光大辭典（一）～（七)》（高雄：佛光出版社，1988 年 10 月）。

15. 吳老擇口述、侯昆宏主訪：《臺灣佛教一甲子：吳老擇先生訪談錄》（台北：國史館，2006 年）。

16. 吳秋林：《中國寓言史》（福州市：福建教育出版社，1999 年 3 月）。

17. 周明甫、金星華：《中國少數民族文化簡論》（北京：民族文化出版社，2006 年 4 月）。

18. 周薰修：《死後屠宰豬肉鑑別方法之探討》（行政院衛生署藥物食品檢驗局 84 年度研究計畫，1995 年 6 月）。

19. 季羨林：《比較文學與民間文學》（北京：北京大學出版社，1991 年 7 月）。

20. 季羨林主編：《印度古代文學史》（北京：北京大學出版社，1991 年 8 月）。

21. 侯傳文：《佛經的文學性解讀》（台北：慧明文化事業有限公司，2002 年 4 月）。

22. 祁連休：《中國古代民間故事類型研究》上、中、下三冊（河北：河北出版社，2007 年 5 月。）

23. 金榮華：《中國民間故事與故事分類》（台北：中國口傳文學學會，2003 年 3 月）。

24. 金榮華：《民間文學與中國文化國際研討會論文》（台北：國立編譯館，1997 年 7 月。）

25. 金榮華：《民間故事論集》（台北：三民書局股份有限公司，1997 年 6 月。）

26. 金榮華：《民間故事類型索引》上、中、下三冊（台北：中國口傳文學學會，2007 年 2 月）。

27. 金榮華：《禪宗公案與民間故事》（台北：中國口傳文學學會，2005 年 6 月）。

28. 范銘如、張堂錡：《夏丏尊》（台北：三民書局股份有限公司，2006 年）。

29. 孫鴻亮：《佛經敘事文學與唐代小說研究》（北京：人民出版社，2008 年

9 月）。

30. 徐華鐺、楊古城編：《中國獅子藝術》（北京：輕工業出版社，1991 年 6月）。

31. 曹成章《傣族社會研究》（雲南：雲南人民出版社，1988 年 10 月）。

32. 梁麗玲：《漢譯佛典中的動物故事研究》（台北：文津出版社，2010 年 3月）。

33. 郭預衡：《唐宋八大家散文總集》（河北：河北人民出版社，1995 年 11月）。

34. 陳星：《平凡・文心：夏丏尊》（台北：文史哲出版社，2003 年）。

35. 陶覺編纂：《箴言類鈔》（台北：志成印刷文具行，1971 年 9 月）。

36. 勞政武：《佛教戒律學》（北京：宗教文化出版社，1999 年 9 月）。

37. 程世和：《達摩大師傳》（台北：佛光出版社，2006 年 3 月出版三刷）。

38. 楊安峰、程紅譯：《世界動物百科》（台北：眾文圖書股份有限公司，1996年 4 月）。

39. 楊俊明、張齊政：《古印度文化知識圖本》（廣州：廣東人民出版社，2007年 5 月）。

40. 劉守華：《中國民間故事類型研究》（湖北：華中師範大學出版，2002 年10 月）。

41. 蔣維喬：《佛學概論》（高雄：佛光出版社，2004 年 4 月）。

42. 蕭海波等注：《六朝志怪小說》（台北：錦繡出版事業股份有限公司，1993年 2 月）。

43. 糜文開：《印度文化十八篇》（台北：東大出版社，1988 年 11 月）。

44. 糜文開：《印度歷史故事》（台北：台灣商務出版，1986 年 11 月）。

45. 薛克翹：《中國印度文化交流》（北京：昆侖出版社，2008 年 1 月）。

46. 謝佳容等譯：《嬰幼兒發展》（台北：五南圖書出版股份有限公司，2007年 1 月）。

47. 韓廷傑：《南傳上座部佛教概論》（台北：文津出版社，2001 年 12 月）。

48. 藍吉富主編：《中華佛教百科全書》第一冊～第六冊（臺南縣永康市：中華佛教百科文獻基金會，1994 年）。

49. 釋永祥：《佛教文學對中國小說的影響》（台北：佛光文化事業有限公司，1998 年 2 月）。

50. 釋印順：《原始佛教聖典之集成》（台北：正聞出版社，1986 年 2 月 4 版）。

51. 釋依淳：《本生經的起源及其開展》（台北：佛光文化事業有限公司，1997年 9 月）。

52. 釋淨海:《南傳佛教史》(台北:正聞出版社,1987 年 3 月)。

53. 釋慧森:《佛學基礎知識》(台北:長春藤書坊,民國 76 年 7 月)。

三、民間故事專書

1. 中國民間故事集成全國編輯委員會:《中國民間故事集成》(吉林卷・遼寧卷・陝西卷・浙江卷・四川卷・北京卷・江蘇卷・福建卷・山西卷・寧夏卷・湖北卷・河南卷・甘肅卷・西藏卷・廣西卷・海南卷・江西卷・湖南卷・河北卷・貴州卷・雲南卷・天津卷・黑龍江卷・廣東卷・山東卷・青海卷・上海卷・內蒙古卷・新疆卷・安徽卷・台灣卷)(北京:中國 ISBN 中心出版,1992 年 11 月～2008 年 10 月)。

2. 中華民族故事大系編委會:《中華民族故事大系》第 1 冊～第 16 冊(上海:上海文藝出版社,1995 年 12 月)。

3. 陳慶浩、王秋桂主編:《中國民間故事全集 1～40》(台北:遠流出版社,1989 年 6 月)。

4. 上海文藝出版社編:《中國動物故事集》(上海:上海文藝出版社,1978 年 5 月)。

5. 中國民間文藝研究會青海省分會編:《土族民間故事選》(北京:中國民間文藝出版社,1985 年 5 月)。

6. 中國作家協會雲南分會編:《雲南民族民間故事選》(雲南:雲南人民出版社,1981 年 10 月)。

7. 中國社會科學文學研究所中國民間文藝研究會主編:《中國民間故事選(第一集)》(北京:人民文學出版社,1962 年 8 月)。

8. 內蒙古語言文學歷史研究所文學研究室編:《蒙古族民間故事選》(上海:上海文藝出版社,1979 年 5 月)。

9. 王以昭主編:《百家公案》《罕本中國通俗小說叢刊第一輯》(台北:天一出版社,1974 年 9 月)。

10. 王利器輯錄:《歷代笑話集》(上海:上海古籍出版社,1981 年 1 月)。

11. 王崇輝編:《南京民間故事》(南京:江南古籍出版社,1990 年 3 月)。

12. 田海燕、雛燕編著:《金玉鳳凰》(上海:少年兒童出版社,1992 年 6 月)。

13. 朱剛等編:《土族撒拉族民間故事選》(上海:上海文藝出版社,1992 年)。

14. 艾荻、詩恩編:《佤族民間故事》(雲南:雲南人民出版社,1990 年 7 月)。

15. 西藏新華書店發行:《西藏民間故事選》(西藏:西藏人民出版社,1985 年 6 月)。

16. 西雙版納州民委編:《西雙版納傣族民間故事集成》(雲南:雲南人民出版社,1993 年 6 月)。

17. 西雙版納傣族民間故事編輯組編：《西雙版納傣族民間故事》（雲南：雲南人民出版社，1984 年 11 月）。

18. 岑桑改編：《石心姑娘——廣東民間故事》（兒童版）（廣東：新世紀出版社，1992 年 8 月）。

19. 李樹江、王正偉編：《回族民間故事選》（上海：上海文藝出版社，1985 年 12 月）。

20. 周寶鳳編纂：《蒙古民間故事及寓言》（台北：台灣中華書局，1983 年 6 月）。

21. 金榮華：《台北縣烏來鄉泰雅族民間故事》（台北：中國口傳文學學會，1998 年 12 月）。

22. 金榮華：《台灣桃竹苗地區民間故事》（台北：中國口傳文學學會，2000 年 11 月）。

23. 胡萬川、陳益源編：《雲林縣閩南語故事集》（雲林：雲林縣文化局，2001 年 1 月）。

24. 孫敬修：《孫敬修演講故事大全——民間故事卷》（蘭州市：甘肅人民出版社，1990 年 6 月）。

25. 胡爾查：《蒙古族動物故事》（北京：中國民間文藝出版社，1984 年 6 月）。

26. 郝蘇民、薛守邦編譯：《布里亞特蒙古民間故事集》（北京：中國民間文藝出版社，1984 年 5 月）。

27. 高聚成編：《中國動物故事》（北京：中國廣播電視出版社，1996 年 9 月）。

28. 曹廷偉編：《中國民間寓言選》（瀋陽市：遼寧少年兒童出版社，1985 年 9 月）。

29. 陳麗娜：《屏東後堆客家民間故事》（台北：中國口傳文學學會，2006 年 6 月）。

30. 傅光宇編：《傣族民間故事選》（上海：上海文藝出版社，1985 年 2 月）。

31. 鄂西土家族苗族自治州民族事務委員會主編：《鄂西民間故事集》（北京：中國民間文藝出版社，1989 年 10 月）。

32. 劉俊發編：《維吾爾族民間故事選》（上海：上海文藝出版社，1983 年 4 月）。

33. 鄭謙慧編纂：《西藏高原的傳說》（台北：中國瑜珈出版社，1983 年 1 月）。

34. 邊贊襄編：《中國南方少數民族故事選》（武漢市：湖北少年兒童出版社，1986 年 8 月）。

35. 《世界民間故事全集 1～20》（台北：長鴻出版社，1993 年 1 月）。

36. 日本霞山會：《日本的民間故事》（東京：霞山會，1996 年 7 月）。

37. 王娟、筱林、臨淵編譯：《南洋民間故事·百靈鹿》《國立北京大學中國

民俗學會民俗叢書第一輯》（台北：東方文化出版社，1987 年）。

38. 王煥生譯：《伊索寓言》（北京：華夏出版社，2007 年 10 月）。

39. 王驥譯：《坎特伯利故事集》（台北：志文出版社，1978 年）。

40. 白雅譯：《格林童話》（台北：華文網，2002 年）。

41. 伊靜軒譯：《菲律賓民間故事》（香港：華僑語文出版社，1953 年）。

42. 安徒生等：《外國童話選》（四川：四川人民出版社，1979 年 11 月）。

43. 何茂正譯：《克雷洛夫寓言》（台北：小知堂出版，2002 年 5 月）。

44. 呂正譯：《越南神話民間故事選》（河內：河內世界出版社，1997 年）。

45. 李唯中譯：《一千零一夜》（台北：遠流出版社，2000 年）。

46. 和志寬、徐永平譯：《巴爾幹民間童話》（台北，小知堂出版，2002 年 8 月）。

47. 季羨林譯：《五卷書》（台北：丹青圖書公司，1983 年 3 月）。

48. 拉封登：《寓言書》（台北：出色文化出版，2005 年 3 月）。

49. 東方出版社編輯委員會：《印度童話集》（台北：東方出版社，1986 年 10 月）。

50. 林怡君編譯：《世界民間物語 100》（台北：好讀出版社，2003 年）。

51. 禹田編譯：《世界民間故事》（台北：人類文化出版，2008 年 1 月）。

52. 倍因編譯；知堂重譯：《俄羅斯民間故事》（香港：大公出版社，1952 年）。

53. 倪安宇、馬箭飛譯：《義大利童話》（台北：時報文化出版企業有限公司，2003 年 5 月）。

54. 許昭榮譯：《世界民間故事集》（共三冊）（台北：水牛出版社，1988 年 4 月）。

55. 陳自新編譯：《俄羅斯童話精選》（上海：上海譯文出版社，1991 年 1 月）。

56. 陳森譯《南非黑人的民間故事》（台北：華欣出版社，1974 年 12 月）。

57. 陳滿容譯：《托爾斯泰寓言》（台北：漢風出版公司，1993 年 7 月）。

58. 陳馥編譯：《俄羅斯民間故事選》（瀋陽：遼寧教育出版社，2001 年 2 月）。

59. 傅林統編譯：《世界民間故事精選 1～10》（台北：黎明文化事業有限公司，1983 年 2 月）。

60. 章愉等編譯：《亞洲民間故事》（台北：人類文化出版社，2008 年 7 月）。

61. 黃英尚譯：《斯洛伐克民間故事精選》（北京：新華出版社，2001 年）。

62. 黃瑞雲等編譯：《外國古代寓言選》（武漢：湖北教育出版社，2003 年 1 月）。

63. 黃寶生、郭良鋆、蔣忠新譯：《故事海》（北京：人民文學出版社，2001 年 8 月）。

64. 義士出版社編譯：《世界童話叢刊》（共三十冊）（台中：義士出版社，1967年）。

65. 綠園出版社編譯：《日本民間故事》（台北：綠園出版社，1979年5月）。

66. 魯克編譯：《外國民間故事選》（北京：少年兒童出版社，1985年8月）。

67. 譚寶璇譯：《隱藏的人生寶藏：43則波斯狡點的智慧寓言》（台北：圓神出版社，2003年11月）。

68. 鐵民譯：《波斯傳說》（台北：雪山圖書出版社，1986年）。

四、學位論文

1. 李昀瑾：《撰集百緣經及其故事研究》（國立中正大學中國文學研究所碩士論文，民國91年）。

2. 李寶珠：《印度巴胡特大塔佛本生浮雕之研究》（華梵大學東方人文思想研究所佛學組碩士在職專班，民國97年）。

3. 林玉龍：《敦煌本生故事與其石窟藝術述論》（花蓮師範學院民間文學研究所碩士論文，民國92年）。

4. 林彥如：《六度集經故事研究》（中國文化大學中文研究所碩士論文，民國93年）。

5. 夏慧珍：《伊索寓言的動物形象研究》（國立台南大學國文系碩士論文，民國96年）。

6. 梁偉賢：《馬來西亞鼠鹿故事研究》（國立中興大學中文研究所碩士論文，民國95年）。

7. 陳仁和：《大唐西域記本生故事之研究》（玄奘大學宗教研究所碩士論文，民國97年）。

8. 陳麗娜：《中國民間故事類型研究》（國立東華大學民間文學研究所博士論文，民國98年）。

9. 楊雅蘭：《阿姜塔石窟中佛傳與本生壁畫之研究——以第1、2、16、17號石窟為主》（華梵大學東方人文思想研究所碩士論文，民國89年）。

10. 蔡麗雲：《中國民間動物故事類型研究》（中國文化大學中文研究所碩士論文，民國86年）。

11. 賴麗美：《佛陀時代的社會風俗探討》（中國文化大學印度文化研究所碩士論文，民國74年）。

12. 謝慧暹：《敦煌莫高窟佛畫故事研究》（中國文化大學中文研究所博士論文，民國97年）。

五、期刊論文

1. 王青：〈漢譯佛經中的印度民間故事及其本土化途徑——以愚人故事、智慧故事爲中心〉，《成大宗教與文化學報》第 3 期（2004 年 6 月），頁 89 ～110。

2. 北京文藝編輯委員會：〈鳳仙花〉《北京文藝》（半月刊第二期，1959 年 1 月 23 日）。

3. 江寶釵：〈論中國文學中「考驗貞潔」之故事類型及其意涵〉，《中國學術年刊》第 14 期（民國 82 年 3 月），頁 211～235。

4. 吳永猛：〈阿含經中的印度經濟社會〉，《華岡佛學學報》，第 6 期，民國 72 年 7 月，頁 203～225。

5. 吳怡慧：〈從佛典看佛門中的女性歧視〉，《重中論集》，第四期，民國 93 年 6 月，102～141 頁。

6. 吳勇猛：〈阿含經中的印度經濟社會〉，《華岡佛學學報》，第 6 期，民國 72 年 7 月，203～225 頁。

7. 李小榮：〈佛教與「黔之驢」——柳宗元「黔之驢」故事來源補說〉《普門學報》第 32 期 （2006 年 3 月）》，頁 177～185。

8. 林宛瑜：〈巧媳婦故事類型研究〉，《人文及社會學科教學通訊》第 15 期（2004 年 10 月），頁 36～57。

9. 林愛華：〈童話世界裡看中、德文化〉，《東吳外語學報》，第 14 期，民國 88 年 1 月，263～283 頁。

10. 祁連休：〈試論中國機智人物故事中的類型故事〉，《民俗曲藝》第 111 期（民國 87 年 1 月），頁 45～60。

11. 金榮華：〈佛經《毘奈耶雜事》中之智童巧女故事及其流傳〉，《中國文化大學中文學報》第 15 期（2007 年 10 月），頁 1～14。

12. 郁龍余：〈印度文學在中國的流傳與影響〉，廣東省深圳市：《深圳大學學報（人文社會科學版）》1985 年第 1.2 期，頁 35～42。

13. 康麗：〈中國巧女故事中的角色類型〉，《民族文學研究》2005 年第 2 期，頁 49～56。

14. 康麗：〈中國巧女故事研究〉（下），廣西壯族自治區南寧市：《民族藝術》2005 年第 4 期，頁 72～82。

15. 康麗：〈中國巧女故事研究〉（上），廣西壯族自治區南寧市：《民族藝術》，2005 年第 3 期，頁 76～88。

16. 梁麗玲：〈佛經「蒼鷺運魚」對中國民間故事的影響〉，《民間文學年刊》第 2 期（2008 年 7 月），頁 77～96。

17. 陳妙如：〈「得寶互謀俱喪命」故事試探〉，《發皇華語‧涵詠文學：中國

文學暨華語文教學學術研討會論文集》，台北：文津出版有限公司。民國
98 年 12 月，頁 169～193。

18. 陳佳彬：〈跨文化下的《灰欄記》變革與詮釋〉，《雲漢學刊》第 18 期，
2009 年 6 月，頁 55～82。

19. 楊雪、李寄萍：〈東北民間「機智人物」型故事類型分析〉，吉林省四平
市《吉林師範大學學報（人文社會科學版）》第 5 期（2008 年 10 月），
頁 25～27。

20. 溫志仁：〈從蝴蝶夢到蒼蠅王——淺談作品中的昆蟲意象〉（《科學發展》，
第 449 期，2010 年 5 月），頁 33。

21. 道元：〈柳宗元的寓言與佛經〉，《內明》第 191 期（民國 77 年 2 月），頁
35～37。

22. 劉守華：〈從佛經中脫胎而來的故事——「感恩的動物忘恩的人」解析〉，
《民間文化》（2000 年第 2 期），頁 9～12。

23. 劉金柱：〈柳宗元動物寓言與佛經故事關係初探〉，《內蒙古社會科學》（漢
文版）（2004 年第 2 期），頁 96～98。

24. 蔡奇林：〈《漢譯南傳大藏經》譯文問題舉示‧評析——兼爲巴利三藏的
新譯催生〉，《成大宗教與文化學報》第 3 期（民國 93 年 6 月），頁 30。

25. 鄧殿臣：〈「巴利三藏」略說〉，北京：《佛教文化》第三期，1991 年，頁
45～55。

26. 鄧殿臣：〈南傳大藏經——佛本生初探〉（香港：《佛學研究》第一期，1992
年），頁 54～72。

27. 鄧殿臣：〈經藏「五部」舉要——「南傳大藏經」概述之二〉，北京市：《法
音》，1992 年第 3 期，33～40 頁。

28. 韓廷傑：〈佛教起源時的印度社會背景〉，《內明》第 281 期，1995 年 8
月，28～33 頁。

29. 羅錦堂：〈從灰欄記看民間故事的巧合與轉變〉，《大陸雜誌》第 47 期第
5 卷，（民國 62 年 11 月），頁 6～7。

30. 鐘文伶：〈臺灣「巧媳婦」故事類型析論〉，《屏東教育大學學報》第 32
期，（民國 98 年 3 月），頁 55～81。